dtv

Eines Morgens wacht Margaret Nathan auf und stellt fest, daß sie »beinahe berühmt« ist: Ihre wissenschaftliche Arbeit über die *femmes savantes* des 18. Jahrhunderts ist zum Bestseller geworden. Auf einmal ist Margaret nicht mehr nur als Anhängsel ihres brillanten Professorengatten gefragt. Und dann fällt ihr ein Manuskript aus dem 18. Jahrhundert mit dem Titel ›Rameaus Nichte‹ in die Hände, ein als Einführung in die Philosophie getarnter pornographischer Roman. Er inspiriert Margaret zur empirischen Untersuchung einiger Fragen, die Ehe und den Ehebruch betreffend... Sie stürzt sich ins erotische Abenteuer. »Äußerst kunstvoll und doch zugleich ganz unangestrengt; von hinreißender Komik...« (Bettina Schulte-Böning in der ›Frankfurter Rundschau‹)

Cathleen Schine lebt in Manhattan und hat bereits eine Reihe von Romanen veröffentlicht. Auf deutsch ist außerdem erschienen: ›Der Liebesbrief‹.

Cathleen Schine

Rameaus Nichte

Roman

Deutsch von Giovanni Bandini
und Ditte König

Deutscher Taschenbuch Verlag

Ungekürzte Ausgabe
März 1998
Deutscher Taschenbuch Verlag GmbH & Co. KG,
München

Titel der amerikanischen Originalausgabe:
›Rameau's Niece‹ (Ticknor & Fields, New York)

Umschlagkonzept: Balk & Brumshagen
Gesamtherstellung: C.H. Beck'sche Buchdruckerei,
Nördlingen
Gedruckt auf säurefreiem, chlorfrei gebleichtem Papier
Printed in Germany · ISBN 3-423-08430-8

Meine Gedanken sind meine Dirnen.

Denis Diderot, *Rameaus Neffe*

Für Margot Hentoff
und
Leon Tec

Eins

Es gibt eine Art von Egozentrik, die das Universum einschrumpfen läßt; und es gab Edwards Art. Seine Egozentrik beherrschte die Welt nicht dadurch, daß sie sie begrenzte, sondern durch großzügige, fast verschwenderische Anerkennung von allem und jedem: Wie die Sonne erhellte sie alles, was sie berührte, und berührte alles, was in ihre Reichweite kam.

Ihr Mann war für Margaret ein Wunder; ein geräuschvoller, gutaussehender Engländer, ein Jude aus Oxford mit grauem Haar, das in Büscheln abstand, wie bei einem osteuropäischen Dichter, ein Egozentriker, dessen Egozentrik so erstaunliche Ausmaße besaß, daß er den Rest der Welt einfach deswegen ganz phantastisch fand, weil er gleichzeitig mit ihm existierte.

Margaret Nathan war selbst ein Mensch mit einem beachtlichen Ego, auch wenn sie wußte, daß ihre Egozentrik weniger wie die Sonne als wie eine Taschenlampe leuchtete, deren Strahlen einmal hierhin, dann dorthin fielen und die bedrückende Dunkelheit anderer Leute nur ein kurzes Stück weit erhellten. Margaret war ein anspruchsvoller Mensch: streng mit sich selbst, gewiß; weit strenger mit allen anderen.

Aber wenn sie ihren rastlosen Strahl auf Edward richtete, fand sie nichts, woran sie ihre Strenge hätte üben können. Was ihre anspruchsvolle Natur anbelangte, merkte Margaret sofort, daß hier eine sichere Anlaufstelle für sie war. Edward schien nur darauf zu warten, daß man Ansprüche an ihn stellte, damit er die Freude haben könnte, sie zu befriedigen.

Margaret staunte über ihren Mann; daß sie ihn überhaupt bekommen hatte, erfüllte sie mit Ehrfurcht. Sie lernten sich in New York kennen, als er einen alten Freund und ihren damaligen Liebhaber besuchte, Al Birnbaum, einen marxistischen Studenten, der – im Rahmen seiner Möglichkeiten – wie William F. Buckley redete. Margaret hatte den Eindruck, daß Al irgendwo, tief innen, nicht

eigentlich den Ehrgeiz hatte, die Welt zu verändern, sondern in *Firing Line* den Gegenstandpunkt zu vertreten – die zweite Hauptrolle zu spielen. Sie konnte ihn sich bildlich vorstellen: schlaff, kraftlos und matt in einem dieser Sessel mit niedriger Lehne zusammengesackt, direkt neben Bill, den Kopf in den bleichen Nacken gelegt, der böse Zwilling des bösen Zwillings.

Sie warf seinem Freund Edward, der sie ziemlich genau betrachtete, einen Blick zu, und sie erkannte, daß er sie auf eine Weise ansah, die zu verstehen gab, daß sein alter Freund ein *so* alter Freund von ihm nun auch wieder nicht war. Und sie antwortete ihm mit einem Blick, der, wie sie hoffte, sagte: »Von mir auch nicht.«

»Na, dann müssen Sie mich natürlich begleiten«, sagte er, als er hörte, daß sie ihre Dissertation über eine Philosophin aus dem achtzehnten Jahrhundert schrieb. Er nahm ihre Hand in seine beiden. »Was für eine wunderbare Idee. Wir werden uns ihr Château ansehen. Hatte sie ein Château? Die Frau hatte sicher ein Château! Ich hatte vor, im Herbst zu fahren, durch Frankreich bis an die Alpen und weiter nach Italien. Eine lange, geruhsame Autofahrt durch Europa. Wir werden in Venedig Station machen. Dann kehren wir um und fahren zurück. Kommen Sie mit? Natürlich kommen Sie. O Gott, was für ein Glück.«

Sie scherzten, schäkerten vor dem Liebhaber. Aber der Liebhaber achtete nicht groß darauf (er hatte die Nase voll von Margaret, die zunehmend unfreundlicher geworden war, *Dissent* abonniert hatte und ihm lange liberal-antikommunistische Artikel vorlas); und Margaret und Edward, die auf die befangene und ostentative Weise derjenigen, die wirklich nur Spaß machen oder es völlig ernst meinen, miteinander herumalberten und flirteten, gaben vor, eine Verabredung für den folgenden Abend zu treffen (ha ha ha, ging der Refrain), die sie beide atemlos einhielten.

Madame de Montignys Château war schon vor langer

Zeit zu Staub zerfallen, aber Edward Ehrenwerth nahm Margaret in diesem Herbst trotzdem auf eine Reise durch Europa mit. Sie fuhren durch einen zarten grauen Nebel von London zur Fähre, wo Edward mit einem Besatzungsmitglied eine lange und anscheinend befriedigende Unterhaltung über Modelleisenbahnen führte, und dann weiter zu ihrer ersten Zwischenstation, einem renovierten Bauernhaus in einem Dorf direkt nördlich von Paris, das Freunden von Edward gehörte. Jean-Claude und Juliette, zwei erlesen dünne Menschen in identischen, schlaff herunterhängenden schwarzen Kaschmirpullovern, waren französische Akademiker, Dozenten für amerikanische Literatur: Sein Spezialgebiet waren von ehemaligen Hausfrauen verfaßte romantische Schinken, die sich an die *Gothic novels* anlehnten, ihres schmale, lakonische Romane, deren Stilrichtung sie als *minimalisme* bezeichnete. Sie brüteten über Taschenbüchern und nannten sie Texte.

»Stört es Sie nicht, daß diese Bücher, na ja, beschissen sind?« fragte Margaret nach mehreren Gläsern des Weins, der feierlich aus einem kühlen Keller heraufgebracht worden war.

»Aber im Gegenteil, amerikanische Kultur, das ist ihre Vitalität, das pralle Leben, dieser« – eigentlich sagte er *disär* –, »aah, wie soll ich sagen, dieser, dieser –«

Scha-iß, dachte Margaret. Disär Scha-iß.

»Und wissen Sie, eine solche Beurteilung«, unterbrach Juliette, »eine solche Kritik ist so patriarchalisch, so überaus logozentrisch.«

»Margaret, Margaret, Literatur ist, ist was?« rief Jean-Claude. »Die Anhäufung und Verteilung von Kulturkapital!« Jean-Claude, vom Wein und seinem Gesprächsgegenstand merklich beflügelt, klopfte Margaret herzhaft auf den Rücken. »Gut? Schlecht? Pah! Das Konzept der Aufklärung ist tot! Kehrt die Hierarchie der Bewertung um!« Er hob sein Glas und lachte. »Lang lebe die Befreiung des Bezeichnenden!«

»Nun«, sagte Edward, nachdem er sich dem Toast angeschlossen hatte, »der Wein ist unheimlich gut. Gott sei Dank, meine Lieben, daß ihr diese bestimmte Hierarchie nicht umgekehrt habt.«

»Ah, na ja, der Wein«, sagten beide Gastgeber, strahlten vor Stolz und zuckten die Achseln in ihren schönen weiten Pullovern. »Der Wein – natürlich.«

ZU EHREN DES amerikanischen Besuchs hatte Juliette ihre Kochkünste modifiziert und Hamburger gemacht. Dann zogen sich Edward und Margaret ins Gästezimmer zurück, das die ganze obere Etage des Hauses einnahm, ein schönes Zimmer, und als Margaret es sah, dachte sie etwas neidisch: Ah, die Franzosen, so viel Geschmack, so wenig Verstand! Denn der Raum war mit den luxuriösesten Samten und Brokaten und quastenbesetzten Vorhängen mit Zentifolienmuster dekoriert und mit einem Herman-Miller-Sofa, Stahlrohrstühlen und einigen Originalen von Eames und Knoll eingerichtet – eine phantastische, elegante, geistreiche Kombination, eine glückliche Verbindung von *minimalisme* und Schauerromantik.

Draußen heulte der Wind und rüttelte an den Fensterläden. Margaret ließ den Kopf in den quadratischen Federkissen versinken und lauschte. Knarr knarr. Klapper klapper. »Ist das der Dachboden?« fragte sie. »Sind wir auf dem Dachboden?«

»Ich glaube ja. Der Dachboden. Das klingt leicht ominös. Was wird hier geschehen? Was wird hier heute nacht geschehen? Heut', in dieser schaurig kalten Nacht? Vielleicht wird uns die erzürnte Aufklärung erscheinen, mit geschärftem Federkiel bewaffnet. ›Man hat mich beleidigt!‹ Ah, Juliette und Jean-Claude – sie öffnen kulturelle Türen. Sie *sind* kulturelle Türen.«

»Hast du die Tür ihres Kühlschranks gesehen?« fragte Margaret. Juliette und Jean-Claude hatten ihnen stolz

den Kühlschrank gezeigt, ein extrem breites, auffällig flaches High-Tech-Gerät hinter einer kunstvoll geschnitzten Holztür.

»Ja«, sagte Edward. »Der Sozialismus, den sie pflegen, ist sehr rein und zerebral.«

Knarr knarr, sagten die Fensterläden.

Margaret hob ein Taschenbuch vom Nachttisch auf. Der Umschlag zeigte eine dunkelhaarige (rabenschwarz gelockte, korrigierte sie sich) Frau mit zurückgeworfenem Kopf und neben ihr eine schöne Schwarze, Kopf gleichfalls zurückgeworfen, die beide auf rätselhafte Weise (vielleicht waren sie auch nur irgendwie verheddert) an eine Anklagebank gefesselt zu sein schienen. Das Buch hieß *Im Bann der Begierde.*

»Sie sind wirklich sehr aufmerksam, deine Freunde, nicht?« Sie lehnte sich zurück, schloß die Augen und horchte auf den Wind draußen. »Magst du Frankreich, Edward?«

Edward beugte sich zu ihr hinunter und flüsterte: »›Dank unserm Menschenherz, durch das wir alle leben, dank seiner Zartheit, seiner Ängst' und Freuden, kann die geringste Blume mir Gedanken geben, die oft so tief, daß Tränen selbst sie meiden.‹«

»Auf wen ist das bezogen?« fragte sie. »Wer ist die geringste Blume? Ich oder Frankreich?«

»Weder noch. Das ist mein Manifest. Keins von euch beiden ist in irgendeiner Hinsicht gering. Ich mag einfach Wordsworth. Und dich. Und Frankreich.«

»Wie überaus unbritisch von dir.«

Aber Edward hatte die meisten Sommer seiner Kindheit in Frankreich verbracht. Da hatte er auch Jean-Claude kennengelernt, während eines dieser Sommerurlaube. Margaret stellte sich Jean-Claude und Edward vor: spillerige Jungen in knappen, dabei ausgeleierten Badehosen, die an der Küste der Normandie zwischen den Felsen buddelten. Sie dachte an die Ode »Die Unsterblichkeit«.

Von jetzt an würde sie, wann immer sie an Jean-Claude dachte, an Wordsworths Verse denken, sich an einen Jungen erinnern, den sie erst kennengelernt hatte, als er ein aufmerksamer, einfältiger postmoderner Mann geworden war, auf einem Strand, den sie nie gesehen hatte, und es würden ihr Tränen in die Augen treten. Wie ärgerlich, so anfällig für Dichtung zu sein; für Edward.

»Hast du schon mal *Fieber im Blut* gesehen?« fragte sie, um sich irgendwie zu rächen. »*Das* war vielleicht eine post-schauerromantische Liebesgeschichte.«

VOR DIESER REISE hatte Margaret nie Alkohol getrunken, nicht einmal Wein; und sie tat es selten danach. Aber während dieser Wochen war sie jeden Tag stockbetrunken.

Allmorgendlich ging die Sonne auf und fand sie schnarchend unter den gestärkten weißen Laken des molligen kleinen Bettes irgendeines Gasthofs. Nein, dachte sie, wenn Edward versuchte, sie zu wecken. Nein, schau, ich bin hier eingezogen, hab' mich häuslich eingerichtet, und keiner kriegt mich hier weg, niemals, du bestimmt nicht, Edward, wer immer du auch sein magst. Und aus halboffenen Augen sah sie ihm beim Anziehen zu und fragte sich verwundert, wie die Briten es mit so mageren, flachen Brustkästen geschafft haben mochten, die Welt zu erobern.

»Vielleicht solltest du enganliegende Hosen mit Schaftstiefeln tragen, weißt du?« sagte sie. »Wie Mick Jagger.«

»Zweifelsohne.«

Manchmal gelang es ihr, ihn wieder ins Bett zu ziehen, manchmal nicht. Es spielte keine Rolle. Nichts spielte eine Rolle außer Landschaft und Wein und Essen und Bildern in hallenden Galerien und Kirchen an hallenden Plätzen und Edward im ewig gleichen schlechtsitzenden braunen Anzug.

Während sie durch das Rhonetal fuhren, vorbei an einem Hochzeitstortenschlößchen in der Ferne, und sich

beeilten, denn sie mußten einen Tisch in einem Viersternerestaurant reservieren, das noch Stunden entfernt war, lehnte Margaret die Stirn gegen das kühle Glas des Fensters und dachte: Das ist die letzte Phase meiner langen, langen Kindheit. Das ist das letzte Mal, daß ich in einem Auto sitzen werde, noch betrunken vom Mittagessen, und Märchenschlösser anstarre, während jemand anders fährt und sich um alles kümmert und sich aufregt und die Straßenkarte und den Kilometerzähler im Auge behält. Es ist gleichzeitig auch das erste Mal, aber ich weiß schon, was ich meine.

Reihen von Pappeln säumten die Straße. Die Sonne war aus den Wolken hervorgekommen, die jetzt glühten und erröteten. Das ist die reine Seligkeit, dachte Margaret. Kein Wunder, daß Edward Juliette und Jean-Claude mag. Kein Wunder, daß die Leute Wein trinken, so rot und samtig und weich auf der Zunge. Margaret ließ den Kopf zurücksinken. Sie schloß die Augen.

»Tu baves, ma chérie«, sagte Edward freundlich und tätschelte ihr das Knie.

»Ich tu was?« fragte Margaret.

»Sabbern, Schätzchen.«

DAS RESTAURANT WAR dunkel und ruhig und von seriöser Behaglichkeit. Lecker lecker, dachte Margaret, während sie träge auf die Speisekarte starrte. Lecker lecker. Lämmchen und Hoppelkarnickelchen und kleine Flatterwachtelchen – lauter sanftmütige, unschuldige Tiere. Ich werde Schwein nehmen, das verbotene Fleisch, von Abergenerationen meiner Ahnen verschmäht, aber groß und häßlich. Lecker lecker. Schweinemedaillons mit Kastanien.

»Zu viele nette Tierchen auf der Speisekarte«, sagte sie. »Wenn ich die Chefin dieses Ladens wär', würde ich *bœuf sous rature* anbieten. Kapiert, Edward?« Sie hörte sich selbst lachen.

»Ja, Margaret, ich hab's kapiert«, sagte Edward.

Er lachte nicht, sah sie im Gegenteil ziemlich nüchtern an. Trotzdem konnte sie sich nicht beherrschen. Was hatte es für einen Sinn, soviel unverständlichen Derrida gelesen zu haben, wenn man dann keine philiströsen dekonstruktiven Wortspiele machen konnte? *»Sous rature«*, fuhr sie fort. »›Unter Streichung.‹ Und dann würde dir der Kellner – nichts servieren! Er würde das Rindfleisch vom Teller *wegnehmen*!«

»Ist es das, was man euch armen Kindern heutzutage auf der Universität beibringt?«

»Und dann könnte man auf der Speisekarte das Wort *bœuf* durchstreichen, so wie das die Dekonstruktivisten tun, um anzuzeigen, daß ein Wort, also, daß ein Wort was auch immer ist, was sie dazu bringt, es durchzustreichen ...«

Während sie weiterschwafelte, betrunken und begeistert über ihre Belesenheit, bestellte Edward, ohne auf sie zu achten, den Wein, der sogar noch besser war als der, den sie mittags getrunken hatten. Sie hielt das Glas an die Lippen und trank langsam. Wenn sie sich nicht irrte, sprach Edward gerade mit dem Kellner über mittelalterliche Viehzucht. Sie konnte die Lampen des schummrigen Restaurants in ihrem Weinglas gespiegelt sehen, im weindunklen Wein. Weindunkler Wein. Sie kicherte. Sie konnte die Lichter dort glitzern sehen, wie Sterne, wie Sterne in einer dunklen Nacht. Ah, wie abgedroschen. Ah, wie sublim.

An diesem Abend stolperte sie ins Bett und starrte auf die Zimmerdecke, während Edward ihr die Schuhe aufband und auf lateinisch ein Gedicht von Catull über ein gestohlenes Tüchlein rezitierte, und sie dachte, daß sie ihn heiraten würde, ihn würde heiraten müssen, dachte, daß es unumgänglich sei, ein Naturgesetz, wie die Schwerkraft. Vorausgesetzt natürlich, er würde sie haben wollen.

»›Gib mir das Tüchlein zurück!‹« brüllte er und setzte sich rittlings auf sie, preßte ihre Arme auf die Matratze. »›Oder du kannst dreimal einhundert Elfsilbler erwarten!‹«

Am nächsten Tag fuhren sie nach Les Baux, zu den Ruinen eines Schlosses auf einem hohen Felsvorsprung, wo irgendein mittelalterlicher Adliger das Herz eines Dichters gebraten und seiner Gattin zum Abendessen serviert hatte. Als die Dame ihr Mahl beendet hatte und über dessen Zutaten in Kenntnis gesetzt worden war, sagte sie, das Gericht habe so lieblich geschmeckt, daß nie wieder etwas anderes über ihre Lippen kommen sollte, und sprang in den Abgrund.

»Ah, die Gojim«, sagte Edward.

Sie fuhren nach Vaucluse, wo Petrarca seine Laura bedichtet hatte, und nach Avignon, wo Margaret Fieber bekam und schwitzend und fröstelnd im kleinen niedrigen Hotelzimmer blieb, zwischen den hohen Mauern der Stadt; und auf ihrem feuchten, fieberheißen Kissen fragte sie sich, ob sie genau jetzt, genau hier sterben würde, ausgelaugt von Wein, Liebesnächten und Museumsbesuchen.

Als sie sich wieder erholt hatte, fuhren sie in die Italienischen Alpen und verbrachten die Nacht in einem fast ausgestorbenen Wintersportort, wo sie las, während Edward eine für Margaret unverständliche lange, ernsthafte Diskussion mit dem achtjährigen Sohn des österreichischen Küchenchefs führte. Edward beherrschte sieben Sprachen und fand sich nur äußerst widerwillig damit ab, daß er immer nur eine davon auf einmal sprechen konnte. Die anderen standen immer auf Abruf bereit, eifrig und ungeduldig, traten von einem Fuß auf den anderen wie Kinder, bis endlich eine von ihnen die Erlaubnis bekam, mit voller Kraft voraus hervorzudonnern. Edward sprach mit klangvollem, deutlichem Genuß, jedes einzelne Wort auskostend, als ob die verschiedenen Sprachen gut schmeckten. Er war ein Angeber, redete, lachte, sang manchmal lauthals, ohne jede Angst, und ließ die Umwelt an seiner Bewunderung seiner selbst teilhaben. Margaret war inzwischen so sehr in ihn verliebt, daß sie nie wußte, ob die erhitzte Verwirrung,

die sie verspürte, vom Wein oder von ihrem ausgelassenen Begleiter herrührte.

»Für unsere Flitterwochen«, sagte er am nächsten Morgen, während Margaret den linkshändigen englischen Wagen auf der rechtshändigen italienischen Straße fuhr, »beantrage ich –«

»Aber du hast mir noch gar keinen Antrag gemacht, oder?«

»– nach Sri Lanka zu fahren – oder Ceylon, wie wir alten reaktionären Imperialisten es zu nennen vorziehen. Wir werden auf dem duftenden Eiland den Sinn des Lebens entdecken. So wir des Begattungsakts überdrüssig, können wir nach Kandy fahren und uns Buddhas Zahn ansehen.«

ALS MARGARET IN den Alpen aufwachte, war die Luft so klar, daß sie die Augen zusammenkneifen mußte. Auf der Fahrt die kurvenreiche Straße hinauf, in Richtung Italien, auf ein ganzes neues Land voll neuer Weine und neuer Gemälde und neuer Betten zu, die sie mit ihrem neuen Verlobten genießen würde, starrte sie geradeaus auf die sich hinaufwindende dünne Ranke einer Straße, und ihr Herz hämmerte vor ungläubiger Freude. Im Gebirge verlangte die Natur von Edward, daß er romantische Gedichte rezitierte. Er trug ebenso gewohnheitsmäßig Gedichte vor, wie andere Leute sich räuspern. Poesie war präverbal: eine Vorbereitung auf die Rede, ein Ordnen der eigenen Gedanken und Gefühle, ein erlesener Entwurf, eine anmutige, großzügige, dankbar geborgte Vision. Margaret begriff das und lauschte seiner Stimme, so klar wie die Luft, so selbstbewußt feierlich wie die umgebenden Gipfel, so glücklich wie die eines Kindes, und dann fuhr sie ins Leere. Nicht ganz ins Leere, wie sie bemerkte. Eigentlich nur *in Richtung* Leere.

»Abkürzung, Liebes?«

Margaret vergaß nie, wie sie ins Leere fuhr, und sie vergaß auch nie, wie Edward so tat, als zitterte sie nicht am ganzen Leib, wie er harmlose Witze machte, die sie wieder auf die Straße und wieder in die Welt zurückführten, wo Autos eher auf Turin zuhielten als auf einen dichtbewaldeten Abgrund.

Sie fuhr langsam, entschlossen, verzückt vor Freude darüber, nicht in einen entsetzlichen fremdländischen Tod gerollt zu sein, und einen Augenblick lang empfand sie für die Welt dasselbe, was Edward ihrer Einschätzung nach immer für die Welt empfand, denn dreißig hupende Autos krochen gereizt hinter ihr her, und als sie in den Rückspiegel schaute, fiel ihr an ihnen lediglich auf, wie blank sie in der sonnigen Bergluft funkelten.

Hinter ihrer beider Leben stand Edwards Zeitplan, ein festes und zugleich elastisches Gerüst, das jedem Tag tausend Möglichkeiten einräumte. Wenn es nur vierundzwanzig Stunden gab, dann mochten sie ruhig beginnen! Edward stand nicht nur mit der Sonne auf, sondern als sei er die Sonne. Hier bin ich, schien er zu sagen. Der Tag mag, ja soll, beginnen. Er aß jeden Morgen das gleiche Frühstück, aber was für ein Frühstück! Räucherhering und Pumpernickel, Eier mit Speck, gebratene Tomaten und Pilze, Cheerios mit Bananenscheiben, Toast und Marmelade und dazu noch Muffins. Es war ein arbeitsintensives Mahl, was vielleicht erklärte, wie er soviel essen und dabei so dünn bleiben konnte. Er präsidierte diesem ökumenischen Aufgebot von Schüsseln, Tellern, Töpfen und Pfannen mit gelassener Effizienz und wandte sich anschließend seinem Kaffee und seinen Zeitungen zu, aus denen er manchmal Margaret vorlas, außer sie erhob Einwände, was sie, übellaunig und mit verschwollenen Augen, häufig tat.

»Das ist mir egal, Edward. Im Augenblick sind mir die Tschechischen Philharmoniker völlig egal.«

»Margaret, eines der Dinge, die ich an dir liebe, und deren sind so viele, daß es meine Seele mit Freude erfüllt, aber eine der liebenswertesten Eigenschaften, die du besitzt, ist die Ehrlichkeit, die du im Zustand der Gereiztheit an den Tag legst.« Er lächelte.

Margaret, benommen vor Müdigkeit und vom reichhaltigen Potpourri von Frühstücksgerüchen, wurde sich dann nichtsdestoweniger seiner Gegenwart bewußt, intensiv und wohltuend bewußt – seines Aussehens und seiner Berührung, ohne hinzusehen oder ihn zu berühren –, und sie verspürte in sich das vertraute Aufwallen von Dankbarkeit und Verblüffung, das sie als Liebe zu erkennen gelernt hatte.

Margaret streckte die Hand über den Tisch und berührte die seine. Im fernen Prag beteiligten sich die Tschechischen Philharmoniker aktiv an einer demokratischen

Revolution. In New York war sie glücklich und mit Edward verheiratet. Beide Sachverhalte dünkten Margaret gleichermaßen unwahrscheinlich und nahezu wundersam. Edward hatte recht: Die Welt *war* ein herrlicher Ort.

»Du hast eigentlich nichts gegen mich«, sagte sie. »Du magst mich.«

»Unsere Ehe ist ein fauliger Pfuhl stinkender Lügen; ein schändlicher, verseuchter Kerker, in den uns ein gleichgültiges und herzloses Schicksal geworfen hat.«

Edward hatte Margaret geheiratet und war nach New York gekommen, an das Lit.-Wiss.-Institut der Columbia-Universität, und hatte sich mit derselben enthusiastischen Bereitwilligkeit eingelebt wie der englische Sperling, hatte ein altehrwürdiges, friedliches Universitätsstädtchen problemlos gegen den ungeheuren Lärm großstädtischen Verfalls eingetauscht. Als Amerikanophiler war Edward Spezialist für (ausgerechnet und entgegen aller akademischen Mode) Walt Whitman, und er schwärmte für die Heimat seines Dichters.

Mannahatta! »›Eine Million Menschen – von stolzer, freier Art!‹« Edward war ein Mann, der im Frieden mit New York lebte.

Für die nächsten sechs Jahre strebte Edward allmorgendlich um sieben Uhr hinaus ins Herz von Mannahatta und lief um das Reservoir. Er behauptete, er bekomme davon einen klaren Kopf, aber Margaret fiel auf, daß Laufen praktisch die einzige sportliche Betätigung war, die keine positive Auswirkung auf die Pektoralmuskeln zeitigte, und war daher überzeugt, er nehme diese Quälerei nur auf sich, um sicherzugehen, daß seine britische Brust hinreichend konkav blieb. Nachdem er, um Punkt 8.40 Uhr, verschwitzt und nach der so langen Zeit, die er ohne Studenten und Bücher hatte zubringen müssen, in geschwätziger Laune zurückgekehrt war, ging er rasch unter die Dusche, zog sich um, nahm sein ausgedehntes Frühstück zu sich und spazierte dann zur Columbia für sein Elf-Uhr-Seminar. Wie-

der nach Hause zum Lunch und zu einem zwanzigminütigen Nickerchen. Zurück in die Uni, zu Vorträgen oder Studien oder belanglosen, vornehmlich der üblen Nachrede gewidmeten Institutssitzungen – Aktivitäten, denen er sich gleichermaßen eifrig und vorbehaltlos widmete, da sie zu seinem Leben und daher zu ihm gehörten und somit in einem erfreulichen und interessanten Widerschein strahlten. Um Punkt 18.30 Uhr zum Abendessen wieder zu Hause, gleichgültig, ob er um 20.00 Uhr eine Veranstaltung hatte oder nicht. Falls ja, um 22.15 Uhr wieder zu Hause. Falls nicht, Arbeit zu Hause bis 23.00 Uhr. Einschlafen um 23.30 Uhr. Um 6.30 Uhr Aufstehen und Beginn der nächsten Runde.

Wenn es Abweichungen von diesem Tagesablauf gab – eine Einladung zum Dinner, einen Vortrag, den er halten mußte, ein Konzert –, paßte sich der Zeitplan widerstandslos an und schuf Platz. Margaret hatte noch nie einen methodischeren und gleichzeitig weniger starren Menschen kennengelernt. Edwards Geist, ein buntes Sammelsurium leidenschaftlicher Interessen, war offen für jede neue Möglichkeit – mit einer Ausnahme: der Möglichkeit, er könnte etwas, was er sich vorgenommen hatte, nicht zu dem Zeitpunkt tun, den er dafür eingeplant hatte, und was immer sonst er tun wollte oder von ihm erwartet wurde, nicht ebenfalls bewältigen. Und so folgte Edwards Leben, wie die Drehung der Erde, wie die lautlose Wanderung der Sterne von einem gewölbten Horizont zum anderen, Tag für Tag seiner Bahn. Wenn »eigensinnig« und »selig« Synonyme gewesen wären, so hätten sie Edward und den sanften, unabänderlichen Rhythmus seiner Tage treffend charakterisiert.

Kraftvoll und mühelos gingen die Wochen dahin, und sein Leben war ausgefüllt. Margaret konnte nur stumm vor Bewunderung staunen, denn ihr eigener Tagesablauf wies keine nennenswerte Gesetzmäßigkeit auf. Ihre Beiträge zum gemeinsamen Einkommen waren zwar nicht

unbeträchtlich, kamen aber in unregelmäßigen Abständen und von weit her. Margaret war beinahe berühmt. Sie hatte eine Biographie geschrieben – eine schlichte, solide kleine Biographie, ein Buch, so unmodern, so bescheiden und anspruchslos wie eine brave Hausfrau, das dennoch die Aufmerksamkeit des launenhaften Publikums erregt hatte. Den Gegenstand, Charlotte de Montigny, hatte man ihr zugewiesen, als sie Studentin der Geistesgeschichte auf der Suche nach einem Dissertationsthema gewesen war. Mit einem ausschweifenden und übellaunigen kleinen Aristokraten des achtzehnten Jahrhunderts verheiratet, hatte sich Madame de Montigny damit getröstet, daß sie Amateurastronomin, gelegentliche Porträtmalerin und passionierte autodidaktische Anatomin geworden war. »Ach, *Sie* könnten genausogut *die* nehmen«, hatte Margarets Doktorvater gesagt. Der alternde angesehene Professor, der zuviel trank und zu viele seiner Studentinnen heiratete, bestellte Doktorarbeiten, als seien es Gerichte in einem unzulänglichen Restaurant, dem einzigen Restaurant am Platz. Aber diesmal hatte der Hackbraten einen Preis gewonnen, ja mehrere Preise. Margaret bekam Stipendien und Autorenhonorare und, kaum promoviert, eine einträgliche Pfründe sowie ein kleines Arbeitszimmer in Princeton, das zu weit weg war, als daß sie es hätte benutzen können.

Aber Stipendien und Honorare und ein unbenutztes Arbeitszimmer auf der anderen Seite des Flusses erforderten weder einen Zeitplan noch einen geregelten Tagesablauf. Margaret belauschte Edward, während er am Telefon liebenswürdig mit einem Redakteur diskutierte, für den er ein Buch rezensierte.

»Mögen Sie James Schuyler?« fragte Edward schließlich am Telefon. »Ich ja. So amerikanisch. ›Die Nacht ist voller Unentschlossenheiten: einen *downer* oder einen *upper* nehmen, spazierengehen, sich hinlegen und relaxen. Ich befehle dir: RELAX.‹« Und dann, mit dem Ausdruck größter

Zufriedenheit, als ob die Angelegenheit damit erledigt sei, legte er auf. Manchmal, wenn sie ein Gedicht in gedruckter Form sah, mit seiner ganzen Interpunktion, seinen kurzen und langen Zeilen, seinen Strophen, erschrak Margaret fast. Durch ihr Zusammenleben mit Edward hatte sie sich angewöhnt, Dichtung als Gesprächsform zu betrachten.

An ihrem Schreibtisch in ihrem gemeinsamen Arbeitszimmer kehrte Margaret wieder zu Voltaire zurück. Voltaire und seine Geliebte, dachte sie, hatten jahrelang zusammen gearbeitet. Aber sie teilten sich ein Château, kein überzähliges Schlafzimmer. Sie arbeiteten in getrennten, üppig ausgestatteten Gemächern: ein kluges Arrangement, das es für Madame du Châtelet völlig unmöglich machte, ihre Arbeitszeit dadurch zu vergeuden, daß sie Voltaires zweifellos brillante und unterhaltsame Telefongespräche mithörte – wenngleich sie regelmäßig seine Post über Dampf geöffnet hatte. Trotzdem bewies sie eine weit größere Selbständigkeit als ich, die ich hier rumsitze und meinen eigenen Mann angaffe, als sei er mein erster Schwarm, mein heimlicher Liebhaber, mein einziger Freund und mein lebenslanger Mentor.

Manchmal ärgerte sie sich über die Tiefe der Gefühle, die sie für Edward empfand. Bin ich vielleicht ein rückgratloses Schoßhündchen, daß mir die bloße physische Gegenwart eines Mannes, der die *Mississippi Review* liest, ein solches Vergnügen bereitet? Sie stand auf und legte ihm die Arme um den Hals, vergrub ihr Gesicht in seinem ungemähten silbernen Haarrasen. Was glaubt er eigentlich, wer er ist, daß er so herumstolziert und immer glücklich und pünktlich ist?

»Laß uns nach Prag fahren«, sagte sie dann. »Laß uns die Tschechischen Philharmoniker hören.«

Margaret verbrachte ihre Tage in der Bibliothek. Selbst das Sonnenlicht trat hier bei seinem langsamen, schwerfälligen Abstieg von den staubigen Fenstern hoch oben leise auf und flüsterte sich dabei selbst zu: Bitte nicht stören, bitte nicht stören.

Margaret störte nicht. Niemand störte, was auch bedeutete, daß niemand Margaret störte. Margaret lebte in der ständigen Angst davor, in ein beiläufiges Gespräch verwickelt zu werden, in dessen Verlauf sie jemand unweigerlich nach etwas fragen würde, was sie geschrieben hatte, und sie überhaupt nicht wissen würde, wovon der Jemand eigentlich redete. Margaret war eine Autorität in vielen Dingen, aber mit dieser einen Einschränkung: Diese vielen Dinge waren ihr so gründlich entfallen, als söffe sie täglich, morgens, mittags und abends, von Lethes Fluten, als füllte sie sich ab, gurgelte und putzte sie sich die Zähne mit den Wassern des Vergessens. Margaret litt unter kurzlebigen, aber allverzehrenden intellektuellen Leidenschaften, denen sie sich rückhaltlos hingab, wodurch sie es zu einer ausreichenden Sachkenntnis brachte, um geistig produktiv werden zu können. Nachdem sie das, was sie momentan beschäftigte, zu Papier gebracht hatte, vergaß sie es, vergaß sie alles, vergaß es ganz und gar, und behielt nur das wohltuende Gefühl zurück, etwas geleistet und abgeschlossen zu haben.

Während der Arbeit an ihrer Dissertation, aus der ihr erstes Buch, *Die Anatomie der Madame de Montigny*, hervorgegangen war, hatte Margaret ein interessantes Manuskript aus dem achtzehnten Jahrhundert entdeckt. Soweit sie feststellen konnte, war es nie veröffentlicht worden, und wie es in die Midtown Medical Library gelangt war, konnte sie noch nicht sagen.

Es war ein Dialog. Nach und nach wurde ihr klar, daß ganze Passagen aus Werken von Helvétius, Diderot, Kant, Condorcet – von jedem, der im achtzehnten Jahrhundert jemand war – sowie ansehnliche Stücke von John Lockes

Versuch über den menschlichen Verstand abgeschrieben und ohne Kenntlichmachung in den Text eingearbeitet worden waren. Das war für sich genommen nichts Außergewöhnliches. Damals gab es keinen Urheberschutz, und Raubdrucke von philosophischen Werken, Anthologien von oft stark abgewandelten Exzerpten ohne Quellenangabe waren gang und gäbe.

Aber ist das ein philosophisches Werk? fragte sie sich. Denn trotz seines philosophischen Gehalts war es, wie ein Großteil der Literatur dieser freizügigen Epoche, die Geschichte einer Verführung.

War es dann ein galanter Roman? Und wenn nicht – wenn weder ein philosophischer Traktat noch ein galanter Roman –, was war es dann? Margaret arbeitete zur Zeit an der Übersetzung des französischen Textes. Ihr neues Buch, über Untergrundliteratur der Aufklärung, behandelte schwerpunktmäßig diesen unzüchtigen didaktischen Dialog. Sie kehrte jeden Tag mit größerer Freude und Neugier zu ihm zurück. Ein hybrides Geschöpf, gefiedert, bepelzt und rosahäutig, lag es vor ihr ausgebreitet, geöffnet, erwartungsvoll, eine geheimnisvolle Kokette, die auf sie, auf Margaret, wartete. Es hieß *Rameaus Nichte*.

Rameaus Nichte
von Anonymus
Übersetzt von Margaret Nathan

Ich bin gewohnt, während der Arbeit zu pfeifen. Ich habe diese Angewohnheit in einem zarten Alter erworben und empfinde sie seither als eine erfreuliche Untermalung meiner anstrengenden Tätigkeit, einer Tätigkeit, die desungeachtet in sich schon so beglückend ist, daß diese zusätzliche Verschönerung meinen Geist bisweilen zu solch ungewohnten Höhen emporhebt, daß ich gänzlich vergesse, worin meine beglückende Tätigkeit eigentlich besteht.

Zu solch einer Gelegenheit, da ich lustig vor mich hin pfiff, entflohen die Töne meinen geschürzten Lippen, um mit ihren bescheidenen Kräften in den herrlichen Gesang einer Lerche einzustimmen, die in einem Baum saß, unter dem ich entlangspazierte. Ich richtete meine Augen auf jenes zarte Himmelsgeschöpf, und so, da meine Aufmerksamkeit vorübergehend meinem irdischen Pfad entzogen, strauchelte ich.

Mein Fuß hatte eine dicke, hervorstehende Wurzel gestreift, die mir das Gleichgewicht raubte, und so wurde ich gegen eine vorbeigehende Person geschleudert, die von mir, vertieft, wie ich war, in mein gewohnheitsmäßiges Pfeifen und den obenerwähnten Blick nach der gefiederten Botin der Venus, bis zu dem Augenblick unbemerkt geblieben; denn der Gesang der Lerche war an jenem Tag wahrhaftig ein Liebeslied: ein Gedanke, der mich in dem Augenblick berührte, da mich die Schönheit der Vorbeigehenden berührte, mit der ich in solch

unbeabsichtigte, gleichwohl sehr enge Berührung getreten war.

SIE: Ihr habt das Gleichgewicht verloren.
ICH: Ich habe in der Tat das Gleichgewicht verloren. Doch laßt uns hoffen, daß ich nicht auch den Kopf verloren, denn soviel ist gewiß, in ebendiesem Moment habe ich mein Herz verloren! Welch liebliche Erscheinung mir hier zuteil wird, an einem Ort, wo ich nur Einsamkeit erwartete!

Sie war in der Tat lieblich. Lieblich? Sie war vollkommen, ein Mädchen, dessen mannigfaltige Qualitäten, eine jede in sich schon bemerkenswert, gemeinsam einen Eindruck von Harmonie erzeugten, von Übereinstimmung, von vollendeter Einheit – kurz, von Schönheit! Ich fühlte dies alles unmittelbar, noch ehe ich mir bewußt wurde, daß ich überhaupt etwas empfand, denn so subtil war die Macht ihrer Anmut, daß ihre Wirkung ohne alle Anstrengung erzielt zu werden schien. Und ebenso mühelos wurde sie von mir gewahrt und willkommen geheißen.

ICH: Werdet Ihr mir vergeben?
SIE: Ich kann Euch nicht eine Tat vergeben, deren Urheber nicht Ihr wart, sondern der Zufall; noch möchte ich Euch eine Tat vergeben, der ich das Vergnügen verdanke, nach so vielen Jahren meines Onkels Freund und einen Philosophen von solchem Genie wiederzutreffen. Denn es sei Euch gestanden, mein Herr, daß ich oft den Wunsch verspürt habe, Euch wiederzusehen. Euer *Traktat über Vernunft und Geselligkeit* ist mir in diesem letzten Jahr der vertrauteste Gefährte gewesen.

Wie außergewöhnlich. Ein kleines Mädchen (sie war nicht älter als sechzehn) hatte sich zur Gesellschaft eines meiner Werke erkoren, und ein recht schwieriges dazu. Ja, es lag in diesem Augenblick in ihrer kleinen, zarten Hand! Sie drückte das Buch – mein Buch – fast ehrerbietig an ihre Brust.

SIE: Ich habe so viele Fragen.

Und ebenso viele hatte ich, wobei deren erste und drängendste lautete: Wer war sie?

Dies wußte ich nicht. Dennoch war ich mir dessen gewiß, daß ich etwas Wichtigeres wußte, denn ihr Wunsch, die Freiheit zu erringen, von ihrem eigenen Verstand Gebrauch zu machen, war mir unzweifelhaft. Ebenso offensichtlich war meine Verpflichtung, sie auf ihrer Reise zu begleiten – was sage ich: ihr den Weg zu weisen. Ohne mein Wissen war ich dazu ausersehen, ihr Führer auf einer Reise zur Erkenntnis zu sein (und nach dem Buch in ihrer kleinen weißen Hand zu urteilen, war ich es bereits geworden). Hier war ein unschuldiges, unverdorbenes Kind, das nach Erziehung verlangte.

ICH: Aber wie kommt es, daß Ihr mich kennt? Und wer ist Euer Onkel?

Ich gestehe, lieber Leser, daß ich diese Fragen in einem Zustand heftiger Gemütsbewegung an das liebliche Mädchen richtete, denn in meiner Pein, ein unschuldiges junges Fräulein durch solch einen tölpelhaften Zusammenstoß auf einem einsamen, engen Gartenweg in Verlegenheit gebracht, und in meiner Erregung darüber, eine so lernbegierige Schülerin gefunden zu haben, hatte ich vollkommen vergessen, zur Seite zu treten und sie vorbeigehen zu

lassen, weswegen ich in so unmittelbarer Nähe von ihr stand, daß ich fühlte, wie ihre Brust, ohne Zweifel infolge der Erschütterung ob unseres überraschenden Zusammentreffens, sich gegen meine Brust hob und senkte, während ihre kleine Hand, noch immer um meine bescheidene Abhandlung über die Geselligkeit geschlossen, jetzt zwischen unser beider Herzen gezwängt war.

Ich sehnte mich danach, sie zu unterrichten, ihr Freund zu sein, mich unentwegt der Beförderung ihres Glücks zu widmen und dasselbe durch jegliche Art von Vergnügen zu mehren.

Und von dieser Sehnsucht erfüllt, von der ahndungsvollen Vorfreude auf solch eine befriedigende und glückverheißende Vereinbarung beseelt, und dicht gegen sie gedrängt, wie ich stand, wurde ich einer weiteren Regung inne – einer plötzlichen und übermächtig emporwallenden Bewegung.

Meine Unfähigkeit, dieser schwellenden Empfindung in einer Situation von solch köstlicher Zweisamkeit Herr zu werden, erkennend und befürchtend, das Mädchen könnte gleichfalls die plötzliche Fülle meines Fühlens bemerken und dadurch beunruhigt werden, trat ich einen Schritt zurück.

SIE: Erschreckt nicht, mein Herr. Ich bin Euch keine Fremde, oder fremd doch nur in dieser Gestalt, da Ihr mich seit meiner Kindheit nicht mehr gesehen. Ich bin Rameaus Nichte.

Edward hatte keine Probleme auf Dinnerpartys. Wenn er neben einen Felsklotz gesetzt worden wäre, hätte er sofort eine angeregte Unterhaltung über dessen Granit-, Sand- oder Kalksteinschichten, über dessen Leben im Untergrund, dessen Ozeanreisen und dessen Pläne für die Zukunft angefangen. Berauscht von dieser Begegnung, hätte er Margaret mit Anekdoten aus dem Leben des Felsens beglückt und sie mit einem solchen Enthusiasmus und Charme erzählt, daß sie gelacht und gehofft hätte, eines Tages auch einen Stein als Tischnachbarn zu bekommen. Und der Stein? Er hätte geseufzt und sich im neugewonnenen Bewußtsein seiner Herrlichkeit, seiner Bedeutung und Schönheit, seiner Notwendigkeit und Würde gesonnt: Ich pflastere Straßen und baue Türme, ich bilde Berge, ich ruhe am Hals anmutiger Damen!

Margaret dagegen – nun, manchmal fragte sie sich, wie es wohl wäre, bei einer Dinnerparty sich selbst als Tischnachbarin zu haben. Sie würde nichts zu sagen haben. Und sie auch nicht.

Außerstande, die Dinnerparty-Einstiegsfrage zu stellen (die Frage, die man auf einer Dinnerparty – oder zumindest auf der Art von Dinnerpartys, an denen sie teilnahm – stellte, lautete, abhängig vom Grad der Vertrautheit, die zwischen den Gesprächspartnern herrschte, entweder »Was ist Ihr Spezialgebiet?« oder »Woran arbeiten Sie zur Zeit?«), außerstande also, die Frage zu stellen, weil sie das Gefühl hatte, daß sie die Antwort eigentlich schon wissen müßte, was aber nicht der Fall war, oder weil sie befürchtete, die Antwort könnte »Nichts« lauten und damit die Frage aggressiv und herzlos erscheinen lassen, würde sie in einem qualvollen Schweigen erstarrt dasitzen, das sie, auf dem Nachbarstuhl gleichfalls paralysiert und stumm, als Geringschätzung, Langeweile oder, am allerschlimmsten, als Dummheit interpretieren würde.

Edward sagte, ihr schauderhaftes Gedächtnis läutere sie, erlaube ihr, allem unvorbelastet zu begegnen, und sei somit

eine Tugend. Aber er hatte unrecht. Ein schlechtes Gedächtnis raubt, wie Margaret wußte, dem Menschen seine Würde. Sie genoß ein gewisses Ansehen in der Welt, aber nichts davon hatte sie sich auf Dinnerpartys erworben.

Aber da wären wir wieder, dachte Margaret, als sie und Edward eine große Wohnung in der West Side betraten, lackierte Wände überall, glänzend und glatt wie Eis. Die Decke, dachte sie, als sie nach oben schaute – abgesehen von der Schwerkraft, könnte man auf der Decke Schlittschuh laufen.

Edward flüsterte ihr ins Ohr: »›Und die meisten Witze kriegst du gar nicht mit, wie übertünchte Zoten an der Wand, und die Musik ist laut, aber irgendwie dünn, und die Zeit, sie verrinnt dir wie Sand.‹« Seit seinem Umzug nach New York war Edward dazu übergegangen, ausschließlich amerikanische Dichter zu zitieren. »Elizabeth Bishop«, sagte er auf ihren hilflosen Blick hin freundlich.

Die Gastgeber waren ein Ehepaar namens Till und Kunz Turner. Margaret war auf dem College Tills Zimmergenossin gewesen, eine Erfahrung, die ihr nicht zuletzt dadurch unvergeßlich geblieben war, daß Till tagaus, tagein irgendwelche Rollen für verschiedene avantgardistische Studentenaufführungen, darunter viele Musicals, einstudiert hatte.

Tills Gatte, Kunz, ein großer, gutaussehender Mann mit einem kurzgeschnittenen Bart und schönen Zähnen, stand an der Tür. Er war ein sehr geschätzter Schriftsteller, der nie etwas zu schreiben schien, ein Umstand, der sein Ansehen merkwürdigerweise nur noch erhöhte. Er war ein Mann von großer Integrität. Er lächelte, schüttelte Hände, lächelte, lächelte und lächelte. Mit manchen flüsterte er, andere kündigte er mit lauter Stimme an, und seine Aufmerksamkeit erregte allgemeine Aufmerksamkeit.

Es war Kunz, der in einem Anfall von Wichtigtuerei darauf bestanden hatte, Margarets Doktorarbeit einem ihm bekannten Lektor zu zeigen, nur um dann erleben zu müs-

sen, wie daraus der Bestseller *Die Anatomie der Madame de Montigny* wurde. Kunz und Margaret hatten sich das nie verziehen.

Er ist ein Monster, dachte Margaret, während sie zusah, wie er seine Gäste begrüßte. Ein böses manipulierendes Monster, das das Schloßtor bewacht, ein Mann, der die Bedeutung, das Geheimnis der Eitelkeit der anderen erkannt hat und sie benutzt, um seine eigene zu befriedigen. Komm, schien er zu sagen, laß dir maßlos schmeicheln, laß dir *von mir* maßlos schmeicheln, komm her. Und sobald du verlegen (na so was, ist das wirklich dein Ernst?) seine Einladung annahmst, rums! knallte das Tor zu. Und du standest – immer noch draußen.

Er legte den Kopf zurück und entblößte seine erstklassigen Zähne. »Ah, hier ist meine kleine Entdeckung.«

Margaret blickte schuldbewußt auf den dicken waldgrünen Teppich. Aber es macht auch ihn krank, dachte sie. Es macht auch ihn krank, daß seine Hilfe geholfen hat.

»Du bist phantastisch, Margaret, phantastisch«, sagte er. »Offen, schlicht, ohne jede Affektiertheit.«

Was Margaret gesagt hatte, der Auslöser für seine überschwengliche Begrüßung, war: »Hallo.« Sie versuchte freundlich, dankbar zu lächeln, merkte aber sofort, daß es ihr nicht gelungen war.

»Ein konzeptioneller Durchbruch für die kritische Biographie«, sagte er gerade. »Das Forschungsgebiet kann nie wieder dasselbe sein, kann sich nie erholen von diesem geballten Ansturm von ...« Er hielt inne. »Wirklich. Wie geschickt du deine Brillanz unter den Scheffel zu stellen weißt, Margaret. Ich bin sicher, niemand würde je vermuten, daß es sie überhaupt gibt.« Und er wandte sein strahlendes Lächeln dem nächsten Gast zu.

Nicht nur nahmen die Leute an Margaret keinerlei intellektuelle Brillanz wahr – sie konnten überhaupt nur eine sehr geringe Intelligenz entdecken. Es war Margarets Schicksal – oder Unglück, wie sie es sah –, von ihrer Mutter

ein Gesicht geerbt zu haben, das soweit ganz nett und dekorativ war, aber ihr Temperament oder ihre Persönlichkeit nicht im mindesten zum Ausdruck brachte. Während sie unter Panik, Schüchternheit und einer kritischen Verachtung für ihre Mitmenschen litt, war alles, was ihre Mitmenschen sahen, eine hübsche junge Frau mit albernen Shirley-Temple-Locken, einem Sprühregen von Sommersprossen auf der Nase und einem offenen, eifrigen Blick in ihren braunen Augen, der leicht als fröhliches Selbstvertrauen interpretiert werden konnte.

Wäre ich doch bleich und streng und hochmütig, dachte sie, und hätte dünnes Haar und einen Dutt. Aber Margaret sah vergnügt und zufrieden aus.

Sie setzte sich, sah sich um und bemerkte, daß sie glücklicherweise nicht neben sich selbst saß. Ihr Tischnachbar war ein Mann, den sie flüchtig und auch nur von Anlässen wie dem heutigen her kannte. Da sitzt er, dachte sie, und wartet geduldig darauf, daß er außerstande ist, ein interessantes Gespräch mit mir anzufangen.

Er war ein Schriftsteller, ein ziemlich erfolgreicher aus der East Side, mit einem vornehmen Sandsteinhaus und einem Tisch in einem Restaurant von der Sorte, in der Schriftsteller einen Tisch zu haben pflegten, hatte ein, zwei Bestseller in seiner Vergangenheit zu verzeichnen und eine kleine noch verbleibende Portion Berühmtheit, die sie besonders einschüchternd fand. Er war gerade so berühmt, daß sie einige elementare Fakten über ihn hätte wissen sollen, aber wiederum nicht so berühmt, daß sie sie auch gewußt hätte. Sie andererseits hatte ein berühmtes Buch geschrieben, und es war so viel über dieses Buch geschrieben worden, daß sie von den Leuten erwarten konnte, sie wüßten, worüber sie geschrieben hatte, aber es war die Art Buch, die garantierte, daß keiner es wußte.

Sie sah sich nach Edward um, versuchte erfolglos seine Stimme aus dem Gewirr anderer Stimmen herauszuhören, die stilvoll die Themen des Tages abhandelten. Das war's,

was die Leute auf Dinnerpartys taten: reden. Aber das Reden fand auf irgendeiner Ebene jenseits der Kommunikation statt. Es hatte ornamentalen Charakter.

Margaret sah Edward auf sich zukommen. Er legte ihr im Vorbeigehen die Hand an die Wange, sagte aber nichts, und sie fühlte sich fast im Stich gelassen. Wenn Till ihn neben Margaret gesetzt hätte, brauchte sie sich nicht den Kopf zu zermartern, um geschliffene Aperçus zu formulieren, oder zu versuchen, dem Gespräch zu folgen. Sie brauchte nicht geistreich zu sein. Sie würde nur zuhören, und sie würde Edward hören. Seine laute, überschwengliche Konversation würde sie fortreißen, sie bis zur Besinnungslosigkeit mit Informationen und Beobachtungen und Versen über Versen amerikanischer Dichter anfüllen.

Aber Edward war unterwegs in andere Regionen, und Margaret seufzte und machte eine Bestandsaufnahme ihrer Situation. Links von ihr ließ sich ein stark parfümiertes Mädchen auf den Stuhl gleiten. Ihr gegenüber saß ein Mann, der ihr irgendwie bekannt vorkam, aber vielleicht lag das auch nur an seiner Brille; neben ihm war eine Frau, bei der sich Margaret absolut nicht sicher war, ob sie sie kannte; und so weiter rund um den großen Tisch, bis Margaret dem blaßblauen Blick ihres Mannes begegnete und lächelte. Neben Edward kam irgendeine Frau, dann, süffisant grinsend und nickend, Tills schrecklicher Gatte (»Du hast ein vollkommen neues Vokabular geschaffen, ein neues kritisches Idiom ...«). Wirklich, dachte Margaret, Kunz' Angewohnheit, mit großartigen Begriffen um sich zu schmeißen, als hätte er gerade in diesem Augenblick, und auch in jenem – als ob er in jedem Augenblick gerade einen neuen Kontinent entdeckt hätte und die Fahne aufpflanzte, wurde zunehmend anstrengender. Margaret konnte Kunz nicht ausstehen, und sie mochte Till sehr gern, so wie man einen Freund mag und nicht mehr genau weiß, warum. Daß Kunz und Till nur en bloc geliefert wurden, war bedauerlich, aber so war es nun einmal, und

so würde es immer sein. Ehepaare waren wundersame, absonderliche, mißgestaltete Gebilde, die ohne Grund und ohne Anmut wuchsen, wie doppelte Maiskolben. Trotzdem, dachte sie, Till sollte ihn etwas an die Kandare nehmen.

Neben Kunz saß Lily, eine Collegefreundin Tills, die Margaret seit Jahren nicht gesehen hatte, aber die sie, wenn sie sich recht erinnerte, früher gemocht hatte. Mit ihren kurzen, zerzausten schwarzen Haaren und ihrem roten Schmollmund sah sie aus wie ein Mädchen auf dem Umschlag eines Beatnik-Taschenbuchs aus den fünfziger Jahren.

Till zufolge war Lily seit ihrer Collegezeit immer in Begleitung von ein, zwei Anhängseln herumgezogen, einer buntscheckigen Sammlung schicker, aber unproduktiver Künstler. Der treuste von ihnen war heute abend mit Lily da, ein drahtiger Mann mittleren Alters namens Pepe Pican, der stets eine solche Verachtung für seine Umgebung an den Tag legte, daß er sich zu nichts anderem durchringen konnte, als sich bewirten zu lassen. Er aß, wo immer und wann immer er oder jemand aus seinem Bekanntenkreis eingeladen wurde.

»Hi«, sagte Margaret zu Lily. »Hallo, Pepe.«

Pepe sah sie finster an und widmete sich wieder seinem Teller.

»Margaret! Ich hab' dich seit, ich weiß nicht, seit einer Ewigkeit nicht mehr gesehen! Letzte Woche hab' ich von dir geträumt!« sagte Lily und wandte sich dann wieder ihrem Tischnachbarn zu.

Überall rings um Margaret waren Gesichter und noch mehr Gesichter, lächelnde und lachende, deren Münder, Wörter bildend, mühelos auf- und zuklappten, das Mysterium der Konversation vollziehend. Margaret war zum Weinen zumute. Sie versuchte sich daran zu erinnern, welche osteuropäische Regierung an dem Tag gestürzt worden war. War es wirklich Rumänien? Sie wünschte sich, sie wäre auf einer Dinnerparty in Rumänien, unter der einzigen,

schwachen Glühbirne der Familie, eine fleckige Pellkartoffel auf ihrem Teller. Was für ein oberflächlicher Mensch du doch bist, Margaret, dachte sie. Alle Rumänen wären lieber hier, wo wir frei sind. Frei, oberflächlich zu sein.

Margaret stützte ihr Kinn in die Hand und beobachtete Till. Till griff nach ihrem Weinglas, und ein munterer klirrender Chorus erklang, ein Chor von Armreifen. Ihre Jacke war von einem changierenden Grün, ihr langes, dauergewelltes Haar pechschwarz, ihre Zähne weiß und groß. Am Kopfende der Tafel thronend, klimperte und glitzerte sie wie eine leibhaftige Göttin, allwissend, mächtig, selbstbewußt.

Till Turner war zuerst und vor allem eine Gastgeberin, aber sie fand auch Zeit zu schreiben. Sie war eine Stückeschreiberin, deren immens populäres Œuvre um kleine Gruppen von Frauen kreiste, die in großen, in Bewegung befindlichen Fahrzeugen saßen – es gab ein Flugzeugstück, andere spielten in einem Bus, einem Zug, auf einer Fähre –, durchgeschüttelt wurden und an den Knochen ihres Lebens nagten, bis ganze Skelette von Ehe und Scheidung und betagten Eltern und halbwüchsigen Kindern, ein ganzes Beinhaus von Beziehungen, weiß schimmernd um sie herum lagen, klickedi-klack.

Ein Kritiker hatte Till Turner den Spitznamen Turner Off, Zum Abgewöhnen, verpaßt, aber die meisten seiner Zunft begrüßten ihre Fähigkeit, Jahr für Jahr ein neues Stück auf den Markt zu werfen. Ihre Wohnung war alt und die Zimmer groß und quadratisch, nicht eng und rechteckig wie sonst meist in New York. Obwohl Margaret mit ihrer eigenen vollkommen zufrieden war, ertappte sie sich jedesmal, wenn sie bei jemandem zu Besuch war, dabei, daß sie unabsichtlich, aber unweigerlich dessen Wohnung taxierte und begehrte. Sie mochte, noch atemlos von den sechs Treppen, in einer engen Mansarde im East Village stehen und versuchen, auf dem schiefen Fußboden das Gleichgewicht zu halten; aus einer Wohnung Ecke Second

Avenue und sechsundachtzigste Straße auf den knapp schuhkartongroßen Balkon hinaustreten und dem heraufdröhnenden Verkehrslärm lauschen; oder den dunklen, endlosen Korridor einer schlauchförmigen Wohnung in der Nähe der Columbia nach dem düsteren Badezimmer absuchen. Es spielte überhaupt keine Rolle, wo sie war – jede Wohnung hatte etwas: ein undichtes, aber romantisches Dachfenster, eine Aussicht, Armaturen an einer Dusche. Irgendwie wollte sie sie alle haben, und diejenige, die sie irgendwie am allermeisten wollte, war diese eine, Till Turners Wohnung. Tagsüber flutete Sonnenlicht durch die Baumkronen an die breiten Fenster. Hinter den Bäumen war der Park und dann der Fluß. Nachts glitzerten die Lichter von New Jersey fröhlich durch das Laub: Ihr da drüben macht euch vielleicht über uns hier lustig, schienen die Lichter von New Jersey zu sagen, aber schaut, schaut nur, wen ihr da gerade anstarrt, und schaut, wen *wir* zu sehen bekommen!

Jetzt hatte sich Till über Lilys Stuhllehne gebeugt, redete schnell und leise auf die Freundin ein, und Margaret sah ihnen neidisch zu und wünschte sich, jemand, irgend jemand, würde in diesem Moment schnell und leise auf *sie* einreden, ja, laut und entnervend langsam hätte es notfalls auch getan. Till hob die Augen und sah, daß Margaret sie beobachtete. Sie rückte mit einem kleinen Lachen von Lily ab.

»Ich habe Lily lange nicht gesehen«, sagte sie. Sie lachte wieder und zog zum nächsten Gast weiter.

»Margaret!« sagte Lily über den Tisch hinweg, den Kopf zur Seite geneigt, als gehöre Margaret einer äußerst seltenen Spezies an. »In dem Traum haben wir zusammen Ovid gelesen. Für einen Kurs übersetzt. Irre, was? Auf ganz unbequemen Stühlen. Genau wie in Mr. Griswolds Seminar, erinnerst du dich?«

»Ich hab' nie Latein studiert«, sagte Margaret. »Ich hab' nie Ovid gelesen.«

»Natürlich hast du das«, sagte Lily in beruhigendem Ton. »Und du bist absolut skandalös, mit deinem Bestseller und deinen ganzen Preisen. Ich bin so neidisch, daß ich platzen könnte.« Sie lehnte sich vor und legte ihre Hand auf die von Margaret und tätschelte sie und schien nicht im geringsten neidisch, nur amüsiert.

»Platz nicht«, sagte Margaret.

Vielleicht sollte ich meine mangelhafte Sozialkompetenz an Lily üben, dachte Margaret halbherzig, als sie Lilys altmodisches weißes Seidenkostüm bemerkte. Sie ist exotisch. Sie sieht wie eine frisch instant-geschiedene Las-Vegas-Braut aus.

Till, rein und raus aus dem Zimmer, auf und nieder in ihrem Stuhl, hin und her und rundherum zwischen den Gästen, kam jetzt allmählich in Margarets Nähe. Gott sei Dank wird sie wenigstens nicht meine herrliche Schlichtheit bestaunen wie ihr unerträglicher Mann vorhin. Margaret meinte zu hören, daß Kunz sich über seine College-Eignungsprüfung verbreitete. Er war vierzig Jahre alt. »Es war eine schlimme Plackerei. Natürlich habe ich gemogelt, um auf ein besseres Ergebnis zu kommen.«

Till stand jetzt neben Margaret. Ihre äußere Erscheinung hatte etwas Biblisches, mannigfaltig und in unterschiedlichen Richtungen fließend und flatternd: Röcke, Haare, Schals und Ärmel. Mit ihrer tiefen Stimme, einem heiseren, rauhen Singsang mit leichtem Südstaatenakzent, sagte sie »Telefon« zu dem Mädchen neben Margaret, und sie sprach es so volltönend und so respektvoll aus, daß das Telefon augenblicklich aufhörte, ein bloßes Utensil zu sein, und seine einstige, fast mythische Bedeutung wiedererlangte: Es war wieder eine Erfindung. Als das Mädchen neben ihr wortlos aufstand und entschwebte, staunte Margaret aufs neue über Till.

»Margaret«, sagte Till, und sie sah Margaret mit einem unglaublich offenkundigen beifälligen Interesse, einem unglaublichen Enthusiasmus an. Das, dachte Margaret, ist

eine höhere Gabe. Anderen Menschen das Gefühl zu vermitteln, daß sie dir etwas bedeuten. »Margaret«, wiederholte Till, als ob schon ihr bloßer Name Sinne und Intellekt beglückte. »Woran arbeitest du zur Zeit?«

»An einer Fortsetzung.«

»Ah. Margaret die Forscherin. Ich bewundere dich, Margaret. Ich meine, dein Werk hat wirklich Format. Das ist dir gar nicht klar, weil du so unsinnig bescheiden bist, aber du übst einen Einfluß auf Menschen aus, auf das Denken von Menschen ...«

»Marchons, marchons«, sagte Margaret.

Aber ihr Buch befand sich tatsächlich auf dem Siegesmarsch, und seine sonderbare Popularität erfüllte sie manchmal mit besorgtem Staunen. *Die Anatomie der Madame de Montigny* war auf der Titelseite der *New York Times Book Review* rezensiert worden (»ein ungewöhnlich zugängliches, man könnte sogar sagen, lesbares wissenschaftliches Werk, dessen Thematik für die Frauen des zwanzigsten Jahrhunderts ebenso relevant ist wie für die des Zeitalters der Aufklärung«) und war auf die Bestsellerliste geklettert, wo sie sich neunzehn Wochen lang gehalten hatte.

»Gegen Ende des achtzehnten Jahrhunderts«, hieß es in der Rezension, »war der verzärtelte Aristokrat als physisches Ideal vom stämmigen Landmann verdrängt worden. Stillen, erklärt Nathan, wurde zu einer nationalen Obsession: ›Die weibliche Brust verwandelte sich von einem dekorativen Anhängsel in ein Naturwunder. Charlotte de Montigny, die sich infolge ihrer anatomischen Studien dieser Veränderungen im allgemeinen Empfinden bewußt war, erkannte ihren revolutionären Charakter und suchte sie zu benennen. Sie leistete dies dadurch, daß sie die verschiedenen Teile des menschlichen Körpers in einer wenig bekannten Abhandlung umbenannte: der *Anatomie sans culotte*.‹«

Wen kümmert's? hatte sich Margaret gefragt, als sie die

Rezension gelesen hatte. Nur mich. Nur mich, die ich, seit ich erwachsen bin, einen so großen Teil meines Lebens mit dieser Frau und ihren Körperteilen verbracht habe. Das konnte unmöglich sonst wen interessieren.

Aber das tat es doch. Es interessierte die Leute, daß die Füße *lafayettes* genannt wurden, der Penisschwellkörper *crescam ut prosim* (»Möge ich wachsen, auf daß ich nütze«, Worte, die Benjamin Franklin auf Lafayettes Säbel eingraviert hatte, während die Hoden nach dem zweiten Motto auf dem Säbel *cur nons* oder »Warum-nichte« hießen); es faszinierte sie, daß das Colon sigmoideum zum *vainqueur de la Bastille* geworden war, daß die Brustdrüsen *citoyens bienfaisants* getauft wurden.

Jede Publikation von *Savvy* bis *Dyke: A Quarterly* bejubelte das Buch als einen Triumph der feministischen Sache: Das Werk einer Frau über eine Frau, die den Körper auf den Kopf gestellt hatte, und zwar buchstäblich, denn sie hatte in ihrer anatomischen Abhandlung mit den Füßen angefangen und sich, am *quatorze juillet* (dem Herzen) vorbei, bis zu den *voltaires* (den Augen) hinaufgearbeitet. Die Zeitschrift *Enclitic*, die sich mit feministischer Theorie befaßte, pries es in einem Artikel mit dem Titel »Auf die Füße gestellt: Die Umkehrung der anatomischen Hierarchie« als einen innovativen Beitrag zur Erforschung der Politik des Körpers. Ein Fernsehfilm mit dem schlichten Titel *Anatomy* und Mariel Hemingway in der Hauptrolle war bei HBO in Arbeit. Und in einer ausschließlich Margarets Buch gewidmeten Sondernummer von *Diacritics* hatte Jacques Maridou ein vielbeachtetes Essay veröffentlicht und darin den Nachweis erbracht, daß Charlotte de Montignys anatomische Abhandlung ein Vorläufer der postmodernen Assemblage gewesen war. Margaret war eine populäre Pedantin.

»Jetzt hör mal, Margaret«, fuhr Till in einem tiefernsten Flüsterton fort, der zugleich Dringlichkeit und besonderes, ausschließliches Vertrauen vermittelte. »Du mußt beson-

ders nett zu Dominique sein. Sie ist gerade aus Paris angekommen und kennt keine Menschenseele.« Sie küßte Margaret auf beide Wangen, zweifellos zu Ehren Dominiques, und kehrte zu ihren Pflichten zurück.

Also hieß das Mädchen, das neben Margaret gesessen hatte, Dominique und kam aus Frankreich. Kein Wunder, daß ihr Parfüm so, so – parfümiert war. Na ja, *ich* weiß bestimmt, was es heißt, draußen vor der Tür zu stehen. Aber werde ich auch imstande sein, etwas für die Ausländerin mit der übertriebenen Schwäche für Duftstoffe zu tun? fragte sich Margaret.

Sie fühlte sich zunehmend unbehaglicher. Im Zimmer war es heiß und laut. Der Klatsch über feige Produzenten und Verleger, über milliardenschwere Immobilienmagnaten (die Päpste und Monarchen dieses bestimmten Cercles großstädtischer Höflinge), die Enthüllungen und hämischen Bemerkungen über andere Schriftsteller, alles trieb verlockend und unerreichbar an ihr vorbei. Sie konnte die Namen einfach nicht unterbringen. Ron Perelman und Richard Perle; sie wußte, daß sie gegen beide etwas hatte, aber was genau gegen wen? Sie konnte sich nicht mehr erinnern. Oder doch, jetzt schon, jetzt, wo das Gespräch zu etwas anderem übergegangen war. Harold Brodkey oder Joseph Brodsky? Saul Steinberg oder Saul Steinberg? Ach, wo blieb die parfümierte Pariserin, die all diese Probleme gar nicht hatte, die wußte, daß jeder Amerikaner ein Gangster, ein Cowboy oder ein Arbitrageur war?

Ich habe sogar mehr vergessen, als ich je gewußt habe, dachte Margaret. Namen und Jahreszahlen, Gesichter, Theorien – sie suchte fast verzweifelt nach ihnen. Sie konnte sie sich nie aneignen, sie nie wirklich besitzen, und so waren sie für sie zu etwas Kostbarem geworden, Ergreifendem, Wundersamem. Margaret war zu einer Liebhaberin und Kennerin dieser Schätze geworden: Sie waren so selten, so filigran, so zerbrechlich. Unersättlich, wie sie war, hatte sie auf dem College und dann auch auf der Uni-

versität Geschichte studiert, hatte sich in staubige Bibliotheken und knochentrockene Indizes gestürzt, als seien es klare, kühle Teiche.

Seit Erscheinen ihres Buches galt Margaret als eine wichtige neue Stimme. Aber denen, die sie persönlich erlebten, auf Konferenzen oder selbst bei einem Abendessen, erschien sie als eine Stumme und folglich als ein Dummkopf. Ich möchte kein stummer Dummkopf sein, dachte sie. Ich möchte geistreich und klug sein. Wie Edward. Wenn Edward doch nur ein Bauchredner wäre. Ich könnte den Mund bewegen und brauchte mir keine Sorgen darum zu machen, was herauskommt. Und ich könnte auf seinem Schoß sitzen!

Der Mann neben ihr war doch immer noch da, oder? Na ja, vielleicht konnte sie sagen, daß sein letztes Buch ihr sehr gut gefallen hatte. Sie hatte es nicht gelesen. Aber es war immerhin möglich, daß es ihr, *wenn* sie es gelesen hätte, gefallen hätte. Ihre Mutter hatte es im Sommer gelesen, und ihr hatte es sehr gut gefallen. Sie konnte ja *das* sagen.

Ihr gegenüber, hinter den Körben und Schüsseln und Serviertellern voll fashionabler Speisen, saß ein magerer Mann, der sie mit seinem roten, glänzenden kahlen Kopf an ihren Onkel Harry erinnerte. Vielleicht würde er ihr, wie Onkel Harry, erlauben, an seiner Zigarre zu paffen, und dann, wenn es Schlafenszeit war und sie in ihr Zimmer mußte, einen brandneuen, knisternden Dollarschein zustecken. Neben ihm ließ sich Lily über lebensgroße gestrickte und mit Lumpen ausgestopfte Puppen aus, die sie als Skulpturen bezeichnete. Margaret dachte an die Affenpuppen, die man aus grauen und roten Socken nähte. Sie fragte sich, ob Lily wirklich Skulpturen strickte, nadelklappernd auf einem Schaukelstuhl in SoHo, oder ob sie sie lediglich bewunderte. Und dann fiel's ihr wieder ein – Lily schrieb Kritiken über irgendwas. Kunst? Ja, etwas in der Richtung. Sie arbeitete als Redakteurin bei einer schicken

feministischen Kunstzeitschrift. *The Gaze*. Und sie hatte eine Kolumne über Fragen der weiblichen Gesundheit, »Body Text«, in irgendeinem Blatt wie *Harper's Bazaar*.

Margaret starrte unglücklich auf ihren Teller. Ich bin zu selbstbezogen, dachte sie. Zu eitel und zu leicht gelangweilt.

»Nun«, sagte der Schriftsteller als Antwort auf etwas, was Margaret, wie üblich, nicht mitbekommen hatte, »wenn Männer zu keiner echten Freundschaft fähig sind, und das ist es doch, was behauptet wird, daß Männer zu keiner echten Freundschaft fähig sind, warum gibt's dann so viele Filme über Männerfreundschaften? Ich frage mich, ob nicht gerade das der Grund ist: eben *daß* Männer so selten echte Freunde haben. Die amerikanischen Männer haben diesen Mythos geschaffen ...«

Margaret grübelte über ihre eigene Ichbezogenheit nach. Wenn die Leute etwas von mir erwarten, nehme ich es ihnen übel und fühle mich inkompetent und nicht wohl in meiner Haut. Und trotzdem erwarte ich selbst so viel, und wenn ich's nicht bekomme, ist mein einziges Gefühl Verachtung. Ich bin eigentlich ein Arschloch, dachte sie.

»In politischer Hinsicht hat der Mythos des amerikanischen Mannes seinen stärksten Ausdruck in Ronald Reagan gefunden.«

»Meinen Sie wirklich?« platzte sie, plötzlich zum Mitreden entschlossen, heraus. Ihre Stimme kam ihr zu laut vor. »Mein Inbegriff des amerikanischen Mannes ist Eisenhower.«

»Und das ist der Grund, weswegen sie mich geheiratet hat, nicht wahr, Liebling?« sagte ihr Mann mit seinem affektiertesten empire-britischen (»herrsche, Britannia, beherrsche die Wogen!«) Akzent. *Well*, besagte der Akzent, was für eine drollige kleine Kolonie das ist.

Nein, dachte Margaret. Ich hab' dich geheiratet, weil ich gierig bin und du großzügig bist, weil ich, wenn ich mit dir

zusammen bin, nicht merke, daß ich alles vergessen habe, weil du nichts vergessen hast.

Jahrelang hatte sie in der Bibliothek geackert, eigensinnig und elitär, hatte diesen, dann jenen Liebhaber eine Zeitlang geduldet, dann den momentanen ohne Vorwarnung abgestoßen, um ohne Begeisterung mit einem anderen etwas anzufangen, stolz auf ihre innere Distanz – eine falsche Bewegung, und du kannst einpacken, Freundchen –, und hatte die ganze Zeit über gewartet. Auf Edward gewartet, natürlich, mit dem der Nebel ihres Lebens eine erkennbare Gestalt annahm, wie Zeus, der nach erfolgter Verführung Ios seine wolkige Verkleidung fallen lassen hatte.

Natürlich verwandelte sich die arme Io in eine Färse, oder etwa nicht? Vielleicht sollte ich dem amerikanischen Mann da wirklich sagen, daß mir sein Buch unheimlich gut gefallen hat, dachte sie mit einem Seitenblick auf den Schriftsteller, denn ich bin mir ganz sicher, daß ich es gemocht hätte; oder ihn fragen, was er zur Zeit in Arbeit hat, obwohl das wahrscheinlich in einem Artikel von Liz Smith zu lesen war und für eine sämtliche Rekorde brechende Summe schon vor Monaten an eine Filmgesellschaft verkauft worden ist, oder noch schlimmer, das Buch ist heute morgen verkauft worden, und die Story stand auf der Titelseite der *Times*.

Allerdings war er nicht ganz so gut angezogen, wie von ihm behauptet wurde, oder? Berichteten nicht irgendwelche Zeitschriften immer über seine Garderobe? Dann errötete Margaret plötzlich und dankte Gott für ihre Unfähigkeit, auf Dinnerpartys zu reden, die ihre Unfähigkeit verbarg, auf Dinnerpartys zu denken, und gestand sich ein, daß sie die ganze Zeit über geglaubt hatte, der Sportjournalist neben ihr, dem sie schon so oft begegnet war, sei ein ihr völlig unbekannter Romancier.

Sie konnte ihren Mann hören. Er redete gerade über Walt Whitman. Ich wollte, ich könnte über Walt Whitman reden. Ich wollte, ich wäre Walt Whitman, ein betrunke-

nes homosexuelles amerikanisches Genie. Das wär' schon was. Dann könnte ich sagen, was ich wollte. Aber ich will überhaupt nichts sagen.

»Verzeihung«, sagte das parfümierte Mädchen (Dominique, nicht?) und zwängte sich wieder an ihren Platz.

Eingedenk Tills Anordnung, nett zu Dominique zu sein, versuchte Margaret zu lächeln und sagte dann langsam, wobei sie sorgfältig und deutlich artikulierte: »Sie-lesen-amerikanische-Dichter? Whitman?« Sie gab dem Namen eine leicht französische Intonation: Wit-mahn. »Walt Wit-mahn?«

»Nein«, sagte Dominique.

»Na, Bonnie«, sagte der Sportjournalist-der-kein-Romancier-war zu Dominique, »woran arbeitest du zur Zeit?«

»Mal an ganz was anderem«, sagte Dominique-die-in-Wirklichkeit-Bonnie-war und überhaupt nie Dominique gewesen war, ja nicht einmal Französin. Dann fing sie an, von ihrem neuesten Projekt zu erzählen, einem Drehbuch mit dem Titel *Das Privatleben von Squeaky Fromme.*

Jetzt ist es wirklich Zeit für mich, nach Haus zu gehen, dachte Margaret. Nach Haus zu gehen und ein Buch zu lesen. Ein Buch von Walt Wit-mahn.

»Zut alors«, murmelte sie vor sich hin. Dann plötzlich, zum Sportjournalisten gewandt: »Haben Sie viele Freunde?«

Sie hatte ihn unterbrochen. Er unterhielt sich noch immer mit Bonnie. »Wie bitte?« sagte er.

»Haben Sie viele Freunde?«

»Ich denke schon.«

»Oh.«

»Und Sie?«

»Das ist eine ziemlich persönliche Frage«, sagte sie streng.

Edward war zu der Lesung irgendeines Freundes gegangen, aber Margaret, peinlich berührt, wenn das Werk schlecht war, zu sehr von den körperlichen Eigenheiten des Autors und den Frisuren der Zuhörer abgelenkt, um es genießen zu können, wenn es gut war, mochte Lesungen nicht. Sie blieb zu Hause und machte es sich mit ihrem Manuskript im Bett gemütlich.

Das Mädchen war, gleich mir, ein Gast der Marquise de – –, und unsere Wege kreuzten sich im Laufe dieses Monats viele Male. Bei Tisch ertappte ich mich oft dabei, daß ich ihr kurze Blicke zuwarf, derweil ich ein bestimmtes philosophisches Problem, es wieder und wieder in meinem Geiste bewegend, zu lösen suchte. Und bald wurde mir durch i h r e verstohlenen Blicke ebensowohl wie durch eine plötzliche und bemerkenswert kleidsame Röte, die während solcher Blickwechsel ihre Wangen überzog, offenbar, daß auch sie über diese philosophischen Fragen nachdachte. Dies zumindest hoffte ich, und indem die Tage verstrichen, verspürte ich den immer stärkeren Wunsch, mich zu vergewissern, ob meine Wahrnehmung der Wirklichkeit entsprach.

Zudem pflegte die Frage, mit der ich rang, bei diesen Gelegenheiten eine verstärkte Dringlichkeit anzunehmen.

Ist die physische Empfindungsfähigkeit des Menschen einzige Triebkraft?

Die Begierde, die Wahrheit zweifelsfrei zu ermitteln, loderte, von den Blicken, die ich mit Rameaus Nichte tauschte, immer stärker entfacht, in meiner Brust.

Eines Morgens begegnete ich ihr, da sie sich im

Garten erging. Sie hatte ein Buch bei sich, das sie, als sie meiner ansichtig wurde, mir entgegenhielt, während sie mit der ihr eigentümlichen Anmut und Grazie näher kam. Ich nahm es aus ihrer Hand, aus ihren gewandten, reizenden Fingern, und öffnete den Band, worauf sie die Seiten mit solch einer Leichtigkeit der Berührung umblätterte, daß ich erstaunte und mir vor Bewunderung fast die Kräfte schwanden.

Sie wies auf eine bestimmte Stelle.

Da ich begriff, daß ich sie vorlesen sollte, hob ich an, mit von unfreiwilliger innerer Bewegung erbebender Stimme.

ICH: »Wenn der Mensch sich nach innen kehrt, wenn er den Grund seiner Seele erforscht, nimmt er in all seinen Empfindungen nichts wahr als die Entwicklung von körperlichem Schmerz –«
SIE [mit geschlossenen Augen]: »– und sinnlicher Lust!«

An den folgenden Tagen fanden wir uns oft allein im Garten wieder, in philosophische Erörterungen vertieft. Traf es wirklich zu, fragte sie, daß Interesse und Bedürfnis die Ursprünge aller Geselligkeit waren?

Ihr Arm streifte ganz zufällig den meinen, wodurch m e i n Interesse und Bedürfnis bis zu einem Grad angeregt wurden, den ich bis dahin noch niemals erfahren hatte. Ich faßte mich, so gut ich vermochte, und antwortete.

ICH: Die Menschen schreiben Gefühl und Freundschaft eine übertrieben große Macht zu.

Sie wandte ihr Antlitz mit einer Plötzlichkeit ab, die mich höchlichst erfreute. Denn ließ diese Bewegung

nicht auf eine durch meine Worte hervorgerufene Enttäuschung schließen? Und ließ nicht diese Enttäuschung auf die Kraft ihrer eigenen seelischen Empfindung, ihrer eigenen Gefühle schließen?

Begierig, die Gültigkeit dieser Annahme, daß sie gegenwärtig von einem starken Gefühl und dem heftigen Wunsch nach Freundschaft beseelt wurde, zu ermitteln, fuhr ich also fort.

ICH: Die Menschen schreiben der Freundschaft eine übertrieben große Macht zu. Sie stellen sich die Geselligkeit als eine angeborene Affektion oder treibende Kraft vor. Doch es gibt nur e i n e treibende Kraft dieser Art.

Wir waren stehengeblieben, und ich sprach mit leiser Stimme zu ihr.

ICH: Diese Kraft ist die körperliche Empfindungsfähigkeit.

Ihre Augen weiteten sich. Ihr Antlitz, rein und weiß wie eine Perle, erglühte mit einmal in einem rosigen Schimmer. Sie reckte zornig den Kopf.

SIE: Ich bewundere Eure Weisheit, mein Herr. Aber der Himmel verhüte, daß ich ihr nacheiferte. Wenn all Eure Freundschaften in einem so grellen Sonnenlicht gedeihen, dann muß Euer Garten ein wahrhaft trockener, freudloser Ort sein. Ich für meinen Teil bedarf ein wenig kühlenden Schattens. Diese unsere Spaziergänge setzen uns allzusehr dem Glast von Apollons starrendem Auge aus, ohne uns durch die Heiterkeit seines lieblichen Gesangs zu erquicken.

Sie begann sich zu entfernen, und als ich sie zu begleiten suchte, wandte sie sich ab und ging in eine andere Richtung weiter.

Sollte meiner sorgfältigen Erziehertätigkeit dieses Schicksal bestimmt sein? Daß sie enden sollte, noch ehe sie wirklich angefangen hatte? Daß meine Schülerin ihren Lehrer fliehen sollte, noch gänzlich bar aller Erkenntnis?

ICH: Bitte! Ich wollte damit nur sagen ...

Aber Rameaus Nichte schritt unbeirrt fürbaß, taub gegen all mein Flehen. Und noch tagelang danach mied sie jene Gartenwege. »Die Sonne brennt zu hitzig«, pflegte sie zu sagen, wenn das eine oder andere Mitglied unserer Gesellschaft sie fragte, warum sie ihre bisherige Angewohnheit, sich durch Bewegung an der frischen Luft zu ertüchtigen, aufgegeben habe. Sie mied meine Blicke nicht minder bedachtsam als den Garten. Nie überraschte ich sie allein in einem Zimmer; stets war sie von den alten Frauen umgeben, die sich in der Nähe der Marquise aufhielten.

Es verstrichen Tage, dann eine Woche, dann zwei Wochen, ohne daß sich an dieser unmenschlichen Verhaltensweise etwas geändert hätte. Mein Schlaf war unruhig, mein Appetit lustlos, und es bedeutete nur einen geringen Trost, bei dem anmutigen Mädchen, das sich standhaft weigerte, meinen Seufzern und Blicken zu antworten, die nämlichen Anzeichen zu bemerken. In Anwesenheit anderer Gäste pflegte ich bittere Reden an meine verlorene Schülerin zu richten – Reden, die sie, und nur sie, als ihr, und einzig ihr, geltend verstehen konnte.

In diese Reden flocht ich Anklagen ein:

ICH: Da wir doch sehen, daß das Leben nichts ist als eine Bewegung von Gliedern, deren Ursprung in einem übergeordneten inneren Teil liegt, warum sollten wir dann nicht sagen können, daß allen Automaten (Maschinen, die sich, gleich einer Uhr, vermittelst Federn und Rädern bewegen) künstliches Leben eignet? Und wenn dem so ist, trifft es dann nicht umgekehrt zu, daß das Herz nichts weiter ist als eine Feder?

Ich flehte um Erbarmen:

ICH: Ist es nicht ein Naturgesetz, daß der Mensch ehemals erfahrene Kränkungen, deren reuige Urheber Vergebung zu erlangen wünschen, verzeihen sollte? Denn Vergebung ist nichts als das Gewähren von Frieden; und ihn dem Reuigen nicht zu gewähren ist ein Anzeichen von Abneigung gegen den Frieden, weshalb die Verweigerung zu vergeben dem Naturgesetz widerspricht.

Bisweilen, wenn ich in ihrer Nähe war, gerieten all meine Sinne in einen Zustand merkwürdiger Verzückung und wagten es meine Augen nicht, auf den ihren zu ruhen; mein ganzer Körper war matt und niedergedrückt. Doch meine Schülerin schien nichts zu bemerken, was ihren Lehrer betraf.

Erst nach zwei Wochen des Daseins in dieser dürren Wüste bar allen Gefühls, allen Reizes und aller Schönheit erblickte ich das erste Anzeichen knospenden Lebens, einen bloßen Schoß, ein zartes Reis von Beachtung, doch ausreichend, um mein Herz mit erneuerter Kraft schlagen zu lassen. An diesem Tag, einem wahrhaftigen Frühlingsmorgen, ließ es Rameaus Nichte zu, daß ihr Blick auf mich fiel.

ICH: Der Verstand ist wie das Auge. Obgleich er uns erlaubt, alle anderen Dinge zu sehen und wahrzunehmen, nimmt er von sich selbst keinerlei Kenntnis; und es erfordert Geschicklichkeit und Anstrengung, ihn von sich abzurücken und zu seinem eigenen Gegenstand zu machen.

Ihre Augen, groß und licht, blickten in die meinen, als suchten sie dort nach Verständnis, dem Augenlicht des Geistes. Für einen Augenblick war ich außerstande fortzufahren und verharrte, wo ich war, stumm und bebend in der ungewohnten Glorie ihres Blickes. Dann senkte sie die Wimpern und stürzte die Welt wieder in die Finsternis ihrer Gleichgültigkeit zurück. Aber dieser eine Moment hatte mir Hoffnung gegeben, und ich fuhr fort.

ICH: Doch wie groß auch die Hindernisse seien, die diese Untersuchung erschweren, was immer es auch sei, was uns so sehr in Unkenntnis unserer selbst – und unseres Gegenübers – befangen hält, bin ich nichtsdestoweniger sicher, daß all das Licht, das wir in unseren Geist einlassen, alle Vertrautheit mit unserem eigenen Verstand, die wir erreichen können, nicht nur sehr beglückend sein wird, sehr, sehr beglückend...

Und hier seufzte ich und war wirklich außerstande fortzufahren. Als meine Stimme versagte, äußerten sich die übrigen Gäste mitfühlend über die Härten des philosophischen Berufs und rieten mir, etwas Wein zu nehmen, während Rameaus Nichte sich schweigend aus dem Raum entfernte, wobei sie mich mit einem raschen, scheuen Blick bedachte, der als Heilmittel gegen meine plötzliche Hinfälligkeit und zugleich als Ursache eines schwächenden Rückfalls

wirkte, weshalb ich mich genötigt sah, mich, matt, in mein Gemach zurückzuziehen, um des lindernden Balsams süßer Einsamkeit und Ruhe teilhaftig zu werden.

In den darauffolgenden Tagen begann Rameaus Nichte, mir mehr solcher flüchtigen Blicke zu schenken, anfänglich scheu, dann mit größerer Intensität und Häufigkeit, beinahe zärtliche, mit Sicherheit neugierige Blicke, bis ich eines Abends nach dem Souper, als sie an mir vorbei zu den Spieltischen ging, spürte, daß etwas in meine Hand gedrückt wurde; und in meiner Erregung ob dieses unverhofften Glücks brachte ich stammelnd eine Entschuldigung wegen plötzlicher Kopfschmerzen hervor und zog mich in mein Zimmer zurück. Dort entfaltete ich ein hastig, aber in zierlicher Hand geschriebenes Billett. Es lautete: »Aus dem trüben Kerzenlicht dieser traurigen Wochen sehne ich mich nach dem Licht des Tages, danach, daß die Sonne mir den Weg zu größerem Verständnis ausleuchte. Es wäre unverzeihlich, die Vorteile der Erkenntnis zu unterschätzen, es, da die Gelegenheit dazu geboten wird, zu unterlassen, seinen Verstand zu vervollkommnen. Ihr seid mein Lehrer, das ist mir jetzt bewußt. Und ich? Wenn Ihr mich wollt, so bin ich Eure Schülerin.«

MARGARET LEGTE DAS Manuskript aus der Hand und schaltete das Licht aus. Ein Lehrer und seine Schülerin, miteinander verbunden, in schwindelerregender pädagogischer Umarmung vereint. Margaret erinnerte sich seufzend, wie sie Edward zum erstenmal im Hörsaal erlebt hatte, erinnerte sich, wie sie ganz hinten im Raum an einem Tisch gesessen und zugehört hatte; erinnerte sich an

einen Vers aus dem Gedicht von Whitman (»Zieht nicht alle Materie, schmerzend, alle Materie an?«); erinnerte sich daran, was er angehabt hatte; erinnerte sich, daß sich einer seiner Schnürsenkel gelöst hatte, erinnerte sich an einen verschwommenen Zwischenraum zwischen seinem Körper und dem ihren, an einen Haufen Studenten und Tische und Stühle, von denen keiner existierte. Nur Edward existierte. Edward und Margaret und die Worte und das Schweigen, das sich zwischen ihnen ausbreitete.

Sie besuchte nie wieder eines von Edwards Seminaren. Sie hatte zuviel zu tun, er erzählte ihr alles, worüber er diskutieren wollte, im voraus zu Hause, und es erschien irgendwie würdelos, dem eigenen Ehemann hinterherzutrotten und sich seine Vorlesungen anzuhören, wenn man vielleicht selbst Vorlesungen hätte halten sollen. Aber wenn sie sich die ersten Tage ins Gedächtnis zurückrief und wie sie vor ihm gesessen, in der unbestimmten Ekstase der Vorahnung gewartet und zugehört hatte, dachte sie, daß sie vielleicht ihre Studien bei Edward wiederaufnehmen sollte.

Trotzdem war es manchmal paradiesisch, allein zu sein, dachte sie. So wie jetzt, das ganze Bett für sich, die ganze Wohnung für sich, und niemand, der mit einer neuen Interpretation eines uralten Gedichts ins Zimmer platzte. Edward war wundervoll, das stimmte, aber manchmal war dieses Wunder etwas schwer zu ertragen.

Wo blieb er überhaupt? Es war schon nach zwölf. Die Lesung war um zehn zu Ende. Sah ihm gar nicht ähnlich, sich so zu verspäten. Sie waren wahrscheinlich hinterher noch was trinken gegangen. Trotzdem. Sie überlegte sich, was sie tun würde, wenn Edward je eine Affäre haben sollte. Dazwischenfunken.

Als Margaret noch sehr jung und ledig gewesen war, waren ständig Leute, gleichfalls sehr jung und ledig, bei ihr hereingeschneit. Sie riefen von der nächsten Straßenecke aus an oder klingelten einfach an der Tür und kamen rein und setzten sich zu ihr auf die Couch und ließen sich darüber aus, wie sehr es sie anwiderte, so jung, so ledig und, in der Mehrzahl der Fälle, so arbeitslos zu sein. Margaret seufzte. Was waren das für goldene Zeiten gewesen, so im Düstern verbracht. Das trüber werdende Nachmittagslicht. Auf dem Sofa lungern, bis es wirklich ganz dunkel geworden war. Zu faul, den Arm auszustrecken und das Licht einzuschalten. Kaffee trinken, sich das Mittagessen vom Lokal gegenüber, das Abendessen vom Lokal gegenüber vom ersten Lokal bringen lassen. (Sie genierte sich, beide Mahlzeiten beim selben Laden zu bestellen. Einmal hatte sie sich beinahe ein weiches Ei zum Frühstück kommen lassen, im letzten Moment aber entschieden, daß es dekadent gewesen wäre.)

Seit ihrer Heirat mit Edward hatte ihr Leben eine merkwürdige Wendung genommen. Sie ging mehr aus, als sie es je zuvor getan hatte, schien aber immer weniger Leute zu kennen. Sie *traf* Leute – Edwards Kollegen, Tills schwatzenden Zirkel. Sie traf auch andere Historiker, obwohl sie es geschafft hatte, ihre akademischen Aktivitäten auf ein Mindestmaß zu beschränken. Sie haßte es zu lehren, und seitdem sich *Die Anatomie der Madame de Montigny* so gut verkaufte, hatte sie es nicht mehr nötig gehabt. Sie gehörte einer Gruppe an, einer Clique von Gerneklugs (wie Edward, der ebenfalls dazugehörte, sie bezeichnete), die sie mit Leuten aus anderen Fachbereichen in Kontakt brachte. Sie lunchte gelegentlich mit Zeitschriftenredakteuren. Und so war ihr Universum, einst die enge Welt der Universität, jetzt vielleicht etwas ausgedehnter, dafür aber erheblich flüchtiger geworden. Und die Tröstungen der Freundschaft – die nicht geplanten, zwanglosen Treffen, die sie früher mit ihren Freunden gehabt hatte – wurden

ihr jetzt fast ausschließlich beim Zusammensein mit ihrem Mann zuteil.

Margaret störte diese Veränderung eigentlich nicht; ja, lange Zeit hindurch bemerkte sie sie nicht einmal. Edward machte eine ganze Menge wett. Er füllte ziemlich viel freien Raum aus. Wenn sie ihm zuhörte, war sie beschäftigt. Sie bemühte sich krampfhaft, sich an Namen zu erinnern, an Jahreszahlen, an alles, woran sie noch zwei Stunden vorher felsenfest geglaubt hatte. Edward erinnerte sich kraftvoll, freudig, als ob der Vorgang des Erinnerns ein herrlicher lustvoller Akt sei.

Manchmal fragte sie sich, ob er nicht vielleicht ein bißchen zu viel freien Raum ausfüllte, denn sie war sich selbst dann noch seiner bewußt, wenn sie ihre eigenen Gedanken dachte. Und ab und an fiel ihr der Rhythmus dieser vergangenen langen Tage, als sie und ihre Gedanken allein gewesen waren, wieder ein, wie ein Lied, und dann verspürte sie etwas wie Heimweh nach einer Zeit, da alles noch Erwartung war und nichts von ihr erwartet wurde.

Ihre alten Freunde, oder zumindest ihre alten Formen von Freundschaft, schienen ihr entglitten zu sein, als sie einmal nicht aufpaßte. Hatte sie sie einfach vergessen, zusammen mit ihren Namen? Hatte sich ihre Vergeßlichkeit zur Gefühllosigkeit verhärtet? Margaret hielt sich sehr ungern für einen gefühllosen Menschen – es verletzte ihre Eitelkeit –, und sie haßte die Vorstellung, irgend etwas, was es auch sein mochte, zu verlieren. Wenn ihr solche Gedanken durch den Kopf gingen, verspürte sie einen vertrauten Drang, ein unwiderstehliches Verlangen, nicht nach etwas Spezifischem, einfach nur nach mehr. Suchet, so werdet ihr finden. Dann werdet ihr vergessen. Also werdet ihr euch einfach wieder auf die Suche machen müssen.

Die Vergeßlichkeit war der Motor, der sie antrieb. Und wenn sie sie zum besinnungslosen Sammeln von Fakten

und Ideen in Büchern zwang, dann mußte sie doch sicher auch imstande sein, Freunde um sich zu sammeln.

Da sie nicht nur ein methodischer, sondern auch ein beeinflußbarer Mensch war und da sie den ganzen Vormittag Francis Bacon gelesen hatte, beschloß sie, die induktive Methode zwecks Beweisführung zu erproben und eine Liste ehemaliger Freunde zusammenzustellen, um nach einem ihnen allen gemeinsamen charakteristischen Merkmal zu suchen, anhand dessen sie auf ein allgemeines Gesetz schiefgegangener Freundschaft würde schließen können.

Die Namen ließen sich zwei Kategorien zuordnen: derjenigen, an denen sie das Interesse verloren hatte, und derjenigen, die das Interesse an ihr verloren hatten. Sie überflog die Kolonne der Namen von Leuten, an denen sie das Interesse verloren hatte, erwog kurz die Möglichkeit, den einen oder anderen anzurufen, und verlor dann das Interesse. Die andere Liste, die derjenigen, die das Interesse an ihr verloren hatten, war verwirrend, und die einzige allgemeine Gesetzmäßigkeit, auf die sie schließen konnte, lautete, daß sie treulos waren. Das war natürlich eine Tautologie und bestimmt nicht das, worauf Francis Bacon hinausgewollt hatte, aber andererseits war er an einer Erkältung gestorben, die er sich geholt hatte, als er, um seine Theorien über Kühlhaltung zu verifizieren, Schnee in ein Huhn stopfte.

Margaret rief Richard, ihren Lektor, an. Auf eine für den Lektor einer Wissenschaftlerin fast unerhörte Weise wachte er über sie wie eine Glucke, gackernd und aufgeregt und stolz. Er bewunderte sie, beschützte sie, manipulierte sie. Er lektorierte ihre Sachen sogar. Margaret erkannte durchaus an, daß das Glück es gut mit ihr meinte, auch wenn dieser spezielle Segen ihr von Kunz Turner vermittelt worden war und einen höchst reizbaren, ja launenhaften Charakter besaß.

War er ihr Freund? Ja, dachte sie, vermutlich schon, wenn

dein Wohltäter dein Freund sein kann, wenn jemand, mit dem du dich ein paarmal im Jahr triffst, in einem kleinen verstaubten Büro, um herauszufinden, ob deine Sätze über deine Gedanken stolpern oder deine Gedanken über deine Sätze, wenn jemand, der vor Freude laut auflacht, wenn du einen Satz besser formulierst, und dann übellaunig fragt, warum du ihn nicht von vornherein so geschrieben hast, dein Freund sein kann, ja, dann war er ihr Freund.

Sie dachte voller Zuneigung an ihn, daran, wie sein rosa Finger auf ein Wort klopfte (seine Fingerkuppen waren seltsam abgeplattet, wahrscheinlich von dieser dauernden Klopferei), ein unmittelbarer, aus dem Bauch kommender Kode der Verärgerung und Mißbilligung. Sie dachte an seine Hände, wenn sie an ihn dachte, weil sie das waren, was sie von ihm am besten kannte, am häufigsten zu sehen bekam, wenn sie neben ihm saß und ihm beim Klopfen zuschaute. Er sprang in regelmäßigen Abständen auf, um geschäftig-gereizt nach anderen Büchern in anderen Stadien der Fertigstellung zu sehen. Wenn das Telefon klingelte, verzog er den Mund und schnaubte entnervt, griff streng und schwungvoll nach dem Hörer, und dann sagte er mit seiner weichen, einschmeichelnden, melodischen Stimme, als freute er sich über den Anruf und wüßte auch, wer der Anrufer war, unendlich sanft: »Hallo?« Margaret fragte sich, welche von beiden Reaktionen, die einleitende Zurschaustellung von Wut oder die liebenswürdige musikalische Begrüßung, echt war. Sie liebte seine Stimme und rief ihn häufig an, der dramatischen Gebärde des Ärgers trotzend, die sie sich immer vorstellte, während sie das Freizeichen hörte, und belohnt durch sein Hallo. Seine Finger auf der Manuskriptseite, seine verführerische Stimme, sein Nacken. Nur wenn er etwas sah, was ihm gefiel, lehnte er sich zurück und drehte ihr das Gesicht zu, und jedesmal, selbst nach so vielen Jahren, verblüffte sie der Anblick seines absolut netten, durchschnittlichen Gesichts aufs neue.

Sie telefonierten fast täglich miteinander. Er hatte sie

entdeckt, jedenfalls behauptete er das gern. Tatsächlich war ihr ihr merkwürdiger Durchbruch unter seiner Betreuung gelungen, und er hatte ihn genauso überrascht wie sie. Kunz hatte ihm die Dissertation einer Studentin der Geistesgeschichte gegeben. Sie gefiel ihm, und er erklärte sich bereit, sie zu veröffentlichen; es gab einen kärglichen Vorschuß, und im darauffolgenden Frühjahr kam eine symbolische Minimalauflage auf den Markt. Sie war völlig aus dem Häuschen, und dann las sie eines Tages plötzlich, so kam's ihr jedenfalls vor, es ging alles so schnell, zuerst in kleinen, dann in großen Magazinen Artikel über ihre »Theorien«. Niemand las das Buch wirklich, aber es hatte irgendeinen Nerv der Zeit getroffen, und die Leute redeten darüber – und kauften es. Sie diskutierten darüber auf den Cocktail- und Dinnerpartys, die Margaret nicht mochte; sie beredeten es am Telefon. Sie war Margaret Nathan, die Verfasserin der Erfolgsbiographie *Die Anatomie der Madame de Montigny*, haben Sie sie schon gelesen, ich hab' das Buch zu Hause, es ist phantastisch, ich leih's Ihnen, aber ich hätte es gern zurück, ich hab's, offen gestanden, nie fertiggelesen.

Niemand hatte, offen gestanden, überhaupt etwas von dem gelesen, was sie geschrieben hatte, und trotzdem wußte jeder, wer Margaret war, jedes Mitglied der kleinen Zirkel, die für sie zu einem einzigen großen, aufgeblähten publizistisch-akademisch-literarisch-politischen New-York-Washingtoner Kreis verschmolzen.

Ich kenne niemanden, dachte sie. Ich erinnere mich eher an das Geräusch der Armreifen einer Frau als an ihr Gesicht. Ich weiß überhaupt nichts. Ich erinnere mich an Klatschgeschichten, vergesse aber, von wem sie handeln.

Sie rief Richard an. Das Freizeichen ertönte zweimal, und sie stellte ihn sich vor, wie er seinen Stuhl mit geräuschvoller Entrüstung zurückschob, den Arm ruckartig nach dem Telefon ausstreckte, den Hörer von der Gabel riß und sich unwirsch ans Ohr drückte.

»Hallo?« sagte er, so sanft, eine Liebkosung.

»Hallo. Viel zu tun?«

»Nein, ich liege hier gemütlich auf meiner Chaiselongue und maniküre mir die Nägel.«

Oh, welch eine Schlagfertigkeit, sagte sie zu sich. Aber seine Sarkasmen, wie abgenutzt und vorhersagbar sie auch sein mochten, erfreuten sie immer wieder und brachten sie zum Lachen, fast so wie Wortspiele. »Ich würde gern mit dir zum Lunch gehen.«

»Warum?«

»Richard, wirklich, die Leute *gehen* miteinander lunchen. Häufig sogar. Besonders Leute wie du, Lektoren, und Leute wie ich, Autoren. Ich bin sicher, daß ich mich da nicht irre.«

Manchmal staunte Margaret über ihr Glück. Sie, Margaret Nathan, die nichts wußte, die Ideen so erlebte wie andere Leute Landschaften, die voll Bewunderung durch sie hindurchfuhr und wissenschaftliche Aufsätze über das Panorama schrieb, Schnappschüsse, die für sie zu etwas Wirklicherem wurden als die Erinnerung an das Original – war sie eine Hochstaplerin? Oder war ihr Erfolg der Lohn für ihre harte Arbeit, für das treue, verzweifelte Klicken ihrer Kamera?

Edwards Reaktion auf ihren Erfolg war eine Mischung aus Stolz auf sie und seine gute Wahl, Stolz auf die Bestätigung seines Stolzes von seiten der Außenwelt und der schlichten freudigen Erregung, die er immer bekundete, wenn etwas Gutes passierte, denn er war stolz auf Güte schlechthin, so als habe sie ihren Ursprung in ihm. Tatsächlich nahm er die ganze Angelegenheit so selbstverständlich hin – meine Frau, Margaret? Nun ja, natürlich! –, daß Margaret selbst anfing, sich mit ihrer Situation anzufreunden. Es war, schloß sie, eine Laune der Natur, ein glücklicher Zufall, so, wie wenn man mit tizianblondem Haar auf die Welt kommt. Niemand verdient es, tizianblond zu sein, niemand hat etwas dafür geleistet, es ist kein Lohn der Tugend. Aber andererseits verdient es auch niemand, *nicht* tizianblond zu sein.

Das »Seminar«, dem Margaret angehörte, traf sich viermal im Jahr: eine hauptsächlich aus Universitätsleuten bestehende Gruppe, mit einigen Dichtern, Romanciers und betont intellektuellen Journalisten als Beigabe. Für Margaret war es eine ziemlich einschüchternde Gruppe, besonders seitdem sie von Schriftstellern entdeckt worden war, die sie, wie etwa Jacques Maridou, nicht einmal über sich bringen konnte zu lesen. Würde sie über Maridous Erzähltheorie diskutieren müssen? War sie immer noch nicht hoffnungslos passé? Um die Literaturtheorie war sie nicht ganz herumgekommen, aber sie hatte sie so weit wie irgend möglich ignoriert, sogar in Frankreich. Ihre vielen

Frankreichaufenthalte, größtenteils in Bibliotheken zugebracht, hatten ihr das Land nur um so fremder erscheinen lassen: die Mode war seltsam überholt, wie aus alten James-Bond-Filmen; das Essen fetischistisch; die Intellektuellen von einem enthusiastischen Zynismus. Aber jetzt war *sie* in Frankreich die große Mode. Es war die Zweihundertjahrfeier der Revolution, und Margarets Buch war unter dem Titel *Anatomie sans culotte* neu aufgelegt worden, mit Maridous Essay als Einführung.

Eine der vierteljährlichen Zusammenkünfte des Seminars war eine Weihnachtsparty, die in der großen, von der Universität bezuschußten West-Side-Wohnung der Gruppenvorsitzenden veranstaltet wurde. Die Vorsitzende selbst, eine pittoreske Gestalt, die italienische Literatur lehrte und behauptete, sie sei bei den Dreharbeiten von *Rom, offene Stadt* Rossellinis Produktionsassistentin gewesen (als *Teenager* – sie kokettierte mit ihrer relativen Jugend ebenso wie mit ihren avantgardistischen Referenzen), stand an der Tür, um Margaret und Edward zu begrüßen. Nach einem Durcheinander von *ciaos* und Küssen legte Edward einem gepflegten Mann den Arm jovial um die Schulter und schlenderte, Deutsch parlierend, mit ihm davon.

Margaret sah Edward hinterher und dachte, daß er wie eine Droge war, eine gefährliche, starke, berauschende Droge, daß sie ihn, je mehr sie von ihm hatte, desto mehr zu brauchen und zu wollen schien. Bedeutete dies, daß sie zuwenig von ihm hatte oder zuviel? Sie nahm die prächtigen kirschroten Stuckverzierungen der Wohnung neidisch zur Kenntnis und wandte dann ihre Aufmerksamkeit dem Zimmer voll Kollegen zu. Welches Gesicht gehörte zu welchem Namen? Und dann, welche Inhalte gehörten zu welchem Namen? Margaret fand, es sollte Namensschildchen geben, auf denen unter dem Namen des Betreffenden dessen Fachgebiet, politische Richtung und neueste Veröffentlichung zu lesen stünden. »Timothy Shiller, Wirtschafts-

wissenschaftler, neoliberal, *Warum ich kein Sozialist bin – und auch nie einer gewesen bin.*« »Leonard Winks, Mediävist, linksradikal, *Die Bedeutung des Kleidertausches in der Symbolik der Schuldverschreibung des 11. Jahrhunderts.*« Aber natürlich gab es keine Schildchen, und so zogen anonyme Körper an ihr vorbei, während sie sich verwaist gegen ein Bücherregal lehnte und zuhörte, wie ein weibisches Ungetüm von einem Kunsthistoriker mit einer Frau mittleren Alters, die ihr nicht bekannt vorkam, über Rapmusik diskutierte. War das eine autochthone Kunstform? Oder eine Konsumware? Margaret war das eigentlich ziemlich egal, aber sie spürte, wie die Wärme akademischer Vertrautheit sie in ihrer Not tröstete.

Ein nett aussehendes Mädchen lächelte erfreut, als es Margaret sah.

»Hallo!« sagte Margaret. Ich kenn' dich, dachte sie. Und ich mag dich. Wer *bist* du?

»Ja, ich hab's gelesen«, sagte ein großer, rosafarbener Mann mit einem leichten britischen Akzent zu der jungen Frau. »Sie sind *bemüht* objektiv gewesen.«

»Sie haben ein hübsches Zitat für mein Buch geliefert«, sagte ein Mann mit Bart, in dem Margaret einen Dozenten für amerikanische Geschichte wiedererkannte.

»Hab' ich das?« fragte Margaret.

»Meine liebe junge Dame«, sagte ein ergrauter alter Mann mit einem starken osteuropäischen Akzent, »ich habe Ihnen gerade einen Brief geschrieben.«

Er ist Professor für Philosophie, dachte sie. Die Neue Schule? Nein, Brooklyn College. Mit einer großen Schwäche für einen Denker, von dem niemand je was gehört hatte. Siebzehntes Jahrhundert? Und er war auch Übersetzer. Tscheche, nicht? Oder Pole? Er war ein ordentlicher, kompakter Mann, so, als sei er eigens dafür konstruiert, bei Reisen problemlos zusammengeklappt zu werden. Jan! Er hieß Jan Sowieso. Comenius? Jan Comenius.

»Ich habe Sie nach Prag eingeladen. Das heißt, die Co-

menius-Gesellschaft hat Sie zu einem Gastvortrag nach Prag eingeladen.«

Aha. Jan Comenius war sein Philosoph, nicht sein Name. Jetzt fiel's ihr wieder ein. Ein böhmischer Protestant.

»Ich habe Ihren Artikel in *Quod* gelesen, meine liebe junge Dame. ›Der *Satin-Untergrund*.‹ Sehr amüsanter Titel, sehr schnurrig. Und kommt auch gerade zum richtigen Zeitpunkt, dieser Artikel. Meinen Sie nicht, daß die Ausbreitung revolutionärer Ideen durch populäre Untergrundkunst wie die Pornographie ein interessanter Vorläufer der Samisdat-Publikationen in meiner Heimat ist? ›Vom *Satin-Untergrund* zur *Velvet Revolution*‹! Was meinen Sie?«

»Also ...«

»Sie werden sich prächtig amüsieren, meine liebe junge Dame. Ich bin gerade wieder zurück. ›Havel in die Burg!‹ Das ist, was auf allen Plakaten steht! Menschen tanzen auf den Straßen.«

»Ja, das glaube ich Ihnen. Ich meine, ich hab' davon gehört –«

»Die Comenius-Gesellschaft wird Ihre Unkosten übernehmen, Sie bekommen ein kleines Honorar –«

»Das ist sehr großzügig, und ich würde liebend gern nach Prag –« Prag! Wo ganze Auflagen von John Ashbery an einem einzigen Tag ausverkauft waren! Wo Dramatiker Revolutionen anführten! Wo Ideen wie von selbst aufkamen, rein und von keinerlei Marktforschung beeinflußt! Wo sogar die Popkultur Kultur war! »Ganz besonders jetzt, mein Gott! Aber glauben Sie nicht, daß meine Arbeit etwas, na ja, in Anbetracht dessen, was da passiert, fast trivial ist? Warum sollte sich irgendwer inmitten einer ganz realen demokratischen Revolution für alten plagiierten Schweinskram und verwässerten Empirismus interessieren?«

Jan drohte ihr scherzhaft mit dem Finger. »Aber so werden doch Revolutionen gemacht!« sagte er. »Und dafür finden ganz reale Revolutionen doch überhaupt statt!«

Margaret lachte geschmeichelt. »Danke«, sagte sie. »Danke, daß Sie an mich gedacht haben. Prag! Haben Sie eine ungefähre Vorstellung, wann? Liegt schon ein Termin fest?«

»Die Sache ist ziemlich kurzfristig angesetzt. Improvisiert, könnte man sagen. Das ist schließlich eine Revolution! Nächsten Monat? Dorthin zurückzukehren, nach so vielen Jahren in New York – für mich war es ein Wunder, meine liebe junge Dame. Ein Wunder.«

Margaret hörte dem alten Mann zu, der jetzt in einen gemächlichen Monolog verfallen war, offenbar seinen Lieblingsmonolog. Dozenten sind wunderbar, dachte Margaret. Sie übernehmen die volle Verantwortung für die Unterhaltung. Sie lehnte sich gegen das Bücherregal, schloß die Augen halb und sonnte sich wohlig in dem Wissen eines anderen und der Unbefangenheit, mit der es mitgeteilt wurde.

»Es ist heute Mode zu sagen, die Wahrheit sei nur eine Konvention«, sagte er. Er nahm sich eine Zigarette, zündete sie an und redete dann weiter, seine Worte mit Gesten begleitend, die eine weiche silbergraue Spur hinterließen. »Aber in Prag, wo die Menschen so lange mit der Lüge leben mußten, ist Wahrheit keine Konvention. Sie ist eine moralische Wirklichkeit.«

Comenius glaubte an die Reform des Bildungswesens, erklärte er, und Rauch waberte ihm aus Mund und Nasenlöchern. Margaret beobachtete, wie sich die Schwaden verflüchtigten, nickte höflich und wartete in einem angenehmen Zustand erregter Passivität darauf, daß er weiterredete. Jeder wußte das. Jeder in der Tschechoslowakei, jedenfalls. Ab und zu berührte er ihren Arm, eine sanfte Betonung. Sie lächelte und hörte und sah ihm zu, während er sprach. Aber was noch wichtiger war, fuhr er fort und streckte jetzt, mit an den Lippen baumelnder Zigarette, beide Hände nach ihren beiden Armen aus, was noch wichtiger war, es verlief eine direkte philosophische Linie von

Comenius zu Václav Havel, eine Linie, die das kartesianische Denken, von dem der abendländische Geist dominiert war, vollkommen umging. Während sie zuhörte, dachte Margaret: Mittlerweile können nur noch Teenager und Osteuropäer rauchen, ohne sich dafür zu schämen.

»Ich rede furchtbar gern«, unterbrach er sich in entschuldigendem Ton.

»Ich höre furchtbar gern zu«, sagte sie. »Ihnen«, fügte sie dann hinzu. Und wieder umfingen sie seine Worte und sein blasser Zigarettenrauch: Für Descartes gehörten Wahrheit und Schönheit nicht der objektiven Welt an, sondern waren subjektiv, geringer, ihr entgegengesetzt. Aber der Mitteleuropäer Comenius erkannte, daß die Wirklichkeit ihren Sinn in sich selbst trug, daß Wahrheit und Schönheit wesenhafte Werte waren, ja das innere Gefüge der Wirklichkeit überhaupt. Für Havel, für die Tschechoslowakei, besaß die Wahrheit eine moralische Dringlichkeit; die Wahrheit besaß die Überzeugungskraft der Wirklichkeit.

»Aber entschuldigen Sie bitte, Miss Nathan«, sagte er plötzlich. »Dieses Thema liegt mir sehr am Herzen, und ich bin regelrecht ins Dozieren geraten, rücksichtslos ins Dozieren geraten. Reden wir über Bier. In Prag, könnte man sagen, besitzt auch das Bier die Überzeugungskraft der Wirklichkeit. Prag, meine Liebe, ist allein schon wegen des köstlichen Bieres eine Reise wert.«

MARGARET SCHLENDERTE DURCH die Zimmer der plüschigen alten Wohnung auf der Suche nach Edward. Sie wollte ihm erzählen, daß man sie zu einem Vortrag nach Prag eingeladen hatte. Sie konnten dort zusammen Bier trinken. Sie konnten der Wahrheit und der Schönheit begegnen und eine Revolution miterleben, und alles zur gleichen Zeit. Ja, sie konnten schließlich *doch* zu den Tschechischen Philharmonikern gehen.

Und sie stellte sich vor, wie sie mit Edward durch eine Stadt spazierte, die sie noch nie gesehen hatte. Hatte sie überhaupt je ein Bild von Prag gesehen, bevor die Zeitungen anfingen, Fotos von Studenten zu bringen, die zu Füßen des Reiterstandbilds von König Wenzel um brennende Kerzen herum kauerten? Sie stellte sich vor, wie sie unter König Wenzel entlangging und vorsichtig über flackernde schlanke Wachslichter und tapfere, in dicke Wollschals gewickelte Studenten hinwegstieg.

Nächsten Monat. Das war bald. Sie würde sofort anfangen müssen, etwas Geeignetes vorzubereiten. Nächsten Monat. Ja, wenn es nächsten Monat war, ging ihr da auf, dann würde sie der Wahrheit und der Schönheit und dem transzendenten Pilsner allein gegenübertreten müssen. Denn da fing das neue Semester an, und Edward, ihr (und ausnahmslos jedes anderen Dantes) Vergil, würde daheim bleiben und lehren müssen, andere Leute belehren, Studenten unterrichten. Das war schade. Es war immer gut, Edward dabeizuhaben. Für den Fall, daß sie etwas vergaß. Ihren Namen zum Beispiel. Na ja, sie könnte sich ja notfalls einen ausdenken. Sie war seit Jahren nicht mehr allein irgendwohin gefahren. Und nach ihren Reisen mit Edward, diesen Eß-, Sex- und Kulturorgien, erschien es kaum mehr vorstellbar, allein zu reisen. Worüber konnte sie reden? Und mit wem? Und Margaret verabscheute es, Vorträge zu halten, hatte immer Lampenfieber, kam aus dem Konzept, vergaß mitten im Satz, wovon sie eigentlich redete. Aber trotzdem – Prag! Kafkas Stadt! Havels Stadt! Und natürlich auch Comenius' Stadt.

»Ach, Sie haben dieses Buch geschrieben«, sagte ein junger Mann zu ihr.

Margaret errötete, aber wich und wankte nicht. Sie nickte tapfer.

»Ach.« Er lächelte und ging weiter.

Eine Frau begann Margaret zu erzählen, wie schwierig es sei, die Beziehung zwischen den Formen der populären

Kultur (womit sie visuelle Formen meinte, wie sie rücksichtsvoll erklärte) und ihren Konsumenten zu beurteilen. Margaret fragte sich, ob sie wohl auf die Einschaltquoten anspielte, aber dann bemerkte die Frau mit einiger Überzeugung, daß »die Popkunst eigentlich nie uniform signifiziert« habe, und Margaret wußte, daß sie nicht darauf anspielte. Ach, Prag! dachte sie. Wo bist du, wenn ich dich brauche?

Sie dachte daran, wie sehr ihr Edward fehlen würde, selbst wenn's nur eine Woche war, wie sehr sie ihn mochte, wie oft sie ihn sah, wie wenig sie von Kafka gelesen hatte. Sie fand Edward, der mit einem mageren, gutaussehenden Mann mit schlechten Zähnen auf russisch plauderte (es klang wie Russisch, aber wer wußte das schon? Vielleicht hatte er ja auch klammheimlich Polnisch gelernt, oder Tschechisch), und als eine Pause entstand, stellte Edward sie vor, sie lächelte, merkte sich den Namen des Mannes nicht einmal so lange, daß sie ihn hätte wieder vergessen können, wartete, bis er weitergegangen war, und erzählte Edward dann, daß sie nach Prag eingeladen worden war. »Um über Traditionen der Untergrundliteratur zu sprechen«, sagte sie.

»Schweinische Bücher? Fabelhaft! Soll ich mit? Nein, ich kann natürlich nicht, wenn's schon so bald ist. Da fängt das Semester ja gerade an.« Er bot ihr ein Glas mit irgendeinem gewürzten Wein an. »Was für eine gräßliche Angelegenheit Weihnachten doch ist«, sagte er. »Ich habe mir einen Plan für eine Kalenderreform überlegt, der enorme Vorteile mit sich brächte. Es kann in Anbetracht der sensationellen Fortschritte, die gegenwärtig auf dem Bildungssektor zu verzeichnen sind, von Kindern natürlich unmöglich erwartet werden, daß sie sich komplexe Gedichte wie ›Dreißig Tage hat November, mit April, Juni und September‹ merken, meinst du nicht auch? Also schlage ich vor, daß zehn Monate jeweils einunddreißig Tage haben sollten, wodurch nur zwei Ausnahmen verblieben: Februar,

mit seinen achtundzwanzig Tagen, und Dezember, der nur siebenundzwanzig Tage hätte. Dadurch käme Silvester achtundvierzig Stunden nach Weihnachten und schon vierundzwanzig Stunden nach Boxing Day. Der immense Gewinn für die Volksgesundheit, die enorme Steigerung des Bruttosozialprodukts, die schiere Schönheit des Konzepts, wie immer man es betrachten mag, läßt es mir verwunderlich erscheinen, daß es nicht schon längst in die Tat umgesetzt worden ist.« Er legte den Arm um sie. Seine Hand drückte ihre Schulter. »Wir sind schon so lange nicht voneinander getrennt gewesen, Margaret.«

»Laß uns nach Hause gehen«, sagte Margaret leise.

»Ja«, sagte Edward, und er küßte sie auf den Kopf.

»Ich werde ohne dich ganz verloren sein, Edward. Wie Vergil ohne Dante. Ich meine, Dante ohne Vergil.«

»Nein, Liebchen. Wie Josef K. Du fährst schließlich nach Prag, nicht in die Hölle.«

Margaret runzelte verlegen die Stirn und entfernte sich.

»›Mit großen Schritten ging die Meist'rin fort ...‹« Edward rezitierte Dantes Verse aus voller Lunge, während er ihr folgte. »›Umwölkt ihr Blick, als trübte Grimm ihr Feuer; so schied auch ich von den Beladnen dort, der Spur der Füße nach, die mir so teuer.‹«

Etwa eine Woche später rief Till an, um Margaret zu einer Dinnerparty zu Ehren eines jungen ungespielten Stückeschreibers einzuladen, den sie unter ihre Fittiche genommen hatte. Till entdeckte junge ungespielte Stückeschreiber. Es war ein Hobby von ihr. Sie wurde wegen ihrer Großzügigkeit sehr bewundert, aber Margaret hatte bemerkt, daß ihr Mäzenatentum sich in Ratschlägen äußerte wie: Warum legen Sie nicht eine schöpferische Pause ein und studieren ein paar Jahre Medizin? oder: Ihr Stück ist viel zu bedeutend, als daß es in so einem kleinen Theater produziert werden dürfte – Ratschläge, die weitgehend sicherstellten, daß aus den jungen ungespielten Stückeschreibern alte ungespielte Stückeschreiber werden würden.

Margaret glaubte nicht, daß sie schon so bald wieder einen Abend an Tills großem, belebtem Tisch würde verkraften können, und schlug deswegen vor, daß sie statt dessen zusammen auswärts lunchten.

»Ich bring' Lily mit«, sagte Till.

Ja, dachte Margaret. Warum sollten sie nicht eine untergegangene Zeit wiedererstehen lassen, als einsame Freundinnen sich um Tische in Imbißstuben versammelten, Planwagen, kurzzeitig von der Wildnis ab- und dem wärmenden Lagerfeuer zugewandt? Bisweilen fragte sich Margaret, ob sie es vermißte, einsam zu sein. Ihre Misere hatte eine gewisse heruntergekommene Spannkraft an sich gehabt, die im Vergleich zur kugelrunden Zufriedenheit, die sie jetzt verspürte, mager wirkte, von fast mannequinhafter Eleganz.

Sie trafen sich in einem Hamburgerlokal um die Ecke. Margaret kam als erste an und sah zu, wie Till auf goldpaillettenbesetzten hochhackigen Schuhen hereingestökkelt kam, Ringe an den Fingern und Glöckchen an den Zehen, oder beinah. Till trug, wie John F. Kennedy, nie einen Mantel. Es war eine Gabe, sagte sie, ihre innere Wärme.

Gemeinsam sahen sie zu, wie Lily ihren Auftritt hatte. Ihre Wangen waren wie immer leicht rosig überhaucht, ihr

kurzes welliges Haar lässig zerzaust. Ein offener, einladender Mensch mit dem Gesicht einer käuflichen Bäuerin, manövrierte sie zwischen den Tischen hindurch mit leicht geöffneten Lippen und leicht glasigem Blick. Lily sah immer so aus, als sei sie gerade eben gevögelt worden. Margaret gefiel dieses Aussehen. Wie man es wohl erzielte?

»Oj, was für ein Tag«, sagte Lily, während sie mit einer so geschmeidigen und die vielen positiven Seiten ihrer Figur so vorteilhaft zur Geltung bringenden Bewegung in die Tischnische schlüpfte, daß Margaret sich fragte, ob sie das Schlüpfen in Schnellimbiß-Tischnischen einübte, ob sie einen Fitneßklub besuchte, der sich auf Schnellimbiß-Tischnischen-Schlüpfen-Training spezialisiert hatte. Und eins, zwei, drei, schlüüüüpf!

»Beachtet, daß auf der Speisekarte ›wir‹ steht«, sagte Lily sofort und zeigte mit einer Hand auf Tills aufgeschlagene Speisekarte, während sie mit der anderen den Reißverschluß ihrer Motorradjacke aufmachte. »›*Wir* empfehlen heute Hackbraten‹! Meint ihr, das ›wir‹ schließt uns ein? Natürlich nicht. Das ›wir‹ bezieht sich auf sie. Hallo, Puppe.« Und sie küßte Till auf die Wange, beugte sich dann über den Tisch und küßte Margaret.

Jetzt fiel Margaret wieder ein, warum sie sich in all den Jahren seit dem College so selten mit Lily getroffen hatte: Weil sie Lily nicht mochte. Zumindest mochte sie gute dreißig Prozent der Worte nicht, die fröhlich aus Lilys roten Puttenlippen purzelten.

»Es ist doch nur eine Speisekarte«, sagte Margaret. Und sie bestellte den Hackbraten.

»Hackbraten haben wir heute nicht«, sagte die Kellnerin.

Lily kicherte. »Traue niemals der Evidenz des Bedeuteten, Margaret.«

»Jetzt aber, Mädels«, sagte Till in dem gekünstelten, hollywoodhaften Ton, der unter ihnen auf dem College üblich gewesen war, den aber nur sie beibehalten hatte.

»Es ist trotzdem nur eine Speisekarte«, sagte Margaret gereizt.

»Ich habe meine Abschlußarbeit über Speisekarten geschrieben«, sagte Lily. Dann richtete sie die schwüle Wärme ihres Blicks auf Margaret, lächelte, drückte Margarets Arm und wirkte so ehrlich erfreut, sie zu sehen, daß Margaret ebenfalls lächelte und wußte, daß sie Lily nichts von dem, was sie sagte, übelnehmen konnte, wegen der Art, wie sie es sagte – wegen ihrer koketten, vernunftwidrig gutmütigen Herzlichkeit; ihrer Stimme, das Flüstern eines Starlets; und ihrer entzückenden Art zu kichern. Und dann, was vielleicht das wichtigste war, schien Lily Margaret immer sehr gemocht zu haben. Das sprach ganz besonders für sie.

»Sie hinterlassen überall ihre verräterischen Spuren«, fuhr Lily fort, die sich jetzt selbst eine der in dunkelgrünes Plastik gebundenen Speisekarten genommen hatte. »Die Textualität ihrer Ausschließung ist so öffentlich. Oh, deine Frisur gefällt mir, Margaret«, fügte sie hinzu und berührte leicht Margarets frisch geschnittenes Haar. Dann beugte sie sich vor und fuhr fort: »Weißt du, ich wache morgens auf und fühle mich wie ein Sexualobjekt.«

Da sie fand, daß das ziemlich glamourös klang, nahm Margaret Lily genauer in Augenschein. Der enganliegende schwarze Lederrock war für eine feministische Kunstkritikerin vermutlich einfach obligat. Aber das Top aus roter Spitze schien eine persönlichere Aussagekraft zu besitzen. Na ja, wenn jemand wohlgeformte Schultern und schöne Brüste hatte, wobei die linke Brust auch noch mit einem Schönheitsfleck gesegnet war, warum sollte man sie dann nicht zeigen? Wenn das den Männern ein anzügliches Grinsen entlockte und sie dazu brachte, einen als Sexualobjekt zu behandeln, dann sagte das doch nur etwas über die Männer aus, oder? Lily hatte etwas wunderbar Unschuldiges und beinahe Tragisches an sich, dachte Margaret, wie eine Blume, die vor knalligen Farben und Gesund-

heit strotzt, sich im sanften Gartenwind wiegt, von Natur aus verlockend, aber jedem bewundernden Blick mißtrauend, weil sie darin ihre eigene – rupf! – Sterblichkeit erkennt.

Wir gelangten zu dem Schluß, daß wir, in unserem Streben nach Erkenntnis, nichts Besseres tun konnten, als das Wesen der Freundschaft am Beispiel unserer eigenen wachsenden Freundschaft zu untersuchen. Meine Schülerin, mein »Freund«, hatte bereits einen so edlen und ehrgeizigen Studienplan für sich aufgestellt, sich einen Pfad erwählt, der zu solchen Höhen hinanführte und doch von solch schwindelnden Abgründen gesäumt war, daß ich mich, als ihr Freund, gezwungen fühlte, sie zu begleiten, ihr als Führer zu dienen, sie bei der Hand zu nehmen und ihr den Weg zu weisen.

ICH: Die Erziehung bestimmt den Menschen. Der Mensch wird unwissend geboren, nicht dumm. Dumm wird er erst durch die Erziehung. Aber Ihr, Ihr seid dem auf irgendeine Weise entronnen und so unbefleckt wie ein Kind geblieben.
Nun kann Eure Erziehung beginnen. Zuerst werden Eure Sinne erwachen. Ihr werdet sehen und hören und riechen, Ihr werdet schmecken, und Ihr werdet tasten.
Und dann, ah!, da Eure Sinne erwachen, werden alle Öffnungen, alle Zugänge zum Geist aufgetan; jetzt, jetzt, werden alle Objekte der Natur dorthin schießen.
SIE: Dorthin?
ICH: Dorthin.

SIE: Zu den Öffnungen?
ICH: Sie werden in die tiefsten Öffnungen schießen. In alle Zugänge zum Geist.

Rameaus Nichte, ehemals ein jämmerliches, rotznäsiges Kind (wie ich mich lebhaft erinnerte, sobald sie sich zu erkennen gegeben hatte), ein unermüdlicher Plagegeist, nörglerisch, wehleidig, fortwährend im Streite begriffen mit anderen kleinen Plagegeistern, ein reizloses, ungebärdiges Geschöpf, das seine Eltern desungeachtet, von der Natur geblendet, vergöttert hatten, war jetzt wahrlich eine Göttin. Man glaube nun nur nicht, mein Urteil sei von elterlichen Gefühlen getrübt gewesen. Die Empfindungen, die ich diesem entzückenden kleinen Mädchen entgegenbrachte, waren keinesfalls väterlicher Natur – diesem Mädchen, das jeder Verständige, gleich mir, als eine Gestalt von wahrhaft erhebenden Reizen beschrieben hätte, dessen bloßer Anblick – die Weise, wie sich ihre Schultern in Beziehung zur gleichermaßen eleganten Kurve ihres weißen Halses wölbten, und die Art, wie ihre Taille, mit ihrer eigenen, völlig einzigartigen kleinen Kurve, dennoch so überzeugend mit dem ganzen Rest zusammenhing – die sinnliche Gewißheit vermittelte, daß diese vielfältigen Kurven eine höchst ergötzliche Einheit des Eindrucks erzielten: einen Eindruck von Schönheit, der so übermächtig war, daß ich mich, wie ich gestehe, während einer unserer Zusammenkünfte (dieses Mal, da es regnete, in der Bibliothek abgehalten), noch ehe ich auch nur begriff, was ich da tat, vor sie auf die Knie geworfen hatte.

Allein im Zimmer, da die anderen sich bereits zurückgezogen hatten, sahen wir einander an, sie sitzend, das Buch, darin sie gelesen, noch immer in Händen, ich zu ihren Füßen, verwirrt über mein

eigenes Tun und mehr als alles andere ihren Unmut über meine unbeherrschte Handlungsweise fürchtend, als die Stille plötzlich durch ihre weiche, reine Stimme unterbrochen wurde. Meine Schülerin begann vorzulesen.

SIE [lesend]: Wenn ich die Beziehung erkenne, in welcher bestimmte Gegenstände sich zu mir verhalten [hier warf sie mir einen Blick zu und senkte dann ihre dunklen, leuchtenden Augen wieder auf die Buchseite], dann werde ich in gleicher Weise der Eindrücke gewahr, die ich empfange. [Sie hielt inne, und ich, auf dasjenige aufmerkend, was ich für den Sinn ihrer Rede hielt, mehr aber noch auf ihren erregten Ausdruck, legte meine Hand auf die ihre. Sie zitterte, ließ das Buch in ihren Schoß fallen, hob es dann rasch wieder auf und las weiter.] Diese Eindrücke sind entweder angenehm [der Rhythmus ihres Atems schien eine besondere Heftigkeit anzunehmen] oder unangenehm. Was bedeutet nun, in jedem dieser Fälle, zu urteilen? [Sie schloß das Buch, legte es beiseite, nahm meine Hand in ihre beiden Hände.] Zu erkennen, was ich fühle. [Jetzt aus dem Gedächtnis weitersprechend, zog meine Schülerin meine Hand an ihre Brust.] Urteilen [sie flüsterte nur noch] heißt fühlen. Urteilen heißt fühlen.

Du hast also mit deinen Freundinnen geluncht«, sagte Richard. »Hatten die Damen Hüte auf?«

»Hatten wir, und wir haben das Wechselgeld nachgezählt und lauthals diskutiert, wie wir es unter uns aufteilen sollten.« Es war ihr Abendgespräch mit ihm, die Zeit, da sie sich, von Stößen von Manuskriptseiten umgeben, im Bett zurücklegte und den fast beendeten Tag noch einmal Revue passieren ließ. Sie lächelte, wodurch sie mit der Wange versehentlich mehrere Knöpfe des Telefons drückte und eine lange Serie von Klick- und Piepsgeräuschen auslöste, hinter denen sie Richard murmeln hören konnte.

»Richard«, sagte sie, als die Geräusche verstummt waren. »Der Mensch wird unwissend, nicht dumm geboren. Aber was, wenn du unwissend bleibst?«

»Weiß ich auch nicht.«

»Es ist sehr schwierig, eine unwissende Intellektuelle zu sein.«

»Na ja«, sagte Richard nachdenklich, »ich könnte mir vorstellen, daß es immer noch besser ist, als eine dumme Intellektuelle zu sein.«

Margaret seufzte. Dann las sie Richard aus *Rameaus Nichte* vor.

»›Ich muß Euch loben wegen der großen Sorgfalt, die Ihr auf meine Erziehung verwendet‹, sagt das kleine Mädchen, ›und wegen Eurer niemals erlahmenden Beharrlichkeit, mein lieber Lehrer, und der Mühen, die Ihr mir zuteil werden lasset. Ich bin überzeugt, daß es Euch ebensowenig an Einsicht als an Eifer fehlt.‹ Das ist Hume, Richard. Mein Autor hat das von Hume geklaut, aus den *Dialogen über die natürliche Religion*. Jetzt hör dir doch bloß mal an, was er aus dem armen Hume gemacht hat! ›Durch beständige Lehre und Unterweisung‹, antwortet der Philosoph, ›und hoffentlich auch durch mein Beispiel, werde ich Eurem zarten Geist und Euren gleichermaßen zarten Lippen Achtung für alle Grundsätze des Küssens tief einprägen. Dann endlich, nachdem ich so Euren Geist

zu geziemender Unterwerfung gezähmt habe, werde ich nicht länger Bedenken tragen, Euch das größte aller Geheimnisse zu eröffnen.‹«

»Mit mir redet nie jemand so«, sagte Richard.

»Ich schon«, sagte Margaret. »Ich tu's.« Das Kissen war kühl an ihrer Wange. Richards Stimme war weich und verführerisch, und plötzlich verspürte sie eine große zärtliche Zuneigung zu ihm, der immer am anderen Ende der Leitung da war, wenn sie ihn brauchte, wenn sie ihn wollte. Sie verspürte eine zärtliche Zuneigung zu ihm und zur ganzen Welt; das wurde ihr bewußt, als sie aufgelegt hatte, als sie dalag und auf Edward wartete, zu dem sie die allerzärtlichste Zuneigung empfand, die aller-, allerzärtlichste.

»Ich trage nicht länger Bedenken«, sagte sie, als er auf der Suche nach einem Bleistift ins Zimmer kam, »Euch das größte aller Geheimnisse zu eröffnen.«

»Liest wieder diesen Schweinskram, wie? Braves Mädchen.«

Auf daß unsere gedankenreichen Erörterungen weder durch unfreundliche Witterung verhindert noch durch weniger philosophisch gesinnte Mitglieder des Haushalts unterbrochen wurden, begannen wir, uns im Hause und nur des Nachts zu treffen, und erwählten, um Abgeschiedenheit bemüht, mein Schlafgemach als die geeignetste Örtlichkeit.

Die Philosophie war ein Unternehmen, das ihren natürlichen Anlagen entgegenkam. Da sie sich bereits in einem zarten Alter das Lateinische angeeignet hatte, war sie mit den Klassikern vertraut und begierig, mehr zu lernen. Ich wiederum war begierig, sie zu unterrichten.

ICH: Nehmt nichts auf Treu und Glauben. Dies ist die erste Lektion. Sucht jegliche Erkenntnis, die durch Beobachtung und Erfahrung zu gewinnen ist.
SIE: So laßt mich denn beginnen, zu beobachten und zu erfahren. Ich sehne mich danach zu beginnen, denn alle haben ein gleiches Recht, entsprechend ihren Interessen belehrt zu werden und teilzuhaben am Erwerb der Wahrheit.

Meine Schülerin, da sie kein anderes Möbel gesehen, das ihre reizende Gestalt hätte aufnehmen können, hatte sich auf das Bett gesetzt und dann, die Unnatürlichkeit dieser Position an solchem Orte erkennend und wie stets um Harmonie und Gleichgewicht, diese unverzichtbaren Bedingungen der Schönheit, bestrebt, sich hingelegt.

Da ich sie also den Gesetzen der Ästhetik so pflichtbewußt gehorchen sah, kam mir der Gedanke, daß ich, um ihr nach bestem Vermögen zu helfen, diejenige Erkenntnis, nach welcher sie auch immer dürsten mochte, zu erlangen, nichts weniger tun konnte, als mich ihr beizugesellen. Ich begann, die vielfältigen Möglichkeiten, die mir zu dieser Hilfeleistung zu Gebote standen, zu erwägen, und kostete die beseligende Erwartung des geistigen Austauschs, den ich vorhersah, bis zur Neige aus. Denn es trifft oftmals zu, daß die Vorahnung eines nahenden Genusses bereits in sich einen Genuß darstellt, und schon bald wurde ich von meiner Einbildungskraft fortgerissen.

Doch nun ich dastand und diese reizenden Gegenstände in meinem Herzen bewegte, erkannte ich plötzlich, daß sie, auf dem Bett liegend, in einen Zustand zu geraten schien, den ich einzig als Erregung beschreiben kann, denn ihre Wangen überzogen sich mit einer unnatürlichen, aber nichtsdestoweniger entzückenden Röte, ihr Atem ging rascher und

angestrengter, so daß ich befürchten mußte, sie könnte in Ohnmacht fallen, und mich eilig über die ausgestreckte Gestalt beugte und ihre Gewänder öffnete, woraufhin sie mich dankbar zu sich herabzog und erneut ihrem drängenden Wunsch Ausdruck verlieh, der Unterricht möge beginnen.

Selbigen nahm ich also ohne weitere gedankliche Vorbereitung unverzüglich in Angriff.

ICH: Ich werde mit den Sinnen den Anfang machen. Natürlich muß ich die Gegenstände meiner Sinneswahrnehmungen in Betracht ziehen. Da mir die Notwendigkeit der Erfahrung als Mittel zur Erlangung von Erkenntnis bewußt ist und ich die Hoffnung hege, Euch, meiner Schülerin, diesen hohen Wert zu vermitteln, werde ich nun die bestimmten vor mir liegenden Gegenstände einer besonderen Betrachtung unterziehen.

Da ich begann, die unmittelbaren Gegenstände meiner Wahrnehmung, das ist, die betörenden Reize eines auf meinem Bette ausgestreckten jungen Mädchens, sorgfältig zu erforschen, schien diese Tätigkeit ihr geistiges Vermögen, nicht anders, als ich gehofft und vorausgeahnt, auf eine höchst erfreuliche Weise anzuregen. Unsere Lektion hatte endlich wirklich angefangen.

ICH: Es gibt zweierlei Art von Wahrnehmung. Zuerst werde ich Euch die Bedeutung der »Eindrücke« veranschaulichen. Eindrücke sind lebhafte und heftige Wahrnehmungen, äußere Gegenstände, die sich Euch eindrücken.
SIE: In diesem Augenblick spüre ich nicht nur einen herrlichen äußeren Gegenstand sich mir kraftvoll eindrücken, sondern fühle mich wahrlich selbst als

ein bloßes Bündel oder eine Ansammlung unterschiedlicher Wahrnehmungen ...
ICH: ... die einander mit unvorstellbarer Geschwindigkeit ablösen?
SIE: Ja! Gerade so! Sie sind beständig in Fluß und in Bewegung!

Nach einer gewissen Zeit, während welcher wir unsere Untersuchung des Wesens der Wahrnehmung mit einer wechselseitigen Anteilnahme und einer unbeirrbaren Hingabe an die Erfahrung fortsetzten, wodurch einstweilen jede Unterhaltung, welche über einen gelegentlichen Ausruf, Ausdruck der Wahrnehmung eines besonders heftigen Eindrucks, hinausgegangen wäre, unterbunden wurde, fühlte ich, daß wahre Freundschaft nunmehr in greifbare Nähe gerückt sei, und ich erfuhr ein Aufblitzen von Erkenntnis, von sublimer Offenbarung (eine Erkenntnis, die sich, wie ich aus mannigfachen Beobachtungen schloß, auch vollkommen meiner Schülerin mitteilte), und in meiner plötzlichen Erleuchtung rief ich die Worte aus:

ICH: Der Zweck der Kunst der Geselligkeit ist es, den Genuß der allgemeinen Rechte, die die unparteiische Natur uns allen geschenkt hat, für jedermann zu sichern und zu mehren!

Sie antwortete mit verständnisinnig belegter Stimme:

SIE: Eure Gedankengänge, mein Herr, sind unanfechtbar, Eure Behauptungen sublim.

Hängen dir die ganzen verknöcherten Wissenschaftler, mit denen du dich herumtreibst, eigentlich nicht zum Hals raus?« fragte Margaret Edward eines Morgens. Sie lag im Bett, auf die Seite gedreht, und sah ihn an.

»Hängen sie *dir* zum Hals raus?«

»Nein. Aber ich mag verknöcherte Wissenschaftler. Deswegen habe ich dich doch geheiratet.«

Edward lächelte.

»Aber was ist mit denen, die im Trend liegen?« fuhr Margaret fort. »Wie meinen Freundinnen? Wie Lily? Stell dir Lily als Kollegin vor. Sie ist schon als Freundin schlimm genug, aber wenigstens brauche ich sie nicht ernst zu nehmen. Ich brauche nicht auf Institutsversammlungen mit ihr zu diskutieren. In deinem Institut wimmelt es von Lilys. Wie hältst du das bloß aus?«

Tatsächlich war Margaret neidisch auf Edward, beneidete ihn wegen der geregelten, behaglichen Welt der Universität. Wenn man bloß nicht zu unterrichten brauchte! Auch sie konnte einen solchen Posten haben, mit einem kleinen Arbeitszimmer, mit zerknitterten Kollegen und gehässigen Intrigen und Studenten, die sie anhimmelten. Aber man mußte eben unterrichten, und Margaret war es immer noch lieber, in unstrukturierter Einsamkeit zu leben, als einem Meer von arroganten, bedürftigen Studenten gegenübertreten zu müssen.

»Aushalten? Das ist mein Lebenszweck!« sagte Edward. »›Alle Menschen streben von Natur aus nach Erkenntnis‹, sagte Aristoteles. Und ich bin an einem Ort, der diesem Streben geweiht ist. Ich erfülle den Wunsch nach Erkenntnis, befriedige ihn. Selbst Lily, die hochgradig hirnlose Lily, giert nach Erkenntnis. Sie täuscht sich so ziemlich in allem, aber sie forscht munter weiter, entschlossen, vital, unbezähmbar in ihrem Erkenntnisdrang, ein Geschöpf der Begierde, der Erkenntnisgier. Ah, Lily. Ich frage mich, wie viele von Lilys Studenten danach gieren, *sie* zu erkennen.«

»Also bitte, ja?« sagte Margaret, und dann stützte sie das Kinn in die Hand.

Manchmal fühlte sie sich so klein und unbeteiligt wie eine Spinne an ihrem Faden. Kein Boden unter den vielen Füßen, und auch kein Wasser. Aber wenigstens konnte eine Spinne ein Netz spinnen, einen zarten, klebrigen Versammlungsort für zufällige Passanten. Till hatte sich ein Netz gesponnen und zog Leute an sich durch die schiere Kraft ihres Wollens, ihres Verlangens, sie dazuhaben. Edward hatte für alle in seiner Umgebung ein Netz aus Enthusiasmus und Freude gesponnen. Natürlich war das eine abartige und kontraproduktive Weise, die Freundschaft zu betrachten: als eine Falle für zappelnde, summende Beutetiere. Trotzdem, dachte Margaret: Soll ich ein Netz spinnen? Ist das nicht immer noch besser, als die zappelnde, summende Beute in den Netzen der anderen zu sein?

»Margaret, du bist so wettbewerbsorientiert«, sagte Edward, als sie diese Anschauungen über das Wesen der Geselligkeit äußerte. »Und du bist so ernst! Du bist sogar noch ernster als ich, und niemand ist ernster als ich. Freundschaft! Sie ist kein göttliches Gebot, mein Schätzchen.«

»Nein, aber wenn Leute sich verlieben, dann scheint es, nach dem, was man so hört, einfach zu passieren, nicht? Wenn's aber um Freunde geht, da passiert nichts von selbst. Freunde *macht* man sich.«

»Na dann! Ans Werk!«

Margaret seufzte.

»Und außerdem, ich bin doch dein Freund, oder nicht?« sagte Edward.

»Das ist ja gerade das Problem, Edward.« Sie sah ihn an und dachte daran, welch überlebensgroße Rolle er in ihrem Leben spielte, wie sehr er es anfüllte mit interessanten Gesprächen und echtem Verständnis und Zärtlichkeit und gutem Sex und nervenden Angewohnheiten und Witzen und obskuren Zitaten. Er half ihr bei ihrer Arbeit und mochte sie und sorgte liebevoll für sie. Sie hatte keine wei-

teren Bedürfnisse. Es kam ihr nicht richtig vor. »Es kommt mir nicht richtig vor. Zufrieden zu sein. Willst du nicht mehr?«

»›Ich lebe, wie ich bin – das ist genug; wenn's niemandem bewußt, ich bin's zufrieden; wenn's jedem auf der Welt bewußt, ich bin's zufrieden.‹«

»Himmel Herrgott, Edward! Mach du nur weiter und sei's zufrieden. Und mäste dich mit Austern wie Walt Whitman. War das eben von ihm? Wie dem auch sei, er ist jetzt tot. Und ich bin's nicht.«

»Margaret, Liebchen, du bist endlich doch verrückt geworden! Wie ich diesen Augenblick herbeigesehnt habe. Eine wahnsinnige Gattin! Sie auf dem Dachboden einsperren. Sie anketten! Sie mit Austern füttern – *gegen ihren Willen.* Sie bis zum Morgengrauen schänden. Bis zum Mittag! Wirklich mein Ideal, eine wahnsinnige Gattin.«

Na schön, dachte Margaret, als Edward sie an sich zog. Die Unzufriedenheit kann warten.

MANCHMAL BRACHTE EDWARD Studenten zum Essen mit nach Haus, und Margaret hatte sich über solche Begegnungen immer gefreut, weil sie dann nur gegen Amateure antreten mußte, gegen Feinde, die weit mehr Angst vor ihr hatten als sie vor ihnen. Bei einem dieser angenehmen, ungefährlichen Abendessen hörte sich Margaret mit einem gewissen Interesse an, was einer von Edwards Studenten, ein Junge aus Oregon, über die Nerzfarm seines Vaters erzählte, und während sie zuhörte, beobachtete sie den anderen Gast, eine Studentin. Sie war aus irgendeinem Vorort von Boston, hübsch, ein bißchen schüchtern, und sie hatte den ganzen Abend kein Auge von Edward gewandt.

Ich war auch mal ein Mädchen aus einem Vorort von Boston, hübsch, ein bißchen schüchtern, dachte Margaret, und schmachtete meine Professoren an. Bist du hergekommen, um mir meinen Seelenfrieden zu rauben?

Edward lächelte das Mädchen nachsichtig an, aber schließlich lächelte Edward die ganze Welt nachsichtig an. Trotzdem, dachte Margaret. Und sie wandte sich mit einem beklommenen Gefühl von dem Mädchen ab, so wie jemand die Augen hoffnungslos vor seinem Schicksal verschließt, und dann starrte sie Edward an, ohne sich dessen bewußt zu werden, bis er sich umdrehte und sie anlächelte und ihre Hand nahm und sie drückte.

Margaret hatte schon fast vierzig Minuten lang mit Till geredet, was sie in ihren Augen jeder Notwendigkeit, Till zu sehen, auf wenigstens zwei Monate hinaus enthoben hätte, als ihr einfiel, daß Leute wie Till und Edward bei so etwas nicht mitspielten. Sie ließen es niemals zu, daß die dürftigen Freuden des Telefons das Vergnügen der Geselligkeit verdrängten, duldeten es nicht, daß das Telefon sie von der Erfüllung ihrer Pflicht abhielt, ihrer Umgebung Aufmerksamkeit widerfahren zu lassen, die Existenz ihrer Freunde zu feiern, indem sie in deren Gesellschaft schwelgten; *sie* sanken niemals in jenen entnervten Zustand herab, in dem man sich fragt, ob es nicht die planlos heitere Ruhe des Tages fürchterlich stören würde, wenn man ausginge, um eine Verabredung einzuhalten.

»Hast du Lily inzwischen wieder gesehen?« fragte Till.

»Nein.«

»Ach. Ihr schient euch so gut zu verstehen. Hast du vor, sie in nächster Zeit zu treffen?« fragte Till.

»Ich weiß nicht«, sagte Margaret. »Wie steht's mit dir? Hattest du wieder an einen gemeinsamen Lunch gedacht? Ich glaube, ich werde allmählich zur Exzentrikerin. Ich glaube, meine Sozialkompetenz könnte eine Aufbesserung vertragen.«

»Nein, nein«, sagte Till mit entschlossener Stimme. »Du und Lily, ihr geht ohne mich essen. Das wird besser sein.«

»Aha. Du meinst, ich sollte eigene Wege gehen, Neuland erschließen. Aber ich weiß nie, wovon Lily eigentlich redet. Trotzdem, sie ist irgendwie süß, nicht?«

Till sagte: »Wie eine Frucht.«

»Frucht?« Margaret hatte nicht an Obst gedacht. Aber Lily hatte wirklich etwas Reizendes an sich: ein durch und durch gutartiger Mensch, der sich fröhlich plappernd über die oppressive phallokratische Monstrosität des modernen Lebens ausließ. Was für ein Kuddelmuddel, schien sie zu sagen. Ist das nicht toll?

»Du magst Lily also?« sagte Till.

»Du nicht? Sie ist doch deine Freundin.«

»Du weißt, daß Lily und ich vier Jahre lang zusammengewohnt haben?«

Margaret wunderte sich. Natürlich wußte sie das. Lily war nach ihr Tills Zimmergenossin gewesen, und nach dem College hatten sie ein Jahr lang eine Wohnung geteilt.

»Wie dem auch sei«, fuhr Till fort, »wann trefft ihr zwei euch? Ich glaube, diese Woche wäre gut. Soll ich was für dich ausmachen? Ich muß sie sowieso anrufen. Wenn du sie magst, und sie mag dich, dann ist es, glaub' ich, eine schöne Sache. Diese Freundschaft.«

»Na ja, ich weiß nicht. Ich kann sie ja wohl selbst anrufen. Wenn ich will. Es ist nett, daß du ein solches Interesse an mir und meiner Sozialisation bekundest.«

MARGARET TRAF SICH tatsächlich noch diese Woche mit Lily, im selben Imbißlokal. Warum nicht? Lily rauschte in einer kurzen flatternden Jacke herein, die von einem einzigen großen Knopf zusammengehalten wurde, und in schwarzen Stretch-Leggings. Ihr Gesicht hatte von der kalten, frischen Luft einen Anflug von Farbe bekommen. Margaret fielen ihre Zähne auf, die klein, alle gleich groß und weiß waren, wie kleine Kacheln.

»Hallo, Puppe«, sagte Lily, zündete sich eine Zigarette an und blies eine Rauchwolke nach oben, ganz dreißiger Jahre. »Hast du deinen Ovid schon gelesen, Margaret?« Sie griff nach einer Speisekarte. »Die Speisekarte!«

»Die Speisekarte.«

Lily lächelte, rauchte und studierte nachdenklich die Liste der Tagesgerichte, die in einer gesonderten Klarsichthülle steckte. Dachte sie nach über die Speisekarte als eine Konkretisierung der Rolle der Frau, als Paradigma der gesellschaftlich organisierten Beherrschung ihres Lebens, als repressive Verbildlichung ihrer Eigenschaften und Fertigkeiten?

»Ich glaube, ich nehme einen Cheeseburger mit Speck«, sagte Lily. Sie zog ihre flattrige Jacke mit dem großen runden Knopf aus, und darunter erschien ein knappes, vorn geschnürtes, irgendwie mittelalterlich-bäuerlich anmutendes Wildlederleibchen, aus dem die Brüste hervorquollen. Sie fuhr sich mit den Fingern beider Hände durch die Haare, so daß sie sich bauschten.

»Komisch«, sagte sie und starrte Margaret mit schräg gehaltenem Kopf an. »Komisch, daß wir auf dem College nie richtig was miteinander zu tun gehabt haben.« Ihre raunende Stimme verebbte zu einem kleinen Seufzer. Sie stützte das Kinn in die Hand und zog einen leichten Flunsch.

»Na ja, nach dem ersten Jahr habe ich Till und ihre Freunde wohl nicht mehr allzuhäufig gesehen. Ich habe mich in die Bibliothek zurückgezogen.«

»Die Bibliothek«, sagte Lily leise, »ist ein Disziplinierungsmechanismus, der das Individuum in einem System von Registrierung und Akkumulation von Dokumenten gefangenhält.«

Die Art, wie sie das sagte, mit ihrer kehligen Flüsterstimme, einen zierlichen Finger im Schmollmund, verlieh der Bibliothek, fand Margaret, die Aura eines Domina-Studios. Oh! Diszipliniere mich mit deinem Mechanismus! Mehr, ja, mehr!

»Und was machst du so zur Zeit?« fragte Margaret, die nicht recht wußte, wie sie sonst auf den Deweyschen Dezimal-de-Sade hätte reagieren können.

»Ich dachte, ich schreib' zur Abwechslung mal was über Musik«, sagte Lily. »Rachmaninow.«

Magaret seufzte. Armer Rachmaninow. Was hatte er verbrochen, um in die Klauen dieser prätentiösen Pseudo-Sexbombe zu geraten?

»Er ist doch keine Frau«, sagte Margaret, »oder?«

»Ah, aber er hätte durchaus eine Frau sein können«, sagte Lily liebevoll. »Armer Rachmaninow.«

»Du *magst* Rachmaninow?« Sie selbst liebte ihn, aber sie sah nicht ein, warum sie das irgend jemandem hätte auf die Nase binden sollen.

»Schau«, sagte Lily, »man muß für die zweite Garnitur eine Lanze brechen. Genie ist ein männliches Konstrukt, ein Instrument männlicher Unterdrückung. Genie, Genie, Genie. Schluß mit dem Genie.«

»Du magst Rachmaninow, weil er *zweitklassig* ist?«

Lily lächelte und fing an, eine besonders prächtige Passage aus den Sinfonischen Tänzen laut zu summen.

Margaret widerstand mit großer Mühe der Versuchung mitzusummen. Schließlich hatte man seinen Stolz. Aber sie betrachtete Lily mit neuem Respekt und mit wachsender Zuneigung.

»Magst du auch Trollope?« fragte sie hoffnungsvoll.

DURCH LILYS BESCHREIBUNG angeregt, begab sich Margaret am nächsten Morgen zum Disziplinierungsmechanismus, aber er wurde seinem Ruf überhaupt nicht gerecht, und schon nach einer Stunde konnte sie sich nicht mehr konzentrieren und fing an, ins Leere zu starren. Der anonyme Verfasser von *Rameaus Nichte* hatte von so vielen Philosophen und mit einer solchen Sorglosigkeit abgeschrieben, daß Margaret Monate brauchen würde, um alle Quellen ausfindig zu machen. Der Verfasser war ein guter Kenner der Literatur seiner Zeit gewesen. War er irgendein Junge aus der Provinz, der in die strahlende Großstadt gekommen war, um Philosoph zu werden? Im Zeitalter der Aufklärung gab es viele davon in Paris, gescheiterte Intellektuelle, die sich mit dem Abfassen und Verhökern von erotischem Schund über Wasser hielten. Oder vielleicht war er ein gelangweilter Geistlicher, der sich damit die Zeit zwischen Non und Matutin vertrieben hatte. Und warum überhaupt »er«? Konnte der Verfasser nicht in Wirklichkeit auch eine Verfasser*in* gewesen sein, eine Frau

wie Madame de Montigny? Margaret fragte sich manchmal, ob *Rameaus Nichte* nicht als Jux geschrieben worden war, so wie Diderots *Nonne*, die aus einer Reihe von Briefen entstanden war, die Diderot und ein Freund an einen anderen Freund geschrieben und mit dem Namen einer fiktiven Ordensschwester unterzeichnet hatte. Oder vielleicht war der Text auch in erbaulicher Absicht verfaßt worden, wie die »Illustrierten Klassiker«. Sie hatte einmal eine phantasievolle Schilderung der Wohnverhältnisse von Crébillon dem Älteren und dem Jüngeren gelesen, der zufolge die beiden in einer Dachkammer voller großer, unmäßig geifernder und haarender Hunde gehaust hatten, und genau so stellte sich Margaret gern ihren Autor vor, den Federkiel in der Hand, während auf dem Louis-Quinze-Sofa allerlei Tiere herumlungerten und schnarchten.

Sie beendete ihre Übersetzung fast mit Bedauern, so wie man einen viktorianischen Roman zu Ende liest. Denn jetzt wurde sie aus den Armen des Manuskripts gerissen, oder es wurde aus ihren gerissen, und sie würde es der Welt übergeben müssen. Sie beschloß, es Richard vorbeizubringen und dann mittags mit ihm essen zu gehen.

In der U-Bahn kaufte sie von einem Obdachlosen die *Street News* und las darin, Marianne Faithfull sei zu der Zeit, als sie drogenabhängig war, obdachlos gewesen, nur daß sie gelegentlich ihre Mutter besuchte, um ein Bad zu nehmen.

Sie war immer noch eine halbe Stunde zu früh dran. Sie schaute in ein paar Geschäfte, stand dann eine Weile in der schmutzigen Kälte herum und rief schließlich Richard an.

»Hi, können wir schon zum Lunch gehen?«

»Margaret, ich hab' versucht dich anzurufen. Tut mir leid, Liebes, kein Lunch. Wo warst du bloß so früh am Morgen? Eine Affäre mit dem Milchmann? Bei ihm zu Hause? Es tut mir leid, Margaret, tut mir wirklich ehrlich leid, aber es ist ein Notfall. Ich habe einen Termin im Simon-Gleason-Seniorenheim.«

»Du ziehst um?« fragte Margaret.

»Onkel Herbert zieht um. Onkel Herbert muß umziehen, muß umgezogen werden, und zwar schleunigst. Onkel Herbert stand heute morgen im Pyjama bei mir auf der Matte. Ich habe ihn bei meiner Vermieterin gelassen, bis ich was Passendes gefunden habe, wo er einziehen kann, nach Möglichkeit schon heute nachmittag. Möchtest du vielleicht mit Onkel Herbert lunchen, da Lunchen neuerdings deine Phantasie so sehr zu beschäftigen scheint?«

Margaret steckte eine weitere Münze in den Automaten, während sie überlegte. Der Weg zur Sozialisation schien ihr mit unüberwindlichen Hindernissen übersät zu sein. Wenn sie Freunde haben wollte, würde sie selbst ein Freund sein müssen oder sich zumindest doch, soweit es eben ging, wie einer verhalten. Aber was heißt das? Ich bin zutiefst betrübt, dachte sie, wie man vor hundert Jahren oder so zu sagen pflegte. Und wie verhielten sich Freunde vor hundert Jahren oder so? Wenn sie sich recht erinnerte, wurde in diesen Romanen fortwährend edelmütig Verzicht geübt, Männer verzichteten edelmütig auf Frauen, um deren Ruf nicht zu gefährden, Frauen verzichteten edelmütig auf Männer und überließen sie anderen, bedürftigeren – oder weniger bedürftigen – Frauen. Vielleicht sollte Margaret edelmütig verzichten. Dann konnte sie nach Hause gehen.

»Möchtest du, daß ich mitkomme?« Sie sagte es impulsiv, instinktiv, und bereute sofort, daß sie es gesagt hatte.

Für den Rest des Tages folgte sie Richard von einem Altersheim zum nächsten. Das erste, meinte Richard, war so dreckig wie ein Krankenhaus. Das zweite zu düster und voll von alten Leuten. Im dritten fragte die Frau am Empfang Margaret, ob das Zimmer für sie sein sollte, und Margaret antwortete höflich, nein, nicht für sie.

Hier brachte Richard Onkel Herbert unter. Er war etwas

besorgt, weil das Heim von der Heilsarmee geleitet wurde und Onkel Herbert sich gern ein Schlückchen genehmigte. Aber das Zimmer war recht hübsch. Einige der Heimbewohner waren noch immer verhältnismäßig fit. Das Haus sauber und beinahe freundlich. Richard äußerte sich zu all diesen Punkten in einem gedämpften, traurig hoffnungsvollen Ton, als versuchte er, sich oder Onkel Herbert oder vielleicht auch Margaret zu überzeugen. Aber Margaret brauchte nicht überzeugt zu werden. Tatsächlich war sie besonders verblüfft gewesen, als die Frau gefragt hatte, ob das Zimmer für sie sein sollte, weil sie gerade einen Augenblick vorher gedachte hatte, daß sie sich durchaus vorstellen könnte, selbst hier einzuziehen, daß es angenehm sein könnte, an einem Ort zu wohnen, wo das Essen, die Betten, die Konversation von Leuten gemacht wurden, die man kaum kannte. Die kühle, blasse Anonymität wirkte irgendwie erholsam. Edwards grenzenlose Vitalität erweckte in ihr manchmal das Bedürfnis, sich ins Bett zu legen.

»Es ist nur, weil man über fünfundsechzig sein muß, um hier aufgenommen zu werden«, hatte die Frau am Empfang hastig hinzugefügt, als Richard in brüllendes Gelächter ausgebrochen war.

»Na, Margaret, das ist aber wirklich eine Enttäuschung«, sagte er und wischte sich die Tränen aus den Augen.

Tatsächlich war Margaret von Richard ein bißchen enttäuscht. Sie hatte erwartet, daß diese persönliche, emotionale Erfahrung etwas wie eine gefühlsmäßige Bindung erzeugen würde, aber statt dessen fühlte sie sich ihrem Lektor weniger nah als je zuvor. Außerhalb des Büros wirkte er irgendwie weniger interessant. Da waren all diese Ablenkungen, all diese anderen Leute und anderen Verpflichtungen, die störend dazwischentraten, und sie erinnerte sich etwas wehmütig an das letzte Mal, als sie ihn gesehen hatte; er hatte an seinem Schreibtisch gesessen und verschiedene Stöße Papier durchwühlt, bis er einen bestimmten Stoß, ihren Stoß, gefunden hatte. »Aha!«

hatte er voll echter Begeisterung ausgerufen, und sie hatte tief durchgeatmet und gewartet, daß er seine volle, ungeteilte Aufmerksamkeit nunmehr ihr zuwandte.

SEIT DEM TAG ihrer gemeinsamen Pflegeheim-Besichtigungstour dachte Margaret ziemlich oft an Richard, und auf eine Weise, die neu für sie war: Sie sah ihn aus ganz ungewohnten Perspektiven. Die Attribute, die sie mit Richard gleichsetzte, waren in den Hintergrund getreten und hatten einen Fremden offenbart. Zur förmlichen, gereizten, vollen, melodischen Stimme war ein Körper getreten, ein Gang, eine Konfiguration von Gesten. Richard war groß. Das war etwas, was ihr nie aufgefallen war. Er war breitschultrig. Und mit seinem lavendelfarbenen Oxford-Hemd, seiner Jacke aus grobem Tweed, seiner gebügelten Kordhose, seinen Halbschuhen und seinem grauen Stoppelhaar wirkte er merkwürdig affektiert anstatt einfach nur affektiert. Das machte ihr zu schaffen. Sie hatte nie so an ihn gedacht, und das wollte sie auch nicht. Was auch immer sonst er im bürgerlichen Leben sein mochte, als Richard im Dienst war er einfach nur ihr Lektor gewesen, *ihr* Lektor. Er existierte insoweit, als er mit ihr, mit Margaret Nathan, interagierte. Dieser andere Typ, dieser geschniegelte Homosexuelle mit Bürstenschnitt und Onkel, paßte nicht.

> Ich lag auf dem Bett und betrachtete, die Augen nach oben gerichtet, nachdenkend Rameaus Nichte, betrachtete jene Regionen der geistigen Welt, deren Betrachtung den Weisen ergötzt. (Wage zu erkennen! war die Maxime, welche auszuloten wir in der voraufgegangenen Nacht mit beträchtlicher Energie begonnen hatten und deren eingehenderer Ergrün-

dung wir uns nun widmeten.) Auch sie erwog mit sanfter, doch begieriger Aufmerksamkeit den vor ihr befindlichen Sachverhalt.

SIE: Ist es dies, was unsere großen Denker meinen, wenn sie davon sprechen, der Mensch habe bereits den Höhepunkt seiner Vollendung erreicht?
ICH: Es bedarf nur geringer Durchdringung, zu erkennen, wie unvollkommen des Menschen Entwicklungsstand noch immer ist; um wieviel noch der Umfang seiner Pflichten, worunter der Einfluß seiner Handlungen auf die Wohlfahrt seiner Mitgeschöpfe zu rechnen ist, ausgedehnt werden kann –

Hier geschah es, daß meine Schülerin, vom vollkommenen Verständnis meiner sorgfältig gewählten Worte durchdrungen, auf eine Weise aufschrie, die mich vorübergehend aus der Fassung brachte, doch ich sammelte mich rasch wieder und setzte meine Ausführungen fort.

ICH: Um wieviel noch der Umfang seiner Pflichten ausgedehnt werden kann –

Sie schrie abermals auf, doch ich fuhr unbeirrt fort.

ICH: – sofern ihm ein festeres, tieferes und mit größerem Bedacht geführtes ...

In diesem Augenblick, ich muß es gestehen, brach ich meinen Vortrag zuletzt doch vollends ab, um mich mit desto größerer Muße der von mir selbst empfohlenen Beobachtung von Tatsachen und gewissenhaften Kenntnisnahme sinnlicher Eindrücke widmen zu können.

In der Stille, die folgte, vernahm ich ihre freudige Stimme, nah an meinem Ohr.

SIE: Ich lerne noch! Meine Erziehung ist noch nicht abgeschlossen. Wann wird sie es sein? Wenn ich nicht mehr zu empfinden imstande sein werde!
ICH: Der wahre Lohn der Tugend ist das wonnige Bewußtsein, einen dauerhaften Dienst geleistet zu haben.

Margaret hatte sich schließlich doch zu einem weiteren gemeinsamen Lunch mit Till verabredet, und als sie ankam, wartete die Freundin auf sie draußen vor dem schmalen Lokal. Es war nicht nur schmal, es war auch kurz. Es hatte nur vier kleine Tische, und alle waren, wie immer, besetzt. Das Restaurant hieß SIE SIND HUNGRIG.

»Willst du woandershin?« fragte Till. »Wir brauchen nicht, aber wenn du möchtest, können wir gern.«

»Es ist eisig«, sagte Margaret, aber sie rührte sich nicht von der Stelle. Sie war bereits in den weichen, halbbewußten Zustand versunken, der das Anfangsstadium des Schlangestehens kennzeichnete. Später würde sie vielleicht explodieren. Aber in keinem Fall kam es jemals vor, daß sie – oder irgend jemand, den sie kannte – wirklich ging und es in einem anderen Lokal versuchte. »Woran arbeitest du zur Zeit?« fragte sie. Till war ihre Freundin, sie war daran gewöhnt, sie als Freundin zu haben, aber so schrecklich viel, was sie ihr unbedingt hätte sagen wollen, gab es in der Regel nicht.

»Also, es handelt vom Space Shuttle. Worüber Menschen in einer Raumfähre tatsächlich reden, weißt du? Scheidung, Kindheit, die Noten ihrer Kinder. Es gibt auch ein paar Gesangseinlagen. Weißt du, Margaret, eine der Personen ist ein bißchen wie du.« Till bedachte sie mit einem ihrer speziellen Blicke – tief und voll ungeteilten, aufmerksamen Interesses.

»Wirklich?« sagte Margaret verlegen, aber auch irgendwie fasziniert. »Wie bin ich denn?«

»Weiß ich eigentlich nicht.«

Margaret hauchte sich auf die kalten Finger. Till war heute mit Fransen verziert, mit Jettperlen behängt. War es eine Bluse? Eine Jacke? Darunter hatte sie einen langen, engen schwarzen Seidenrock an, und um Arme, Taille und Hals trug sie schweren Navajoschmuck aus Silber und Türkisen.

»Du hast dich also mit Lily getroffen?« sagte Till.

»M-hm.«

»Aha.«

Margaret dachte, jetzt könnte sie ohne weiteres anfangen, über das zu reden, worüber sie mit Till immer redete, nämlich genaugenommen über gar nichts – angenehme, behagliche Plaudereien, die lediglich besagten: Wir sind alte Freundinnen. Aber Margaret fragte sich: Ist das genug? Sollte ich nicht versuchen, das Niveau der Unterhaltung zu heben, und dadurch diese Freundschaft festigen, veredeln und bereichern?

In jüngeren Jahren hatte sie mit ihren Freundinnen über Jungen geredet. Vielleicht ging Till mit einem Jungen aus, und sie konnten sich darüber unterhalten. Oder mit einem Mann. Oder einem alten Bock. Natürlich konnte es auch durchaus sein, daß sie mit überhaupt keinem männlichen Wesen, gleich welchen Alters, ausging, in welchem Falle eine diesbezügliche Frage sie entweder beleidigt oder deprimiert hätte. Und selbst wenn sie mit irgend jemandem ausging, würde sie es doch wohl kaum zugeben, so als glücklich verheiratete Frau und überhaupt.

Was sollte Margaret jetzt sagen, Margaret? Margaret sollte über aktuelle Ereignisse reden, Margaret. Frierend und verwirrt versuchte sie ihr Morgengespräch mit Edward zu rekonstruieren. »Jetzt kann sich in, äh, Nicaragua also eine prämoderne handwerkliche Kultur entwickeln.«

»Jimmy Carter gibt einen wunderbaren Expräsidenten ab, findest du nicht?«

Das, Margaret, mußt du dir einprägen. Es ist irgendwie, na, *konversationsmäßiger* als das, was du gesagt hast. Prämoderne handwerkliche Kultur, also wirklich. Sie trat von einem Fuß auf den anderen. Was nun? Sie sah Till an, die fröhlich bimmelte, wie ein Schlittenpferdchen. Margaret lächelte. Und dann hatte Margaret zu ihrer großen Erleichterung eine Eingebung, eine Idee für eine Unterhaltung.

»Du siehst toll aus, Till«, sagte sie. »Strahlend.« Sie lächelte wieder, stolz, und wartete auf eine Erwiderung.

»Du hast also Lily gesehen?«

»Ja. Sie sagte, Speisekarten seien ein Symbol männlicher Unterdrückung. Glaube ich.«

»Aha«, sagte Till. Sie klopfte mit ihrem kleinen Fuß auf den Boden. »Ist das alles?«

»Na ja, noch irgendwas über die Bibliothek.«

»Aha. Okay. Äh, Margaret, soll ich dir ein Geheimnis verraten?«

Margaret neigte ihren Kopf zu Tills Gesicht.

Till sagte: »Versprichst du, daß du es nicht weitersagst?«

»Tralala.«

»Nein, ich mein's ernst. Versprich's.«

»Ich finde, wenn du jemandem genug vertraust, um ihm ein Geheimnis zu verraten, dann solltest du ihm auch genug vertrauen, um zu wissen, daß er weiß, daß er es niemandem weitersagen darf, und wenn du der betreffenden Person erst einschärfen mußt, daß sie die Sache für sich behalten soll, dann tätest du besser daran, sie selbst für dich zu behalten.«

»Ach, schon gut, ich kann's dir sagen. Du vergißt es sowieso gleich wieder. Ich habe einen neuen.«

»Wirklich?« Margaret war schockiert, aber auch aufgeregt. »Wirklich? Kommst du dir nicht, na ja, irgendwie komisch vor und, versteh das jetzt bitte nicht falsch, du weißt schon, wie ich's meine, irgendwie alt, verrostet wäre wahrscheinlich der treffendere Ausdruck, jedenfalls in meinem Fall. Wirklich? Wie ist er denn so? Warum machst du das?«

»Er ist sehr klug, sehr verständnisvoll, und er redet. Der andere sagte nie ein Wort. All die Stunden, all die Jahre, und er hat einfach nicht mit mir geredet. Ich kam mir verrückter vor als damals, als ich mit ihm angefangen hab'. Ich konnte das nicht mehr aushalten. Was für eine Erleichterung, ihn los zu sein.«

»Du hast ihn verlassen?«

Till nickte und lächelte.

Margaret steckte die Hände in die Taschen und ließ sich die Neuigkeit durch den Kopf gehen. Tills salbadernder Ehemann Kunz war weg! »Ich habe nie allzuviel für Kunz übrig gehabt«, sagte sie.

»Na ja, wir sind schließlich Schriftsteller, nicht bildende Künstler.«

»Ja«, sagte Margaret. »Das stimmt.« Wovon redet sie eigentlich? dachte Margaret. Warum kann ich nicht mal der simpelsten Unterhaltung folgen, ohne den Faden zu verlieren? Was hat Literatur mit ihrem salbungsvollen Mann zu tun?

»Kunst ist doch mittlerweile ein bloßes Konsumgut geworden«, sagte Till.

»Ich fürchte, ich weiß nicht, wovon du redest. Gott, du bist ja der reinste Eisblock!«

»Kein Problem. Wir sitzen ja bald im Warmen.«

»Nein, nein. Ich meinte gefühllos. Wie du über Kunz redest.«

»Kunst«, sagte sie verächtlich. »Nichts könnte mir gleichgültiger sein.«

»Na ja, früher schien dir schon einiges an Kunz zu liegen.«

»Schön, wir sind wohl manchmal in die eine oder andere Ausstellung gegangen. Aber das ist jetzt vorbei.«

»Sieht ganz so aus.«

»Das Thema Kunst reizt dich offenbar überhaupt nicht, Margaret.«

»Nun, er ist tatsächlich von einer phänomenalen Eitelkeit. Ich weiß, daß jede Ehe einen Kompromiß darstellt, aber wie du ihn tagaus, tagein ertragen konntest, habe ich wirklich nie begriffen.«

»Kunz? Kunz Turner?«

»Anfangs hat er wahrscheinlich einen gewissen Eindruck auf dich gemacht.«

»Wahrscheinlich«, sagte Till in verkniffenem, zornigem Ton.

Margaret war überhaupt nicht wohl in ihrer Haut. Der Wind blies eisig, und Tills Blick war noch eisiger, aber trotz dieser arktischen Atmosphäre errötete Margaret und fing an zu schwitzen. »Ich habe doch nur gemeint, daß du ohne ihn wahrscheinlich besser dran wärst, das ist alles.«

»Das ist alles? Also, ich finde, es ist schon mehr als genug. Weißt du, Margaret, ich teile durchaus deine Abneigung gegen den lächerlichen heutigen Kunstmarkt, aber ich kann beim besten Willen nicht nachvollziehen, was deine Meinung über meinen Mann (die du so lange so gut zu verbergen wußtest und mir nun aus unerfindlichen Gründen mitzuteilen für nötig gehalten hast), was deine unfaire und lieblose Meinung, was deine Meinung über meinen Mann, den ich sehr mag, über den Mann, dem du deinen Ruf verdankst, Margaret, was deine undankbare Meinung mit der ganzen Sache zu tun hat.«

Margaret starrte sie an. »Aber der neue Typ, den du jetzt hast –«

»Ich kann beim besten Willen nicht nachvollziehen, was mein neuer Analytiker damit zu tun haben soll, mein neuer Analytiker, bei dem ich, gottlob, in fünfundvierzig Minuten einen Termin habe, so daß ich das Verhalten gehässiger, treuloser Freunde durchsprechen kann...« Während sie sprach, wandte sie sich vom Restaurant ab und marschierte davon, und ihre Stimme schnellte, zusammen mit einer kaffeefleckigen Papierserviette vom eisigen Wind getragen, zu Margaret zurück. »Bedeutet Freundschaft denn gar nichts? Das ist der schwerste Schlag, zumindest einer der schwersten...«

Margaret blieb noch eine ganze Weile in der Kälte stehen; an einem Lunch im SIE SIND HUNGRIG war sie nicht mehr interessiert, aber trotzdem widerstrebte es ihr, ihren Platz in der Schlange aufzugeben.

Wie sich herausstellte, mochte Lily Trollope. Rachmaninow, Trollope und auch Margaret. Ob das bedeutete, daß Margaret zweitklassig war, war Margaret nicht ganz klar, aber sie wäre jederzeit glücklich gewesen, mit Rachmaninow und Trollope Verkehr zu pflegen, und mit Lily ebenso, was sie immer häufiger tat.

Denn Lily fing an, sich regelmäßig bei den Nathan-Ehrenwerths sehen zu lassen, wo sie sich auf dem Sofa ausstreckte, als sei es ein grasiger Hügel und sie selbst ein rosenwangiges Bauernmädel. Margaret sah sie dann an und fragte sich, wie sie es wohl schaffte, so sonderbar auszusehen, mit ihrer stets absurden Aufmachung, und dabei gleichzeitig so natürlich, so passend. Bei Lily war schon bloßes Sitzen eine Liebkosung. Oder war es eher so, daß der Sessel oder die Couch sie zu liebkosen schien? Die Sofakissen wirkten auf einmal weicher, so weich wie Fleisch. Die schlanken gerundeten hölzernen Lehnen des Sessels hielten sie in einer zarten Umarmung umfaßt.

Margaret war dankbar für die Aufmerksamkeit, die Lily ihr schenkte. Es war sehr angenehm, besucht zu werden, so häufig angerufen zu werden, so offen gemocht, so gebraucht zu werden, und ganz besonders seit Till nicht mehr mit ihr redete. Wenn Lily in ihren flüsternden Jargon verfiel, fragte sich Margaret bisweilen, ob sie nicht besser daran täte, die ganze Sache zu vergessen, aber selbst das begann ihr fast reizvoll zu erscheinen, so wie die Hakennase eines Geliebten zuerst anfängt, weniger aufzufallen, dann irgendwie unentbehrlich wird und schließlich eindeutig schön.

»Du und Lily seid richtig enge Freundinnen«, sagte Edward eines Tages.

»Eng? Na ja, sie ist mir auf jeden Fall ans Herz gewachsen. Magst du sie, Edward?«

Natürlich mochte Edward sie. Er mochte jeden, aus dem einen oder anderen Grund. Margaret wußte das. Was sie meinte, war: Aus welchem Grund? Was hast du gesehen, welches vom Rest der Welt nicht beachtete Charaktertalmi

hast du vom Boden aufgelesen, hast du blank poliert und als schweres, leuchtendes Gold erkannt?

»Lily ist sehr aufrichtig«, sagte er langsam. »Zutiefst aufrichtig.«

»Lily? Unsere Lily?«

»Das ist, glaube ich, auch, was sie so attraktiv macht. Glaubst du nicht? Ihre Aufrichtigkeit macht sie leidenschaftlich.«

Nach diesem Gespräch beobachtete Margaret Lily mit noch größerer Aufmerksamkeit. Ja, sie war aufrichtig. Und leidenschaftlich. Es war natürlich nicht das, was sie sagte. Es war die Art, wie sie sprach, wie sie auftrat, wie sie sich bewegte, so, als ob die Luft um sie herum sie aus freien Stücken, aus eigenem Wunsch heraus umgäbe und als ob sie ihrerseits sich nach der Luft gesehnt, ihre sanfte, beharrliche Berührung gesucht hätte.

LILY SCHICKTE MARGARET und Edward eine Ansichtskarte mit dem Bild eines Motels in Form eines Cowboystiefels. Sie hielt irgendwelche Vorträge in Oklahoma. Die Speisekarten waren phantastisch dort. Nach ihrer Rückkehr kam sie zum Abendessen vorbei, ihren langgesichtigen Protegé Pepe Pican im Schlepptau. Sie trugen identische Silberboleros, und Margaret war eifersüchtig.

Ein paar Tage später kam Lily allein vorbei, und Margaret fragte nach Till. »Sie redet nicht mit mir«, sagte Margaret.

»Was das angeht, redet sie auch nicht *über* dich. Macht das die Sache für dich besser oder schlechter? Schau, ich möchte nicht dazwischengeraten, okay? Till ist ein schwieriger Mensch. Empfindlich.«

»Wirklich? Mir ist sie immer bemerkenswert langmütig vorgekommen.«

Lily zuckte die Schultern und zündete sich eine Zigarette an.

Margaret hustete und wartete. Aber Lily sagte nichts mehr zum Thema Till. In den folgenden Wochen versuchte Margaret ein paarmal, das Gespräch auf Till zu bringen. Jedesmal zuckte Lily nur die Achseln und zog schweigend an ihrer Zigarette, so daß Margaret nach einer Weile ganz aufhörte, ihre gemeinsame Freundin zu erwähnen.

Auf dem Bette sitzend, schlug sie ein großes Buch auf, das auf ihrem Schoß lag, wodurch ihr seidener Morgenrock gestrafft wurde und die Linien ihrer anmutigen Anatomie sich auf eine Weise durch das zarte Gewebe abzeichneten, die meine wissenschaftliche Neugier beträchtlich erstarken ließ und mich veranlaßte, die Kerze näher an sie heranzurücken.

SIE: Dennoch, mein Herr, muß ich in Übereinstimmung mit Helvétius bestreiten, daß es ein besonderes Vermögen, zu urteilen und zu vergleichen, gebe, ein von der Sinneswahrnehmung unterschiedenes Vermögen. Dieses Gewand, das ich trage. Berührt es. Ja, so. Ja, genau dort. Jetzt berührt es hier. Ich habe gegenwärtig eine äußerst angenehme Sinneswahrnehmung und, dem Ausdruck Eures Gesichtes nach zu urteilen, desgleichen Ihr. Nun ist dieser angebliche Akt des Vergleichens nichts anderes als das bewußte Gewahrwerden der unterschiedlichen in uns erweckten Eindrücke, erweckt eben durch die von uns wahrgenommenen Objekte. Durch die uns unmittelbar vor Augen befindlichen Objekte beispielsweise.

Sie hielt inne, um ausreichende Muße zu haben, desjenigen Objektes, das ich, nunmehr aufrecht

stehend, ihr unmittelbar vor Augen führte, in angemessener Weise gewahr zu werden.

SIE: Genau. Habt im Auge, wie wir beide uns die unterschiedlichen Eindrücke, welche die Enthüllung dieses Gegenstandes und die ihm zuteil werdende Aufmerksamkeit plötzlich in uns auslösen, beobachtend zu Bewußtsein führen.

ICH: Ja. Insoweit stimme ich mit Euch überein. Denn der in mir wirkende Eindruck ist durch Beobachtung unwiderleglich erwiesen.

SIE: Eure Bestätigung meiner Fortschritte beglückt mich. Doch jetzt laßt uns, so mir ein Wunsch gestattet ist, ohne weiteren Verzug unseren Nachweis fortsetzen, daß alles Urteilen nichts ist als das Aussprechen zu Bewußtsein gekommener sinnlicher Wahrnehmungen: Die Sinneseindrücke, die mir gegenwärtig zu Bewußtsein kommen, sind Kurzatmigkeit, eine innen aufsteigende Wärme, ein Schwinden der Kräfte und eine aufwallende, überwältigende Empfindung unerträglichen Verlangens.

Sie hatte in der Tat eine sehr gefällige lebhafte Farbe angenommen und atmete auf jene übertriebene Weise, die ich an ihr schätzengelernt hatte, doch diesmal mit einer solchen Heftigkeit, daß sie rasch Hand an ihr Gewand legte, um es selbst zu öffnen, ohne die freundliche Hilfe abzuwarten, die ich gewohnt war, ihr zuteil werden zu lassen.

Sie entledigte sich gänzlich der Kleidung, wodurch die edelsten Attribute der ebenmäßigsten Schönheit offenbar wurden. Und ich gewahrte diesen Anblick mit einer seltsamen und plötzlichen Regung, einer Verwirrung in meinem Herzen, die sofort auf all meine Sinne übergriff.

Ich erlag, natürlich, diesem Ansturm von Ein-

drücken. Wie hätte ich auch anders können? Die Richtigkeit des Denkens oder Urteilens ist vom größeren oder geringeren Ausmaße der Aufmerksamkeit abhängig, mit welcher die es bedingenden Beobachtungen durchgeführt werden, und ich führte meine Beobachtungen mit der größten mir möglichen Aufmerksamkeit durch.

Die Wirkung jeden gesellschaftlichen Verkehrs verhält sich stets proportional zur Kraft der Gewohnheit ebensowohl wie der des Bedürfnisses. Nun gehört es zu den Eigentümlichkeiten der bestimmten Art von Verkehr, die ich gewohnt war, mit meiner Schülerin zu pflegen, daß das Bedürfnis nicht selten mit der Gewöhnung zunimmt, weswegen die Kraft der Gewöhnung und die des Bedürfnisses von gleicher Größe waren und die Wirkung unseres Verkehrs infolgedessen überwältigend.

Nach einer Weile schloß ich die Augen und schickte mich an zu ruhen. Doch mußte ich feststellen, daß mich der Schlaf mied, da mich noch immer etwas beschäftigte. Was ich sogleich eröffnen werde, wird mir manch einer vielleicht als wenig großherzig anlasten. Ich aber sehe es nicht so an. Im Gegenteil betrachte ich es als Anzeichen der hohen Wertschätzung, die ich für die menschliche Natur hege und daher auch für meine Schülerin. Denn das ist, was mir beifiel, als ich mit geschlossenen Augen, doch ruhelos dalag: daß ich an die Vervollkommnungsfähigkeit des menschlichen Geistes und des menschlichen Verstandes glaubte. Und daß daher die Zeit gekommen sein mochte, meine Schülerin mit einer höheren Form von Erkenntnis vertraut zu machen.

Ich: Der Austausch, den wir bislang über diesen Gegenstand gepflogen, ist überaus lebhaft gewesen, meine Liebe, und bezaubernd, gewiß: Eigenschaften,

die sie der strahlenden Frische und Unverdorbenheit Eures lieblichen, jugendlichen Geistes verdanken. Und Eure Gedankengänge sind stets von einer erfreulichen Folgerichtigkeit gewesen. Doch habt Ihr auch, wie es in der Tat diesem frühen Stadium Eurer Erziehung ansteht, eine Begeisterung an den Tag gelegt, welcher ein größeres Maß an Überlegung durchaus zustatten käme.

Erschrocken zog sie ihr Gewand an sich, bis es sie wieder bedeckte und über ihren Körper einen entzückenden Faltenwurf legte, der nichts enthüllte, was war, aber alles andeutete, was gewesen und was künftig sein konnte.

SIE: Ich verstehe Euch nicht.
ICH: Wahrnehmen bedeutet fühlen. Im Verlaufe Eurer Studien haben wir die Richtigkeit dieser Aussage immer wieder zu unserer Zufriedenheit bestätigen können. Diesen Lehrsatz habt Ihr doch begriffen, nicht wahr?
SIE: Wie Ihr unschwer aus meinen vergangenen, aber auch meinen gegenwärtigen Handlungen erschließen könnt, habe ich diese erfreuliche Lektion in der Tat gemeistert.
ICH: Ja, ich stelle fest, daß Ihr die Wahrheit Eurer Aussage und die Beherrschung des Lehrsatzes auf eine wahrhaft bewegende Manier nachzuweisen versteht. Doch laßt uns hier für einen Augenblick verweilen, um weitere Überlegungen anzustellen.

Ich richtete mich auf und setzte mich ans Fußende des Bettes, wo ich, wie ich bemerkte, mit größerer Klarheit zu denken vermochte, und fuhr in meiner Rede fort.

Ich: Wahrnehmen bedeutet fühlen. Aber vergleichen bedeutet urteilen. Urteilen und Fühlen sind nicht dasselbe. Das Stadium Eurer Erziehung ist, wie ich glaube, erreicht, da wir Eure Aufmerksamkeit auf die Vergleichung lenken sollten. Nun kann ich, Rousseau zufolge, im selben Augenblick die Vorstellung von einem großen Stab und einem kleinen Stab unterhalten, ohne die beiden miteinander zu vergleichen.
Sie: Ich will versuchen, eine solche Vorstellung zu unterhalten [sie schloß die Augen].
Ich: Ich kann im selben Augenblick die Vorstellung von einem großen Stab und einem kleinen Stab haben, ohne dabei zu urteilen, der eine sei geringer als der andere.
Sie: Haltet Ihr das wirklich für vernünftig? Ich habe jetzt die beiden Vorstellungen in meinem Bewußtsein. Aber ich stelle fest, daß es einige Schwierigkeiten bereitet, sich eines Urteils zu enthalten, und muß für meinen Teil gestehen, daß ich dem großen Stab durchaus den Vorzug gebe.
Ich: Ja. In der Tat. Aber das ist der springende Punkt. Groß, klein – obgleich mein Geist diese vergleichenden Begriffe nur dann erzeugt, wenn sinnliche Eindrücke auftreten, sind diese vergleichenden Begriffe in sich doch keine Sinneseindrücke.

Hier nahm meine Schülerin vorübergehend einen anderen Standpunkt ein, um ihre Betrachtung des großen und des kleinen Stabes durch einen direkteren und mehr von der Erfahrung abhängigen Ansatz zu vervollständigen, und tatsächlich begannen auf der Stelle Sinneseindrücke von bemerkenswerter Intensität und Vielfalt aufzutreten.

Fest entschlossen jedoch, tiefer in diesen neuen Abschnitt unserer Untersuchungen vorzustoßen, drängte ich darauf, daß wir fortführen.

Ich: Wenn das Urteil lediglich ein Sinneseindruck wäre, so tröge mich mein Urteil nie, da es niemals unwahr ist, daß ich fühle, was ich fühle.
Sie: Und ich fühle, was ich fühle.
Ich: Häufig aber vermischt mein Verstand, dessen Tätigkeit ja das Beurteilen von Beziehungen ist, seine eigenen Irrtümer mit der Wahrheit der Sinneseindrücke, welche mir ihrerseits nur Gegenstände vermitteln.
Sie: Ich gestehe, daß mir gegenwärtig die Wahrheit der Sinneserfahrung klar zu Bewußtsein kommt. Doch erkenne ich auch, daß sinnliches Erfahren nicht gleich Urteilen ist. Wenn also Urteilen Vergleichen bedeutet, dann –
Ich: Dann laßt uns vergleichen!

Der Rest der Unterrichtsstunde war einigen aufschlußreichen Experimenten mit dem Ziel der Vergleichung unterschiedlicher Gegenstände gewidmet, und nach einer Weile schien meine immer höhere Gipfel der Erkenntnis erstürmende Schülerin meine Lehren so gewinnbringend erfaßt zu haben, daß ich mir schmeicheln konnte, diese überaus schwierigen Doktrinen auf keinen unfruchtbaren Boden ausgestreut zu haben.

Margaret hatte sich die Zeit mit dem Staub der Bibliothek vertrieben und dabei diese Passage analysiert und mit den Stellen von Rousseaus *Emil* und Helvétius' *Vom Menschen* verglichen, aus denen sie zusammengebraut worden war. Je weiter sie las, desto deutlicher verspürte sie ein Gefühl des Unbehagens. Das ist nur altmodischer Empirismus, sagte sie sich. Achtzehntes Jahrhundert. Überholter,

widerlegter, engstirniger Empirismus. Aber irgendwie nahmen diese vertrauten Ideen aus der Vergangenheit plötzlich eine merkwürdige, übermächtige, bedrohliche Bedeutung für sie an.

Margaret hatte sich – mit großer Sorgfalt und, wie sie fand, einigem Geschick – ein Leben eingerichtet, das die Notwendigkeit des Vergleiches und der Wahl auf ein Mindestmaß reduzierte. Vergleichen bedeutet Verwirrung, Chaos. Wonach man im Leben strebte, war Gewißheit. Aber jetzt schien es auf einmal, als ob man durch Vergleichen zur Gewißheit gelangen müsse. Hieß das, daß es in ihrem Leben keine Gewißheit gab? In ihrer Ehe mit Edward? Denn wenn Urteilen Vergleichen bedeutete, warum meinte sie dann, sie sei mit Edward glücklich? Woher wußte sie das? Wie konnte sie das beurteilen?

SIE SASS AUF der Couch neben Lily. Edward saß im Sessel. Pepe, der Lily wie so oft begleitet hatte, saß übellaunig auf dem Eßtisch und vertilgte die letzten Reste aus der Salatschüssel, die er auf dem Schoß hielt.

»Das Essen war hinreißend, ganz wie aus einem Frauenmagazin«, sagte Lily.

»Edward hat gekocht«, sagte Margaret. Frauen hatten ihm diesbezüglich nichts voraus. Vielleicht hätte es Edward-Magazine geben sollen. *Body Electric* und *Ode* und *Edward's Home Journal*.

»Pepe, runter da«, sagte Lily. »Du zerstörst das bürgerliche Ambiente.«

Pepe hob ungerührt die Augenbrauen und blieb, wo er war.

Beobachte, sagte Margaret zu sich selbst und wandte sich von Pepe ab, von dem sie instinktiv wußte, daß man ihn am besten unbeachtet ließ. Hör zu und beobachte. Dann kannst du Vergleiche anstellen. Dann kannst du urteilen. Beobachte.

Edwards Knöchel gucken zwischen Socken und Hosenbeinen heraus. Sie sind weiß. Fischbauchweiß. Lily ist im Stil der sechziger Jahre angezogen: hohe geschnürte Mokassins, gemusterte Strumpfhose, ein Miniminirock aus violettem Krumpelsamt und eine durchsichtige Bluse mit Paisleymuster. Unter der Paisleybluse ist ihre Haut weiß. Warum ist das Weiß ihrer Haut anders, weniger fischig, als das Weiß von Edwards Knöcheln? Liegt es daran, daß eine Schulter an sich anziehender, weniger fischig ist als ein Knöchel? Oder liegt es daran, daß ihre Schulter im besonderen Edwards fischigem Knöchel im besonderen ästhetisch überlegen ist? Ist ihre Schulter wirklich schöner als Edwards Knöchel, oder bin ich zwischen Schichten übernommener kulturspezifischer Vorurteile gefangen und ist es in Wirklichkeit Edwards Knöchel, dem der Schönheitspreis gebührt?

Mit einiger Anstrengung versuchte Margaret, dem zu folgen, was Edward und Lily sagten.

»Unsere Flotte stößt in den Golf vor? Den Meerbusen? Die Vaginalkluft?«

»Ich meine den Persischen Golf.«

»Ich auch.«

Auch gut, dachte Margaret. Sie wünschte, Till wäre da. Sie vermißte Till, aber sie schämte sich zu sehr, um sie anzurufen. Und was konnte sie schon sagen? Ich bitte um Entschuldigung? Ach, ist schon okay, würde Till antworten. Mach dir nichts draus. Du hast all die Jahre insgeheim meinen Mann gehaßt, ihn, der dich reich und berühmt gemacht hat? Nun, ich fühle mich geschmeichelt, daß du meine Freundin geblieben bist, obwohl es doch ein solches Opfer für dich bedeutet haben muß, uns zu besuchen.

Margaret kehrte zu ihren Grübeleien über die Natur von Knöcheln und Schultern, Schönheit und Wahrheit zurück. Edwards Knöchel waren weiß, weiß wie ein Fischbauch, und ließen daher an Fischbäuche denken. Während Lilys Schultern, von der durchsichtigen Paisleybluse bedeckt,

unbestimmt weiß waren und daher an – an Schultern denken ließen! Das Weiß, versteckt und dennoch evident, war somit eine bewußte Farbe, eine Entscheidung, eine in einer bestimmten Absicht getroffene Entscheidung, und die Absicht war, den Betrachter auf das Verstecktsein der Schulter aufmerksam zu machen sowie, durch Extension, auf die Existenz anderer versteckter Dinge. Edwards Knöchel hingegen war gedankenlos entblößt und drückte somit keinerlei Absicht aus, ja drückte genau das Gegenteil von Absicht aus, das Fehlen jeglichen Interesses an dem Knöchel und durch Extension an seinem Körper als Ganzem.

Das also, dachte Margaret, ist der Grund, weswegen Lilys Schulter sexy und Edwards Knöchel fischartig ist. Plötzlich wurde Margaret bewußt, wie ausgesprochen sexy Lily war. Sie war ein bißchen schlampig, zumindest hatte Margaret das immer gefunden. Aber vielleicht war sie einfach nur sinnlich? Margaret hatte noch nie Gelegenheit gehabt, sich zu fragen, ob eine Frau sinnlich war oder nicht, und sie wußte auch nicht recht, wie man sich diesbezüglich ein Urteil bildete. Sie fuhr fort, Lily aufmerksam zu beobachten, wie sie flüsterte und mit untergeschlagenen Beinen auf dem Sofa saß.

Lily ertappte sie bei ihren Beobachtungen und sah sie an, sah sie lange und ernsthaft an. Margaret wandte sich wieder Edwards vertrautem Knöchel zu, der auf einmal doch soweit ganz hübsch aussah. Margaret errötete. Wußte es Lily? Hatte sie es gemerkt? Daß Margaret, den Kopf zur Seite geneigt, sich gefragt hatte, ob Lily sinnlich war oder nicht?

Zwei

Gesang von mir selbst

Achtundzwanzig junge Männer baden an der Küste,
Achtundzwanzig junge Männer und alle gut Freund;
Achtundzwanzig Jahre weiblichen Lebens und alle so
einsam.

Ihr gehört das schöne Haus an der Höhe des Ufers,
Sie verbirgt sich, lieblich und reich gekleidet, hinter den
Jalousien des Fensters.

Welcher der jungen Männer ist ihr der liebste?
Ach der gewöhnlichste unter ihnen erscheint ihr schön.

Wo bist du hin, Frau? denn ich sehe dich,
Du plätscherst im Wasser dort, ob du auch stockstill in
deiner Stube stehst.

Tanzend und lachend den Strand entlang kam die
neunundzwanzigste Badende,
Die andern sahen sie nicht, aber sie sah sie und liebte sie.

Die Bärte der jungen Männer glitzerten vom Naß, es rann
von dem langen Haar,
Kleine Ströme glitten über ihre Glieder.

Eine ungesehene Hand glitt auch über ihre Glieder,
Strich zitternd an ihren Schläfen und Rippen hinab.

Die jungen Männer schwimmen auf ihren Rücken, ihre
weißen Leiber wölben sich in der Sonne, sie fragen
nicht, wer begierig nach ihnen greift,
Sie wissen nicht, wer atemlos tief sich herniederlehnt in
geschmeidiger Biegung,
Sie wissen nicht, wen sie mit Schaum bespritzen.

Walt Whitman

Deutsch von Hans Reisiger (aus: *Grashalme*, Zürich 1985. Mit freundlicher Genehmigung des Diogenes Verlages AG, Zürich)

Auf dem Flughafen wartete Margaret darauf, daß ihr Handgepäck durchleuchtet wurde, und dachte, wenn sie nun den Metalldetektor passierte, würde sie in eine neue Welt eintreten. Sie würde auf dem Weg nach Prag sein, ehemals Teil des Ostblocks, jetzt wiedergeboren. Vielleicht würde auch sie wiedergeboren werden.

Ein kleiner Junge kam zu ihr gerannt, packte ihre Hand, schaute zu ihr hoch, merkte, daß sie nicht seine Mutter war, und rannte entsetzt davon.

»Ich bin hier«, hörte sie eine Frau rufen. »Hier bin ich doch.«

Margaret trat vor, durchschritt die Metalldetektorschleuse, sah sich das Röntgenbild ihrer Reisetasche an, die auf einem Fließband herankam. Einander überlagernde Münzen, ihre Schlüssel und verschiedene unbestimmte Gebilde – nackt und allein zog sie aus.

Als sie im Flugzeug nach Paris saß, wo sie vor ihrem Weiterflug nach Prag die Nacht verbringen würde, mußte Margaret wieder daran denken, wie traurig es war, daß Edward sie nicht begleiten konnte. Keine phantastischen, heroischen Tschechischen Philharmoniker für sie beide, aber Edward hatte ihr einen langen Artikel über das Orchester mitgegeben, den sie im Flugzeug als Ersatz für seine Anwesenheit, seine Belehrungen und sein Geplauder lesen sollte. Professor Ehrenwerth mußte daheim bleiben und seine Studenten hätscheln. Was auch recht war, entschied Margaret, denn es war erniedrigend, so abhängig von einem anderen Menschen geworden zu sein, selbst wenn es jemand so Interessantes wie Edward war.

Und so war Margaret allein. Abgesehen von rund hundertfünfzig Passagieren, die für eine internationale Atmosphäre sorgten, indem sie sich auf französisch, japanisch oder in kernigen amerikanischen Englischdialekten unterhielten, saß sie mutterseelenallein im Flugzeug.

Wenn Edward hier wäre, dachte sie, hätte er schon herausgefunden, daß die Stewardeß in ihrer Freizeit studierte,

um Frankreichs erste Rabbinerin zu werden, daß die hundertfünfzig anderen Passagiere während des Fluges fünfundvierzig Liter Wein konsumieren würden und daß das fünfjährige japanische Mädchen auf der anderen Seite des Ganges eine Violinistin war, die in der Carnegie Hall aufgetreten war – zweimal.

Aber Edward ist nicht hier. Ich bin allein. Die Stewardeß gehört wahrscheinlich zu den Rassereinen Jungen Frauen für Le Pen. Was, wenn den hundertfünfzig Passagieren, nachdem sie ihre fünfundvierzig Liter Wein konsumiert haben, gleichzeitig schlecht wird? Das japanische Mädchen ist für ein unfruchtbares Pariser Ehepaar bestimmt, im Austausch für ein Bild von Manet.

Ich bin allein.

Das Abendessen kam und ging. Sie las über die streikenden Tschechischen Philharmoniker, die in einem nicht genehmigten Konzert *Mein Vaterland* gespielt hatten, vor einem Publikum, das zusammen mit dem Orchester gegen den Totalitarismus aufstand, und zwar im wörtlichen Sinne: sich von den Plätzen erhob. Die Tschechischen Philharmoniker hatten mitgeholfen, das kommunistische Regime zu stürzen! Und in Ostdeutschland, wo Dirigenten Demonstrationen anführten und die Neunte Sinfonie als Protestmusik spielten, war Beethoven auf die Straße gegangen. Wahrheit und Schönheit dem Volke!

Der Gedanke an Edward durchfuhr sie wie ein plötzlicher Stich, denn aus der Entfernung von drei Stunden und einer Höhe von zehntausend Metern erschien er äußerst gutaussehend, sogar noch besser aussehend als aus der Nähe. »Selbst wenn du etwas mit einer jungen französischen bisexuellen Flugbegleitung anfangen solltest, werde ich dich bei deiner Rückkehr mit offenen Armen empfangen«, hatte er gesagt, und sie fragte sich, ob er einen bisexuellen Mann oder eine bisexuelle Frau gemeint hatte – und ob er sie tatsächlich zurücknehmen würde, wenn sie wirklich einen Seitensprung mit einem der schlanken,

glatthäutigen, ziemlich unwirklichen Stewards in ihren blauen Uniformen machte. Bei diesem Gedanken, dem Gedanken an einen Seitensprung, überlief es sie kalt, denn die Stewards sahen so fremdartig aus, und es erschien ihr unvorstellbar, sich von einem Fremden berühren zu lassen.

Und wie konnte Edward, als er scherzhaft über Untreue sprach, gewußt haben, wie hätte er oder sie sich vorstellen können, wie sehr sie ihre neue Einsamkeit genießen würde? Sie hatte das Gefühl, daß sie sie behüten müßte, so kostbar erschien sie ihr. Niemand hier wußte, wer sie war, niemanden interessierte es. Sie war frei. Es gab nichts, was die prächtige Entfremdung verderben könnte, die sie jetzt auskostete!

NACH IHRER ANKUNFT morgens in Paris fuhr sie schnurstracks in ihr Hotel, um sich schlafen zu legen. Dort hatte, wie ihr eine kleine Messingtafel mitteilte, Casanova auch schon geschlafen, wenngleich aus der Tafel nicht hervorging, mit wem. Auf dem Treppenabsatz stand eine Rüstung, und ein roter Läufer zog sich über die Stufen hinauf und hinein in ihr winziges Zimmer, das weit höher als lang war. Die Fensterwand war mit purpurnen Samtvorhängen bedeckt, und Margaret fühlte sich wie ein Schmuckstück in einer kleinen wattierten Schachtel.

Laßt mich raus, dachte sie, während sie in einen tiefen Schlaf versank.

Sie wachte rechtzeitig zum Abendessen auf, denn es war geplant, daß sie sich mit Juliette und Jean-Claude in der Wohnung eines ihrer Freunde treffen würde, eines Komponisten, den Margaret flüchtig kannte: ein alternder Avantgardist, klein, nervös, großzügig. Er hatte die Angewohnheit, von einem Fuß auf den anderen zu hüpfen (von einem Huf auf den anderen, dachte Margaret, denn er hatte etwas sehr Ziegenartiges an sich). Als Margaret in seiner Wohnung in Passy ankam, ging er, begierig, seine Gäste herein-

zulassen und zu bewirten, beinahe mit Kopfstößen auf sie los. Im Wohnzimmer starrte Margaret durch das Fenster, das die ganze Wand einnahm, hinaus auf den Eiffelturm.

Als sie Juliette und Jean-Claude sah, verspürte Margaret eine fast schmerzliche Sehnsucht nach Edward und ihrer ersten gemeinsamen Reise, und sie trank rasch mehrere Gläser von dem hervorragenden Wein des Komponisten zur Erinnerung an diese Zeit.

Ach, Edward, dachte sie und lächelte verträumt die geistreichen und zunehmend verschwommenen französischen Intellektuellen an, die der Komponist um sich versammelt hatte. Der Komponist selbst unterbrach kurz sein nicht enden wollendes Hin und Her zwischen Tür und Tisch und blieb neben Margaret stehen. »Sie essen nicht?« fragte er mit einer einladenden Geste in Richtung auf einen mit Körbchen und Schüsseln bedeckten Tisch.

»Nein, ich trinke.« Sie füllte ihr Glas nach, hielt es sich an die Lippen und kostete den Wein. Ihr wurde bewußt, daß sie die Augen geschlossen hatte und genußvoll schwankte. Sie öffnete die Augen und stand still.

»So«, sagte der Komponist. »Prag. Obwohl in Osteuropa ja überhaupt nichts los ist, habe ich nicht recht?«

Margaret starrte ihn erschrocken an. Hatte sie einen vorübergehenden Blackout gehabt, einen entscheidenden Teil dieser Unterhaltung nicht mitbekommen? Sie suchte sein Gesicht nach irgendwelchen Anhaltspunkten ab, sah aber nur eine knochige Nase, ein langes Kinn und eine ziemlich lange Oberlippe, wie die einer Ziege.

»In musikalischer Hinsicht«, fügte er hinzu.

»Ich werde mir die Tschechischen Philharmoniker anhören«, sagte sie.

»Tschechische Philharmoniker. Ja, nun ja, begrenztes Repertoire«, sagte er über die Schulter, während er auf einige Neuankömmlinge zuging.

Ja, nun ja, wann hast du zuletzt eine Regierung gestürzt, du häßliche hirnlose *chèvre*? dachte sie.

Margaret bemerkte, daß sie gerade ein Glas Wein trank. Noch immer. Oder schon wieder. Was denn nun? Wie viele Gläser waren es gewesen? Margaret, Margaret, beruhige dich. Und vergiß nicht, der Zweck der Kunst ist nicht, Regierungen zu stürzen, Margaret, genausowenig, wie Regierungen zu stützen, also setz dich einfach da drüben hin, direkt in diesen erschreckend niedrigen Ledersessel, du schaffst das schon, und trink deinen feinen, süffigen Wein, mach deine müden Augen zu, lehn deinen Kopf ein bißchen auf diese Seite, wo das Kissen so schön gemütlich beult. Genau so.

Sie hatte einmal eines der Werke des Komponisten gehört, eine Oper. Trommeln hämmerten grell. Leichen lagen auf der ganzen Bühne verstreut herum, zwischen Lachen von roter Farbe. Worum ging's da? Um Habgier und kapitalistische Korruption und Revolution, soviel war sicher. Aber was war die Handlung? Es war schwer, sich daran zu erinnern, selbst nur daran, in welcher Epoche sie spielte, zum Teil, weil sie jetzt, wie sie merkte, vollkommen betrunken war, hauptsächlich aber, weil es so viele Soldaten in so vielen verschiedenen Uniformen gegeben hatte – Tommys aus dem Ersten Weltkrieg mit Gasmasken, SA-Männer in Schaftstiefeln, Napoleonische Kürassiere, römische Legionäre mit dreimeterlangen Lanzen.

Sie hatte an die Oper, wie immer sie heißen mochte, seit vielen Jahren nicht mehr gedacht und war überrascht, wieviel sie davon noch immer zusammenbekam. Dieses aufwühlende panhistorische Blutbad, zu dem auch mehrere Gruppenvergewaltigungen gehörten, während deren ein Chor »U-S-A! U-S-A!« skandierte, hatten sich Edward und Margaret auf ihrer ersten gemeinsamen Reise angesehen. Auf dieser Reise haben wir beschlossen zu heiraten, dachte Margaret, und sie öffnete die Augen und starrte den Komponisten, der jetzt in Richtung Tür hastete, mit etwas mehr Wärme an.

Auf dieser Reise waren sie und Edward auch nach Ver-

sailles gefahren, weil sie beide bei all ihren Frankreichaufenthalten noch nie da gewesen waren. Und dort hatten sie über die so selbstsichere, so immense und letztlich so zerbrechliche Vulgarität des Ganzen gestaunt. Wie hatten Leute mit so großen Spiegeln nicht erkennen können, wie klein und unbedeutend sie selbst waren?

Von Frankreich waren ihr hauptsächlich leuchtende Fragmente im Gedächtnis geblieben, Augenblicke unmittelbar vor oder nach Mahlzeiten. An die Mahlzeiten selbst erinnerte sie sich in allen Einzelheiten. Das Steak mit den grünen Pfefferkörnern in einem schäbigen Gasthaus, das berühmt war wegen seines Steaks mit grünem Pfeffer. Das Gasthaus hatte eine gewisse historische Bedeutung, aber das einzige, was Margaret noch in Erinnerung hatte, war das Steak, und auf der anderen Seite des Steaks Edward, der sie ansah, und dann, nach dem Steak, die wackelige Wendeltreppe zu ihrem schrankgroßen Zimmer und einzigen Einzelbett. Ein Teller Garnelen in einem Straßencafé am Meer, an dem ein Stier wütend vorbeigaloppierte, vor ihm ein paar Mutige und hinter ihm, wie es schien, die ganze Einwohnerschaft des Städtchens. Welchen Städtchens? Dieses Detail war für immer verloren, untergegangen im glücklichen Duft von Knoblauch und Olivenöl, in dem Rosa der Garnelen, der blassen Staubwolke, die das Herannahen des Stiers ankündigte, der überwältigenden Klarheit des sehr blauen Himmels.

Nur Versailles wich und wankte nicht, wuchtiger als jede Hammelkeule. Wie konventionell, dachte Margaret. Warum dann nicht auch den Eiffelturm bestaunen? Aber schließlich bestaune ich ja den Eiffelturm, oder nicht? Da steht er, dieses Symbol nicht von Paris, sondern all derer, die nach Paris kommen, nicht der Romantik, sondern des eigenen Wunsches, des eigenen Bedürfnisses nach Romantik. Irgendein französischer Schriftsteller sagte einmal, er esse jeden Tag zu Mittag im Eiffelturm, weil das der einzige Ort in ganz Paris sei, von wo aus er den Eiffel-

turm nicht anzusehen brauche. Gide? Maupassant? Roland Barthes? Crébillon der Jüngere?

»Ich mag den Eiffelturm sehr«, murmelte sie zu Juliette, die sich auf die Armlehne von Margarets Sessel gesetzt hatte. »Er ist auf der Tapete im Badezimmer meiner Tante Eunice.«

Margaret lächelte die übrigen Franzosen um sie herum verständnislos an. Der Raum war voller Rauch. Juliette hatte angefangen, den Eiffelturm mit der ganzen begeisterten Energie, die irgend jemand in dessen Konstruktion gesteckt hatte, zu dekonstruieren.

»Wer hat den Eiffelturm gebaut?« unterbrach Margaret sie.

Juliette riß die Augen auf. »Eiffel«, sagte sie.

»Ah.«

»Du hast natürlich Barthes gelesen, den kleinen Essay? Du weißt? Wo er sagt, daß der Turm beide Geschlechter des Sehens hat, das heißt, daß der Turm sowohl sehen als auch gesehen werden kann.«

»Du meinst, er steht, und gleichzeitig kann man in ihn rein?« fragte Margaret. »Ja, ich hab' ihn gelesen.«

Der Komponist führte einen Neuzugang herein, einen jungen Mann, und Margaret bemerkte, daß Köpfe sich umdrehten. Plötzlich summte das ganze Zimmer vor geflüsterter Erregung.

»Das ist Henri de Goldbaumois«, flüsterte Juliette. »Er ist der aufgehende Stern in Frankreich.«

»Filmstar?«

Juliette sah sie mitleidig an.

»Rockstar«, sagte Margaret.

»Philosophie«, sagte Juliette geduldig. »Stern am Himmel der Philosophie.«

De Goldbaumois war von Leuten umgeben, die alle aufmerksam zuhörten.

»In seinen Vorlesungen gibt es nur Stehplätze«, fuhr Juliette fort.

»Wirklich? Meta-heideggerianistischer Semaphorismus?« Juliette sah sie noch mitleidiger an.

»Ihr Amerikaner!« sagte sie.

»Wir Amerikaner.«

»Er hält Vorlesungen über den *Federalist*«, sagte Juliette mit einer gewissen Begeisterung. »Das ist eine Sammlung von Essays von Alexander Hamilton und James Madison und *Jean* Jay«, fügte sie hilfsbereit hinzu.

In einer anderen Ecke war die Unterhaltung mit einemmal lebhaft geworden, und Margaret verlagerte ihre Aufmerksamkeit und hörte zu. Immobilien und Ferienhäuser! Ach! Sie vermißte New York, so nah und doch so fern.

Und dann traf sie, den Eiffelturm und James Madison und das verräucherte Zimmer überrollend, eine plötzliche wuchtige Woge von Heimweh nach Edward. Als die Welle sich zurückzog, stand Margaret entkräftet im Sand. Wenn er lächelt, dachte sie, verändert sich sein ganzes Gesicht, und seine Augen flammen, und die Fältchen drum herum strahlen wie plötzlicher Sonnenschein aus barocken Wolken. Was für ein scheußliches Bild, dachte sie. Mein armer Edward und sein schönes Lächeln auf so ein scheußliches Bild reduziert. Ich bin eine schreckliche Ehefrau.

Geistesabwesend beobachtete Margaret, wie sich Juliettes dunkelrote Lippen bewegten.

Und trotzdem, dachte sie, sehen sie aus wie Sonnenstrahlen aus barocken Wolken, oder nicht, diese Fältchen um Edwards Augen?

Sie sah Juliettes glattes Gesicht an, ihre großflächigen Wangen, ihre hohen Jochbeine und dann wieder ihre rougeroten Lippen, die sich zu keinem Lächeln verzogen. Die roten Lippen öffneten und schlossen sich wieder. Margaret achtete nicht mehr darauf, was, wenn überhaupt, dazwischen herauskam. Sie fragte sich, wie lange sie sie schon ansah. Wußte Juliette, daß Margaret ihre Lippen anstarrte? Juliette steckte sich eine dicke Zigarette zwischen die roten Lippen. Als sie sie in einer wirbelnden Rauch-

wolke wieder herauszog, konnte Margaret die Spuren der roten Lippen darauf erkennen: wie Fingerabdrücke, nein, nein, Lippenabdrücke. Sie fühlte sich von den knalligen Schmierflecken auf der Zigarette seltsam berührt. »Meine Tante Eunice hat früher im Empire State Building gearbeitet«, sagte sie leise und nahm Juliettes Hand. »Im ersten Stock.« Margarets Augen füllten sich mit Tränen. »Im ersten Stock«, wiederholte sie.

Am nächsten Morgen döste sie, döste sie im Ernst, im Flugzeug nach Prag, einer eleganten Maschine der Air France, die nur noch unterstrich, wie klein und mies sie sich selbst fühlte. Einen Tag von Edward weg, und schon hatte sie sich betrunken, zum erstenmal seit Jahren, und dazu noch in aller Öffentlichkeit.

Als sie aufwachte, versuchte sie, sich ein paar Notizen zu machen. Margaret hatte einen Vortrag über französische philosophische Werke des achtzehnten Jahrhunderts vorbereitet, die in der Schweiz gedruckt, dann wieder über die Grenze nach Frankreich geschmuggelt und von hungrigen Pariser Schreiberlingen verkauft wurden, die dann ihrerseits von der Polizei gejagt wurden, bis sie im Exil, in bitterster Armut und völliger Unbekanntheit endeten. Die Entdeckung von *Rameaus Nichte* hatte sie in dieses Studium der Untergrundliteratur hineingezogen, wozu nicht nur Werke von Denkern wie Voltaire, Helvétius und Locke gehörten, sondern auch Titel wie *Venus, Schreie hinter Klostermauern* und *Die sanfte Einführung des Frater Erectus*, die sich durchweg als »philosophische Bücher« bezeichneten.

Für ihren Vortrag in Prag hatte Margaret eine kleine Auswahl von seinerzeit weitverbreiteten antiklerikalen, antiaristokratischen pornographischen Gedichten zusammengestellt, Sachen wie: »Sieh den pickligen Grafen sein eigen/Zitternd Schwesterlein geifernd besteigen.« Verstehen Sie? würde sie sagen. Die Philosophie der Aufklärung, die Suche nach wissenschaftlicher und moralischer Wahrheit, war ebenso unruhestiftend wie Inzest und Ausschweifung. Die Wahrheit stellte für ein ungerechtes und verlogenes Regime eine Bedrohung dar. Die Wahrheit war revolutionär. Und mußte es immer sein.

Jawohl. Das klang gut. In Prag. Jetzt. Aber was dann, dachte Margaret. Die Freiheit der Meinungsäußerung und die Freiheit, sich seinen Lebensunterhalt zu verdienen, diese Vermächtnisse der Aufklärung, waren revolutionäre

Ideen, aber einmal verwirklicht, kehrten diese Freiheiten der Revolution den Rücken, oder nicht? Die Revolution, die demokratische Revolution, kämpfte darum, obsolet zu werden.

Margaret starrte auf eines der Gedichte, die sie übersetzt hatte, eine Art Porno-Schmäh-Doppellimerick:

Der Marie-Antoinette ihr Gemahl,
dem sein Stietz war so fürchterlich schmal,
daß Mariechen nicht wußt',
ach! wohin mit der Lust.
»Keine Bange!« sprach der Kardinal.

»Euch die Tröstung der Kirche zu bringen,
Will ich nun meinen Hirtenstab schwingen:
Erst salb' ich Euch frontal,
dann, zur Lind'rung der Qual,
Wird rektal mein Pistill in Euch dringen!«

Ah, Freiheit, dachte Margaret. Freiheit von der Ausschweifung. Freiheit zur Ausschweifung. Verwirrt lehnte sie den Kopf gegen das kleine ovale Fenster und sank abermals in Schlaf.

Nach dem Aufwachen las Margaret ein Essay von Havel, den sie mitgenommen hatte, und sie kam sich einfältig vor und schämte sich. Denn weit davon entfernt, in der Wahrheit zu leben, lebte sie in einem Nebel und fühlte sich wohl darin. In der Tschechoslowakei, wo bis vor wenigen Monaten Gelehrte Kohlen geschippt und Schriftsteller Fenster geputzt hatten, würde sie lediglich eine gaffende Voyeurin sein. Andererseits und tröstlicherweise war Frank Zappa in der Tschechoslowakei eine bedeutende kulturelle Gestalt. Sie landeten nicht allzuweit von einem großen Heuhaufen entfernt. Margaret sah, daß das Flugzeug von einem kleinen Wagen, dessen orangefarbene Lackierung stumpf und teilweise abgeblättert war, an anderen Maschinen vorbei

zu seiner Parkposition geführt wurde. Auf dem Dach hatte das Auto ein rotes Licht und ein großes Schild, auf dem, auf englisch, FOLLOW ME stand.

IN DEM KLEINEN Flughafengebäude starrte sie fasziniert auf die großen goldenen Sterne auf den Schultern der gelangweilten Zollbeamten. Sie wartete auf ihr Gepäck, umgeben von französischen und deutschen Geschäftsleuten. Im Taxi, während sie an stalinistischen Mietskasernen entlangfuhren und in der Ferne die Burg zu sehen war, hörte sie, unaufmerksam und verwirrt, einer Gesangsgruppe zu, die aus dem Kassettengerät des Fahrers hervor beteuerte: »'cause you've got personality! Smile! Personality! Charm! Personality...«

Das Hotel war ein großes, etwas heruntergekommenes Haus aus den zwanziger Jahren. Ihr Zimmer hatte etwas Bedrückendes, obwohl es sauber und fast leer war, mit riesigen Fenstern und Blick auf ein gegenüberliegendes Gebäude aus der Jahrhundertwende – jedenfalls nach den Medaillons mit Jugendstildamen zu urteilen, die ziemlich jammervoll von der Fassade starrten.

»Kopf hoch, Mädels«, sagte Margaret zu ihnen, da sie sonst niemanden zum Reden hatte.

SIE SELBST WAR fast schwindlig. Ohne Edward fühlte sie sich aus dem Gleichgewicht, als sei eines ihrer Augen verbunden. Sie stieg vorsichtig die breite Treppe zum Speisesaal hinunter, betrunken vor Einsamkeit.

Allein im Restaurant zu essen war für Margaret eine ungewohnte Erfahrung. Als sie trübsinnig die Serviette auf dem Schoß ausbreitete, fiel ihr auf, wie groß und wie steif gestärkt sie war; als sie die überformatige, schwere Speisekarte in die Hand nahm, ließ sie bewußt ihre Ausmaße und ihr Gewicht auf sich wirken. Sie fragte sich, was Lily, die

Speisekartenspezialistin, von Margarets fast ehrfürchtiger Reaktion auf die ledergebundene polyglotte Preisliste gehalten hätte. Aber wenn man allein war, nahm man nichts als selbstverständlich hin, nicht einmal die sinnliche Wahrnehmung einer Speisekarte, die man in seinen Händen hielt. Man spürte alles: denn schließlich gab es sonst nichts zu tun.

Rotkohl und Knödel und Ente! An ihrem runden Tisch, auf ihrem weichen Polsterstuhl, frohlockte Margaret. Sie blätterte ihren Baedeker von Prag durch, den sie zur Gesellschaft mit zum Essen genommen hatte, lehnte sich zurück und fühlte sich wohl und zufrieden. Ente gut, alles gut. Ah, allein zu sein und sich so schwache Kalauer zu erzählen! Nur gut, daß Edward daheim war, wo er zwar vielleicht seine Studentinnen mit schweinischen Gedichten von Walt Whitman stimulierte, aber das war auch egal, denn sie war eine wahrhaftig isolierte Seele, der ein Mann in Frack altbackene Brötchen servierte, im Schatten der hochaufragenden Bronzestatue einer nackten Frau mit theatralisch ausgebreiteten Armen, als wollte sie sich verneigen, à la Ethel Merman, hoch oben an jedem Arm ein Reif, der ihre Nacktheit unterstrich.

Nach dem Abendessen werde ich einen Spaziergang machen, dachte Margaret. Einen kurzen Spaziergang zum Altstädter Ring. Ich bin in Prag. Ich bin frei in einer freien Stadt. Ich bin allein. Niemand weiß, daß ich hier bin. Ich kann tun und lassen, was ich will. Niemand kümmert sich um mich. Sie sind alle vollauf damit beschäftigt, frei zu sein. Ich kann die Leute anstarren und mich unmöglich anziehen, und niemand wird sich darum scheren, niemand wird das überhaupt merken, weil mich niemand kennt.

Sie hätschelte ihre Einsamkeit. Das Gefunkel des Tafelsilbers fesselte ihre Aufmerksamkeit eine beträchtliche Zeit. Sie trank Mineralwasser und hörte sich schlucken. Die anderen Tische wirkten so weit entfernt, unbedeutende

Inseln in nebliger Ferne, jenseits einer undurchquerbaren See.

Und dann erscholl vom Ufer her ein gewaltiges Donnern, eine Flutwelle von Geschnatter und Ausrufen und Gelächter, ein schäumender Schwall zierlicher ältlicher Frauen und zierlicher ältlicher Männer, eine Explosion von Belgiern.

»Wir können Platz nehmen, bitte? Der Raum ist so voll. Wir sind aus Brüssel. Sie sind Amerikanerin? Nächste Woche mein Sohn besucht Amerika. Und New York City. Ihre Adresse, bitte? New York City! Ich werde sie ihm geben! Zuerst ist er in Paris. Sie sind in Paris gewesen? Ich bin aus Brüssel, *un juge*.« Der Mann, ein adretter kleiner Bursche mit einer Strickjacke unter dem Jackett, lächelte gelassen. »Ich stecke Männer ins Gefängnis.«

Seine Frau nickte und sagte: *»Oui! Oui!«*

»Mein Sohn fährt nach New York für Geschäfte, nach Manhattan. Das ist in Ihrer Nähe, Manhattan? Wir haben noch nie Amerika besucht –«

»Oui! Oui!«

Margaret lächelte. Die Belgier lächelten. Die Belgier setzten sich und lächelten noch ein wenig. Am einen Ende des Speisesaals befand sich ein Podium, auf dem ein Klavier, ein Schlagzeug und ein Mikrofon standen. Margaret schwante nichts Gutes, als sich ein Mann im Smoking ans Schlagzeug setzte, ein anderer ans Klavier und zuletzt ein dritter (seine Smokinghose schien mindestens *ein* Holzbein zu enthalten) ans Mikrofon humpelte. War das ein Toupet? So eins hatte sie noch nie gesehen, so vor den Ohren heruntergekämmt, daß breite, flache Koteletten entstanden. Er hob eine Geige hoch und begann ein klagendes Gewimmer, zu dem er mit resignierter Innigkeit wippte und sich wiegte. Dreh an den Wirbeln! dachte Margaret verzweifelt. Stimm das Ding! Der Geiger verzog das Gesicht zu einer Art Lächeln. Auch der Schlagzeuger lächelte unablässig. Glücklicherweise konnte Margaret den Klavierspieler nicht sehen.

»In Amerika«, sagte der *juge*, »viele Männer sind im Gefängnis, die schwarzen Männer und die armen Männer –«

»Oui! Oui!«

»Ja«, sagte Margaret höflich.

»Ah! Sie sind so gut informiert über amerikanisches System von Strafrecht!« sagte der Mann.

»Sie sind Amerikanerin?« sagte ein anderer Mann aufgeregt, der sich, am Nebentisch, nach ihr umgedreht hatte. »Hier ist es ganz anders als in Amerika. Ich kann's beurteilen. Ich bin seit zwei Wochen hier.« Er legte eine Kunstpause ein und sagte dann: »Die Leute wissen nicht, wie man Geschäfte macht.«

Der Geiger spielte laut, volltönend und vollkommen falsch. Das macht er mit Absicht, dachte Margaret. Er hat die Violine extra verstimmt. Er haßt uns. Spielen die wirklich die *Kleine Nachtmusik* mit Snare Drum?

»Ich bin aus L. A.«, sagte der Mann am Nebentisch. »Los Angeles«, erklärte er den Belgiern.

Es war ein degeneriert aussehender Mann, der von vierzig bis fünfundsechzig so ziemlich alles sein konnte, mit einer ledrigen, gespannten Haut, einer erschreckenden, unmenschlich gelblichen Bräune, und seine Augen glühten aus tiefen Höhlen hervor, leblos, sinnlos, aber hell strahlend, als wäre jemand weggegangen und hätte vergessen, sie auszuschalten.

»Ah! Los Angeles! In Los Angeles stecken sie die mexikanischen Leute ins Gefängnis, glaube ich«, sagte der *juge*.

Der Amerikaner hatte sich so weit zu ihnen herumgedreht, daß er seine langen gebräunten Finger auf ihren Tisch legen konnte. »Ich bin Fotograf, deshalb fallen mir alle möglichen Dinge auf«, sagte er. »Nehmen wir zum Beispiel Ihren Tisch. Da Sie keine Fotografen sind, ist es Ihnen wahrscheinlich nicht aufgefallen, aber bei mir gehört es zum Beruf, daß mir Dinge auffallen. Also, wir sind in einem guten Restaurant, in einem noblen Hotel, stimmt's? Wir werden von Kellnern in voller Montur be-

dient. Das ganze Silber.« Er nahm Margarets Gabel bei den Zinken, hob sie, während Margaret mit sprachloser Aufmerksamkeit zuschaute, in die Höhe, damit alle sie sähen, dann nahm er ein Glas in die Hand. »Das ist echtes Kristall, kann ich Ihnen sagen«, sagte er, wobei er mit der Gabel, ihrer Gabel, gegen das Glas, ihr Glas, klopfte, und schüttelte dann den Kopf. »Schon mal was von böhmischem Kristall gehört? Aber was fehlt? Ihnen fällt nichts auf, stimmt's? Aber ich hab' einen Blick für so was, und diese Leute haben keine Ahnung, wie man Geschäfte macht. Warum? Weil ihre Bosse all die Jahre über gesagt haben: Erfüllt euer Soll, erfüllt nur euer Soll. Also verkaufen sie zehn Hemden, und dann machen sie Feierabend. Es ist ihnen völlig egal, daß noch fünfzig Leute Schlange stehen und auf Hemden warten und daß sie noch hundert Hemden auf Lager haben. Es ist ihnen egal. Sie *haben ihr Soll erfüllt!* Verstehen Sie, was ich meine?« Er hatte Margarets Glas wieder an seinen Platz gestellt, hielt ihre Gabel aber noch immer in der Hand und trommelte damit auf das weiße Tischtuch. Seine Stimme hatte einen dünnen, monotonen Rhythmus, nicht unähnlich einem tropfenden Wasserhahn.

»Also«, fuhr er fort, »was fehlt auf dem Tisch in diesem Nobelrestaurant? Salz und Pfeffer! Bei ihrem ganzen Silber und Kristall lassen sie Salz und Pfeffer weg. Dann muß man danach fragen, und dann müssen sie los und es holen, was den Kellner daran hindert, etwas anderes zu tun, was wiederum bedeutet, daß jemand anders ohne Essen rumsitzen muß, was wiederum bedeutet, daß diese Leute ineffizient sind. Ich meine das natürlich nicht geringschätzig, es sind anständige Leute. Wir müssen es ihnen nur beibringen.«

Margaret hob ihren Baedeker, und darunter wurden ein kleiner kristallener Salzstreuer und ein kleiner kristallener Pfefferstreuer sichtbar.

»He!« sagte der sehnige Fotograf mit den sterbenden,

glühenden Augen, als ob diese Entdeckung seine Behauptung irgendwie bestätigte. »Wir sind in Osteuropa.«

»Nein, nein«, rief der kleine belgische Mann aus.

»Oui! Oui!« sagte seine kleine belgische Frau, wobei Margaret nicht ganz klar war, wem sie damit beipflichtete.

»Nein, nein«, fuhr der Belgier fort. »Das hier ist nicht Osteuropa, wissen Sie, sondern Mitteleuropa. Historisch, Mitteleuropa. Mitte, Mitte. Das war die Heimat von Kafka und Dvořák natürlich, aber auch Rilke und Smetana und auch Kepler und Einstein und Alfons Mucha! Mitte, Sie verstehen?«

Der Geiger humpelte jetzt mühsam zwischen den Tischen hindurch und bat um Sonderwünsche. Hast du dein Soll noch nicht erfüllt? wunderte sich Margaret. Ein großer Tisch mit lauter Deutschen wartete, während die meisten Kellner im Restaurant sich an einem aberwitzig großen Kognakschwenker zu schaffen machten – ihn über eine Flamme hielten, dann einen Fingerhut Weinbrand hineingossen, diesen anzündeten und dann wieder ausbliesen. Warum so viele Kellner zur Durchführung dieses Rituals benötigt wurden, wo doch immer nur einer auf einmal aktiv war – der Fingerhutgießer wartete darauf, daß der Schwenkererhitzer fertig wurde, reichte den Schwenker dann seinerseits an den Weinbrandanzünder weiter, der ihn dem Weinbrandausbläser übergab, der ihn verschiedenen Garçons weiterreichte –, war nicht unmittelbar einsichtig.

»Sehen Sie, was ich meine?« sagte der amerikanische Fotograf mit einer Kopfbewegung in Richtung Kellner. »Ineffizient.«

Aber niemanden im Lokal schien das zu stören. Alle verfolgten fasziniert die Prozedur.

»Oui! Oui!« sagten der Belgier und die Belgierin unisono, während sie fröhlich die blauen Flammen betrachteten.

»Nette Leute«, sagte der Amerikaner kopfschüttelnd. »Nettes kleines Land.«

Margaret sah ihn an, wie er sich, fest entschlossen, sich mit ihnen zu unterhalten, auf seinem Stuhl verrenkt hatte, und hoffte, er würde wie ein aufgezwirbeltes Gummiband, das endlich losgelassen wird, plötzlich herumschnellen und wieder in die andere Richtung schauen. Aber natürlich tat er das nicht, er schwatzte einfach weiter. Er hatte eine schlimme Erkältung, die er als Prager Plage bezeichnete, und er schniefte in einem fort.

»In Prag«, sagte der Belgier wehmütig, »ich glaube, nur politische Dissidenten werden ins Gefängnis gesteckt. Das heißt, sie pflegten zu werden, sind geworden, wurden ins Gefängnis gesteckt. Jetzt, wen stecken sie ins Gefängnis? Wen jetzt?«

NACH DEM ESSEN machten Margaret und ihr Stadtführer einen Spaziergang. Sie konnte das Geräusch ihrer Schritte hören. Mitten in einer Großstadt. Ihr fiel auf, wie wenige Autos auf der Straße waren. Eins, und dann keins. Ein paar Minuten später eins. Und dann keins. Nur das Klappern ihrer Schritte.

Das Haus des Bürgerforums am Ende des Wenzelsplatzes sah kleiner aus als im Fernsehen. Was für ein gutmütiges Hauptquartier für eine Revolution, dachte Margaret. Ein weißes Banner trug die Initialen O. F., mit einem fröhlichen Gesicht im O. Im Erdgeschoß gab es ein Café.

»Change money? Cambia? Changer?« fragte sie ein Mann.

Sie schüttelte den Kopf und schlug eine enge Straße ein, in der keine Autos verkehren durften, ging an dunklen Geschäften vorbei, bis sich ein unregelmäßiger Platz vor ihr auftat, dessen pastellfarbige Gebäude so zart im Licht der Laternen aussahen, daß sie staunend stehenblieb.

Kafka, du bist verrückt, dachte sie. Gut, das ist natürlich keine besonders originelle Feststellung, aber schau! Diese Stadt ist hell und luftig und elegant und freundlich. Ich bin seit neun Stunden hier, also kann ich's beurteilen.

Der Platz war voll von Touristen. Folksänger mit strähnigen Haaren klimperten auf Gitarren. Ein Mann mit federgeschmücktem Helm spielte Tuba. Margaret schlenderte am Rand entlang und sah hinauf zu den umstehenden Gebäuden. Es gab kleine schmale Häuser und große Rokokopaläste, lindgrün oder zitronengelb oder muschelrosa oder amseleierschalenblau gestrichen, mit Statuen und Schnörkeln geschmückt, die weiß durch die Nacht leuchteten.

Margaret hatte fast völlig vergessen, wie angenehm es ist, ein Tourist zu sein. Keine Verpflichtungen, außer zu schauen. Ich schaue gern, dachte sie. Mit meinem Führer, der mir sagt, was ich gerade anschaue. Sie wartete mit den anderen Touristen darauf, daß die kunstvolle Kuckucksuhr am mittelalterlichen Altstädter Rathaus zehn schlug. Endlich öffneten sich im Turm hoch oben zwei Fenster, hinter denen man die zwölf Apostel vorbeimarschieren sah. Ein Skelett zog an einer Schnur, der Knochenarm fuhr auf und ab, der Kopf zitterte schaurig, und eine Glocke ertönte. Ein goldener Hahn krähte heiser.

DAS FRÜHSTÜCKSBÜFETT BOT Joghurt mit einem Dutzend unterschiedlich bonbonfarbiger pulvriger Substanzen zum Drüberstreuen sowie Gurkenscheiben, Suppe mit Fleischeinlage und kalte Rosenköhlchen. Das musikalische Trio war abwesend, aber Margaret sah die Belgier, die winkten, und den Fotografen, der überschwenglich nieste und ihr dann zuzwinkerte. Dankbar folgte sie der Kellnerin zu einem Tisch weitab von ihren neuen Bekannten, einem Tisch direkt unter der Bronzestatue, die ihre Arme wie schützende Palmwedel über ihr ausbreitete.

Am späten Vormittag traf sich Margaret mit einem weißhaarigen Philosophieprofessor, der so leise sprach, daß sie sich ganz weit vorbeugen mußte, um ihn zu verstehen. Er hatte in seiner Jugend mit Mitgliedern des Wiener Krei-

ses studiert, hatte sich an der Prager Universität einen Namen gemacht, war später zu einem prominenten Dissidenten geworden – ein Hochschullehrer ohne Posten, ein verbotener Schriftsteller und Übersetzer, ein Mann, der sich gegen die Emigration entschieden hatte, der mit Unterbrechungen jahrelang politischer Häftling gewesen war. Margaret fragte sich, ob er deswegen so leise sprach, aus Gewohnheit, der Gewohnheit, sich wenn irgend möglich nicht belauschen zu lassen. Sie beugte sich zu ihm, dankbar, diesem feinen, kultivierten und großherzigen Mann zuhören zu können. Dem Körper nach ein gebrechlicher Greis, war er geistig so stark, daß seine leise, dünne Stimme unwiderstehlich wirkte. Er machte den Alliierten keinen Vorwurf daraus, daß sie Hitler die Tschechoslowakei überlassen hatten. Warum hatte Beneš nicht gekämpft? Beneš hatte eine der am besten ausgerüsteten Armeen der Welt! Margaret hatte in ihrem ganzen Leben noch niemanden so etwas sagen hören, weder einen Republikaner noch einen Demokraten, noch sonst irgendwen. Er liebte den »Star-Spangled Banner«, den er als »fast so hübsch wie die ›Marseillaise‹« bezeichnete. Margaret hatte noch nie jemanden sagen hören, ihm gefalle der »Star-Spangled Banner«. Er zitierte Shakespeare, aus *Heinrich dem Sechsten*, einem Stück, von dem Margaret kaum je was gehört hatte, geschweige denn, daß sie es gelesen hätte. Er zitierte Henry James und Jane Austen und Balzac und Auden und Wittgenstein. Er witzelte auf eine Weise, die den Opfern seines Witzes verzieh, und war auf ungezwungene, unaufdringliche Art gebildet, als seien diese Bücher und Ideen seine Kumpel (und auch ihre!). Er trank seinen Kaffee und murmelte hinreißend. Sie verspürte den Drang, die Hand auszustrecken und seine Hand zu ergreifen. Wenn die Amerikaner tolerant, unaffektiert und vernünftig wären – wenn die Amerikaner wirklich amerikanisch wären, dachte Margaret –, dann wären sie so wie er.

Statt über die Revolution selbst zu diskutieren, schien er die Freiheit zu plaudern zu genießen, die ihm seine Revolution verschafft hatte. »Sehen Sie«, sagte er irgendwann im Laufe des Gesprächs und zeigte auf eine leere Halterung an der Wand. »Da waren früher ihre Kameras installiert.« Dann redete er weiter über die Situation des tschechischen Theaters in den siebziger Jahren. Margaret hatte so viele halbe Nächte mit so vielen revolutionären Studenten und Studentinnen zugebracht, daß dieser echte Revolutionär ihr beinahe unwirklich vorkam. Er erzählte Anekdoten über einen tschechischen surrealistischen Dichter und sprach von tschechischen Theoretikern aus der Zeit zwischen den Weltkriegen und ihrem Einfluß auf den französischen Strukturalismus und brachte ihr dann einen Limerick von Edward Lear bei.

Es war einst eine Greisin aus Prag,
deren Sprache ganz fürchterlich vag.
Fragte man: »Ist's der Rhein?«
Sagte sie nur: »Mag sein!«
Diese pythische Dame aus Prag.

Dies leitete irgendwie zu Karl Popper über, einem ganz und gar unmodischen Wissenschaftstheoretiker, der so weitab vom Schuß lag, daß Margaret für einen Augenblick dachte, ihr neuer Freund rede von einem Kinderbuch über Pinguine. »Popper hat einmal geschrieben, der größte Skandal der Philosophie sei die Tatsache, daß, während die Natur und die ganze Welt überall um uns herum zugrunde geht, die Philosophen fortfahren, mehr oder weniger scharfsinnig über die Frage zu diskutieren, ob diese Welt existiert.« Seine Stimme zitterte. Sein Teint war rosig und weiß, so zart wie der eines Mädchens. Er lächelte und tätschelte ihr beruhigend die Hand.

»Es ist das Wesen des Menschen«, sagte er, »zu theoretisieren und Theorien zu kritisieren. Es ist unsere spezifi-

sche Form der Anpassung an die Umwelt. Wie Flossen. Oder ein scharfer Schnabel. Wie der lange Hals der Giraffe!« Er lachte fast unhörbar. Er hustete ziemlich lange. Margaret beugte sich weiter vor und befürchtete schon, der alte Mann würde sterben, mit seinem schönen weißen Haar vornüber in den schwarzen Espresso kippen.

»Sehen heißt nicht glauben«, sagte er endlich, wieder lächelnd. »Sehen heißt philosophieren.«

Margaret sollte in der Karls-Universität reden, und zwar nicht als Gast des Historischen Seminars (dessen Lehrpersonal noch immer aus Leuten bestand, die ihre Gelehrsamkeit unter dem kommunistischen Regime erworben hatten, während selbständiger denkende Professoren Fußböden geschrubbt hatten), sondern einer unabhängigen Gruppe von Studenten und Intellektuellen, die schon andere ausländische Wissenschaftler zu Gastvorträgen eingeladen hatte.

Margaret wurde von einem Mitglied dieser Gruppe herumgeführt, einer kleinen, ernsten Studentin namens Anna, die mit ihr in die Straßenbahn stieg, um ihr »das echte Prag« zu zeigen, Wohnblocks aus den zwanziger Jahren, schwarz von Kohlestaub.

»Diese Gebäude könnten schön sein, sehr schön, wenn sie restauriert wären«, sagte Anna. »Aber die Kommunisten haben so etwas lieber eingerissen und ein neues, häßliches Gebäude hingestellt.«

»Wie kapitalistisch von ihnen«, sagte Margaret.

Anna sah sie ungläubig an. »Aber warum?«

Margaret schwieg. Was konnte man auf eine solche Frage schon antworten? Es war, als fragte man, warum die Menschen atmen. Warum *atmen* die Menschen? dachte Margaret.

Dann holte Anna ein paar Fotos aus ihrer Handtasche hervor. »Das ist von der Reise, die ich mit meinem Freund nach Paris gemacht habe«, sagte sie.

Margaret lächelte, als sie sich an ihre erste Reise nach

Paris erinnerte. Es würden Schnappschüsse vom Eiffelturm, von den Tuilerien, der Seine sein.

»Das ist das Grab von Jim Morrison«, erklärte Anna. »Hier aus einer anderen Einstellung, und das ist die Rückseite, und diese Graffiti haben uns sehr gefallen ...«

Jim Morrison war in Paris begraben? Na ja, das paßte doch zu ihm, oder nicht? Vielleicht konnte sie es ja einrichten, daß sie in Prag begraben wurde. Nein, nein, das war Kafka-Territorium. Sie würde schon ihre eigene Stadt finden müssen. Bridgeport vielleicht.

Sie sah Anna an, der Jim Morrison etwas bedeutete. In Prag bedeutete Rockmusik noch immer etwas. Nicht bloß Nostalgie oder Abfallprodukte der Marktforschung oder prätentiöse Videos, sondern etwas.

An dem Abend fuhr Anna mit ihr auf einen Hügel über der Moldau, zum Stalin-Denkmal. Das Denkmal selbst, ein Standbild von Stalin, fast so groß wie die Freiheitsstatue, war Anfang der sechziger Jahre abgerissen worden. Darunter hatte man ein Labyrinth von Gängen und betonverstärkten Räumen entdeckt: ein Luftschutzbunker und eine Kommandozentrale, die man in den fünfziger Jahren als Refugium für die Elite nach dem Armageddon gebaut hatte. Die neue tschechische Regierung hatte das Ganze einer Gruppe von Studenten überlassen, die es in ein Begegnungszentrum mit Kunstgalerie und Rockklub namens Totalitäre Zone umgewandelt hatten.

Margaret stand etwas beklommen in dem kalten, höhlenartigen Raum herum. Morgen würde sie ihren Vortrag halten. Sie sollte einem Saal voller Leute, die erst kürzlich für die Verwirklichung der Ideale der Aufklärung ihr Leben riskiert hatten, etwas über die Aufklärung erzählen. Vor einer Gruppe tschechischer Studenten über eine erotische Bastardisierung Lockes zu sprechen, während sie sich gerade mitten in einer authentischen Realisierung von Lockes Ideen befanden – das war absurd, das war hanebüchen, das war Chuzpe!

Wasser tropfte von den Betonträgern auf den Boden aus gestampfter Erde. Pappmaché-Grotesken, riesige Wandgemälde, Metallplastiken und Mobiles im typischen SoHo-Design breiteten sich, von nackten Glühbirnen beleuchtet, überall in diesen dunklen Katakomben aus. Ob die Arbeiten interessant waren oder nicht, konnte Margaret nicht beurteilen, weil sie dort in diesem Bunker, in diesem unterirdischen Relikt aus Stalins Zeiten, mehr als nur interessant waren – sie waren inspiriert. Das Ganze war ein Fest. Die jungen Leute lehnten sich lässig an Haufen von Zementschutt, und obwohl sie in einem unspezifisch europäischen Pseudopunkstil gekleidet waren, sahen sie nicht wie deutsche oder französische Jugendliche aus, zornig und angeekelt, in einstudierten Posen. Sie waren weder zornig noch angeekelt. Sie waren begeistert.

Margaret stand neben einer Skulptur – Stiefel und Ketchupflaschen, die an Bändern und Drähten hingen. Sie begann sich allmählich wohler zu fühlen, irgendwie dazugehörig, empfand etwas wie eine Affinität, nicht so sehr zwischen sich und den Studenten, aber zwischen sich und deren Exponaten. Wie Margaret mit einem aufwallenden Gefühl der Erleichterung begriff, erwartete man von ihr weniger, daß sie Leuten etwas erzählte, die es ohnehin besser wußten als sie, als daß sie zur bunten Vielfalt des Festes beitrug. Ihr Vortrag, von dem sie befürchtet hatte, er sei belanglos und trivial, eine Beleidigung der realen, ernsthaften demokratischen Revolution, die da gerade stattfand, war nur deshalb von Bedeutung, weil er jetzt gehalten werden durfte. Gott sei gedankt, dachte Margaret. Ich bin nur ein Teil der Lustbarkeiten, ein Stückchen westlicher Kultur, das frei zur Schau gestellt werden darf. *Ikh binn eine Ketchupflasche*.

Sie war eine Amerikanerin im Ausland, und niemand hatte was dagegen. In Prag mochten die Leute die Amerikaner. Die Intellektuellen mochten die Amerikaner. In Amerika mochten die Intellektuellen die Amerikaner

nicht. Und hier war Anna, eine authentische revolutionäre Studentin, mit einer Penguin-Ausgabe der *Prinzessin Casamassima* in der Tasche ihrer schwarzen Lederjacke. Margaret betrachtete die Skulpturen und hörte sich den kruden Euro-Rock an, der von der Bühne ertönte. Die Aufklärung lebte.

Der Vortrag ging glatt über die Bühne. Sie redete, die Leute hörten zu, und Margaret war erleichtert. Sie las etwas aus *Rameaus Nichte* vor, dann redete sie, las sorgfältig von ihren Zetteln ab, auf die sie jedes einzelne Wort geschrieben hatte, das sie sagen würde, und diejenigen unterstrichen hatte, die sie beim Vortrag besonders betonen sollte.

War *Rameaus Nichte* ein erotischer Roman? fragte sie ihre Zuhörer. Oder war es eine philosophische Abhandlung über den Empirismus? Oder beides? Im achtzehnten Jahrhundert gingen Verlangen nach Erkenntnis und Verlangen schlechthin stets Hand in Hand. Um die Zöllner zu täuschen, legten Schmuggler lose Blätter von *Unter dem Nachtgewand der Nonne* zwischen die Seiten geographischer Werke oder der Bibel. Dieses Spicken wurde »Verheiraten« genannt, eine amüsante und ziemlich vielsagende Bezeichnung, sagte Margaret.

Die Pornographie wurde dazu verwendet, Klerus und Aristokratie als dekadent, pervers, impotent und verderbt hinzustellen. Philosophische, politische und pornographische Werke wurden von den Buchhändlern in einen Topf geworfen und insgesamt als »philosophische Bücher« bezeichnet. Warum? Weil Empirismus und Philosophie in sich sensuell und sinnlich sind. Das Verlangen nach Erkenntnis ist Verlangen.

Margarets Zuhörer, rund fünfzig Studenten und Schriftsteller, wirkten zufrieden, strömten aber sofort hinaus, um sich den Rest einer Lesung von Allen Ginsberg anzuhören,

die versehentlich so gelegt worden war, daß sie sich mit Margarets Vortrag überschnitt. Margaret seufzte erleichtert darüber, daß ihre Darbietung vorbei war. Was für nette, wohlerzogene revolutionäre junge Leute, dachte sie, während sie zusah, wie die Studenten in einer Reihe, ohne zu drängeln, den Raum verließen. Und sie aß allein zu Mittag in einem koscheren Restaurant, dem einzigen in Prag, untergebracht in einer ehemaligen Synagoge. Über der Tür hing ein gerahmtes Foto von Barbra Streisand.

Margaret saß am Frühstückstisch und plante mit Hilfe ihres Baedekers ihren touristischen Tagesablauf. Sie liebte Reiseführer. Schon die bloße Vorstellung eines Reiseführers gefiel ihr: ein Vademekum, so selbstsicher, so entgegenkommend und rücksichtsvoll. Komm mit mir, und ich werde dir das Haus zeigen, das Hänschen klein sich gebaut, das Haus, in dem Hänschen klein geschlafen hat, das Haus, aus dem Hänschen klein von einer gegnerischen politischen Gruppierung hinausgeworfen wurde, das Haus, in dem Hänschen klein eines gewaltsamen vorzeitigen Todes starb. Ich werde dir die architekturgeschichtliche Bedeutung des Hauses von Hänschen kleins Mätresse auseinandersetzen. Ich werde dir sagen, wo du bist, und ich werde dir sagen, warum du da bist.

Es war ihr letzter Tag in Prag, und sie wollte ihn klug nutzen. Zuerst würde sie zur Burg fahren, auf die andere Seite der Moldau, dann über die Karlsbrücke wieder zurück in die Altstadt. Margaret war seit Jahren nicht mehr so auf Sightseeingtour gewesen, und sie dachte wieder, was für eine seltsame und seltsam befriedigende Tätigkeit das war, oberflächlich und doch intensiv. Sie knickte Ecken einzelner Seiten des Reiseführers um; sie kreuzte verschiedene Bauwerke mit Rotstift an. Sie studierte Pläne in Vorfreude auf ihre Stadtbesichtigung. Es stimmte zwar, daß Informationen nie lange in ihrem Kopf blieben, aber jedes Faktum, jegliches Wissen war auf einen kurzen Besuch stets willkommen. Sightseeing war eine reine, sinnliche Begegnung, ein subtiler, zutiefst erregender Flirt mit einem Fremden.

Sie bestieg ein Taxi, und kaum saß sie drin, setzte es mit schwindelerregender Geschwindigkeit zwei Häuserblocks weit zurück, bog dann, wie ihr schien, in die falsche Richtung, in eine Seitenstraße ein und schoß davon, um unzählige Ecken und Kurven an schönen, heruntergekommenen Gebäuden, Barockpalästen und Mietshäusern aus der Jahrhundertwende vorbei, dann über den Fluß, durch einen

Park und einen langgestreckten Hügel hinauf auf die gotischen Türme des Veitsdoms zu, der riesigen Kathedrale innerhalb der Burgmauern. Auf dem großen Vorplatz stieg sie aus, bezahlte und blieb stehen, um die Paläste ringsum, groß und feucht im grauen Morgen, zu betrachten.

»Verzeihung«, sagte ein Mann und blieb neben ihr stehen. »Ich habe Ihren Reiseführer da gesehen. Sind Sie Amerikanerin? Können Sie mir sagen, was das da ist? Tut mir leid, Sie zu belästigen, aber ich bin aus New Jersey.«

Er hatte schütteres Haar und trug einen Regenmantel mit rundem Kragen. Er zitterte und lächelte, und obwohl er aus New Jersey kam und aller Wahrscheinlichkeit nach ein fürchterlich schlechter Autofahrer war, reichte ihm Margaret den Führer.

»Das da ist das Palais Schwarzenberg?« fragte er und zeigte darauf. »Danke, vielen Dank. Ich hätte besser auch so einen Führer mitgenommen. In Prag bekommt man ja keinen. Ich bin geschäftlich hier«, sagte er, und Margaret befürchtete schon, er würde gleich einen Vortrag über die totale Unfähigkeit der Tschechen, Geschäfte zu machen, anfangen. »Aber heute morgen habe ich mich davongeschlichen. Ich konnte nicht anders. Ich hab' noch nie eine Stadt wie diese gesehen.«

»Ich auch nicht«, sagte Margaret.

Dann gingen sie auseinander, er auf das Burgtor zu, sie in die Kunstgalerie, untergebracht in einem kalten, zugigen Palast, in dem strenge, argusäugige slawische Matronen Dienst taten.

Margaret beugte sich vor, um ein ihr merkwürdig chaotisch vorkommendes Gemälde aus der Nähe zu betrachten. Eine nackte, ausdruckslose Maria Magdalena, die Brüste von üppig wallendem Haar halb verhüllt, wurde von Putten erklommen: nackte geflügelte Knäblein, die auf ihrem Rücken hockten und auf ihren Schultern ritten, fette Puttenfüßchen fest auf ihren Kopf gepflanzt. Ihre identischen Gesichter zeigten ein und denselben Ausdruck – ent-

täuschte, zweifelnde winzige Münder, allesamt zu einer seltsamen, halbherzig mißbilligenden Grimasse verzogen. Ein Engelchen zeigte mit dem Finger nach oben, aber auf was, war nicht klar.

Eine stämmige Museumsmatrone tauchte plötzlich, mit massigen Armen fuchtelnd, aus dem Nichts auf und stürmte, ein runder weiblicher uniformierter Bulle, auf Margaret zu. Ihr Gesicht kam näher, noch näher. Ihre Nase war rot vor Kälte. Ein Spinnennetz von roten Äderchen überzog ihre Wangen. Sie wird mich verhaften, dachte Margaret. Jetzt, wen stecken sie ins Gefängnis? hatte der kleine belgische Richter gefragt. Na, Touristen natürlich!

Die Matrone sagte irgend etwas, wobei sie auf das Bild zeigte, fing dann an, Geräusche wie eine Alarmanlage auszustoßen, und zog sich dann wieder in den Schatten zurück, wo ein mit einem Schaffell drapierter Klappstuhl auf sie wartete.

Margaret zog weiter: an einem Rubens vorbei – ein Gebirge von Frauenfleisch, um das sich eine grüne Schlange wand –, um den sie vorsichtshalber einen kleinen Bogen machte; an weiteren pflichtbewußt-finster äugenden Matronen auf Klappstühlen vorbei; durch große Holztüren und kalte hallende Korridore. Sie kaufte sich bei einer Frau unten im Erdgeschoß ein paar Postkarten und ging an einem Haufen Kohle vorbei das steile Gäßchen zum Burgplatz hinauf. Margaret hörte das Quäken einer Trompete. Vor dem Eingang zur Burg stand eine große Menschenmenge, darunter viele Schulkinder. Fünf oder sechs etwa dreizehnjährige Jungen mit von der Kälte geröteten Wangen und Nasenspitzen lachten und schubsten sich gegenseitig. Sie fingen an, die Arme, die Hände, die Finger zu bewegen. Sie waren taub, begriff Margaret, und sie unterhielten sich in Zeichensprache mit der Geschwindigkeit und Überschwenglichkeit der Jugend, kreischten vor Lachen, hielten sich in gespielter Verlegenheit eine Hand vor den Mund, knufften und stießen sich und lachten wieder.

Margaret griff in die große Tasche ihres Parkas nach dem Baedeker. Aber der Baedeker war nicht in ihrer Tasche, und er war auch nicht in der anderen Tasche. Er war nicht in ihrem Umhängebeutel. Er war nicht in ihrer Hand. Er war in der Hand des Mannes aus New Jersey. Er hatte vergessen, ihn ihr zurückzugeben. Margaret stand unglücklich in der Kälte herum. Ihr touristischer Tag war ruiniert. Durch einen Akt unüberlegter Großzügigkeit war ihr Baedeker, mit seinen sorgfältig angestrichenen und durch Eselsohren markierten Seiten, in den Besitz eines anderen gelangt. Sie war, wie üblich, vergeßlich gewesen. Jetzt würde sie, wie üblich, unwissend sein.

Sie sah zum Tor hinüber. Zwei wuchtige Pfeiler flankierten den Eingang. Auf dem linken stand ein gigantischer nackter Mann aus Stein und drückte einen anderen nackten Mann zu Boden, im Begriff, ihm einen Dolch in die Kehle zu stoßen. Auf dem rechten holte ein noch größerer, noch stärker aussehender Mann mit einer Keule aus, um seinem gestürzten Gegner den Todesstreich zu versetzen. Wer waren diese nackten Muskelprotze, und warum bewachten sie die Burg? Wer hatte sie gemacht? Wer hatte sie dort aufstellen lassen? Sie würde es niemals wissen, und unerklärt krümmten und wanden sich die Statuen über ihr wie ein ahnungsvolles, schauriges Geheimnis. Die gewalttätigen Bewegungen und die wuchtige Masse der ineinander verknoteten Gliedmaßen, das Schimmern, mit dem der vergoldete Dolch und die Keule von den kohlenstaubgeschwärzten Leibern abstachen, all das stand in einem wüsten Kontrast zum eher dezenten, vornehmen Gebäude, das dahinter emporragte.

Wer würde ihr jetzt sagen, aus welchem Fenster der Prager Fenstersturz erfolgt war? Widerwillig schritt Margaret, an einem stocksteifen jungen Wachposten mit gesunder Gesichtsfarbe vorbei, durch das Tor ins Unbekannte.

In einem kalten grauen Nebel irrte Margaret von einem namenlosen Innenhof zum nächsten; durch große, von

einem Thron oder einem Metallklappstuhl abgesehen, leere Räume; an Brunnen vorbei, deren Becken von verrenkten schwellenden Leibern emporgehalten wurden. Manchmal gab es englischsprachige Schilder, aber oft gab es keine. Im Veitsdom, einer riesigen, eiskalten Scheune, stand auf einem Sockel ein unwahrscheinlich protziger Silbersarg, von stämmigen, wulstigen Silberknäblein und Girlanden umgeben – ein kaiserliches Grabmal, ohne Frage, nur wessen Grab? Margaret hatte niemanden und kein Buch, von dem sie es hätte erfahren können. Sie warf dem Denkmal einen traurigen, sehnsuchtsvollen Blick zu, eine aller Gewißheit beraubte Seele.

Himmel hilf, dachte Margaret. Es gibt keine Wahrheit, keine Objektivität, kein unvoreingenommenes Wissen. Prag, das holde Prag, war von einem gedankenlosen Mann aus New Jersey unabsichtlich dekonstruiert worden. In ihrer Verzweiflung fast völlig blind für die wahrhaft prachtvolle Häßlichkeit des Grabmals, zog sie weiter.

Edwards alberne kleine Studentinnen hätten eine Woche ohne ihn auskommen können. Und Edward hätte gewußt, wer in der silbernen Hochzeitstorte begraben lag, wer den Eiffelturm gebaut hatte, wer in Grants Sarkophag begraben war. Edward hätte den Reiseführer auswendig gelernt oder ihn zumindest nicht verloren, oder er hätte ihn überhaupt nicht gebraucht und die Sehenswürdigkeiten roh verschlungen. Margaret vermißte ihn schrecklich; sie vermißte seine laute Stimme.

TRÜBSELIG, UNAUFGEKLÄRT UND verfroren saß Margaret in einem Taxi und fuhr an all den Gebäuden vorbei, die sie nicht identifizieren konnte, durch den Wald, an dessen Namen sie sich nicht mehr erinnerte, hinunter zum Ufer des Flusses Sowieso.

Vor ihr dehnte sich die Karlsbrücke, deren Kopfsteinpflaster alles andere als gerade verlief, sondern sich leicht

hierhin, dann dorthin wand und schließlich zu schlanken gotischen Türmen, Renaissancekuppeln, spitzen roten Ziegeldächern führte. Am dunkelgrauen Himmel schossen schreiende Möwen vorbei, ließen sich emportragen, tauchten dann wieder hinab, anmutig und schnell. Statuen, Dutzende würdiger Gestalten in fließenden steinernen Gewändern, ragten in Abständen an beiden Seiten der Brücke empor. Margaret lehnte sich über die Brüstung und sah, wie das garstige schiefergraue Wasser von einem plötzlichen Sonnenstrahl vergoldet wurde. Gründelnde Schwäne stellten sich auf den Kopf und reckten komisch den Schwanz in die Luft. Zum schrillen Geschrammel einer Gitarre sang eine amerikanische Stimme: *»Git out of my room, girl. You're as crazy as the moon, girl. Oh! The world is full of garbage. Don't throw me away!«*

Margaret drehte sich um und sah einen langhaarigen Jungen in Jeans und einer fransenbesetzten Lederjacke, der zu Füßen einer Statue hockte. Mehrere sichtlich nichtamerikanische Jungen standen um ihn herum und nickten beifällig. Die Sonne flutete jetzt zwischen den Wolken herab, und die Jungen und die Statuen und die roten Dächer und die goldenen Turmspitzen der Burg glühten, warm und voller Leben.

Margaret sah zu, wie die Sonne nach und nach die ganze Stadt aufleuchten ließ. Jedes Gebäude, das sie beschien, hatte einen bestimmten Namen, einen bestimmten Stellenwert in der Geschichte der abendländischen Kultur, einen Namen und einen Stellenwert, den sie nie erfahren würde. Die Sonne und die schimmernde Stadt verspotteten sie.

Als Touristin bin ich eine Niete, dachte Margaret. Warum hat sich Edward nicht ein paar Tage freigenommen und mich begleitet? Aber ihr Mann war zu Haus und verführte wohlgeformte, aber intellektuell unterentwickelte Mädchen durch dramatische Gedichtlesungen, und diese Stadt funkelte und lockte, eine kokette Verführerin, für sie auf ewig unerreichbar.

Neben ihr legte ein junger Mann gerade sowjetische Offiziersmützen und Gürtelschnallen auf der steinernen Brüstung aus. Auf einem Pappschild stand auf englisch zu lesen: AUSVERKAUF DES TOTALITARISMUS!!

»So!« sagte ein amerikanischer Tourist und richtete seine Minivideokamera auf den Mann, der die Rote-Armee-Altwaren feilbot. »Dürfte ich Ihnen ein paar Fragen stellen, mein Herr?«

Sein Ton war der eines Vaters auf einer Geburtstagsparty für Dreijährige. Margaret schämte sich zu Tode.

»Erstens, könnten Sie mir wohl sagen, was Sie von den Russen halten?«

»Ich nicht mag«, sagte der Mann zur Kamera gewandt. Dann grinste er und sah zu Boden.

»Sie mögen sie nicht. Ich verstehe. Und warum nicht?«

»Sind Kommunisten.«

»Und warum, bitte, verkaufen Sie diese Sachen? Würden Sie sagen, der Grund ist, daß Sie den Kapitalismus vorziehen?«

»Ich würde sagen, ja.«

»Ich danke Ihnen für Ihre Offenheit«, sagte der aufdringliche Tourist, drehte sich plötzlich um und richtete seine kleine Kamera auf Margaret. »Und Sie?«

»Ich würde sagen, ja«, sagte Margaret.

»Sie sind ein Unternehmer«, sagte der Tourist, jetzt wieder zum Tschechen gewandt. »Sie verstehen? Un-ter-nehmer.« Mit seiner freien Hand klopfte er dem Mann auf den Arm. »Sie werden es zu etwas bringen.«

Als Buße für ihr Volk kaufte Margaret dem Unternehmer eine Anstecknadel ab, einen roten Stern mit einem weiß emaillierten Porträt in der Mitte: Lenin im Alter von fünf Jahren, mit schulterlangen Locken.

Was für ein entsetzlicher Typ, dachte Margaret, während sie den Touristen betrachtete, der jetzt den Folksänger interviewte. Und doch bin ich kein bißchen besser. Eine Voyeurin. Nicht einmal eine Voyeurin. Ich tauge nicht ein-

mal zur Spannerin, solange ich keinen Erklärer, keine Bedienungsanleitung, keinen Baedeker habe. Ich bin zu unempfänglich, um Sehenswürdigkeiten zu sehen. Oder zu würdigen.

Aber die Stadt leuchtete sanft überall um sie herum. Der Fluß strömte breit unter der Brücke hindurch. Die Möwen lachten hoch oben im neuen durchsonnten Himmel. Ach was, scheiß auf den Baedeker, dachte sie. Was kümmert's mich, wer was gebaut hat? Spätestens morgen hab' ich's wieder vergessen. Was kümmert's mich, wer wo gelebt hat? Sie sind sowieso schon alle tot.

Von neuer Entschlossenheit durchdrungen, warf sie Blicke um sich. Sie, Margaret Nathan, Pedantin, Gelehrte, Wahrheitssucherin, war in Prag, der Stadt der Wahrheit. Beobachte! Erlebe! Erkenne! Wage es, zu wissen, meinte Kant? Wage es, zu besichtigen, sagt Margaret!

Die flinken kleinen Möwen waren seltsam stumpig, mit schwarzem Kopf und schwarzem, nadelspitz geradem Schnabel. Frierende, bleiche Straßenhändler in dünnen Parkas verkauften Gläser mit aufgemalten roten Blumen. Ein dürrer Mann bot in die Länge gezogene Zinnsoldaten mit Uniformen aus dem Ersten Weltkrieg an, die seine Mutter bemalt hatte. Auf der Brücke standen insgesamt – sie zählte – dreißig Statuen, alle schwarz von Kohlenstaub. Die Skulptur über dem amerikanischen Folksänger stellte einen leidenden Christus am Kreuz und eine ihm zugewandte Frau dar, die mit einer Hand sanft sein Bein berührte. Um die beiden herum flatterte ein Gebirge von lockenköpfigen Putten mit geöffneten Lippen. Das Gesicht der Frau war zu seinem emporgewandt.

Gewissenhaft betrachtete Margaret die Statuengruppe, das aufwärts gerichtete Gesicht und den offenen Mund der Frau, ihre Finger, die beharrlich gegen sein Bein drückten, ihren Daumen, der fast seinen Oberschenkel berührte. Sein Kopf hing ihr zugewandt herab. Seine Muskeln waren angespannt.

Sie versucht, ihn zu küssen, dachte Margaret. Er versucht, sie zu küssen. Sie sehnen sich danach, sich der Sinnenlust hinzugeben. Was ich sehe, ist ein extrem aufgeladener, erotischer Augenblick. Das ist eine religiöse Darstellung des Verlangens. Die Hand der Frau drückte auf das Fleisch seines Schenkels, eine beharrliche Liebkosung. Ihre Gesichter strebten hoffnungslos aufeinander zu.

Ich bin dabei, verrückt zu werden, dachte Margaret.

Aber auch alle weiteren Beobachtungen ergaben die gleichen Gegebenheiten: Wohin sie auch sah, ragten Statuen empor, Leiber, deren Schenkel und Schultern sich deutlich durch den sich anschmiegenden Faltenwurf ihrer langen Gewänder abzeichneten. Männer hoben die Hände flehentlich zu Frauen empor, die glorreich auf fleischigen Haufen von Putten standen. Das sind *Heilige*, rief sich Margaret ins Gedächtnis zurück. Heilige, die die Muttergottes anbeten. Wenn Jesus so aussieht, als drängte es ihn mit aller Kraft auf eine Frau zu, die sich unter ihm befindet, dann liegt das vielleicht daran, daß er *am Kreuz hängt.*

Ihre Gewänder flossen, wallten über ihre Gliedmaßen, über ihre Bäuche. Die Sonne schien auf die Stadt herab und beleuchtete die dreißig Statuen, in ihre Kleider und Leidenschaften verwickelte und verstrickte Männer und Frauen.

Hastig verließ Margaret die besonnte Brücke, die Rotarmistenmützen und den singenden Hippie, die kopfstehenden Schwäne auf dem funkelnden Wasser des Flusses Sowieso. Sie floh in den Schutz der dunklen, krummen Gassen der Altstadt. Kinder standen vor einem Eisladen Schlange. In den Schaufenstern eines Antiquariats waren Handschriften aus dem achtzehnten Jahrhundert und drei verhältnismäßig neue Ausgaben der *New York Review of Books* ausgestellt.

Sie ging so entschlossen weiter, als wüßte sie, wohin sie ging. Sie folgte den Windungen und plötzlichen Kurven des Sträßchens. Die Statuen waren auf der Brücke zurück-

geblieben, aber hier gab es weitere Figuren, an den Wänden, über den Türen, großen, bogenförmigen Hauseingängen, die auf eine Straße gingen, die kaum mehr als eine Gasse war. Ein Portal wurde von klassizistischen Männern flankiert, die vollkommenen Brustkästen entblößt, jeder Muskel unter der Haut zu erkennen, die Arme in anmutigen, ballettartigen Posen gehoben. Wie wohl ihre Beine aussehen? fragte sich Margaret, denn die Statuen hörten direkt über der Leiste auf, unter jedem schönen männlichen Mann ein dekorativer Sockel.

Margaret blieb stehen und versuchte, sich wieder in die Gewalt zu bekommen, denn schließlich kam man nicht nach Prag, um nach nackten Bauplastiken zu schielen. Das waren die Straßen, wo die Menschen erst vor einem Jahr noch befürchtet hatten, jeden Augenblick sowjetische Panzer auffahren zu sehen, und jetzt drängten sie sich um Händler, die auf den Bürgersteigen *Ameriky Sen* von Norman Mailer verkauften. Hier war Kafka gegangen, war die Geschichte vom Golem erfunden worden. Hier war *Don Giovanni* uraufgeführt worden. Hier schlug das Herz von Mitteleuropa!

Von einem Dach starrten Art-déco-Maiden, merkwürdig verführerisch in ihrer Breite und Ausdruckslosigkeit, riesenhafte Weiber, auf sie herab. Ihre Brüste, kugelförmige Sinnbilder von Brüsten, ragten über ihre ägyptischen Röcke, ragten über die mitteleuropäische Stadt.

Margaret bog ab und wieder ab, eine Straße hinauf und eine andere wieder hinunter, immer und immer wieder, und hinter jeder Ecke erwartete sie ein weiterer steinerner Mann, eine weitere Frau. Vor ihr standen, die Füße fast in Margarets Augenhöhe, zwei Atlanten, herkulische Mannsbilder, die unter der Last des Gebäudes ächzten, das sie mit aller Kraft ihrer muskelstrotzenden Schultern stützten, Löwenfelle achtlos über ihre herrliche Nacktheit geworfen. Auf der anderen Straßenseite fächelte sich eine teilnahmslose Frau in Basrelief die flachen Brüste und den

strammen, flachen Bauch. Zwei Riesinnen mit Fin-de-siècle-Frisuren, nur mit einem Gürtel bekleidet, in den, direkt über dem Bauchnabel, ein Medaillon eingelassen war, rahmten, die Arme ausgestreckt, einen Hauseingang ein; eine scheußliche Eule stand mit drohend ausgebreiteten Flügeln zwischen ihnen. Ihre Füße waren große Männerfüße, mit deutlich modellierten Zehen.

Schuldbewußt hastete Margaret unter den Brüsten und Hinterbacken und Füßen entlang. Sie schaffte es nicht, die Augen von ihnen abzuwenden, und stieß wie benommen gegen die bloßen Sterblichen, die die Straße bevölkerten. Sie kam an einem Metzgerladen vorbei und betrachtete entsetzt und fasziniert eine Auslage von Würsten: lange, dick aufgerollte weiße Stränge; in Bündeln hängende blaßrosige Wiener; dünne, runzlige Dinger, weiß, traurig und schlaff; eine Explosion von dicken, fetten Kurzen; andere, rotweiß gesprenkelt, ragten in majestätischen Halbmeterkurven aus ihrem Haufen hervor. Errötend ging Margaret weiter und wieder über den Altstädter Ring, diesmal an einer Hochzeitsgesellschaft vorbei, mit girlandengeschmückten Autos, auf dem einen eine Puppe mit Zylinder, auf dem anderen, am Kotflügel befestigt, eine in weißem Kleid, und einem bäurisch aussehenden Mann, der anzüglich grinsend Akkordeon spielte.

Schließlich kam sie zu einer großen Barockkirche, die, in ein kleines Areal gequetscht, das nicht einmal die Bezeichnung »Platz« verdiente, ziemlich deplaziert wirkte. Drei Tore führten in die Kirche, ein jedes bekrönt mit einem Hügel verknoteter nackter Leiber – Putten mit runden offenen Mündern, kokett lächelnde jugendliche Engel, Männer, die Arme und Hände nacheinander ausstreckten, unglaublich verdrehte und verrenkte Körper, ein großartiges, sich windendes Denkmal zu Ehren des Fleisches.

Margaret eilte weiter, vorbei an einem Brunnen mit drei dicklippigen Fischen, die ihre fetten Schwänze zu einem Strick verzwirbelten. War das der Weg zurück ins Hotel?

Gab es einen Weg zurück ins Hotel? Welches Hotel war es überhaupt?

Ihre Schritte klapperten durch die enge Straße. Sie hatte keine Ahnung, wo sie war, wo sie hinging. Gerade eben sichtbar, lugten hinter der Ecke eines Jugendstilgebäudes zwei runde Stuckknie und schlanke Waden und Füße mit leicht gekrümmten weißen Zehen hervor.

Margaret starrte sie hilflos an, verwirrt, müde, erledigt. Sie hörte eine Violine und bemerkte dann einen jungen Mann, der an der Wand stand und spielte, Mozart vielleicht, und gut spielte. Ein paar Leute hatten sich um ihn versammelt, darunter einige ziemlich gefährlich aussehende Halbwüchsige und eine gebeugte alte Frau, die den Stiel eines Mops als Stock benutzte. Das Musikstück endete. Die Leute klatschten. Die Frau fing plötzlich an, mit einer hohen, atemlos pfeifenden Stimme zu singen. Die Halbwüchsigen sahen sich süffisant lächelnd an. Während die Frau weitersang und mit ihrem Mopstiel den Takt auf den Boden klopfte und die Jungen sich mit den Ellbogen anstießen und flüsterten und grinsten, fühlte Margaret plötzlich Angst in sich aufsteigen. Was waren das für Jungen? Schläger? Was taten tschechische Schläger? Waren sie wie amerikanische Schläger? Würden sie eine übergeschnappte alte Dame niederschlagen? Kafka verrückt? Kafka war ein Realist!

Margaret fühlte sich elend. Sie war stundenlang herumgelaufen, durch die Straßen gelaufen, die gewundenen Straßen unter dem Fleisch der Statuen. Es wurde langsam dunkel. Sie würde sich für immer in den Gassen dieser gräßlichen, engen, dunklen, obszönen kleinen Stadt verirren.

Sie trat ein paar Schritte zurück. Sie stieß gegen jemanden. »Oh!« rief Margaret aus.

»Mon Dieu!« rief der Jemand aus.

»Verzeihung«, sagte Margaret, noch während sie sich umdrehte.

»Sie sind es!« rief der Jemand aus, der der belgische Richter war.

»Oui! Oui!« sagte seine Frau.

»Oui!« sagte Margaret.

Die alte Dame hörte auf zu singen.

Die Schlägertypen sahen sich gegenseitig an.

Margaret biß sich auf die Lippen und sah weg.

Die Jungen fingen an, höflich zu klatschen.

UNTER DER FÜHRUNG des kleinen belgischen Richters und seiner kleinen belgischen Frau zum Hotel zurückgekehrt, stieg Margaret müde die Treppe zu ihrem Zimmer hinauf. Auf dem Absatz blieb sie stehen, um sich ein großes Gemälde anzuschauen, das so dunkel war, daß es bei Tag völlig schwarz wirkte. Aber jetzt, am Abend, war es beleuchtet und als ein Fin-de-siècle-Interieur mit einem Mann an einem Tisch erkennbar. Durch eine Glastür sah man einen rosa Sonnenuntergang.

Das ist hübsch, dachte Margaret, als sie weiterging. Eine hübsche, konventionelle bürgerliche Szene aus der Jahrhundertwende. Sie lächelte, und dann bemerkte sie auf dem Bild etwas unter dem Tisch, etwas Großes und bläulich Weißes, Weiches und Wollüstiges, Weibliches und Nacktes – ein üppiges, kurvenreiches Mädel, wie nachträglich unter den Tisch praktiziert, ohne jeden Zusammenhang mit dem Rest des Bildes: der Mann darüber, der gelassen, nichtsahnend, durch die Tür blickte, unter ihm eine Verwehung von schneeigem Fleisch.

MARGARET LIESS SICH ein Bad einlaufen. Die Badewanne war so lang, daß sie sich darin völlig ausstrecken konnte und nur ihre Füße und ihr Kopf aus dem Wasser herausragten. In der dampfenden Wanne schloß Margaret die Augen. Edward, Edward, dachte sie. Die Wanne war groß

genug für zwei. Aber ihr Mann war nicht da, war daheim geblieben. Vierundzwanzig junge Männer baden an der Küste. Oder waren es achtundzwanzig? »Achtundzwanzig junge Männer baden an der Küste.« Er las, las den Studentinnen Whitman vor, die ihn mit leicht geöffneten Lippen und halbgeschlossenen Augen ansahen. Und Margaret badet allein.

Sie öffnete die Augen. Ihre Füße schauten aus dem Wasser hervor wie Stuckfüße, große, weiße Stuckfüße. Stuckfüße hingen von Türsturzen herab, über Türen von Gebäuden in hellem Zitronengelb. Margaret schloß die Augen, um diese Bilder loszuwerden. Weichet von mir, Füße. Aber was jetzt? Was war das? Oberschenkel? Oberschenkel, erschreckend deutlich, weiße Stuckschenkel von gewaltigen, beeindruckenden Ausmaßen.

Ist die physische Empfindungsfähigkeit des Menschen einzige Triebkraft? Prags einzige Triebkraft? Margarets einzige Triebkraft?

Edward ist nicht hier. Er ist in New York mit seinen Mädchen. Du hast die Tschechischen Philharmoniker nicht ein einziges Mal gehört. Die sind in New York. Bei Edward. Du bist in Prag. Du bist allein. Deine Suche nach Erkenntnis hat dich hierhergeführt, in dieses Bad, zu dieser Offenbarung: Bist du allein, siehst du eine durch und durch anständige Stadt als ein pulsierendes, erotisiertes Pimmelhaus.

Gott, dachte sie. Ich hatte völlig recht. Das Verlangen nach Erkenntnis ist *wirklich* Verlangen.

Nach einem zweistündigen Zwischenaufenthalt in Paris bestieg Margaret die Anschlußmaschine nach New York. Links und rechts von ihr saßen Männer, wahrscheinlich Geschäftsleute, einer neben ihr am Fenster, der andere jenseits des Ganges, und da sie beide zu schlafen schienen, dachte sie, sie könnte sie sich in aller Ruhe ansehen, ohne ein Gespräch zu provozieren.

Der amerikanische Geschäftsmann jenseits des Ganges trug den blauen Nadelstreifenanzug (ohne Jackett, das lag ordentlich gefaltet in der Gepäckablage) und roten Seidenschlips desjenigen, der sich noch immer für den Erfolg kleidete, auch wenn der Erfolg, seitdem in den Nachrichtenmagazinen das Ende des Jahrzehnts der Habgier, das den Erfolg überhaupt erst so erfolgreich gemacht hatte, gemeldet worden war, seine Faszination eingebüßt hatte. Der Franzose (sie hatte ihn nicht sprechen hören, aber er war mit Sicherheit ein Franzose – irgendwie schafften die es immer, das rüberzubringen) trug eine taubenblaue Hose aus einem so schönen Material, daß sie sie furchtbar gern angefaßt hätte, und ein hellgrünweiß gestreiftes Hemd, das sich irgendwie elegant über seinem umfangreichen Bauch spannte, so, als ob Bäuche – gute, klassische, modische Bäuche – nicht anders als *comme ça* vorstehen dürften.

Margaret beugte sich so weit vornüber, wie ihr Sicherheitsgurt es zuließ, und inspizierte ihre Schuhe. Der Amerikaner trug Slipper mit Troddeln, die so klein und so nutzlos waren wie das unsichtbare Sprungbein des Wals. Noch kleiner eigentlich, dachte Margaret, Wale sind sehr groß, Leviathane, nicht wahr, und selbst ihr miniaturisierter Evolutionsmüll muß gigantisch sein. Und plötzlich sah sie, ohne es zu wollen, vor sich mehrere Delphine, die in einem tiefen Betonbecken anmutig auf und ab tauchend im Kreis herumschwammen, eine Erinnerung an Flipper's Sea World, ein Delphinarium, in dem sie einmal gewesen war. Rundherum schossen die Tiere, auf und ab, immer schnel-

ler und schneller, und offenbarten große, seltsam rosige Auswüchse an ihrer blaßgrauen Unterseite. »Guck mal!« hatte ein Kind gerufen. »Delphinschwänze!«

Unsere Vettern aus der Tiefe, dachte Margaret. Sie drehte sich um und musterte die Halbschuhe des Franzosen: weiches Leder und Kreppsohle. Unser Vetter aus einem anderen Land. Für einen Augenblick spürte sie, daß sie diesen Mann haßte. Von seinen dicken Kreppsohlen bis hinauf zu seinem hellbraunen Haar. Warum haßte sie ihn? Sein Ellbogen lag nicht auf ihrer Armlehne. Weder schnarchte er, noch hatte er den abgestandenen Geruch von Zigarrenrauch an sich. Er hatte sie nicht beleidigt. Seine Hose gefiel ihr. Warum also haßte sie ihn?

Sie gelangte zu dem Schluß, daß sie ihn wohl haßte, weil er Franzose war. Sie hatte die Franzosen bislang noch nie gehaßt, aber so was kommt ja manchmal erst mit der Zeit. Schließlich war ihr Essen so gut, ihre Bücher waren so gut, ihre Malerei war so gut, sie zogen sich so gut an. Das waren doch mit Sicherheit gute Gründe, sie zu hassen. Und dann waren sie selbstgefällig, hatten wunderschöne Städte, waren intellektuelle Stalinisten, schwärmten für schlechte amerikanische Filme, aber hatten selbst wer weiß wie viele gute Filme produziert. Sie betrogen ihre Frauen.

Hach, was sind wir doch für Stereotypendrescher, dachte Margaret. Denn in Wirklichkeit wärst du furchtbar gern eine Französin und hättest diese kleinen französischen Frauenfüße, die in diese kleinen Schuhe passen, so wie sie sie tragen. Na ja, dafür hatten wir eine bessere Revolution.

Jetzt starrte sie das Gesicht des Franzosen an, ein nicht unsympathisches Gesicht, gerade eben eine Spur fleischig, ein äußerst französisches Gesicht, mit dünnen, aber sinnlich hervorstehenden Lippen, die immer feucht aussahen, da war sie sich völlig sicher. Er hat Töchter, Nymphchen, kleine *jeunes filles en fleurs*, die er mit mehr denn väterlichem Interesse betrachtet, dachte Margaret. Das ist bei denen so üblich. Sie sind so zivilisiert.

Der Mann rührte sich, öffnete die Augen, setzte sich eine Brille auf, eine große, ungewöhnlich geformte Brille mit dickem Rahmen. Er hatte graue Augen, und sie blickten mit einer solchen Direktheit in die ihren, daß Margaret das Gefühl hatte, sie würde taxiert, wie ein Edelstein. Echt, aber fehlerhaft, Mister. Versuchen Sie's ein paar Straßen weiter.

Bald würde er sie ansprechen. Dann würde sie antworten müssen. Vielleicht haßte sie die Franzosen gar nicht, dachte sie. Vielleicht haßte sie auch nicht diesen Mann. Vielleicht war das, was sie verabscheute, die Unvermeidbarkeit einer sozialen Interaktion mit ihm.

Er würde sie ansprechen. Und sie würde antworten müssen. Edward war nicht da, um es ihr abzunehmen oder sie wenigstens bei ihren Bemühungen zu unterstützen, sich an den Titel der Sammlung von tschechischen Essays zu erinnern, die sie gerade zu Ende gelesen hatte, oder der Oper, die sie gerade gehört hatte.

Sie hatte in der letzten Reihe des winzigen vergoldeten Opernhauses gesessen, Reihe dreizehn. Die Oper, von Dvořák oder Janáček, das war schon nicht mehr ganz klar, war schön und ergreifend gewesen, auch wenn sie nicht genau wußte, was da eigentlich passiert war. Da war eine junge Frau, die weglief, um sich mit einem jungen Mann zu treffen. Eine alte Frau in Schwarz (ihre Mutter? Großmutter? Stiefmutter? Schwiegermutter?) mißhandelte sie und kommandierte einen Mann herum, der in irgendeiner engeren Beziehung (Vater? Ehemann?) zur jungen Frau stand. Die junge Frau fiel andauernd auf die Knie. Der junge Mann, in den sie verliebt war, reiste ab. Und am Ende, nach einem Gewitter, stürzte sie sich in den Fluß.

Margaret hatte gleich zu Beginn des ersten Aktes einen Hustenanfall gekriegt und war gezwungen gewesen, über einen Blinden zu steigen, um herauszukommen, aber nachdem sie sich im Foyer Pfefferminzpastillen gekauft hatte, war sie in den prächtig intimen kleinen Zuschauer-

raum zurückgekehrt und hatte den leidenden Sopran von Herzen bemitleidet, was auch immer sein Problem gewesen sein mochte.

Edward hätte sich an den Titel der Oper erinnert. Er hätte gewußt, wovon sie handelte. Vielleicht wüßte das dieser Franzose hier auch. Warum haben alle Leute aus Frankreich bloß diese Lippen, fragte sie sich. Das muß von ihrer Art zu sprechen kommen. Im Laufe der Jahre nimmt ihr Mund diesen provozierenden, leicht schmollenden Ausdruck an. Ach, wie kann ich die unvermeidliche, unerwünschte Bemühung, einen Austausch von Höflichkeiten in Gang zu bringen, im Keim ersticken? Ich will mich nicht unterhalten. Laß mich in Ruhe, in meiner ungesunden Isolation schmoren.

Sie spürte, wie nah beisammen sie saßen, in den engen Flugzeugsitzen dicht aneinandergedrückt. Er rutschte ein bißchen auf seinem Sitz hin und her, und sein schönes Hemd, glatte ägyptische Baumwolle, streifte ihren nackten Arm. Ihrer Schätzung nach war er Ende Vierzig und sah ein bißchen älter aus, bedingt durch französische Genüsse wie unersättliche Geliebte und Sahnesaucen.

Ach halt die Klappe, Margaret. Edward mag Fremde. Sei wie Edward. Er unterhält sich mit Ausländern. Natürlich *ist* er ein Ausländer. Der Franzose lächelte sie an, dann schob er seine Brille hoch, bis sie ihm auf dem Scheitel saß.

Sie hatte Zynismus schon immer für eine besonders griesgrämige Form von Provinzialismus gehalten, und es war ihr jetzt klar, daß sie eine griesgrämige Provinzlerin geworden war. Aber das war's, was dir passierte, wenn du allein loszogst – du entdecktest dein wahres Ich. Und ihr wahres Ich, wie sie jetzt wußte, war das einer sexuell hysterischen, fremdenfeindlichen Kleinstädterin mittleren Alters in den dreißiger Jahren.

Der Franzose hatte sich eine dünne kamelfarbene Decke bis ans Kinn hochgezogen und war wieder eingeschlafen. Seine Leselampe war an, strahlte herab wie ein Spotlight,

beleuchtete ihn in seinem unschuldigen, kindlichen Schlummer. Ein Arm war unter die Decke gesteckt, der andere drückte die Decke an seine Brust, so daß seine Rolex im grellen weißen Schein funkelte.

Ohne zu überlegen, streckte Margaret die Hand aus und löschte das Lämpchen. Noch während sie sich über ihn beugte, schlug der Franzose die Augen auf. Sie sahen sich gegenseitig an, er in sanfter, schläfriger Verwirrung, sie im Bewußtsein dessen, daß sie aus einer Entfernung von fünfzehn Zentimetern auf einen ihr vollkommen fremden Mann mit feuchten geschürzten Lippen hinuntersah.

»Verzeihung«, murmelte sie und zog sich von ihm, vom intimen Bild seines Gesichts und seiner schläfrigen Augen zurück. Ach, deswegen hasse ich ihn, dachte sie. Ich will mit ihm schlafen.

Er bewegte den Kopf leicht vor und zurück, wie das die Europäer tun, wenn sie die verschiedensten und widersprüchlichsten Dinge meinen, zog die Decke enger um sich und schloß wieder die Augen.

Ich will, ich will, ich will, dachte Margaret. Ich will mit ihm schlafen. Ich will vergessen, daß ich verheiratet bin, und mich in einer Affäre mit einem Fremden ertränken. Nein. Ich will, ich will, ich will diesen Fremden vergessen und mich in der Ehe ertränken. Nein, nein, das ist auch nicht richtig. Nicht ertrinken. Ich will beobachten, erfahren, erkennen! Ich bin auf der Suche nach Wahrheit und Schönheit. Ich bin eine Wissenschaftlerin! Deswegen möchte ich den Franzosen vögeln.

Margaret beobachtete ihn, während er schlief. Hier war immerhin Schönheit. Oder so was Ähnliches. Jedenfalls wenn man etwas übrig hatte für ausschweifende Franzosen. Er atmete leise, aber hörbar. Edward, dachte sie. Warum bist du nicht da? Du bist mein Mann. Es ist deine Pflicht, mich zu beschützen, zu behüten, zu umfangen, mich alles und jeden sonst vergessen zu lassen.

Edward umschlang die ganze Welt; er streckte die Arme

aus in unwiderstehlicher Umarmung, einer Geste äußerster Eigenliebe und äußerster Freigebigkeit. Margaret bewunderte diese Fähigkeit, das Leben zu assimilieren, es sich anzueignen. Sie liebte Edward wegen dieser Umarmung. Sie hatte ihn in Vorfreude darauf geheiratet; dann hatte sie, gesättigt und warm, inmitten von Edwards Begeisterung gelebt, emporgerissen von der Woge, der nirwanischen Ohnmacht, die es bedeutet, das Leben eines anderen zu leben.

He! Wieder am Ertrinken, Margaret, dachte sie. Von wegen Wogen. Wach auf. Rieche die Blumen. Vögle den Franzosen.

Der Ehebruch, dachte Margaret, ist eine epistemologische Notwendigkeit. Rameaus Nichte hat das begriffen. Erkennen heißt Herumpoussieren. Natürlich war *sie* nicht verheiratet. Aber trotzdem. Vögle den Franzosen.

Margaret stand auf und machte sich auf den Weg zur Toilette. Der Franzose hat lange Wimpern, dachte sie. Und seine Augen, so plötzlich offen, hatten sie so unbekümmert und belustigt angesehen. Sie hatte eigentlich erwartet, daß er jetzt, da sie ihm einen Vorwand geliefert hatte, seine Offensive starten, zur unvermeidlichen freundlichen Unterhaltung vorstoßen würde. Warum hatte er's nicht getan?

Als sie den langen Mittelgang langsam zurückkam und im verdunkelten Flugzeug nach ihrem Sitzplatz suchte, sah und erkannte sie den oberen Teil seines Kopfes, und da es der einzige Kopf war, den sie erkannte, das einzige Objekt im ganzen Flugzeug, das überhaupt in irgendeiner persönlichen Beziehung zu ihr stand, und da er bedeutete, daß daneben ihr Sitzplatz war, wirkte der hellbraune Schopf beruhigend, vertraut.

Margaret setzte sich, holte ein paar Seiten ihrer Übersetzung von *Rameaus Nichte* hervor und las: »ICH: Einfache Vorstellungen treten über die Sinne rein und unvermischt ins Bewußtsein.«

Sie hob die Augen vom Blatt und sah zu dem Franzo-

sen hinüber. Meine Vorstellung von dir ist einfach genug, dachte sie. Sie beobachtete ihn eine Weile beim Schlafen. Er sah auf eine blühende, bonvivanthafte Weise unheimlich gut aus. Je länger sie ihn ansah, mit seinen geschürzten Lippen und seiner hübschen Hose, desto seltsam verlockender fand sie ihn.

»ICH: Ist der Verstand erst einmal mit diesen einfachen Vorstellungen ausgestattet, vermag er es, sie wieder hervorzuholen, zu vergleichen und zu einer fast unendlichen Mannigfaltigkeit zu verknüpfen, und kann so ganz nach Belieben neue, zusammengesetzte Vorstellungen hervorbringen.«

Es war so lange her, daß sie mit irgendwem geflirtet hatte. Eine Ewigkeit, dachte sie, aber mindestens zehn Jahre. Sie kehrte zu ihrer Lektüre zurück: »Die Kälte und Härte, die jemand in einem Stück Eis verspürt, sind im Bewußtsein ebenso gesonderte Vorstellungen wie der Duft und die Weißheit einer Lilie oder der Geschmack von Zucker und der Duft einer Rose.«

Der Franzose bewegte sich leicht. Sein Kopf fiel auf ihre Schulter. Seine Schläfe preßte sich gegen ihre Lippen. Die Kälte und Härte seiner Brille wurde von ihrem Kinn verspürt, und sie nahm den Duft und die Weißheit seiner Haut wahr, so blaß und süß wie eine Lilie.

O Gott, dachte Margaret. Sie konnte ihn fast schmecken, die Süße von Zucker.

Geh weg, dachte sie entsetzt. Ich hab' nur gescherzt. Vor mich hin geträumt. Es war ein Geheimnis.

Früher oder später würde er aufwachen, und dann würde er zwangsläufig bemerken, daß ihr Verhältnis eine recht intime physische Qualität angenommen hatte, für die er zweifellos sie verantwortlich machen würde, denn wie hätte sie ihm sagen können: Sie müssen wissen, Ihr Gesicht ist auf meine Lippen gefallen? Sie starrte in sein Haar. Der angenehme Geruch seines Shampoos, der Duft einer Rose, erfüllte ihre Nase.

Na ja, dachte Margaret. Wenigstens versucht er nicht, sich mit mir zu unterhalten.

Der Rhythmus seiner Atmung brachte ihr seinen ganzen Körper zu Bewußtsein, der sich eng an den ihren drückte. Sie änderte nur ein bißchen ihre Haltung, und ihre Lippen strichen über seine Haut, eine Erfahrung, die Margaret angenehm fand, zu angenehm. Tatsächlich war die gesamte Erfahrung dieses fremden männlichen Körpers gegen ihren eigenen Körper zu angenehm.

Das ist keine Statue, sagte sich Margaret. Ich bin nicht auf einer Besichtigungstour. Beweg deinen Kopf nur ein Stückchen weg, und wir vergessen, daß die ganze Sache je passiert ist. Dein schöner, edler Kopf mit den klaren grauen Augen und den langen, weiblichen Wimpern und den dünnen, feuchten Lippen, dein Kopf wie eine Lilie, eine Rose, wie Zucker und Eis.

Jedesmal, wenn sie versuchte, von ihm abzurücken, schien er sich mit ihr zu bewegen, sich enger anzuschmiegen, und sein Kopf wurde schwerer und intimer. Margaret schloß die Augen. Aber er war immer noch da. Ich fühle mich sehr stark zu einem Fremden hingezogen, der mit dem Kopf auf meiner Schulter schläft, dachte sie. Was hat das zu bedeuten?

Ich bin eine glücklich verheiratete Frau. Das ist ein synthetisches Urteil, eines, das ausschließlich auf Beobachtung beruht und keine inhärente, notwendige Logik besitzt. Aber bestätigt die Beobachtung dieses Urteil denn wirklich? Na ja, ich bin glücklich. Ja. Zufrieden? Ja, das auch. Aber andererseits, wenn ich so glücklich verheiratet bin, warum ist Edward dann nicht mit nach Prag gekommen, um mit mir glücklich zu sein? Wegen seiner Studentinnen? Die sollen sich doch selber ficken! O Gott, und was, wenn *er* sie gefickt hat?

Margaret mußte plötzlich an die kleinen Institutsarbeitszimmer denken, in denen sie sich seinerzeit an ihre eigenen Dozenten herangeschlichen hatte. Der immer

gleiche längliche, vollgestopfte Raum mit seinen Bücherregalen, dem ramponierten Schreibtisch, den abgenutzten Holzstühlen und dem schwarzen Linoleumfußboden kam ihr wieder in den Sinn, oder sie kehrte im Geist wieder dorthin zurück und zu diesem Augenblick der an Seligkeit grenzenden Angst, wenn sie an die Tür klopfte.

Klopf, klopf.

Ja, ich hab' schon einiges gelernt für mein Geld, dachte sie.

Hallo, Mr. Sowieso, ich bin nur vorbeigekommen, weil ich Sie etwas über Kants Kritik an Hume fragen wollte, ich wollte Sie was über Hume und Kant fragen, ich bin Ihretwegen vorbeigekommen, ich will Sie. Ich hab' wochenlang gewartet, aber ich hab's nicht länger ausgehalten. Ich sehe Sie in meinen Träumen, sehe die Anordnung der Stifte in Ihrer Brusttasche in meinen Träumen. Die Stelle hinten, wo Ihr Gürtel nicht durch die Schlaufe gezogen ist, in meinen Träumen. Den Hohn, den Sie über die Ergüsse Ihrer Kollegen über die Werke längst toter und begrabener Deutscher ergießen, in meinen Träumen. Ich träume von diesen Dingen, weil sie ein Teil von Ihnen sind, Herr Professor. Ich habe Ihre Bücher gelesen. Aber jetzt will ich aufhören zu lesen, aufhören zu träumen. Ich bin Ihretwegen gekommen, und ich werde Sie auch bekommen. Was macht's schon, wenn ich all die klugen Dinge, die ich mir letzte Nacht im Bett zurechtgelegt hatte, um Sie zu beeindrucken, vergessen habe, so daß ich jetzt hier vor Ihnen sitze und mir mit bedeutend gerunzelter Stirn anhöre, was immer Sie gerade sagen, und mir nichts anderes übrigbleibt, als zu hoffen, daß ich in Ihren Augen jung genug und hingebungsvoll genug und willig genug bin, um meine Dummheit und Stummheit zu kompensieren, denn genau das wird passieren, und das wußten wir beide, wußten es schon nach der allerersten Stunde. Es gibt in jedem Semester eine, denken Sie jetzt. Das ist das, was ich jetzt auch denke.

Warum nicht? hatte sie sich immer gesagt. Diese Männer hatten etwas so Verlockendes an sich. Es war nicht nötig, sich eine fundierte Meinung über sie zu bilden, weil diese Affären ohnehin zu nichts führen konnten. Was spielte es schon für eine Rolle, wenn sich herausstellte, daß sie so glatt und aufgeblasen wie Luftballons waren, gebläht von Eigenliebe und Dünkel, und in knalliger Richtungslosigkeit über ihren Mitmenschen schwebten? Sie hatte sie ja nicht für alle Zeiten am Hals, oder? Damit konnte sich doch die Ehefrau herumschlagen, oder?

O Gott, dachte Margaret. Ich bin die Ehefrau. Ich bin die Ehefrau.

Der Franzose seufzte und kuschelte sich noch näher an sie, bis sein Kopf auf ihrer Brust ruhte. O Gott, gehen Sie bitte weg, Mister. *Monsieur*. Ich bin eine glücklich verheiratete Frau. Aber wenn ich eine glücklich verheiratete Frau bin, warum sitze ich dann hier mit dem Kopf dieses Mannes auf der Brust? Ach Edward, es tut mir leid. Was tu ich nur hier? Eigentlich tu ich nichts, aber ich denke. Und warum sollte ich bitte schön auch nicht denken, wenn du zu Hause bist und achtundzwanzig Mädchen in der Badewanne vögelst?

Ich bin eine glücklich verheiratete Frau. Ich begehre einen anderen Mann. Glücklich verheiratete Frauen begehren keine anderen Männer. Folglich bin ich, auch wenn ich denke, ich sei glücklich verheiratet, *nicht* glücklich verheiratet. Oder doch?

Der Franzose öffnete seine farblosen verführerischen Augen und setzte sich auf. Er fuhr sich mit einer Hand durch das Haar, das Haar, das sie eben noch an ihrem Gesicht gespürt hatte, und sah sie mit einer gewissen Verwunderung an.

»Also«, sagte sie und merkte, wie sie rot wurde. Also wirklich.

Lange Zeit tat Margaret so, als sei der Franzose gar nicht da. Er schien gleichermaßen verlegen zu sein, denn er

schwieg. Margaret starrte geradeaus auf die blaue Rückenlehne vor ihr. Aus der Tasche der Lehne guckte eine klarsichtbeschichtete Zeichnung eines Flugzeugs hervor, vollkommen intakt, obwohl es angeblich gerade eine Bruchlandung auf dem Atlantik gemacht hatte. Glückliche Überlebende sausten bunte, aufgeblasene Gummirutschen hinunter.

Das Schweigen und die Verlegenheit wurden allmählich beklemmend. Sie hatte nichts Unrechtes getan. Warum sollte sie also so dasitzen, gequält und beschämt? Alles wäre besser gewesen als dieses schuldbewußte, verwirrte Schweigen. Selbst eine Unterhaltung. Tatsächlich sehnte sie sich danach zu reden, sich in einen monotonen Austausch von Banalitäten zu stürzen, einen von der Sorte, die einem den Verstand so gründlich besetzt halten wie eine Armee eine Stadt, wie Verwandte von auswärts ein Wohnzimmer; das würde sie davon abhalten zu denken, alle Sinneseindrücke mit einem Nebel von Langeweile und Konvention überziehen und umwölken.

»Tja«, sagte sie. Sie sah zu dem Franzosen hinüber. »Langer Flug«, sagte sie.

Der Franzose nickte.

»Zurück länger als hin. Zurück für mich, heißt das. Ihr Rückflug wird kürzer sein. Wenn's zurückgeht, kommt's einem immer kürzer vor, nicht? Aber für Sie wird er tatsächlich kürzer sein. In meinem Fall ist es nur eine subjektive Täuschung.«

Sie redete weiter, kam langsam in Fahrt, denn zu ihrer großen Überraschung war der Franzose ein wunderbarer Zuhörer, nickte, lächelte, lachte gelegentlich und unterbrach sie nie, um mit eigenen ichbezogenen Anekdoten ihren ichbezogenen Anekdoten Konkurrenz zu machen. Ich bin ganz schön gut im Konversationmachen, dachte Margaret. Ich brauchte nur den richtigen Gesprächspartner. Sie fing an, über Prag zu reden, über die Oper dort, über ihren Vortrag, über das Manuskript, das sie übersetzt hatte.

»Die Weise, wie Ideen Verbreitung finden, ist interessant, ja. Das ist das, worüber ich schreibe – die Geschichte von Ideen. Aber was wirklich verblüffend ist, ist der menschliche Appetit auf Ideen. Wir sind Gourmands, wahllos schlemmende, lüsterne Ideenvielfraße«, sagte sie. »Auch wenn die Ideen manchmal, manchmal auch die Philosophie selbst, einfach dumm sind, ist. Dumm. Wissen Sie, was ich meine? Zum Beispiel hat jahrhundertelang eine Auseinandersetzung bezüglich Subjektivität gegenüber Objektivität stattgefunden. Ich meine, das ist doch, worum es sich in der einen oder anderen Form immer dreht. Aber das ist dumm. Letztlich ist es einfach dumm. Selbstredend muß alles, was wir denken oder sagen oder bemerken, subjektiv sein. Aber wir wären außerstande, es zu denken, es zu sagen oder es zu bemerken, wenn es kein ›Es‹ gäbe, das wir denken, sagen oder bemerken können, ist es nicht so? Und wir könnten keinerlei subjektive Inhalte darauf projizieren, wenn wir diese Inhalte nicht zuvor durch objektive Eindrücke empfangen hätten. Aber andererseits ist es nicht das ›Es‹, das denkt, sondern ich. Das ist alles vollkommen einsichtig, oder nicht? Ich meine, diesen Leuten fehlt es ganz einfach an gesundem Menschenverstand. Natürlich ist Common sense heutzutage sowieso aus der Mode – er ist ein ideologisches Produkt der bürgerlichen Sozialisation. Und es gibt auch keine Subjektivität mehr, nicht wahr, weil es kein Subjekt gibt. Denn jeder Versuch, als Subjekt zu handeln oder zu erkennen, bedeutet den Versuch, sich des Objekts zu bemächtigen, und das ist schlecht, weil es schlechterdings unmöglich ist. Es ist nämlich unmöglich, sich eine Bedeutung anzueignen, folglich ist jede Bemühung in dieser Richtung irregeleitet und repressiv. Und überhaupt ist das Subjekt inzwischen das Objekt, weil wir Gefangene der Sprache sind, die darüber bestimmt, was wir sagen und was wir tun. Also ist das Objekt – die Welt – jetzt in Wirklichkeit das Subjekt, weil es alle Karten in der Hand hat. Natürlich wissen Sie als Franzose

das alles schon. Aber das führt uns, wie mir scheint, letztlich wieder zu dem zurück, wovon ich überhaupt ausgegangen war, nämlich daß Subjektivität in der Objektivität wurzelt und es keine Objektivität ohne Subjektivität geben kann. Tolle Erkenntnis.«

Der Franzose sah sie mit gerunzelter Stirn und aus blaßgrauen Augen an, und dann, ohne die Zähne zu entblößen, mit Lippen, die sich nur ein bißchen weiter vorstülpten und sich links und rechts geringfügig nach oben verzogen, lächelte er.

Ich habe einen Freund gewonnen, dachte Margaret. Aber ist das wirklich die Sorte Freund, die mir vorgeschwebt hatte? Die Sorte, mit der ich irgendwie ins Bett möchte?

»Sie sind sehr still«, sagte sie nach einer Weile.

Er griff in seine Aktentasche und holte einen schmalen, in Leder gebundenen Notizblock mit einem Goldstift heraus.

»Laryngite«, schrieb er auf. Er zeigte auf seine Kehle.

Margaret starrte ihren neuen Freund an. *Laryngite?* Sie nahm ihm den Block und den kleinen Stift ab.

»Tut mir leid«, schrieb sie gereizt.

Sie verharrten eine Weile schweigend.

»Gab es ein totes Baby?« schrieb der Franzose plötzlich.

Sie fing an, »Hä?« in den ledergebundenen Notizblock zu schreiben. Warum schreibe ich eigentlich? dachte sie dann und schob den Block ziemlich unwirsch wieder dem Franzosen zu.

»Hä?« sagte sie.

»Ein totes Baby in der Oper?« schrieb er.

»Nein. Nur ein totes Mädchen.«

»Katja Kabanowa«, schrieb er.

»Ach ja«, sagte Margaret. *»Katja Kabanowa.«*

IN IHREM TRAUM musterte sie der Franzose aus dem Flugzeug so, als sei sie ein Edelstein, den er taxierte. Sein grünweiß gestreiftes Hemd streifte vielsagend ihren nackten Arm. Er betrachtete sie so, als sei sie ein Edelstein, mit einer Juwelierslupe, während sie nackt auf dem Hotelbett lag und sein grünweiß gestreiftes Hemd sich verlockend über seinem Bauch spannte.

»Aufklärung«, sagte der Franzose, »ist der Ausgang des Menschen aus seiner selbstverschuldeten Unmündigkeit.«

Ich weiß, dachte sie.

»Unmündigkeit ist das Unvermögen, sich seines Verstandes ohne Leitung eines anderen zu bedienen.«

Ich weiß.

»Kant.«

Kant.

»Kant sagte: ›Wage es, zu erkennen‹«, sagte der Franzose, wobei er ihr die Juwelierslupe reichte, aber ihre Hand festhielt, sobald die Lupe sich darin befand. »Wage es, zu erkennen.«

»Okay.«

»FOLLOW ME!« sagte er und zog sie in ein kleines orangefarbenes Auto, von dem der Lack abblätterte.

Drei

Da mich gewisse Angelegenheiten, die Neuauflage meines *Traktats über Vernunft und Geselligkeit* betreffend, zu einer kurzen Reise nach Genf zwangen, war ich genötigt, die Unterweisung von Rameaus Nichte vorübergehend einzustellen. Mehr als einen Monat lang von meiner Schülerin getrennt, fand ich mich durch die Vorstellungskraft immer enger an sie gekettet. Ich konnte mich nicht konzentrieren. Ich versuchte zu schreiben, doch vermochte es nicht. Ich versuchte, mich zu beschäftigen, und nahm eine Tätigkeit auf, nur um sie schon bald für eine andere aufzugeben, und diese wiederum für eine dritte; meine Hände hielten von selbst inne. Ich hatte noch niemals etwas Derartiges erlebt.

Endlich wurde mein Geschäft zu einem erfolgreichen Abschluß gebracht – einem, wie ich hinzufügen könnte, für mich sehr vorteilhaften Abschluß; indes hatte ich die Notwendigkeit einer Reise, die die Erziehung meiner bemerkenswerten Schülerin unterbrach, so bedauert, daß ich mit der größtmöglichen Eile zurückkehrte.

Unmittelbar nach meinem Eintreffen im Hause der Marquise erkundigte ich mich nach dem Verbleib von Rameaus Nichte, und als ich vernahm, daß meine Elevin sich allein im Garten erging, eilte ich, ohne auch nur zuvor meine Kleidung gewechselt zu haben, sogleich weiter, um sie zu suchen.

Meine Reise hatte mir viele neue Erfahrungen gewährt und mir viel Zeit gelassen für die Betrachtung neuer Ideen ebensowohl wie jener Ideen, die meine Schülerin und ich gemeinsam so eifrig erforscht hatten, und ich war begierig, meine Schutzbefohlene sobald nur irgend möglich der Früchte

meiner Forschungen und der vielen in einsamer Betrachtung zugebrachten Abende teilhaftig werden zu lassen.

Da ich durch den Garten wandelte, gedachte ich mit freudiger Erregung unserer ersten Begegnung, denn die Erinnerung vermag in einer empfindsamen Seele den köstlichsten Zustand hervorrufen. Ich gedachte der täglich wachsenden Freude, mit der wir uns unseren Studien gewidmet hatten. Ich wiederholte mir im Geiste verzückt die Beobachtungen, die ich im Verlaufe unserer gemeinsamen Suche nach Erkenntnis angestellt hatte: ihren süßen Atem; ihre Stirn, so weiß und glatt und schön geformt; ihre Augen, strahlend vor Wißbegier und Geistesschärfe; die Grübchen ihrer kleinen Hände; ihren Busen, fest wie der einer Statue und bewunderungswürdig gebildet; ihre wohlgerundeten Arme; ihren Hals, von außergewöhnlich erlesener Schönheit.

Ich ging weiter und dachte nun daran, wie oft meine Schülerin am Ende einer Nacht streng mäeutischen Austausches, unermüdlichen Schürfens und Bohrens nach Erkenntnis und Wahrheit ihre Gestalt, die von vollendeten Proportionen war, in ein musselinenes Nachtgewand gehüllt und mein Zimmer verlassen hatte, an der Tür umgekehrt, zurückgeeilt war, um sich für meine Bemühungen erkenntlich zu zeigen, ihre Arme um meinen Nacken geschlungen und mich mit dankbaren Küssen bedeckt hatte. Wahrlich, nichts ist so befriedigend wie die Unterweisung der Jugend.

Als Margaret Edward heiratete, hatte sie das Gefühl, als sei sie durch eine Tür getreten und habe sie sanft hinter sich zugezogen. Jetzt hatte sich diese Tür irgendwie geöffnet. Sie hatte hindurchgesehen, und das Ding wollte nicht mehr zubleiben. Es klapperte bei jedem Luftzug.

Ich bin eine Ehebrecherin geworden, dachte sie. Eine Ehebrecherin im Geiste. Viele Leute sind Ehebrecherinnen. Aber bis jetzt war ich keine und konnte mir nicht vorstellen, daß ich je eine werden könnte. Jetzt stelle ich mir nichts anderes vor.

Sie, Margaret Nathan, war eine dieser verabscheuenswürdigen Leute – wie diese Ärzte, die sich das ganze Studium von der Frau finanzieren ließen und dann etwas mit einer Jüngeren anfingen. Sie war der Vater von drei Kindern, der beschloß, sich mit der besten Freundin seiner Tochter zusammenzutun. Sie war eine unausgefüllte Hausfrau, die Wahlkampfhelferin wurde, nur um dann mit einem gescheiterten Senatskandidaten durchzubrennen. Sie war ein Flittchen, eine Lügnerin und eine Betrügerin, das gemeine Luder jedes Popsongs, der je geschrieben worden war.

In New York, fern von allen Statuen und stummen Franzosen, wartete Margaret darauf, daß ihre zügellose, lüsterne Stimmung verflog. Doch sie tat's nicht. Ich bin besessen, begriff sie. Ich denke an nichts anderes. Der Gang zum Fischmarkt ist zu einer obszönen Eskapade geworden, bei der ich jungen Joggern auf die Leggings gucke. Ich sehe den Mann von 3E auf der anderen Seite des Korridors an und frage mich, ob ich mit ihm schlafen werde. Ich sehe Edward an und frage mich, wann ich ihn betrügen werde.

Sie hatte Edward immer alles erzählt, aber das konnte sie ihm ganz bestimmt nicht erzählen. Er würde zuerst lachen und dann, sobald er verstanden haben würde, empört und verletzt sein. Margaret aß mit ihm und schlief mit ihm, aber sie sprach nicht wirklich mit ihm. Das einzige, was sie zu sagen hatte, konnte sie ihm nicht sagen.

Es schien kaum möglich, sich vom Mann, den man liebte, so fern zu fühlen. Sie war nach Prag geflogen, hatte ein paar Marmorfüße gesehen und Verlangen verspürt. Na und? Aber ihr Abenteuer spann sich in ihrer Vorstellung aus, von allein, immer und immer wieder. Der Mann im Flugzeug, der auf ihrer Brust schlief, wühlte sich in ihren Träumen tiefer und tiefer.

»SCHAU«, RIEF EDWARD und zog sie ans Fenster. »Schau hinaus.« Er vollführte eine stolze Gebärde, als ob der dunkelblaue Himmel, seine Klarheit, seine schnellen weißen Wolken ihm gehörten oder zumindest sein Werk wären. »Jetzt raus mit dir. Ein hübscher flotter Spaziergang. Wird dir guttun, Liebling.«

»Ich bin in Prag spazierengegangen. In New York sitze ich.«

»Margaret, ich mach' mir Sorgen deinetwegen. Du bist so bedrückt und verschlossen. Du brauchst eine Aufheiterung. Sollen wir heute abend ausgehen? Möchtest du, daß ich dir ein Hündchen kaufe?«

Margaret seufzte.

»Einen Nerzmantel? Genau so einen, wie Mama einen hat?«

Margaret mußte daran denken, daß man Nerze durch einen Stromschlag tötet. Einer von Edwards Studenten, der Junge, der auf einer Nerzfarm aufgewachsen war, hatte das Margaret beim Abendessen beschrieben, während eine von Edwards Studentinnen, das schmachtende Mädchen aus dem Vorort von Boston, mit einem verletzten, traurigen Gesichtsausdruck zugehört hatte.

»Warum bist du so lieb zu mir?« fragte Margaret Edward.

»Stimmt, ja, vielleicht ist es unklug. Aber du hast mir sehr gefehlt, Margaret. Es ist eine Erleichterung, dich wieder bei mir zu haben.«

Sehr gefehlt? Wie sehr? Genug, um anderswo Trost zu suchen? Eine Erleichterung, sie wiederzuhaben? Was sollte das heißen? Warum eine Erleichterung?

»Haben dir nicht deine Studenten Gesellschaft geleistet, dich beschäftigt?«

»Na ja, schon.«

Aha! dachte Margaret.

»Aber das ist nicht ganz dasselbe, oder?«

Aha!

SIE DACHTE UNENTWEGT an Prag, verwirrt und ganz einfach verlegen wegen dem, was dort passiert war. Nämlich überhaupt nichts, erinnerte sie sich. Und doch erfüllte sie dieses Nichts mit Scham.

Andererseits, dachte sie, wenn ich so empfunden habe, wenn ich mich so von Verlangen überwältigt gefühlt habe, dann muß mir in meiner Ehe etwas fehlen. Wenn mir in meiner Ehe etwas fehlt, fehlt mir bei Edward etwas. Wenn mir bei Edward etwas fehlt, brauche ich etwas anderes, jemand anders. Das ist zweifellos ein stichhaltiger, logischer Zirkelschluß. Und überhaupt, wer weiß schon, was Edward mit diesen ihn anhimmelnden Studentinnen treibt? Und wenn Edward so viel von Walt Whitman hält, dann wird er einen Schuß Sinnestaumel und Zügellosigkeit doch wohl gesund und prachtvoll finden, oder nicht? Nicht, daß er je was davon zu erfahren brauchte.

Wochenlang kaute sie denselben Gedankengang immer wieder durch und wurde dabei immer aufgebrachter. Sie hatte sich zu einem Unbekannten in einem Flugzeug sexuell hingezogen gefühlt! Wie konnte Edward ihr das antun?

Ich bin eine gefallene Frau, dachte sie dann, und ihr wurde ganz übel vom Bewußtsein ihrer Schande. Edward, fuhr sie dann fort, mein ein und alles, ist alles in allem also doch nicht alles. Er hat mich enttäuscht. Und dann wurde sie regelmäßig wütend.

Eines Nachmittags, als sie, schäumend vor Reue und Wut, zur Bushaltestelle ging, sah sie, wie ein Mann eine Schokoriegelverpackung auf den Boden fallen ließ. Laß das, du Idiot, dachte sie empört. Da ist ein Papierkorb, keine zwei Schritte von dir entfernt. Schmeiß deinen Dreck nicht in der Gegend herum. Und dann lachte sie über sich selbst, eine Sünderin, die sich über einen Schmutzfinken aufregte. Und dann lachte sie wieder lauthals und verspürte ein plötzliches Gefühl der Macht. Sie war eine Sünderin! Sie hatte sich bereits vergangen, allein dadurch, daß sie daran gedacht, daß sie es gewollt hatte. Jetzt hatte sie nichts mehr zu verlieren. Sie war frei.

Die Gewalt, mit der sie sich zu einem anderen Mann, anderen Männern hingezogen fühlte, war erregend, eine fast kinetische Spannung, die sie mit sich fortriß. Der Ehebruch, die Aufkündigung von Treue und Verläßlichkeit, war in Wahrheit ein Akt sublimer romantischer Rebellion. Sie hatte die Chance zur Selbstverwirklichung erhalten. Diese Tür, die sie, als sie Edward heiratete, hinter sich hatte zuschnappen lassen, stand jetzt weit offen, und sie führte auf einen Pilgerpfad, den Pfad zur Wahrheit und philosophischen Erweckung – zur Aufklärung.

Von Romantik gespeiste Vernunft. Oder umgekehrt. Sie fühlte sich von einer analytischen Passion für ihre eigenen Begierden übermannt. Sie schwelgte in einer kalten, eiskalten Leidenschaft.

Die Marathon-Redigiersitzungen mit Richard nahmen eine seltsam spannungsgeladene Qualität an. Sie arbeiteten in seinem Büro, bis aus den Tagen eine Woche und dann fast zwei wurden. Wenn Margaret das Gebäude verließ, war es regelmäßig schon dunkel. Einmal schneite es, dicke, feuchte Schneeflocken, Schattenrisse vor dem Gelb der Straßenlaternen. Margaret holperte durch das unirdische Gestöber heim in einem Taxi. Hatte sie gegessen?

fragte Edward. Nein, sie glaubte nicht, sagte sie. Und sie ging zu Bett. Richards liebkosende Stimme folgte ihr, murmelte in ihren Träumen.

»Du bist nie zu Hause«, sagte Edward eines Nachts und beugte sich über sie, um sie zu küssen, bevor sie einschlief. »Du hast mich wegen eines überfeinerten homosexuellen Pedanten verlassen.« Manchmal sprach er von Richard als ihrem anderen Ehemann.

Jeden Morgen fuhr sie mit der U-Bahn zum Verlag. Sie konnte sich an drei Gelegenheiten erinnern, als sie die gleiche bebende Vorfreude verspürt hatte. Als Richard ihr erstes Buch lektoriert hatte. Als sie ein Jahr lang zum Analytiker gegangen war. Und ihre erste Reise mit Edward. Umworben, therapiert, lektoriert werden, dachte Margaret. Für den wahren Egozentriker ist das alles eins.

Sie beobachtete Richard, während er sein Jackett aufhängte, sich die Ärmel hochkrempelte, dann die Stapel von Manuskripten auf seinem Schreibtisch durchwütete, etwas fand, es seinem Assistenten gab und sich sarkastisch erkundigte, ob er es wohl einrichten könnte, drei Fotokopien davon zu machen. Jetzt waren sie da, wo sie hingehörten, nebeneinander an Richards Schreibtisch in Richards Büro. Keine gestaltlose Welt mehr, endlos und wimmelnd von ziellosen, Aufmerksamkeit heischenden Onkeln und Schwestern und Taxifahrern.

Zu Margarets großer Freude klingelte das Telefon, und Richard prustete, stampfte und riß schließlich den Hörer von der Gabel und wisperte dann sein silberhelles »Hallo?« Beim Klang seiner Stimme verspürte Margaret ein unerklärliches Glücksgefühl.

Vielleicht war sie verliebt. Vielleicht war es Richard, den sie begehrte. Voller Dankbarkeit und Zärtlichkeit sah sie ihm beim Telefonieren zu und hörte nicht, was er sagte. Mit seinem kurzgeschorenen Haar und rosigen, glattrasierten Gesicht sah er sehr, sehr sauber aus – strahlend rein, fand Margaret –, und sie verspürte auf einmal das

Verlangen, diese Reinheit zu berühren, als ob etwas davon, blitzblank und unkompliziert, auf sie abfärben könnte. Richard zu berühren, dachte Margaret. Was für ein erstaunlicher Einfall.

»Margaret«, sagte er, als er aufgelegt hatte, »deine Augen funkeln, und deine Wangen sind gerötet.«

»Was?«

»Hast du Grippe?«

»Was? Nein.«

»Du hast doch nichts Ansteckendes, oder?«

»Nein.«

»Ich möchte mir ungern was holen.«

Sie musterte ihn: so stämmig und gepflegt, der Typ eines kultivierten Elitecollege-Ringertrainers. Er lehnte sich in seinem Stuhl zurück und erwiderte ihren Blick. Richard, dachte sie. Da bist du. Sie lächelte ihn an, erregt über ihre geheimen Gedanken.

»Bakterien breiten sich auch durch die Luft aus«, sagte er ernst.

Na ja, es fühlte sich so an wie verliebt sein, fühlte sich sehr danach an. Sie konnte es nicht ertragen, von ihm getrennt zu sein. Sie vergaß, was sie sagen wollte, wenn sie zusammen waren. Sie fand alles, was er tat, ganz wunderbar, selbst die Dinge, von denen sie sehr wohl wußte, daß sie ganz und gar nicht wunderbar, sondern belanglos und unerfreulich waren. Er war ihr Lektor, ihr Lehrer. Sie verspürte undeutliche, kaum erkennbare Regungen körperlichen Verlangens. Ja, das klang alles richtig.

»Richard, ich glaube, ich bin dabei, mich in dich zu verlieben.«

»Wenn du möchtest, darfst du mich aus der Ferne bewundern.«

Ihre Begierde nach Richard war lästig und kurzlebig wie eine Mücke. Verwirrt, wenn auch ziemlich erleichtert, zog Margaret mögliche Gründe dafür in Betracht. Richard interessierte sich nicht für Frauen? Richtig, aber dadurch forderte er ja eher den Ehrgeiz heraus, und außerdem hatte dieser Umstand sie auch nicht daran gehindert, sich überhaupt in ihn zu vergucken. Sie war nicht mehr an anderen Männern interessiert? Falsch. Sie stellte im Supermarkt weiterhin Buggy schiebenden Vatis nach.

Wir sind mit dem Manuskript durch! Das ist alles, begriff Margaret. Und so hat die didaktische Lust dran glauben gemußt.

Sie drehte sich zu Edward, der neben ihr im Bett lag und Arbeiten korrigierte, und sah ihn aufmerksam an. Er war an diesem Abend ungewöhnlich schweigsam gewesen. Sein Haar stand in so störrischen Büscheln ab, daß es wirkte wie eine politische Aussage. Hatte er seinen Studentinnen das Gedicht über die badenden Jungen vorgelesen? Die achtundzwanzig jungen Männer? Und die eine Frau, die ihnen zusieht? Er hatte, das wußte sie. Er hatte das Gedicht vorgelesen, und achtundzwanzig junge Frauen hatten ihn angeschaut. *Ihr* sollte er Whitman vorlesen, nicht achtundzwanzig an ihren Pulten bebenden Mädchen.

»Wie viele sind's in deinem Whitman-Seminar?«

»Neun. Das ist die Obergrenze. Neun picklige Kinder, die wissen wollen, ob Anwesenheit zählt.«

»Zählt sie?«

»Nein. Sie kommen trotzdem, sind früh da, gehen spät weg, folgen mir auf Schritt und Tritt, treue, hingebungsvolle Hündchen, die sich gegenseitig anrempeln, um an ihr Herrchen ranzukommen. Ich kann's übrigens auch nie erwarten, sie zu sehen. Jeden Dienstag, jeden Donnerstag. Völlig ahnungslos, dieser Wurf. Starren mich schweigend an. Beim erstenmal ist Whitman schon erstaunlich.«

Sie starrten ihn schweigend an. Es war Teil seines großmütigen Bewußtseins seiner Herrlichkeit, das Unterrich-

ten. Er erhob sich vor einer Klasse und präsentierte sich und alles, was er wußte, und vor seinem Angesicht, im wolkenlosen Morgenglanz seiner Gegenwart, sonnten, wärmten sich seine Studenten und gediehen.

Was alles schön und gut ist, außer du bist zufällig die Ehefrau, dachte Margaret. Ich bin die Ehefrau.

Ich verweilte bei glücklichen Gedanken über Rameaus Nichte und unsere unmittelbar bevorstehende Wiedervereinigung. Fast ohne Bewußtsein meiner Umgebung, erkannte ich, daß meine Schritte mich geradewegs zu einer abgeschiedenen Stelle führten, wo meine Schülerin und ich uns schon oft aufgehalten hatten, einem lieblichen Teil des Gartens, der außer von uns nur von wenigen aufgesucht wurde.

Ich vernahm ein Rascheln, vielleicht von Röcken, und mein Herz tat einen Sprung. Konnte es sie sein? Hier, in unserem Eckchen des Gartens, unserer privaten Studierstube? Hatte sie geahnt, daß ich an jenem Tag zurückkehren würde? Hatte sie sich dahin begeben, um mich zu erwarten, wohl wissend, daß ich mich auf der Suche nach ihr als erstes dorthin wenden würde?

Ich erreichte die Stelle, und ach!, hätte ich meine Heimkehr doch nur verzögert, oder hätte das Pferd ein Eisen verloren, oder hätte ich geruht, lang und tief geschlafen, oder mich umgekleidet, langsam und sorgfältig, ehe ich nach Rameaus Nichte suchte! Denn sie war in der Tat da, meine Schülerin, eben an der Stelle, wo ich sie vermutet hatte. Die Röcke, die geraschelt hatten, waren die ihren. Doch sie war nicht allein, und ihre Röcke raschelten nicht von der Brise, noch weil sie an einem Gebüsch streiften,

sondern weil sie von ihrem Begleiter gehoben und geschürzt, hierhin und dorthin geschoben wurden, indem dieser die zweckmäßigste Anordnung zu erzielen suchte.

Ihr Begleiter war offenkundig ein Mann niederen Standes. Ja, er war der Gärtner, und im ersten Moment wiegte ich mich in der Hoffnung, diese Begegnung sei nicht auf ihren Wunsch hin zustande gekommen; doch ein Blick in ihr Angesicht überzeugte mich vom Gegenteil. Sie seufzte, atmete schwer. Dann sah sie mich durch ihre halbgeschlossenen Lider, setzte sich, ihre Kleider in größter Unordnung, mühsam auf und stieß den Gärtner von sich. Ein stämmiger junger Bursche von ansprechendem Äußeren, hatte er schon mehr als einmal meine Aufmerksamkeit erregt, während er im Küchengarten arbeitete. Doch nicht bewundernd sah ich ihn jetzt an, wenngleich auch das, was ich von ihm sah, als er, die Beinkleider heruntergelassen, das Hemd unter die Weste gestopft, tölpelhaft vor mir stand, wahrhaft als stämmig zu bezeichnen war. Im nächsten Augenblick war er fort, rannte, wie ihm nicht anders zu raten, davon und zog noch im Laufen seine Beinkleider hoch.

Ich wandte mich zu meiner Schülerin, die jetzt damit beschäftigt war, ihre Röcke zu ordnen und ihr Mieder zu glätten. Ich wartete, wartete in der Annahme, sie würde sich mir zu Füßen werfen, mich um Vergebung anflehen, zitternd, mit niedergeschlagenen Augen. Statt dessen sah sie mich an, ruhig und ohne alle Verlegenheit. Und dann, meine Verwunderung zu mehren – lächelte sie.

Margaret wachte jeden Morgen in benommener Panik auf. Oft hatte sie von dem Franzosen geträumt, und sobald sie die Augen öffnete, fragte sie sich, wo sie war. Dann, während das Gefühl seiner Haut an ihrer Haut mehr und mehr verblaßte, sah sie die Jalousie und hörte Edward im Badezimmer summen. Wie spät war es? Was vergaß sie gerade? Was hatte sie aus dem Kopf verloren, während sie von einem Mann geträumt hatte, den sie nicht einmal kannte? Welche Verabredung? Welchen Anruf? Welche überfällige Rechnung? Woran arbeitete sie zur Zeit? Welche brillanten Einfälle waren ihr entfallen, während sie geschlafen hatte?

Rastlos und angewidert versuchte Margaret, sich mit dieser romantischen Formulierung zu trösten: Vergessen heißt, in einer Welt der Schatten, der Unwirklichkeit, leben. Ein vergeßlicher Mensch war der einzige wirkliche Mensch, da das Leben keinen Sinn hatte und Verwirrung somit die einzige Wahrheit war.

Null Punkte, Margaret. Noch ein Versuch?

Vergeßlichkeit ist ein Mangel an Humanität, an Interesse an seinen Mitmenschen. Vergessen heißt negieren. Vergeßlichkeit ist Nihilismus.

Oder war Vergeßlichkeit vielleicht Eskapismus? Oder ein Zeichen von Reinheit, die Unfähigkeit, von den weltlichen Schrecken des Daseins befleckt zu werden?

Vergeßlichkeit war Unempfänglichkeit! Vergeßlichkeit war Empfänglichkeit, Offensein für alles Neue! Vergeßlichkeit war Antipathie! Vergeßlichkeit war Sympathie, ein vollkommen vorurteilsloses Bejahen des Lebens!

War Vergeßlichkeit Unterscheidungsvermögen, die Fähigkeit, das herauszufiltern, was nicht zählte?

Nein. Margaret wußte die richtige Antwort. Vergeßlichkeit war, nie zu wissen, was zählte. Urteilen war Vergleichen? Dann war Vergeßlichkeit die Unfähigkeit, auf Wissensdaten beruhende Urteile zu fällen, bedingt durch das Fehlen irgendwelcher Wissensdaten. Vergeßlichkeit war Dummheit. Margaret schauderte.

Jetzt sang Edward, und als sie sein herrliches Krähen hörte, fühlte Margaret, wie eine Woge der Wut und Enttäuschung sie überrollte. Ich bin wütend auf Edward. Also, dachte sie, bestrebt, dieses Problem auf eine nutzbringende und rationale Weise anzugehen, muß Edward etwas tun, was mich auf ihn wütend macht. Aber was?

Es stimmte, daß Edward in wenigen Monaten vierzig wurde. Vielleicht war es das. Jeder wußte, was das bedeutete, jeder Amerikaner zumindest. Vierzig bedeutete Mitte des Lebens. Und Mitte des Lebens bedeutete Midlife-crisis. Ehemänner liefen jungen Mädchen nach, um ihre Sterblichkeit zu leugnen. Sie zogen in ferne Gegenden mit warmem Klima. Sie gaben ihre Jobs auf. In fernen Gegenden mit warmem Klima liefen sie noch mehr jungen Mädchen nach, um ihre Sterblichkeit noch mehr zu leugnen, weil sie dort keinen Job und viel Freizeit hatten, in der sie jungen Mädchen nachlaufen konnten. In der Sonne. Es war fast unvorstellbar, daß das ihrem Mann passieren sollte, ihrem Edward, der sich nicht viel aus jungen Mädchen oder Ferien in den Tropen machte, dem sie so rückhaltlos vertraut hatte – aber nicht unvorstellbar genug.

Margaret wurde dreißig. Jedenfalls in zwei Jahren. Soviel jünger als Edward zu sein war ihr immer wie etwas Positives vorgekommen, ein Abschreckungsmittel gegen dieses absurde Phänomen. Aber dreißig, selbst wenn's noch zwei Jahre hin waren und wenn es zehn Jahre jünger als vierzig war, kam ihr so furchtbar jung nicht mehr vor. Edward wurde bald vierzig und bekam dann seine Midlife-crisis. Das konnte man in jedem populären Psychobuch in jedem Regal in jedem Flughafengeschenkeshop nachlesen. Kein Wunder, daß sie wütend auf ihn war, dachte Margaret.

»Es ist ganz grauenhaft draußen«, sagte Edward eines Tages. Seine Augen waren gerötet und tränten vom arktischen Wind.

»Was willst du? Es ist März. Was erwartest du? Die Jahreszeiten sind sehr wichtig. Es ist langweilig, in einem immer gleichen Klima zu leben, tagaus, tagein Sonne, Sonne, Sonne. Es schwächt und entnervt. Das Empire wurde nicht von Strandhockern aufgebaut.«

»Das Empire ist zusammengebrochen, und ich trage mich mit dem Gedanken, mich ihm anzuschließen. Was für ein schauderhafter Tag.«

»Ich finde es schön draußen. Belebend«, sagte Margaret.

»Ja. Du bist jung und tollkühn. Aber jetzt hast du mich inspiriert. Was ist schon ein bißchen Kälte für einen Engländer? Selbst für einen alternden Engländer wie mich? Komm, Margaret. Einen Bummel!«

»Ich vermute, du möchtest nach Tahiti übersiedeln. Du möchtest dich zur Ruhe setzen, nicht?«

»Die Frauen dort sind viel zu üppig für meinen Geschmack«, sagte Edward. »Aber es ist immerhin eine Idee.«

Margaret sah ihm zu, während er eine Tasse Tee trank, und erinnerte sich, daß sie in den ersten Wochen ihrer Ehe immer aufgewacht war und sich gefragt hatte, wo sie war, und ihn dann mit einem plötzlichen überwältigenden Gefühl des Wiedererkennens angesehen und sich gefragt hatte, wie ihr das passiert war, wie sie an die Seite von jemandem geraten war, den sie so sehr liebte, daß sie für immer und ewig neben ihm aufwachen wollte.

Margaret schenkte sich eine Tasse Kaffee ein und machte den Küchenfernseher an. Eine Frau in einem marineblauen Kleid und mit Perlenkette saß in einem Sessel neben einem Couchtischchen und rezitierte leidenschaftslos obszöne Raptexte. War es die Frau eines Senators? Eine erzürnte Mutter, zu ungewohnter politischer Aktion getrieben? Eine neue, weiße Rapsängerin mit einem ironisch untertreibenden Stil?

»Arsch hoch, läßt tief blicken, so gefällt es uns zu« – sie hielt inne, produzierte ein kleines Lächeln und sagte dann mit einer ruhigen, kultivierten Stimme – »f-luchen.« Ihre Hände lagen gefaltet in ihrem Schoß. »Nun. Verlangt der erste Zusatzartikel, daß wir unsere Kinder der Gewalt und einer erniedrigenden Sexualrhetorik aussetzen?« Sie schüttelte leicht den Kopf. »Ich glaube nicht.«

Sie lächelte freundlich, hob eine Zeitschrift hoch und schwenkte sie hin und her. Die Zeitschrift kam Margaret irgendwie bekannt vor.

»Ich möchte Sie auf das Werk der bedeutenden Kulturhistorikerin Margaret Nathan aufmerksam machen, die aufgezeigt hat, daß die Pornographie sich als eine destruktive, revolutionäre Kraft ausgewirkt hat, indem sie geradewegs zu den blutigen Exzessen der Französischen Revolution, zu Ausschreitungen des Pöbels, zu Unterdrückung und zur Zerstörung ebenjener Freiheit führte, die diese verantwortungslosen jungen Leute so gern als Rechtfertigung für ihre degoutante Musik anführen ...«

Edward lachte. Er war gerade vom Joggen zurück und hatte noch immer die Kapuze seines Sweatshirts auf. »Margaret Nathan, die öffentliche Feindin von Public Enemy.«

Margaret schaltete das Gerät aus. Das war die krönende Demütigung.

»Der Rap, die Wurzel des Chaos im achtzehnten Jahrhundert, die Ursache des Terrors«, fuhr Edward fort. Mit seinem langen, geröteten Gesicht und der enganliegenden Kapuze sah er wie ein ausgemergeltes Baby aus. »Ich hatte

schon immer etwas in der Art vermutet. Deejay Robespierre. Ich wollte, die würden *mich* im Fernsehen falsch zitieren.«

»Was wollen die eigentlich von mir?« sagte Margaret, nicht weil es in irgendeinem direkten Zusammenhang mit der aktuellen Situation gestanden hätte, sondern weil es das war, was ihr Großvater immer gesagt hatte, wenn in welcher Situation auch immer etwas nicht stimmte. »Was wollen die eigentlich von mir?«

Edward sagte: »Was immer es sei, sie werden's nicht bekommen. Du gehörst mir, mir, mir.«

Margaret fragte sich, was er von ihr wollte, was er von dem wollte, was ihm, ihm, ihm gehörte. Sie war ihm gegenüber seit Wochen kalt und unfreundlich. Sie lachte nicht mehr über seine blöden Witze und hielt es auch nicht mehr für nötig, ihn zu fragen, wen er gerade zitierte, ihm von ihrer laufenden Arbeit zu erzählen oder ihn zu fragen, wie man irgendein Wort buchstabierte.

»Ich war sehr unfreundlich in letzter Zeit«, sagte Margaret. »Es tut mir leid.« Es tat ihr leid. Aber sie wußte, daß sie weiterhin unfreundlich sein würde. Sie war wütend auf Edward. Merkte er das nicht? Fiel ihm nicht auf, wie beschissen sie sich aufführte? Warum war er weiterhin nett zu ihr, wo sie sich so mies benahm?

»Ja, nun ja, ich glaube, die Ehe ähnelt insofern dem Wetter, als sie wechselhaft ist, nicht vorhersagbar, und ich wohne einfach rein zufällig in einer besonders stürmischen Gegend. Aber ich mag ja Gewitter. Schön, aufregend. Und hinterher kommt die Sonne raus.«

Margaret starrte ihn an, gerührt und wütend. Von wegen Gewitter. Wirst dich noch wundern, Freundchen. Nächstes Mal schlägt der Blitz ein.

»Habe ich dir je von meiner Theorie des Ehebruchs erzählt?« fuhr Edward fort.

Margaret saß stocksteif auf ihrem Stuhl. Sie starrte ihre Kaffeetasse an. Es war eine schöne Kaffeetasse, Teil eines

Service, das sie als Hochzeitsgeschenk von Edwards Mutter bekommen hatten, einer Dozentin für Anthropologie an der Universität York, die ihren eigenen Schmuck und avantgardistische Möbel machte. Wußte Edwards Mutter, daß er eine Theorie des Ehebruchs hatte? Sie hatte sie ihm wahrscheinlich selbst beigebracht, das verkommene alte Subjekt. Aber warum nannte sie Edwards Mutter ein verkommenes altes Subjekt? Edwards Mutter war alt. Aber verkommen war sie, Margaret. Oder fast. Und Edward, natürlich.

»Meine Theorie ist folgende: daß mit der Monogamie das Ende der Evolution der menschlichen Spezies kam. Denn wenn jedes Männchen nur eine Partnerin hat, dann kann das höherwertige Männchen seinen Samen nicht hierhin und dorthin aussäen –«

»Dorthin?«

»Dorthin. Und so ist es nicht in der Lage, seine Höherwertigkeit durch eine hinlänglich zahlreiche Nachkommenschaft zu perpetuieren, wenn du verstehst, was ich meine. Was das Weibchen anbelangt, so kann sich das höherwertige monogame Weibchen, das eigentlich befähigt ist, alle herumschnüffelnden höherwertigen Männchen anzulocken, nicht mit ihnen allen paaren, weshalb es zu keiner nennenswerten Verbesserung des Genpools kommen kann. Natürliche Zuchtwahl setzt Auswahl voraus. Die Monogamie jedoch verhindert sie. Schwäne bleiben ein Leben lang zusammen. Wir könnten alle wie die Schwäne enden, mit diesen absurd langen Hälsen. Und hier tritt der Ehebruch auf den Plan! Der Retter der Evolution, der Heros der Rasse!«

»Mein Genpool ist dir nicht gut genug? Du willst rumvögeln, um die Welt zu retten? Fick dich selber, Edward! Das ist eine fürchterliche Theorie. Red wieder vom Wetter.«

Edward sah sie erschrocken an. »Ich meinte nicht dich und mich, Margaret. Das war ja gerade, worauf ich hinaus-

wollte, daß wir unverantwortlich sind, weil wir nur an uns selbst denken statt an das große Ganze. Die Monogamie ist ein Luxus. Aber vielleicht kommt die menschliche Spezies auch ohne uns zurecht«, fügte er hinzu. »Und lange Hälse finde ich sehr hübsch. Audrey Hepburn hat einen schönen langen Hals.«

»Warum gehst du dann nicht hin und säst deinen kostbaren Samen dort aus?«

»In ihren Hals?«

Margaret sah ihn an. Seine Augen machten ihr fast angst, wenn sie sie von vorn ansah, ein blasses, aber durchdringendes Blau, unnachgiebig, konzentriert. Sie nahmen alles auf und gaben nichts zurück, nicht einmal den kleinsten Hinweis.

»Du hast auch einen schönen langen Hals«, sagte Edward leise. »Einen herrlichen Hals.«

»Nun«, sagte sie, »ich glaub', ich spüre ein Gewitter kommen.« Und sie ging aus dem Zimmer.

Edward fing keinen Streit an, er schimpfte nicht mit ihr. Aber es fiel ihr doch auf, daß er, trotz der vorhandenen Fülle an romantischen Gedichten zum Thema meteorologische Exzesse, schweigend in der Küche zurückblieb. Ohne ein Zitat.

MARGARET SASS IN der Bibliothek und starrte auf den Staub, der golden und luftig überall um sie herumtanzte, von der hohen Decke bis zum abgenutzten Holzfußboden. Vielleicht lauerte Zeus in diesem Gestöber von sonnenbeschienenen Teilchen, auf der Suche nach einer erstsemestrigen Io.

Sie las Hobbes, und sie dachte an Kunz Turner. »Von einem, dem wir uns ebenbürtig dünken, größere Wohltaten empfangen zu haben, als wir hoffen können, je zu vergelten«, schrieb Hobbes, »gibt Anlaß zu erheuchelter Liebe; in Wirklichkeit aber zu heimlichem Haß; und versetzt

den Menschen in den Zustand eines verzweifelten Schuldners. Denn Wohltaten verpflichten, und Verpflichtung ist Knechtschaft.« Das kannst du laut sagen, dachte Margaret.

Sie stand auf, um zu gehen, und sah sich noch einmal im Zimmer um. Adieu, Zeus, adieu. Und, sieh an, da liest ein Mädchen *Grashalme*. Ein hinreißendes kleines Mädchen mit langem braunem Haar, so glatt wie Seide, und diesem Teint, den Mädchen mit seidigem Haar immer haben. War das diejenige, welche? Ja, das war das Mädchen, das an dem Abend zum Essen gekommen war. Halt dich an deine Bücher, Mädchen, so ist's brav. Aber was, wenn sie *tatsächlich* diejenige, welche, war? Margaret starrte sie empört an: daß Edward auf so eine ernsthafte Unschuld fliegen kann! Edward ist ein Dummkopf, dachte sie. Adieu, ihr beiden.

Sie nahm einen leeren, aber überhitzten Bus nach Hause, und ihr Zorn wuchs, bis sie ein Summen in den Ohren hörte. Das ist mein Karma, dachte sie. Was du als Studentin säst, das wirst du als Professorengattin ernten.

»GESTERN NACHT BIST du furchtbar spät nach Haus gekommen«, sagte Margaret.

»Ja, du hast geschlafen. Ich mag dich, wenn du schläfst.«

»Ich hab' nicht geschlafen.«

»Aha. Ich mag dich, wenn du so tust, als würdest du schlafen.«

Margaret bemerkte, daß er das Thema gewechselt hatte. Das Thema war, daß er spät nach Haus gekommen war. Warum war er spät nach Haus gekommen? Warum hatte er das Thema gewechselt? Sie glaubte den Grund zu wissen, und er gefiel ihr nicht.

»Du hast meine Frage nicht beantwortet«, sagte sie.

Edward, der sich gerade seine scheußlichen Tomaten und Pilze für sein Frühstück briet, sah sie gereizt an. »Du hast keine Frage gestellt«, sagte er.

»Implizit schon.«

»Wie subtil von dir, Margaret. Ich nehm's aber immer so verflucht wörtlich. Ich war in der Bibliothek, bis sie geschlossen haben, dann bin ich noch mit ein paar Studenten was trinken gegangen. Ich war doch um Mitternacht zu Hause, oder? Worüber in aller Welt regst du dich auf?«

Margarets Kaffee war kalt, was irgendwie typisch, symptomatisch, symbolisch und außerdem Edwards Schuld zu sein schien, weil er sie in diese absurde Situation gebracht hatte. »Mein Kaffee ist kalt. Vielleicht verbringst du zuviel Zeit mit deiner Arbeit«, sagte sie.

»Sunny von Bülow sagte wortwörtlich das gleiche zu Claus. Sei vorsichtig, Margaret.«

Warum dachte er an Claus von Bülow? fragte sich Margaret. Von Bülow hatte sich doch mit einer anderen Frau getroffen, oder?

»Ja«, sagte Margaret. »Werd' ich. Ich werde vorsichtig sein.«

Margaret mochte es, Lily zuzusehen, wie sie Zigaretten paffte und verbal auf den Schlechtigkeiten der modernen Gesellschaft herumtollte, als seien sie eine Blumenwiese und sie ein Lämmchen.

»Cappuccino?« fragte die Kellnerin im Coffee-Shop. »Wir haben grad eine Espressomaschine bekommen. Neue Maschine.«

»Jetzt nimm zum Beispiel das Wort *Maschine*«, sagte Lily. Sie neigte den Kopf ein bißchen zur Seite. »Warum nicht ›Pa-schine‹? Warum ›Ma-schine‹? Ich werd' dir sagen, warum nicht Pa-schine. Weil es die Frau ist, Ma, Mama, die verdinglicht, in eine Ma-schine, ein Sexualgerät verwandelt worden ist.« Lily lächelte zufrieden.

»Lieber keinen Cappuccino«, sagte Margaret zur Kellnerin. Lily, manchmal weiß ich nicht, was ich in dir sehe, außer vielleicht, was du in mir siehst, dachte sie. Du bist die Quelle für meinen Narziß.

Während Lily weiterschwafelte, bewunderte Margaret schweigend die Farbe ihrer Augen, die fast lavendelfarben waren, und träumte vor sich hin. In ihrem atemlosen Verlangen, die linguistischen Fallgruben der Welt aufzuspüren, war Lily wie ein Kind, das ein Buch aufschlägt und versucht, in Bildern von Wohnzimmern und Schuhgeschäften versteckte Zeichnungen von Tieren zu entdecken. Anstatt wie die verbitterte, desillusionierte Intellektuelle, die sie sein wollte, wirkte Lily jung und offen und bezaubernd naiv.

Lily bemerkte, daß Margaret sie anstarrte, und errötete, für einen Augenblick verstummt. Aber ihr Erröten wirkte wie ein Zeichen des Wohlbehagens. Ihre ganze Person war ein einziger Seufzer der Zufriedenheit und Geborgenheit. Hier gehöre ich hin, besagte der Seufzer. Ich gehöre dir, und nur dir – jedem einzelnen von euch.

Das Wesen des Charmes, dachte Margaret, ist die Fähigkeit, die anderen im für sie günstigsten Licht zu sehen, sie aufrichtig so wahrzunehmen, wie sie gern gesehen werden

möchten, ihnen eine interessante, eine wunderschöne Version ihrer selbst vorzuführen. Lily sah Margaret als ein glückliches, ausgeglichenes Mitglied der Bourgeoisie, eine liberale Humanistin, deren Sozialisation hundertprozentig erfolgreich verlaufen war. Du bist ein Schatz, dachte Margaret.

»Lily«, sagte sie, »mir ist, als käme ›Maschine‹ irgendwie aus dem Griechischen, nicht? Sagten sie denn ›Mama‹ in Griechenland?«

»Ach, nun, du – du bist eine Meisterin der Verleugnung, Margaret«, sagte Lily. Sie hielt sich ihr Wasserglas an den Mund, trank aber nicht, sondern schob die Unterlippe ziemlich phantasieanregend über den Rand und wieder zurück.

EINE VON LILYS sympathischsten Eigenschaften war ihre Passion fürs Shopping. In so vielerlei Hinsicht eine bekehrte Vorortsprinzessin, hielt sie weiterhin an diesem einen Relikt archaischen Verhaltens fest, das zwar durch die Schauplätze und die Wahl ihrer Einkäufe eine ziemliche Modifikation erfahren hatte, aber für das geübte Auge dennoch leicht zu erkennen blieb. Lily operierte vornehmlich in Secondhandshops, aber man konnte sie ebenso in SoHo oder auf der Madison Avenue antreffen. Sie betrachtete Kleider als Kostüme und amüsierte sich königlich auf diesen Ausflügen.

Margaret, die sich mit Sehnsucht an die Eintönigkeit ihrer Schuluniformen erinnerte, beobachtete Lily nichtsdestoweniger mit aufmerksamem Vergnügen, wenn sie in die Umkleidekabinen rein- und rausflitzte. Es war wie mit Puppen spielen. Probier doch mal den Bouclérock und den Pullover mit den Troddeln, dann die glänzende kirschrote Smokingjacke oder das geblümte Hauskleid. Manchmal setzte sich Margaret zu Lily in das Umkleidezimmer und schaute ihr träge zu, wie sie sich in ein schwarzes Cocktail-

kleid zwängte oder mit zierlichen Füßen aus kurzen Shorts mit Salz-und-Pfefferstreuer-Dessin stieg.

Diese Expeditionen hatten etwas exklusiv Weibliches an sich, selbst dann, wenn Pepe Pican mittrottete. Die Haufen zerknitterter Kleidungsstücke, das Aufblitzen von spitzenbesetzten BHs und Unterwäsche, die intime Präsenz blasser, gerundeter, leicht parfümierter Gliedmaßen berauschten Margaret durch ihre verführerische, irgendwie exotische Vertrautheit, während draußen vor dem Umkleideraum Pepe übellaunig alte Krawatten musterte. Er sammelte sie.

Einmal fragte Margaret Pepe, woran er gerade arbeitete.

»An meiner Diktion«, sagte er.

»HAST DU VIELE Freunde?« fragte Margaret Lily eines Tages.

»Nein. Na ja, genug. Aber was ich wirklich brauche, ist ein Lover.«

Ein Liebhaber, dachte Margaret. Warum nicht? Vielleicht war das wirklich der einzige Weg. Schmutzig, möglicherweise. Treulos. Oder war es ihre Pflicht sich selbst gegenüber? »Vielleicht ist es auch das, was ich brauche«, sagte sie.

Lily lachte über eine so absurde Vorstellung.

»Na ja, die Ehe ist nicht vollkommen, weißt du«, sagte Margaret.

»Nein. Aber alles übrige auch nicht.«

»An dieser Stelle müßtest du eigentlich sagen, daß die Ehe eine Versklavung meiner Seele ist.«

»Deine Seele lechzt nach Versklavung, Margaret. Das gibt dir ein Gefühl von Sicherheit und perpetuiert den bürgerlichen Mythos vom Glück.«

»Oh, klar. Sicher«, sagte Margaret.

»Beständigkeit, Glück, Treue – das sind alles artifizielle Konstrukte, die sich als ›die Natur der Dinge‹ verkleiden,

um den wackeligen Status quo zu stützen. Es gibt kein Glück. Glück ist auch nur ein Märchen, ein Netz, in dem wir gefangen sind.«

»Hauptsache, es bewahrt mich vor dem Absturz«, sagte Margaret.

Ich: Ihr seid meine Schülerin! Wie konntet Ihr das tun?
Sie: Die Leidenschaften, mein Herr, vermögen alles, ist es nicht so?
Ich: Leidenschaften! Unsinn!
Sie: Ein Mann oder eine Frau ohne Leidenschaften vermag es nicht, jene Schärfe der Aufmerksamkeit aufzubieten, welche die Vorbedingung überlegenen Urteilens ist.
Ich: Ich hoffe, aus Eurer Äußerung nicht schließen zu müssen, daß Ihr meine eigene Aufmerksamkeit in Frage stellt!
Sie: Gewiß nicht. Ihr seid ein Lehrer von Genie.
Ich: Ah.
Sie: Und dennoch habe ich über das Genie gelesen, daß ein Genie ein wagemutiger Führer ist, der in das Reich der Entdeckungen vorstößt.
Ich: Daran kann ich nichts auszusetzen finden.
Sie: Ich habe gelesen, daß Wahrheiten, die noch unerkannt, im Reich der Entdeckungen umherschweifen in Erwartung, daß jemand sie ergreife.
Ich: Wie ich's getan?
Sie: Wie Ihr's getan, ja, wie Ihr die Wahrheiten ergriffen, die umherschweiften in Erwartung, daß jemand sie ergreifen und in diese irdische Sphäre überführen möge. Doch habe ich gelesen, daß solche

Wahrheiten, sind sie erst einmal auf die Erde herniedergestiegen und von höheren Geistern erkannt, gewissermaßen Gemeingut werden.
ICH: Gemeingut? Welche Absurdität! Was redet Ihr?
SIE: Das Genie bahnt den Weg. Wie Ihr beispielsweise einen Weg gebahnt habt, meinen Weg. Das Genie bahnt den Weg, auf daß Menschen gewöhnlicheren Vermögens ihm in Scharen nacheilen können.
ICH: Ich habe nichts dergleichen getan!
SIE: Denn wir dürfen nicht vergessen, daß der gemeine Mann durchaus die notwendige Kraft besitzt, dem Genie zu folgen, da andernfalls das Genie allein in jenen Bereich vorstieße.
ICH: Und was ist daran auszusetzen? Warum sollte das Genie dorthin nicht allein vorstoßen?
SIE: Aber ihr habt mich doch selbst gelehrt, der Zweck der Gesellschaftskunst sei, den Genuß der allgemeinen Rechte, welche die unparteiische Natur uns allen geschenkt hat, für alle zu sichern und zu mehren. Das einzige Privileg des Genies ist, den Weg zu erschließen.

Meine Schülerin (oder war sie nunmehr meine Lehrmeisterin?) war auf ihrem Umschlagtuch sitzen geblieben, das auf dem Grase ausgebreitet lag. War das wirklich sie, diese Philosophin ihres eigenen Vergnügens? War es das, was ich sie gelehrt hatte? Ihre Suche nach Erkenntnis hatte sie von mir entfernt, von mir, ihrem Lehrmeister. Ich wandte mich von ihr ab und begab mich zurück zum Haus, unglücklich und verzweifelt.

Auf dem Anrufbeantworter war eine unerwartete Botschaft. »Margaret«, sagte eine weibliche Stimme. »Ich weiß, daß du mich seit verdammt noch mal fast zehn Jahren nicht gesehen hast, aber ich geb' eine Buchparty. Für das Buch, das ich damals angefangen habe, als ich dich kannte. Also kommst du? Wehe, wenn nicht!«

Es war Jessica. Margaret erkannte die Stimme, und sie hatte letzte Woche eine Rezension des Buches in der *Times* gesehen, eine ziemlich positive. Es war ein Mystery-Thriller, der in einer kleinen Fernsehstation spielte, und hieß *Mord in Medias Res*.

Die Party fand am Dienstag in einem Grillroom auf der East Side statt. Margaret hatte entsetzliche Zahnschmerzen, Zahnschmerzen, die in ihrem Kopf pulsierten, aber natürlich ging sie hin. Jessica war auch Lektorin bei demselben kleinen Verlag gewesen, wo Margaret einen Sommer lang gearbeitet hatte. Rhodes Press, mittlerweile eingegangen, hatte hochintellektuelle radikale Sachen und postviktorianische Pornographie veröffentlicht. Es hatte da mehrere junge Lektoren und Lektorinnen gegeben, die in dem Sommer zusammen rumgehangen hatten.

Margaret konnte Jessica leicht in der Menge ausmachen. Ihr Gesicht war auf eine lächerliche Weise vertraut. Sie war inzwischen Fernsehjournalistin geworden und genoß eine gewisse anrüchige Berühmtheit, seitdem sie dem Tontechniker den gestreckten Mittelfinger gezeigt hatte, während sie noch auf Sendung war. »Ich habe jetzt ein Kind«, sagte sie. »Kannst du dir das vorstellen? Ich bin mit einem Anwalt verheiratet. Scheiße noch mal, kannst du dir das vorstellen? Rauchst du noch Gras? Ach ja, hast du nie getan, oder? Ich hab' aufgehört. Ich meine, ich würd' ja noch, wenn irgend jemand gelegentlich was hätte, was nie der Fall ist.«

Edward mußte früh weg, um irgendwo einen Vortrag zu halten. Margaret, die von Tag zu Tag wütender und unduldsamer wurde, hatte sich nicht einmal die Mühe ge-

macht, ihn zu fragen, worüber und vor wem, und nachdem er gegangen war, blieb sie inmitten ihrer alten Freunde stehen. Die eisige Kälte ihres bescheidenen Glases Mineralwasser mit seinem hellen, schlanken Limettenschnitz bohrte sich quälend in ihren schmerzenden Zahn. Sie erwog, zwecks Betäubung etwas Wein zu trinken, erinnerte sich aber dann an ihren alkoholisierten Abend in Paris, und so beobachtete sie, beklommen und nüchtern, die vier Männer, die mit ihr und Jessica herumstanden, mit nostalgischer Faszination. Ihr wurde bewußt, daß sie mit allen vieren geschlafen hatte. Teddy, der Dozent für Vgl. Lit.-Wiss. mit Spezialgebiet Narrativik geworden war, hatte jetzt eine modische Langhaarfrisur und trug einen Anzug aus Haifischhaut und zierliche italienische Halbschuhe, die wie Pantöffelchen aussahen, strahlte aber trotzdem noch immer einen schwermütigen körperlichen Reiz aus.

»Ich kann kein Gras mehr rauchen«, sagte er. »Das Scheißkokain hat mich versaut. Ich sag' zu meinen Studenten: ›Was haben Sherlock Holmes und Freud gemeinsam?‹ Und dieses Mädchen sagt: ›Die Rauschgiftsucht?‹ Und ich sag': ›Warum diese Formulierung? Nicht Rauschgiftsucht, du Idiotin. Kokain.‹ Margaret, es ist Scheiße noch mal unglaublich, aber du siehst noch ganz genauso aus. Wir sehen füreinander noch genauso aus, weil wir alle zehn beschissene Jahre älter geworden sind. Du hast mir beigebracht, so zu reden, Jessica, weißt du. Ich bin in einem anständigen Elternhaus aufgewachsen, dann hab' ich dich kennengelernt. Ich sag' nie ›Scheiße‹ zu meinen Studenten.«

»Freundin?« sagte Jessica.

»Seit zwei Jahren. Neue Wohnung, dreißigster Stock. Irre Aussicht. Also hab' ich jetzt Höhenangst und geh' zweimal die Woche zu einem beschissenen Hirnklempner.«

»Ich dachte, die Narrativik sei passé«, sagte Margaret, irgendwie verärgert darüber, daß er eine feste Freundin hatte. Er hatte ein trübsinniges russisch-jüdisches Gesicht,

das sie schon immer unwiderstehlich gefunden hatte. »In Frankreich lesen sie James Madison.«

»Scheißfranzosen.«

Die Rhythmen und Muster der Vergangenheit hatten sie allmählich wieder, krochen verstohlen zurück. So hatten sie damals geredet, in nächtlichen Diskussionen von einer Langeweile erregt, wie sie Leute kennen, denen ihr Job nichts bedeutet, immer weiter bis in den Morgen hinein, in Restaurants, an Straßenecken. Hatten sie sonst irgend etwas getan? Ja, es hatte noch diese unbestimmten sexuellen Begegnungen gegeben, weniger Produkte der Begierde als der Gelegenheit.

Einer dieser ehemaligen Schwärme, die um Margaret herumstanden, war jetzt ein schwuler Aktivist, der gelegentlich in der *New York Times* zitiert wurde. Ein anderer war ein marxistischer Professor für Filmwissenschaft an einem staatlichen College. Margaret hatte damals nächtelang mit ihm diskutiert, aber sie konnte sich nicht an seinen Namen erinnern. Sie hatte ihn im Laufe der Jahre ab und zu im Kabelfernsehen gesehen. (Dünn genug, um ein Junkie zu sein, dachte sie, aber mit Sicherheit keiner. Vielleicht joggte er. Nein, Marxisten joggten nicht.) Der letzte in dieser Gruppe vergangener Torheiten war jetzt ein sehr heißer Typ, Lektor von minimalistischen Schockern. Er war regelmäßig in den Boulevardblättern zu sehen, zusammen mit irgendwelchen Nightclubgrößen. Er nickte Margaret zu, dann verließ er die Party in Begleitung eines schlägerhaft aussehenden jungen Mannes in einem weiten Anzug.

Margaret setzte sich an einen kleinen Tisch, schloß die Augen und versuchte sich zu erinnern. Wie hatten sie ausgesehen, diese Liebhaber, als Liebhaber? Hatten sie ihr gefallen? Das Durcheinander von Statuen in Prag fiel ihr allmählich wieder ein. Der Mann im Flugzeug, atmend, menschlich und nah, fiel ihr wieder ein.

Sie öffnete die Augen. Verlangen ist ein Zustand des Un-

behagens. Das hatte sie in *Rameaus Nichte* gelesen. Sie fühlte sich unbehaglich und stand auf, um nach Hause zu gehen.

»Margaret!«

Es war Till. Margaret hatte vergessen, daß Till auch dasein könnte. Jetzt sah sie Till an, die auf sie zukam. Bitte schrei mich nicht vor all diesen Leuten an, dachte sie. Bitte erzähl ihnen nicht, daß ich Kunz Turner nicht ausstehen kann, den Mann, der mich entdeckt hat. Bitte geh weg.

»Margaret! Ich freu' mich so, dich zu sehen! Ich hatte gehofft, du würdest auch kommen.«

Warum? fragte sich Margaret. Sie hielt sich die Hand an die Wange, da, wo der Zahn pochte. War Margaret verziehen worden? Hatte die Zeit Tills Wunde geheilt? Oder hatte Till ihre Wunde und ihren Groll die ach so vielen Monate lang in sich gehortet und glitt nun mit einem prallgefüllten Sack von dem Zeug durch die Menge, um Margaret was davon abzugeben?

»Hallo«, sagte Margaret.

Armreifenklirrend umhalste Till sie schwungvoll, küßte sie auf beide Wangen und sagte: »Margaret, ich möchte, daß du weißt, daß ich ein ganz phantastisches Stück geschrieben habe. Es handelt von der Egozentrik. Und von der Selbstsucht und der Gefühllosigkeit natürlich, und es basiert ganz auf dir, und ich bin dir wirklich so dankbar, du bist wirklich eine wunderbare Freundin, das ist eindeutig meine beste Arbeit, kommerziell, aber seriös –«

»Du bist nicht sauer auf mich? Du verzeihst mir?«

»Dir verzeihen? Ich möchte dir danken! Dieses Stück ist inspiriert, und die Inspiration kam von dir.«

»Und was ist mit Kunz?« fragte Margaret und sah sich nach ihm um, nach dem Lächeln, dem makellosen Gehege seiner Zähne.

»Das ist doch grad, was ich sagen will – das *ist* Kunst!«

»Nein, nein, dein Mann.«

»Kunz?« sagte Till. »Wir haben uns doch letzten Monat

getrennt. Ich lebe mit meinem Therapeuten zusammen. Habe ich dir das nicht erzählt? Ich glaube, das habe ich dir auch zu verdanken, Margaret. Du bist auf deine Art loyal und aufrichtig, nicht? Die Wahrheit wird euch frei machen. Endlich frei, endlich frei, Gott dem Allmächtigen sei Dank, endlich frei. Wollt ihr, du und Edward, zum Essen kommen? Willibald und ich geben eine kleine Dinnerparty. Am Freitag ...«

DIE GANZE WOCHE nach Jessicas Party tat Margarets Zahn weiterhin weh, nicht ununterbrochen, aber immer wieder im Laufe des Tages. Jedesmal, wenn er weh tat, mußte sie als erstes an Till und Kunz denken, das Paar, das sich entpaart hatte, und anstelle des Triumphes, den sie eigentlich erwartet hatte, verspürte sie eine nervöse Ungewißheit. Dann fing der Zahn wieder an zu pochen, und wie eine brave Pawlowsche Hündin dachte sie dann an ihre Freunde auf Jessicas Party.

Eines Morgens legte sie sich nach dem Duschen aufs Bett, schloß die Augen und erinnerte sich für einen Augenblick daran, wie sie in Florenz in einem Zimmer mit hoher Decke auf ihrem schmalen Bett auf dem Rücken gelegen hatte. Ihr College veranstaltete ein Sommerseminar in einer Villa, umgeben von Hügeln voll blühendem Lavendel und Ölbäumen. Jeden Abend, wenn der Kurs vorbei war, stand sie da und sah über die Hügel hinweg und spielte mit dem Gedanken, einen langen, einsamen Spaziergang zu machen. Aber sie haßte die Einsamkeit, sie war müde, es war tierisch heiß, und so ging sie statt dessen mit einem der Professoren flirten, einem jungen Mann aus dem Mittelwesten mit einem frischen Gesicht. Nachts, wenn die Hitze unerträglich war, sprangen sie beide in das kleine Schwimmbecken. Im Dunkeln konnten sie die dicken grünen Algen nicht sehen. Im Dunkeln konnten sie sich gegenseitig nicht sehen. Aber sie spürten sich gegen-

seitig, während sie reglos auf dem Rücken trieben. Im Wasser redeten sie nie.

Nachdem sie lange auf die Sterne gestarrt und sich in der kühlen, grünen Lake hatte aufweichen lassen, stieg Margaret schweigend aus dem Becken und ging auf ihr Zimmer, um sich naß hinzulegen und zu spüren, wie das Wasser in der drückenden Hitze verdunstete.

Jetzt lag sie rücklings auf ihrem Bett, naß, und verfluchte ihren pochenden Zahn und noch mehr Edwards Studentinnen.

Sie hatten nie miteinander geschlafen, nicht in diesem Sommer, nicht in Florenz. Sie hatten es nie auch nur als Möglichkeit in Betracht gezogen. Er war verheiratet, und Margaret mochte seine Frau. Genaugenommen mochte sie seine Frau mehr als ihn. Er war laut, selbstsicher, jungenhaft. Seine Frau war auf eine verblüffend unkomplizierte Art kompetent und geistreich. Sie schliefen diesen Sommer nicht miteinander. Aber Margaret besuchte sie im folgenden Winter in Chicago. Da schliefen sie miteinander. Es war unvermeidlich erschienen. Schrecklich, hinterhältig, unredlich, aufregend und unvermeidlich. Margaret wurde immer ganz übel, wenn sie daran dachte, so erfreulich die Sache als solche auch gewesen war. Es war das Schlimmste, was sie je getan hatte.

Edward kam ins Zimmer.

»Warum guckst du so elend?« fragte er. »Wieder dein Zahn?«

»Nein. Ich denke an die schlimmste Sache, die ich je getan habe.«

»Und das wäre? Daß du diese ganzen Studenten in Gainsville vergewaltigt hast?«

»Ich kann's dir nicht sagen. Ich kann's niemandem sagen.«

Edward sah äußerst interessiert aus. »Margaret! Was kann das nur sein?«

Für einen Augenblick vergaß sich die neue Fremdheit,

die zwischen ihnen herrschte, selbst, vergaß sich durchzusetzen, und Margaret küßte Edwards Hand, als er ihr die Wange streichelte. Er hob eine feuchte Locke, ließ sie wieder fallen und zog eine Grimasse. »Was kann das nur sein?« sagte er wieder, dann stand er auf und ging weg, in Gedanken schon ganz woanders.

Margaret setzte sich auf, bürstete sich die Haare und versuchte, die schlimmste Sache, die sie je getan hatte, zu vergessen.

Sie beschloß, Richard anzurufen. »Hast du einen guten Zahnarzt?« fragte sie.

»Ja. Er nimmt die Zahnheilkunde fürchterlich ernst. Ich bekomme von ihm regelmäßig Briefe, die mich über die neuesten Entwicklungen auf dem Gebiet der Zähne auf dem laufenden halten. Extrem teuer. Gutaussehend –«

»Ich bin fast durch mit dem Buch«, sagte sie ihm. »Und es ist auch gut so. Ich werde allmählich zu einer *libertine*. Ich glaube, eigentlich war ich früher schon eine *libertine*. Manchmal glaube ich, ich wäre gern wieder eine.«

»Wie athletisch von dir, daß du so etwas auch nur in Betracht ziehen kannst, Margaret.«

Im Wartezimmer fragte sie sich, wie Richards Zahnarzt wohl aussah. Vielleicht sah er aus wie ihr letzter Zahnarzt, der sich mit fünfzig zur Ruhe gesetzt hatte, ein gepflegter, Tennis spielender jüdischer Kunstsammler mit leicht zurückgehendem Haaransatz. Sie war im Laufe ihres Lebens schon bei einer Reihe von Zahnärzten gewesen, und sie hatten alle so ausgesehen, also sah er vielleicht auch so aus. Sie setzte sich auf die Elementencouch im vertieften Sitzbereich des mit grauem Teppichboden ausgelegten Wartezimmers (nicht nur der Fußboden, auch die Wände waren mit Teppichboden bespannt) und legte sich die Hand an die Wange, wo der Zahn pochte.

Sie holte ein paar fotokopierte Seiten von Rousseaus *Emil* aus ihrer Aktentasche. Sie hatte herausgefunden, daß mehrere Passagen von *Rameaus Nichte* daraus stammten. Die Strategie des anonymen Schreiberlings von *Rameaus Nichte* hatte darin bestanden, Zeilen, Absätze, einzelne Wortgruppen, was immer ihm paßte, wo immer es ihm paßte, zu klauen, und wie immer es ihm paßte, zu verwenden. Das Resultat mochte stellenweise etwas inkohärent ausgefallen sein, aber es behielt doch stets eine unverwechselbar libertinäre Logik bei, das Bewußtsein einer Weltordnung, die so verknuddelt war wie ein Bettlaken.

»Ich fühle meine Seele«, las sie im *Emil*. »Ich erkenne sie durch die Empfindung und durch das Denken; ich weiß, daß sie existiert, ohne zu wissen, was ihr Wesen ist; ich kann nicht über Ideen räsonieren, die ich nicht habe. Was ich jedoch sehr wohl weiß, ist, daß die Identität des Ich sich nur durch das Gedächtnis verlängert und daß, um tatsächlich derselbe zu sein, ich mich erinnern muß, daß ich gewesen bin. Nun kann ich mich nach meinem Tode nicht erinnern, was ich im Leben gewesen, wenn ich mich nicht auch erinnere, was ich gefühlt, folglich, was ich getan habe; und ich hege keinen Zweifel, daß diese Erinnerung dereinst die Glückseligkeit der Frommen und die Marter der Bösen ausmachen wird.«

Das schließt mich aus, dachte Margaret und stellte sich vor, wie sie ziemlich verwirrt durch das Himmelreich schwebte. Ich hab's vergessen, würde sie dem himmlischen Pförtner sagen. Ich vergesse, also bin ich nicht.

Sie schloß die Augen, hörte der Frau, die ihr gegenüber saß, beim Durchblättern einer Zeitschrift zu, öffnete die Augen und warf der Frau einen kurzen neidischen Blick zu: Sie hatte weißes Haar und eine kurze Mohairjacke und einen vernünftigen Rock, vernünftige Schuhe und wahrscheinlich auch die entsprechende Vernunft. Was für eine feine Sache, dachte Margaret, vernünftig zu sein.

»Schreib's in die richtige Zeile. Mach mich nicht wahnsinnig«, sagte eine weitere wartende Patientin, eine Frau fortgeschrittenen Alters, die neben einem Mann saß, der Krankenversicherungsformulare ausfüllte. Margaret nahm an, er sei ihr Mann, aber dann sagte er: »Du behandelst mich wie meine Frau. Du wirst langsam wie meine Frau.« Vielleicht war sie seine Mutter.

»Sie ist eine Nervensäge, aber sie ist schön. Meine Frau ist schön«, sagte er. »Ihre Haut –«

»Traum«, sagte die Frau scharf.

»Was soll das heißen, ›Traum‹?«

»Ein Traum«, sagte sie. »Ihre Haut ist ein Traum.«

Margaret kehrte von *Emil* wieder zu *Rameaus Nichte* zurück. Hier hieß es: »Was ich weiß, ist dies: daß meine Identität auf dem Gedächtnis beruht. Denn der Leib wird abgenutzt und durch die Auflösung seiner Teile zerstört werden. Aber verhindert die Aussicht auf künftige Gewitter unsere Freude am heutigen Sonnenschein?

Nach dem Tod kann ich mich nicht erinnern, was ich im Leben gewesen, wenn ich mich nicht auch erinnere, was ich gefühlt, folglich, was ich getan habe. Laßt uns also, geliebte Schülerin, fühlen und tun und so Erinnerungen schaffen, die der Ewigkeit würdig.«

Die Sprechstundenhilfe öffnete die Tür, die zu den kleinen Behandlungszimmern und ihren gekippten medizinisch-modernistischen Stühlen führte. Sie gab Margaret ein Zeichen, ihr zu folgen, und Margaret gehorchte, vom plötzlichen stechenden Geruch nach Nelken empfangen.

Sie streckte sich auf dem Zahnarztstuhl aus und schloß die Augen. Der Raum war kühl, und sie war müde. Gedudel plätscherte leise aus einem Lautsprecher irgendwo über ihr. Sie fragte sich, was Edward wohl in diesem Augenblick tat. Vermutlich schwenkte er vor seinen Studenten die Arme, trug er ihnen etwas vor. Wer waren seine Studenten in diesem Semester überhaupt? Hatte er irgendwelche erwähnt?

Nein. Hat er nicht, oder? dachte sie. Sie lag auf dem Zahnarztstuhl im dämmerigen, kühlen perlgrauen Zimmer. So ausgestreckt, spürte sie plötzlich die Kälte.

Warum hat er nicht? Er redet immer über seine Studenten, besonders über die ein, zwei aufgeweckten, die nach dem Seminar in sein Arbeitszimmer kommen, um zu reden, aber vor allem, wie Margaret vermutete, um zuzuhören. Und zu flirten.

»Margaret?« Eine Hand von seltsamer Oberflächenbeschaffenheit berührte ihre Wange. Sie schlug die Augen auf und sah ihn. Er hatte schwarzes, glatt nach hinten gekämmtes Haar wie die Dealer im Fernsehen. Unter seinem gestärkten weißen Arztkittel klebte ein weißes Polohemd an einem schlanken, aber sensationellen, gegliederten, muskulösen Oberkörper. Am Hals trug er ein dünnes Goldkettchen mit zwei kleinen goldenen Amuletten. Seine Uhr, die ihre Wange berührte, gab kleine, schrille, computerisierte Keuchlaute von sich. Sein Gesicht war von einem großen durchsichtigen blauen Plastikmundschutz bedeckt. Die Hand, die sie berührt hatte, stak in einem milchig gelben Gummihandschuh von der Farbe und Konsistenz eines Kondoms. Margaret war verliebt.

MARGARET WUSSTE, DASS sie seit ihrer Rückkehr aus Prag von immer stärkeren Schuldgefühlen und einem immer größeren Argwohn heimgesucht wurde, daß Edwards Anblick quälend geworden war, fast eine Anklage, eine Erinnerung an ihren Flirt mit der Untreue, an seine wahrscheinliche Untreue und, was das schlimmste war, an ihre Unfähigkeit, trotz seiner vermutlich erfolgreich praktizierten Untreue selbst untreu zu werden.

Aber bedeutete das, daß sie sich in das erstbeste Objekt verlieben mußte, das ihr über den Weg lief, als sei sie ein frischgeschlüpftes Entchen, das sich an die Fersen eines bebrillten Verhaltensforschers heftete und die entchenmäßige Entsprechung von »Mama!« piepste, weil es wußte, daß ihm eine Mama zustand und der Mann in Shorts eben als erster dagewesen war?

Dr. Lipi hatte seine gummibehandschuhte Hand auf die ihre gelegt und gefragt: »Wie ist Ihr Verhältnis zu Ihren Zähnen?« Sie lag zu Hause im Bett, benommen vom Kodein. Wie ist mein Verhältnis zu meinen Zähnen? fragte sie sich. Eng? Entfremdet? Kühl? Neurotisch?

Und mit einem wohligen Seufzer spürte sie wieder seine Hände, die ihre Schultern gestreift hatten, als er die kühle Metallkette losgehakt hatte, die das verknitterte quadratische Schlabberlätzchen aus meergrünem Papier hielt. Er hatte seine Maske abgenommen und ein Gesicht offenbart, in dem sich eine absurde Sinnlichkeit und eine steinerne Strenge auf merkwürdige Weise die Waage hielten. Er hatte hohe, kantige Jochbeine, und darüber lauerten schmal seine Augen. Aber darunter wölbte sich verführerisch die weiche Landschaft seiner vollen Lippen. Er starrte sie ausdruckslos an: Seine tiefliegenden, distanzierten Augen schienen sich nur dann scharf zu stellen, wenn er sie auf ihre Zähne richtete. Er war grauenvoll gutaussehend, ein Puzzle von übertriebenen Einzelmerkmalen. Margaret hatte es nicht geschafft, die Augen von ihm abzuwenden. Allein schon seine Gleichgültigkeit erregte sie.

Margaret lag im Bett und dachte sehnsuchtsvoll an die Brust des Zahnarztes und die Lippen des Zahnarztes und die latexüberzogenen Finger des Zahnarztes an ihrem zarten Zahnfleisch. Sie sah, wie sich die schmalen Augen des Zahnarztes unbeteiligt auf ihr Ziel zubewegten, ihren kranken Backenzahn, dann vor Erregung aufleuchteten. Sie sah es vor ihrem geistigen Auge, und ihr Puls beschleunigte sich. »Mama!« rief das Entchen.

Und sie meinte, sie hätte etwas an seinem Verhalten bemerkt, als er ihr sagte, sie würde wiederkommen müssen, etwas an der Art, wie er die blaue Schutzmaske, die er in der Hand hielt, hin- und herschwingen ließ, an seinem nervösen Räuspern, dem zusätzlichen Augenblick, dem Innehalten, als er sich zufällig in dem kleinen runden Spiegel sah, den er auf dem Tisch abgestellt hatte – etwas jedenfalls, das zu verstehen gab, daß es ihn freuen würde, wenn sie wiederkäme, daß er sie wiedersehen wollte.

»Sie werden einen Bluterguß bekommen«, hatte er, wie sie fand, besonders liebevoll gesagt.

Nach der zweiten Behandlung bat Dr. Lipi sie in sein Sprechzimmer und ließ sie ihm gegenüber, auf der anderen Seite seines großen Mahagonischreibtischs, Platz nehmen, wie ein richtiger Arzt. In England, dachte Margaret, wärst du Mr. Lipi, also was soll das Ganze? Du bist doch nur ein Zahnarzt.

»Ich bin Zahnarzt«, sagte Mr. Lipi mit einer fast feierlichen Erregung, und dann hielt er inne.

»Das hoffe ich doch«, sagte Margaret und hielt sich die Hand an die Wange.

»Jetzt passen Sie bitte auf«, sagte er. In seinen Augen lag ein fanatisches, beunruhigendes Funkeln. Überhaupt hatte er etwas allgemein Funkensprühendes an sich, etwas Elektrisches, Elektrostatisches, eine Ladung ohne Abflußmöglichkeit, ein Licht ohne Glühbirne, die es hätte fassen können, eine Radiowelle ohne Empfänger.

Er holte mehrere Fotografien aus der Schreibtischschublade. »Der menschliche Unterkiefer kann sich horizontal und vertikal bewegen«, sagte er.

Unterkiefer, dachte sie. Umbenannt in *desmoulins*, nach Camille Desmoulins, einem Rechtsanwalt, der sich Laub an den Hut steckte und alle Patrioten dazu aufrief, sich zu bewaffnen und eine ähnliche grüne Kokarde zu tragen.

Dr. Lipi hatte jetzt angefangen, die anatomische Korrelation zwischen der spezifischen Form und Anordnung der Zähne und der Form des Processus condylaris des Kiefernastes zu erläutern. Bei Menschen, deren Zähne besonders ausgeprägte Höcker aufwiesen, sei dieser Gelenkkopf viel abgerundeter, sagte er. Dann legte er eine Kunstpause ein und starrte sie an in Erwartung einer Reaktion.

Von seinem glühenden Ernst in Verlegenheit gebracht, sah sie woandershin, bis er wieder anfing zu sprechen.

»Beim mastikatorischen Apparat besteht ein Übergewicht der direkten gegenüber den schrägen Muskeln«, sagte er laut, fast zornig, und knallte die geballte Faust auf den Schreibtisch. Dann lächelte er und sagte mit einer nor-

malen, liebenswürdigen Stimme: »Aber darüber brauchen Sie sich natürlich keine Gedanken zu machen, Ms. Nathan«, überreichte ihr eine neue Zahnbürste und entließ sie.

Uff, dachte sie, als sie sein Sprechzimmer verlassen hatte. Da hat aber jemand sein Lithium nicht genommen.

MARGARET FREUTE SICH schon auf eine weitere solche Besprechung, freute sich darauf, vor dem riesigen blanken Schreibtisch zu sitzen, unruhig darauf zu warten, daß der Raum sich mit der gereizten Eitelkeit, dem drängenden, heroischen Bewußtsein eigener Wichtigkeit von Dr. Lipi dem Zahnarzt füllte. Und Dr. Lipi bat sie tatsächlich mehrmals herein. Er überreichte ihr liebevoll Zahnseidenproben, als seien sie die Hostie und er der Prophet eines besonders mächtigen Gottes. Er rügte sie wegen früherer Sünden wider ihre Zähne und, schlimmer noch, ihr Zahnfleisch. Er machte ihr Mut durch die Aussicht auf Erlösung vermittels vierteljährlicher Kürettage.

Aber hauptsächlich sprach er darüber, wie alles funktionierte – die Mechanik der Kiefer, die chemische Zusammensetzung des Zahnschmelzes. Er betrachtete es als einen Teil seiner Aufgabe als Zahnarzt, seine Patienten zu belehren, sie auf die Wunder in ihrem Mund aufmerksam zu machen. Sie merkte, daß sie in den Bann seines Bedürfnisses zu erklären geriet, und verspürte ein entsprechendes Bedürfnis zu verstehen.

»Ich weiß, daß es albern klingt«, sagte er leise, nachdem er ihr eine Serie von Zeichnungen gezeigt hatte, die den entwicklungsgeschichtlichen Zusammenhang zwischen dem Affenkiefer und dem menschlichen Kiefer darstellte. »Aber der Mund tut so viel! Er ist ein Wunder, und was sind wir, ohne Zähne?« Er zeigte ihr eine Zeichnung vom Vertikalschnitt des Zahnes *in situ.* »Zahnlos.«

Margaret war scharf auf Dr. Lipi, Dr. Lipi, den herrlich

proportionierten missionierenden Zahngelehrten. Einmal projizierte er auf eine Leinwand Dias von den Bakterien, die er von ihren Zähnen geschabt hatte. Margaret saß fasziniert, abgestoßen, gebannt da. Sie erörterten die Anatomie der Zähne, wobei Margaret über sein unstillbares Interesse an den Einzelteilen des Mundes staunte und seinen Mund ansah, seine sinnlichen Lippen, seine Zähne, zuhörte und schaute und gelegentlich zu Dr. Lipis offensichtlichem Entzücken einen der neuen Namen beisteuerte, die Madame de Montigny kreiert hatte. Er war ein außerordentlich gutaussehender Mann, muskulös, ohne stämmig zu sein, mit einem halb weichen und sinnlichen, halb kantigen und fast unnatürlich wachsamen Gesicht. Er stand oft in einer so vielsagenden und vertrauten und dabei so ungewöhnlichen Pose da, daß Margaret spürte, wie ihre Atmung aus dem Takt kam und das Blut ihr besinnungslos in den Ohren rauschte. Seine breiten Schultern und sein schlanker Rumpf neigten sich anmutig zurück, sein flacher Bauch wölbte sich sanft einwärts, Standbein und Spielbein waren ausbalanciert, ein Arm so weit vor der Brust angewinkelt, daß die hohle Hand in der Halsgrube zu ruhen kam, als hielte er etwas, das über seiner Schulter hing, und manchmal hielt er dabei tatsächlich etwas, einen braunen Umschlag oder seine blaue Plastikmaske. Margaret starrte unentwegt, bis ihr klar wurde, daß er wie Michelangelos David dastand, eine vollkommene, herrliche Kopie, wie die eine, die auf dem Platz in der Nähe der Uffizien steht, die ganz mit Tauben bedeckt ist. Die Tauben wären stolz gewesen, sich auf Dr. Lipi zu versammeln, so elegant, wie er dastand, und die Taube Margaret wäre außer sich vor Glück gewesen.

Dr. Lipi hatte in einem Kabelkanal eine zahnmedizinische Sendung mit dem Titel »Mit deinen Zähnen auf du und du.« Er hatte ein Zahnsanatorium im Elizabeth-Arden-Gebäude. Er düste in Privatjets durch die Weltgeschichte, um sich um die Zähne der Reichen und Berühm-

ten zu kümmern. Er plauderte über Osteoblastozyten und Zementkorpuskeln, Periodontium und Czermaks Interglobularräume. Und manchmal fragte er sich, ob er es nicht vielleicht der Welt schuldete, daß er sich auch um die weniger vom Glück Begünstigten kümmerte.

»Sie könnten ja mit einem Lastwagen herumfahren«, schlug Margaret vor. »Wie die Lubavitcher.«

Während Dr. Lipi diese Möglichkeit ernsthaft in Betracht zog, betrachtete Margaret seine schönen, wohlgeformten, sehnigen Arme, die aus seinem kurzärmeligen Hemd herausschauten, und dachte: Er ist vollkommen übergeschnappt, nicht?

Aber der fanatische Funke war in sich eine weitere Attraktion. Erregung loderte in Dr. Sammy Lipi, glühende Kohlen missionarischer Leidenschaft, und Erregung erregt ihre Umgebung, wie ein tobender Wanderprediger im drückenden Schatten eines Südstaatenzeltes.

Ich glaube, dachte Margaret. Ich kann zahnseiden, o Herr! Ich kann zahnseiden!

GENAU WIE RICHARD vorausgesagt hatte, fing Margaret an, Rundschreiben von Dr. Lipi zu bekommen. Sie berührten Gegenstände wie Dentalimplantate, die Kontroverse um das fluoridierte Trinkwasser, Fixierungstechniken, unedle und edle Metalle, Acrylharz und Porzellan, korrigierbare Dysmorphien sowie totale Kauterisation, Dentinbindung »im feuchten Medium« und intraorale Plattierung. Sie bewahrte die Briefe in der Schublade ihrer Kommode zwischen den Strümpfen auf und holte gelegentlich einen heraus und las ihn, als sei er ein Billetdoux. Aber ihr liebster war und blieb der erste, ein Schreiben, das jedem neuen Patienten zugesandt wurde, eine Art Einführung mit dem Titel »Aufgeklärte Zahnheilkunde«.

Rundbrief Nr. 101

Liebe Patientin, lieber Patient:

Ich bin Zahnarzt, das ist mein Job. Aber heute, bei Anbruch eines neuen Jahrzehnts, ist »Zahnarztsein« in den Vereinigten Staaten mehr als nur ein Beruf. Dank der jüngsten technologischen und wissenschaftlichen Fortschritte auf dem Gebiet der Zahnheilkunde haben die Amerikaner, ja hat die gesamte moderne Menschheit die Gelegenheit, sich mehr als jemals zuvor dem Ziel dentaler Vollendung anzunähern. Vollkommenheit ist nicht mehr ein unerreichbares Ideal, sondern eine reale Möglichkeit. Die Zahnheilkunde ist für mich ein Streben nach dieser Vollkommenheit für *meine* Patienten, für alle Patienten, nah und fern.

Zwischen jedem von uns und seinen oder ihren Zähnen besteht ein natürlicher Kontrakt. Jede der beiden Parteien hat eine Verantwortung gegenüber der anderen. Der Mensch kommt mit einer angeborenen Fähigkeit auf die Welt, seine Zähne zu pflegen – durch den Speichel. Der Speichel ist die Reinigungslösung der Natur. Aber nur durch Beobachtung und Erziehung können wir auf den Gaben der Natur aufbauen. Beobachten Sie Ihre Zähne, bleiben Sie mit ihnen in Kontakt. Hören Sie auf das, was sie Ihnen zu sagen haben. Wenn Sie Ihren Zähnen nur halb soviel Beachtung schenkten wie ich, könnten jährlich Tausende von Zähnen gerettet werden. Die Vergeudung eines Zahns ist etwas Schreckliches. Suchen Sie Ihren Zahnarzt, Parodontologen oder Kieferorthopäden zu regelmäßigen Kontrolluntersuchungen auf.

Und vergessen Sie nicht, ich bin vierundzwanzig Stunden am Tag, sieben Tage in der Woche hier. Ihre Zähne machen niemals Urlaub. Ich ebensowenig.

Wir alle können als Patienten einen Beitrag zur Verwirklichung universaler Zahngesundheit leisten.

Ihr Zahnarzt und Mitpatient
Dr. Samuel Lipi

Der Mensch, dem es gänzlich eines guten Gedächtnisses ermangelt, fühlt; doch er urteilt nicht: Urteilen setzt den Vergleich zweier Vorstellungen voraus.

Beim Lunch mit Lily, diesmal auf einer Bank im Park, versuchte Margaret, die Kontrolle über ihr Thunfischsandwich nicht zu verlieren, und fragte sich dabei, ob die Liebe ihr Gedächtnis verbessern würde. Konnte sie sich an Dr. Lipis Stimme erinnern? An seine Worte? Die Kurve seines Halses, den Farbton seiner Haut? Vielleicht. Sie war sich nicht sicher, so sehr waren all ihre Gedanken an ihn von schlichtem Verlangen überflutet, ihrem eigenen Verlangen.

»Ich bin in meinen Zahnarzt verliebt«, sagte sie.

Lily sah sie aufmerksam an. Sie kaute mit vollem Mund.

»Ich glaube, ich hab' zu jung geheiratet. Ich habe einen Mangel an Urteilsvermögen bewiesen. Urteilen erfordert einen Vergleich.«

»Margaret, du kannst dich schwerlich auf einen Mangel an Erfahrung berufen«, sagte Lily.

»Ja, aber ein Mensch, dem es gänzlich eines guten Gedächtnisses ermangelt, kann nicht urteilen. Mir ermangelt es gänzlich eines guten Gedächtnisses.«

»Urteilskraft ist Tyrannei, Margaret. Außerdem ist Edward so sexy.«

»Klar«, sagte Margaret. Sie aß ihr Sandwich und bewunderte schweigend das Grün des jungen Grases, die warme Luft, den rosigen Hauch auf Lilys Wangen, die äußerst intellektuellen Nikotinflecke auf ihren Fingern, das rauhe Wispern ihrer Starletstimme.

»Ich mag dich, Lily«, sagte sie, verlegen wegen ihres vorigen Geständnisses. »Du hörst mir immer zu, egal, welchen Kackmist ich meine von mir geben zu müssen.«

Und ich dir, fügte sie in Gedanken hinzu, während Lily sich vergnügt fragte, ob die Obdachlosen, die im Tunnel da drüben kampierten, ihn sich wegen seiner vaginalen Anklänge ausgesucht hatten.

Dr. Lipi war in ihren Gedanken. Margaret spann Tagträume aus wie ein Teenager. Sie fuhren an den Strand und gingen spazieren, so wie Teenager an den Strand fuhren und spazierengingen. Sie fuhren im Auto und unterhielten sich ernsthaft, während das Radio spielte. Sie hielten Händchen im Park. In all diesen Phantasien trug Dr. Lipi ein weißes Zahnarzthemd, ein verheißungsvoll unzugeknöpftes, das dann abrupt ausgezogen wurde.

»Richard«, sagte sie zu ihrem Lektor am Telefon, »ich bin in deinen Zahnarzt verliebt. Unseren Zahnarzt.«

»Ja, klar, war ich auch. Du kommst schon noch darüber weg.«

»Nein, bestimmt nicht. Oder doch? Warum komm' ich drüber weg?«

»Weil irgendwann die Rechnung kommt.«

»Richard, ich mein's ernst. Ich bin hoffnungslos verknallt in Zahnarzt Dr. Lipi«, sagte Margaret. Sie wollte den Eindruck erwecken, als scherzte sie oder als könnte sie zumindest scherzen, aber etwas mußte in ihrer Stimme liegen, das sie verriet.

»Was hält denn Edward von deinem neuerwachten Interesse an der Zahnmedizin? Willst du dich überkronen lassen, Liebes? Jacketkronen vielleicht. Margaret, benimm dich.«

»Warum?«

»*Weit* aufmachen!« sagte Richard lachend.

Träum nur weiter, dachte Margaret, aber sie konnte es nicht über sich bringen, es zu sagen.

»Margaret, werd in Gottes Namen mit deinem schweinischen Buch fertig«, sagte Richard gerade. »Vernachlässigt dich dein Mann?«

»Nein. Edward vernachlässigt niemanden. Nicht mal mich.«

»MARGARET, WAS FEHLT dir neuerdings?« fragte Edward, als sie von der Bibliothek nach Hause zurückkam und, ohne ein Wort zu sagen, an ihm vorbeiging. »Es ist Frühling!« Er breitete die Arme theatralisch aus und sprach mit seiner tiefen, dröhnenden Vorlesungsstimme. »Aber du kommst durch die Tür wie ein Ansturm des Winters. Die Sonne verblaßt; grauer Wind heult; Blätter welken an ihren Zweigen.« Er verstummte und fügte dann mit einem ironischen, freundlich spottenden Ton hinzu: »Was ist los, Margaret?«

Probleme waren für ihn zerbrechliche, geheimnisvolle Gebilde, die es behutsam anzufassen galt, mit einer Mischung aus Selbstzweifel und Ehrfurcht, so wie ein frischgebackener Vater ein frischgebackenes Baby anfaßt. So wenige Dinge stellten für Edward ein Problem dar, daß er, wenn er auf eines stieß, das Löwengebrüll seines Wesens zu einem leisen Schnurren abschwächte.

»Was ist denn, Margaret?« sagte er noch einmal, und er legte eine Hand auf ihre Schulter und streichelte ihr mit der anderen die Wange. »Was habe ich getan?«

»Ich weiß nicht«, sagte Margaret.

»Aber ich habe etwas getan?«

»Hast du?«

»Na ja, es scheint so«, sagte er.

»Aha!« sagte sie und wandte sich ab, um zu gehen.

»Margaret«, rief ihr Edward nach. »Margaret, du weißt, daß ich ein Mensch von grenzenloser Geduld bin. Aber selbst grenzenlose Geduld hat ihre Grenzen.« Und seine Stimme war nicht mehr ironisch oder freundlich spottend.

Daß Verlangen ein Zustand des Unbehagens ist, wird jeder, der sich selbst beobachtet, rasch erkennen. Wie vereitelte Hoffnung läßt vereiteltes Verlangen des Menschen Herz erkranken.

Mein Verlangen und meine Hoffnung waren beim Anblick meiner Schülerin, die im grünen Hain ausgestreckt lag und dort auf so freigebige Weise einem andern die Früchte ihrer Erkenntnis darbot, gleichermaßen eitel geworden. Und so stark brannte mein Verlangen, daß es mein Unbehagen jetzt hoch auflodern ließ und das Herz in meiner Brust aufschrie: »Gib mir, wonach es mich verlangt, gib es mir, oder ich sterbe!« Das Leben selbst und all seine Freuden wurden zu einer solchen Last, daß ich sie unter dem dauernden und unnachgiebigen Druck solchen Unbehagens nicht mehr zu tragen vermochte.

Nachdem ich meine Schülerin, die noch immer ohne ein Zeichen von Reue im schattichten grünen Gras saß, verlassen hatte, irrte ich durch die Besitzung der Marquise de --, ohne meiner Umgebung zu achten. Ich hätte ebensogut im Schatten von Kokospalmen, Bananenstauden und blühenden Zitronenbäumen wandeln können, auf den Flanken eines Berges auf einer kleinen Insel im südlichen Ozean. Denn alles, was ich vor mir sehen konnte, war Rameaus Nichte.

Wer über die Vorstellung des Entzückens nachsinnt, welches ein beliebiges anwesendes oder abwesendes Objekt in ihm hervorzurufen vermag, der unterhält den Begriff, den wir Liebe nennen. Ich sann über die Vorstellung des Entzückens nach, welches meine Schülerin in der Vergangenheit in mir

hervorgerufen hatte. Ich bewegte sie hilflos und unaufhörlich in meinem Herzen.

Wenn ein Mann im Herbst, wenn er sie ißt, oder im Frühling, wenn es keine gibt, erklärt, er liebe Trauben, so bedeutet dies nicht mehr, als daß der Geschmack der Trauben ihn entzückt. Gewiß, dachte ich, hatte mich der Geschmack von Rameaus Nichte entzückt, als sie dagewesen und ich sie hatte schmecken können. Und als sie abwesend, war die Erinnerung an jenes Entzücken mir Hunderte von Meilen weit gefolgt, hatte mich aufs reizendste tagelang, Wochen und Wochen lang, auf meiner Reise nach Genf begleitet. Ich hatte sie geliebt.

Doch genügt es, daß eine Änderung im Gesundheitszustand oder in der Konstitution das Entzücken am Geschmack der Trauben zerstört, und es kann vom Manne nicht mehr heißen, er liebe Trauben. Im Gegenteil, der Gedanke an den Schmerz, den etwas Vorhandenes oder Abwesendes uns zu verursachen vermag, ist das, was wir Haß nennen.

Wenn ich an meine Schülerin dachte, gedachte ich des Schmerzes, den sie mir verursacht hatte, und der Gedanke an jenen Schmerz erzeugte in mir tatsächlich das, was wir Haß nennen. Ich haßte Rameaus Nichte.

DIE TAGE WURDEN allmählich länger, ein bißchen länger, und Margaret watete auf dem Obstmarkt durch Schwärme von ältlichen Frauen hinaus in eine silbrige Dämmerung und eine ungewohnte Strömung von sauberer, windiger Luft, die sie, wenn auch nicht sehr spezifisch, an andere Orte und andere Zeiten erinnerte. Ein Berg irgendwo in Nordeuropa oder vielleicht Colorado, ein Schul-

weg im Frühling in Massachusetts, ein Strand, irgendein Strand.

Das ist es, begriff sie. In New York war das der Frühling. Sie hatte ihn gerade erlebt, einen Augenblick, der an andere Augenblicke erinnerte, der an andere Orte denken ließ, wo Bäume und Blumen blühten, Nagetiere erwachten, Insekten schlüpften und Vögel balzten. Und jetzt war's vorbei. Frühling in New York. Er war angekommen und weitergezogen in dieser einen frischen Brise. Ein Bus donnerte vorbei. Ein Mann stand an einer Ecke, einen großen gelben Kleiderbügel ins Knopfloch gehakt, und brüllte: »Man hat mir was angehängt!«

Zu Hause ließ sie sich im Wohnzimmer in den Sessel fallen und sah hinaus in den dunkler werdenden Himmel. War in der Einkaufstüte Milch oder Joghurt, oder Huhn, oder Fisch? Irgendwas, was sie wegtun mußte? Es war ihr egal. Sie dachte an Dr. Lipi, daran, wie er mit seinen scharfen Augen starrte. Der Mann im Flugzeug hatte so weiche graue Augen gehabt. Unten im Flur hatte sie einen halbwüchsigen Jungen mit frischen rosigen Wangen und dem trägen, gierigen Gesicht der Jugend gesehen. Margaret lehnte den Kopf zurück. Sie mochte diese Tageszeit, wenn alles so sanft dahinschwand.

Als es an der Haustür klingelte, machte sie einen Satz und fröstelte und begriff, daß sie eingeschlafen sein mußte. In der Wohnung war es jetzt völlig dunkel. Sie stolperte zur Tür. Edward mußte seine Schlüssel vergessen haben. Gut. Jeder sollte ab und an mal etwas vergessen. Und irgendwie hätte es sie gestört, wenn er sie schlafend vorgefunden hätte, denn wenn sie schlief, dann träumte sie. Sie wollte nicht mehr, daß Edward wußte, wovon sie träumte.

»Hallo«, sagte sie, gegen das grelle Licht der Flurbeleuchtung blinzelnd, als sie die Tür aufmachte.

»'allo«, erwiderte die Gestalt vor der Tür. »Aber schau, wer da ist! Das sind Sie, das hübsche Mädchen aus dem Flugzeug. *Bonjour!* 'allo, 'allo!«

Nein, nicht Edward.

Margaret sah genauer hin. Diese dünnen Lippen, feucht und vorgestülpt. Die grauen Augen. Und das Hemd. Das grünweiß gestreifte Hemd. Das war der Mann aus dem Flugzeug, der Mann, von dem sie geträumt hatte, der Mann, der ihr im Schlaf aufs Gesicht gefallen war. Aber was machte er hier, wo er wach war, wo sie wach war? Wie hatte er sie gefunden? Sie hatte ihm ihre Adresse nicht gegeben, nicht einmal ihren Namen gesagt. Und hatte er keine anderen Hemden? In ihrer Aufregung sagte sie nichts. Überhaupt nichts.

»Sie sind erstaunt, mich zu sehen.«

Margaret nickte.

»Und ich bin erstaunt, Sie zu sehen!«

Aber ich wohne hier, dachte Margaret.

»Ich suche nach Marguerite Nathan.«

»Sie haben sie gefunden«, sagte Marguerite.

»Ja? So erfreulich, daß sie Sie ist!«

»Ja. So erfreulich.« Margaret starrte hinunter auf die Einkaufstüte, die sie auf dem Fußboden neben der Tür hatte stehenlassen. Der Geruch von Lauch und überreifen Erdbeeren stieg in Schwaden herauf.

»Sie sind mit meinem Vater bekannt. Ich bin Martin Court, Sohn von Jacques Court, aus Brüssel. Sie haben ihn in Prag kennengelernt, ja? Er gibt mir Ihren Namen und Ort und sagt, ich soll Sie kennenlernen. Aber wir lernen schon kennen!«

»Ja, tun wir.«

»Das ist ja wirklich eine Sache!«

Margaret sah auf das Hemd und den blauen Kaschmirblazer und den unbefangen vorstehenden Bauch. Ich schau' ihn zu lange an, dachte sie.

»Folgen Sie mir!« sagte sie.

Ziemlich verwirrt knipste sie Lampen an, eine Menge Lampen, jede Lampe, an der sie vorbeikam. Die Wohnung erstrahlte in grellem Licht. Margaret führte Martin Court

ins Wohnzimmer. Jetzt sah sie ihn überhaupt nicht an, achtete darauf, ihn nicht anzusehen. Sie drehte sich um und forderte ihn mit einer Geste auf, Platz zu nehmen. Martin ergriff ihre Hand.

Ich fall' gleich in Ohnmacht, dachte sie. Ihr war übel, und die hellen Lichter blendeten ihre verschlafenen Augen. Er war ihretwegen gekommen. Sie hatte sich einen Liebhaber zuzulegen, und jetzt war ihr Liebhaber da, griffbereit. Seine Hand schloß sich um die ihre, groß und warm um ihre plötzlich eisigen Finger, enger und enger, und zog sie zu ihm hin. Um die ihren geschlungen, drückten seine langen Finger fester und fester und zogen ihre Hand dabei leicht, aber nachdrücklich empor und dann wieder hinunter. Martin Court schüttelte ihr die Hand.

»Das ist wirklich eine Sache!« sagte er noch einmal. »Wirklich eine tolle Sache!«

Margaret hustete, nickte und setzte sich.

Martin Court konstruierte absurd teure Hi-Fi-Anlagen, und seine Firma hoffte, in den amerikanischen Markt einzusteigen. Er war schon zweimal in New York gewesen, seitdem sein Vater Margaret von den Gefahren der aufreizend schönen Architektur Prags errettet hatte, aber erst jetzt hatte er Zeit gefunden, die Nutznießerin des hervorragenden Ortssinns seines Vaters aufzusuchen.

Margaret wollte ihm keinen Kaffee anbieten, weil er Franzose war und ihren Kaffee verurteilen würde, aber dann fiel ihr wieder ein, daß er Belgier war. »Möchten Sie eine Tasse Kaffee?« sagte sie. Ihre Stimme klang grell in ihren Ohren, der heisere Schrei eines garstigen Nachtvogels, der sich auf seine Beute stürzte.

»Tee.«

In der Küche stand Margaret über den Wasserkessel gebeugt und sah ihm beim Nichtkochen zu. Er war da, in ihrem Haus. Er hieß Martin, ein Name, den man auf französisch unmöglich richtig aussprechen kann, ohne so zu klingen, als hätte man eine Nebenhöhlenentzündung. Das

Haar fiel ihm über die Augen, bis auf die große, merkwürdig geformte Brille. Was redete sie jetzt mit ihm? Sie hatte ihm im Flugzeug schon ihre ganze Lebensgeschichte erzählt, ihm ihre geheimen spießigen Ansichten über die Erkenntnistheorie mitgeteilt. Vielleicht sollte sie ihm Edwards Theorie von der Monogamie und dem Ende der Evolution referieren, auch bekannt als: Der Ehebruch als die äußerste Form der Selbstaufopferung.

Margaret hörte, wie sich die Wohnungstür öffnete.

»Oh, hallo«, hörte sie Edward sagen.

»'allo. Ich bin Martin Court, ein Freund von Marguerite. Sie sind auch ein Freund von Marguerite?«

Der Kessel pfiff durchdringend.

Margaret machte einen Tee für Martin Court und setzte sich hin und trank ihn. Sie haßte Tee.

Ich gehe da nicht raus, dachte sie. Ich bleibe hier, am Herd. Ich werde auf dem Herd schlafen wie eine russische Leibeigene. Es ist hübsch und warm hier am Herd. Da draußen ist es zu heiß.

Sie hörte sie lachen und reden, über Wagner und George Bernard Shaw, die Vorzüge von Röhrenverstärkern und die Notwendigkeit von etwas namens Monsterkabel.

»Margaret«, sagte Edward, als er in die Küche kam. »Wie komisch, daß du deinen neuen Spezi im Flugzeug kennengelernt hast. Hast du ihm gesagt, daß er zum Essen bleiben soll? So hast du etwas Gesellschaft. Ich kann leider nicht bleiben.«

Margaret sah zu ihm auf, zwischen Argwohn und Erleichterung hin- und hergerissen.

»Institutskonferenz«, sagte er. »›Multikulturalismus in der Literatur – zu wenig und zu spät?‹ Ich finde zwar nicht unbedingt, aber schließlich kann ich mich irren. Na ja, je mehr, desto lustiger. Laßt die Kulturen rein, laßt Doktoranden auf sie los, ein neuer Vorrat an obskuren Werken, zu obskuren Dissertationen zermahlbar, der neue dröge Staub neuer Klassiker, erbarmungslos über unschuldige

Studenten gestreut. Vielleicht können meine Dichter überleben. Ich kann sie für Homosexuelle ausgeben oder heimliche Homosexuelle oder Protohomosexuelle. Parahomosexuelle!«

»Sei nicht bitter.«

»Nein. Du hast recht. Es ist grotesk, was da vor sich geht, und ich hab' durchaus meinen Spaß daran. ›Me imperturbe ... Gelassenheit inmitten der Unvernunft.‹ Hast du dem Mann einen Drink angeboten, Liebling?«

Er holte zwei Bier aus dem Kühlschrank und ging hinaus.

»Tee«, sagte Margaret zu seinem Rücken. »Ich hab' ihm Kaffee angeboten, und er wollte Tee.«

Aber Edward hörte nicht. Er war schon wieder im Wohnzimmer bei seinem neuen Kumpel. Margaret hörte ihnen zu. Ihr Mann, der sich mit ihrem Liebhaber unterhielt. Na ja, ihrem theoretischen Liebhaber. Ihr tatsächlicher Mann. Sie würde auf dem Herd schlafen. Für immer und ewig.

Es endete schliesslich damit, daß Margaret und Martin Court auswärts essen gingen. Margaret führte ihn in das unromantischste, lauteste Restaurant, das ihr einfiel, eine Sportbar mit sechs überformatigen Fernsehgeräten. Hier kann ich nachdenken, sagte sie sich, und entscheiden, was ich tun muß. Ohne Musik oder Schummerbeleuchtung, die meine Urteilskraft trüben. Nur blinkende Anzeigetafeln und der Krach einer wütenden Menge.

Martin trank ein Bier, und Margaret sah zu.

»Ich bin froh, Sie kennenzulernen«, sagte er.

Er fuhr sich mit der Hand durch das Haar, und Margaret erinnerte sich an dessen Geruch und wie es sich an ihrem Gesicht angefühlt hatte.

»Mein Vater und meine Mutter mögen Sie so sehr. Mein Vater sagt, Sie wissen so viel über Gefängnisreform in den Vereinigten Staaten.«

Seine Hände ruhten auf dem polyurethanbeschichteten Tisch. Seine Finger waren lang und alle fast von der gleichen Länge, seine Nägel gewölbt und regelmäßig. Er trug keinen Ehering.

»Ihr Mann hat einen guten Geschmack in Musik«, sagte er.

»Sind Sie verheiratet?«

»Geschieden.«

Martin hatte geschliffene, elegante Umgangsformen, aus denen gelegentlich etwas Jungenhaftes hervorbrach. Durch das Beifallsgeschrei, die Buhrufe, die Grunzer und die Quietschlaute bildschirmfüllender Basketballschuhe auf Hallenböden hindurch bemerkte er, die Sportbar sei »wirklich eine tolle Sache!« Er nannte verschiedene Möglichkeiten, wie das Etablissement sowohl video- als auch audiotechnisch aufgerüstet werden könnte. Er sagte ihr, er habe seit ihrer Begegnung im Flugzeug viele Male an sie gedacht.

»Ihre Laryngitis ist besser geworden«, sagte sie.

Martin sah sich um, starrte die jungen Anwälte und Broker an und lächelte. »Amerika!« sagte er.

Mehrmals füllte er ihr Glas Mineralwasser mit derselben galanten Beflissenheit nach, als tränke sie Champagner. Anläßlich ihrer Krönung.

Als ihr Hamburger kam, sah Margaret ihn mit Widerwillen an. Sie war zu nervös, um zu essen. Martin betrachtete sie besorgt.

»Marguerite, Ihnen geht es nicht gut.«

»Sehe ich schlecht aus?«

»Sie sehen sehr gut aus! Sehr, sehr gut.«

»Oh.«

»Aber Sie sehen so aus, als ob es Ihnen schlechtgeht, sehen Sie?«

Margaret sah. Sie sah einen gutangezogenen, gutaussehenden Mann mit guten Manieren, einem sexy Bauch und einem liebenswürdigen Wesen. Kein Wunder, wenn ich so aussehe, als sei mir schlecht, dachte sie.

»Meine Tochter liebt New York«, erzählte Martin gerade. »Wir sind zusammen hiergewesen.« Seine Tochter war vierundzwanzig.

»Sie ist ja fast so alt wie ich!« sagte Margaret. Der alte Schmutzfink. Nein, nein, die Bezeichnung paßte überhaupt nicht zu ihm. Der lüsterne *roué*. Das paßte zwar auch nicht zu ihm, aber es entsprach viel eher Margarets Gefühl für romantische Schicklichkeit.

»Ja«, sagte er. »Sie ist Ihnen sehr ähnlich.«

Er küßte sie zum Abschied auf beide Wangen. Margaret legte ihm die Hand auf den Arm, auf den kaschmirbedeckten Arm.

»Sie haben so weiche Sachen«, sagte sie.

Er sah sie fragend an. Eine Haarsträhne war ihm zwischen Brille und linkes Auge gefallen. Margaret wollte sie ihm wegstreichen, aber er kam ihr zuvor.

»Auf Wiedersehen, meine Freundin, meine alte Freundin«, sagte Martin. Er winkte nach einem Taxi.

Margaret geriet in Panik. Ging er jetzt? Einfach so? Würde sie ihn nie wiedersehen, Martin Court nie wiedersehen, den Mann, den das Schicksal offensichtlich zu ihrem Liebhaber auserkoren hatte?

»Ich habe etwas für Ihren Vater«, sagte sie schnell. Gut geschaltet, Margaret! »Ein Geschenk. Ein Buch. Ich bin so dankbar. Sind Sie morgen frei? Ich geb' es Ihnen dann. Ich zeige Ihnen die Sehenswürdigkeiten der Stadt. Wenn ich mich nicht verlaufe. Ich werd' mich nicht verlaufen. Das war ein Witz.«

»Ja, ich weiß«, sagte er.

Ihre Hand lag noch immer auf seinem Ärmel. Sie zog sie zurück.

Er holte einen Terminkalender aus der Tasche. »Freitag«, sagte er. »Das ist gut?«

»Das ist gut.«

»Sie sind sehr freundlich, Marguerite«, sagte er, als er in das Taxi einstieg. »Freundlich zu Ausländern.«

Margaret machte sich auf den Heimweg und dachte, daß das Geschrei von Sportfans für sie nie mehr dasselbe sein würde. Die Haarsträhne, die über Martins linkes Auge gefallen war, blieb ihr peinigend im Sinn, ein Schleier, den sie heben mußte. Martin. Geschieden. Eine vierundzwanzigjährige Tochter. Er selbst neunundvierzig. Mathematik und Musik, sagte er, sind dasselbe; sie sind die Gesetze des Universums. Ob sie sich wohl irgendwann seine Geräte anhören wollte? Sie würde staunen. Sie waren wirklich eine tolle Sache!

O ja! hatte sie sagen wollen. Ich werde mir deine Geräte anhören. Stöpsel sie nur ein.

Auf der anderen Seite des Tisches, in das flimmernde Licht der sechs Fernseher getaucht, war er unwiderstehlich gewesen, sein Gesicht unleugbar, offensichtlich ausländisch, seine Stimme hoch und betörend fehl am Platze.

Edward war schon zu Hause. Ich bin hypnotisiert worden, dachte sie. Weck mich nicht auf. Groß und vertraut wie ein Baum im dunklen Korridor, legte er seine Arme um sie, aber Margaret dachte wieder an Martin, den Mann im Flugzeug, in der Sportbar, auf dem Bürgersteig, ein Gesicht im Taxi.

»›Nicht in dich verliebt zu sein‹«, sagte Edward. »›Ich kann mich nicht erinnern, wie das war. Es muß beschissen gewesen sein.‹« Er küßte sie auf den Scheitel. »Schuyler«, sagte er.

Schuldbewußt und wütend über ihre – absolut gegenstandslosen! – Schuldgefühle, sagte sie: »Warum zitierst du eigentlich immer andere Leute? Hast du nie selbst was zu sagen?«

Edward machte einen Satz, so erschrocken war er. Er sah sie fragend an, dann ging er weg, ging schweigend ins Arbeitszimmer und schloß die Tür hinter sich.

Margaret dachte: Das verzeiht er mir nie. Er zitiert aus Liebe und Begeisterung, wie ein Junge mit einer Schachtel voll glänzender Steinchen rasselt, sie auf- und zumacht

und sie dann wieder aufmacht. Ich hab' seine hübschen Steinchen beleidigt. Ich hab' sie in den Fluß geschmissen.

Und Margaret hatte das Gefühl, daß sie gerade eine Grenze überschritten hatte, eine Grenze der Höflichkeit, die für die Liebe unerläßlich war. Wenn man verliebt war, hatte man keinerlei Bedenken oder Angst, die tiefsten, geheimsten Wahrheiten über sich selbst zu offenbaren. Aber es gab Wahrheiten über den anderen, die man niemals offenbarte, nicht aus Angst oder Scham, sondern aus Nachsicht – aus Liebe.

Ich bin boshaft und rücksichtslos gewesen, begriff sie. Wie ein Kind, das einen dicken Mann dick nennt. Aber sie konnte nicht um Verzeihung bitten. Ihr Mund weigerte sich, die Worte zu formen. Sie formte zur Zeit so wenig Worte für ihn.

Edward war zu sehr Gentleman, um überhaupt nicht mehr mit ihr zu reden. Aber sie hatte den Eindruck, daß er seit diesem Zwischenfall keine Freude mehr an seinen Worten hatte. Margaret wartete manchmal darauf, daß er versuchte, die Tatsache zur Sprache zu bringen, daß sie nicht wirklich miteinander sprachen, aber ihrer beider Wortlosigkeit bekam nur noch mehr Gewicht, eine strenge und herrische Mutter. Sie ließ sie beide nie ganz aus den Augen. Edward, der donnernde Walt-Whitman-Kenner, der »Das Leben, unermeßlich in Leidenschaft, Puls und Kraft« sang, lebte sein Leben energisch und freudig. Das war die einzige Weise zu leben, die er beherrschte. Aber Margaret hatte die Energie und die Freude herausgesogen und ein Vakuum, eine Abwesenheit hinterlassen, und er wich unsicher vor ihr zurück, wie eine Katze vor einer Pfütze. Sie fristeten ein vorsichtiges Dasein, neue Nachbarn in ihrem alten Leben.

Lily sass im Gras im Park, wo sie sich jetzt ziemlich regelmäßig zum Lunch trafen. Sie hatte ihre Schuhe ausgezogen, schwarze spitze Pumps, die starr und unheilkündend neben ihren nackten Füßen im leuchtenden Frühlingsgras lauerten. Sie hatte kleine, ebenmäßige Zehen (passend zu ihren Zähnen) mit Tupfern von perlmuttfarbenem Nagellack.

Edward war auch da, und Margaret ärgerte sich. Sie wollte mit Lily über Martin reden. Sie wollte Lily für sich haben. Verstimmt legte sie sich ins Gras zurück und ignorierte die beiden. Sie aßen ihre Sandwiches und plauderten über Gartenbau. Gartenbau! Na ja, bei Edward mochte das hingehen, da er doch Engländer war und überhaupt. Aber Lily hatte keine Entschuldigung. Lily war selbst ein Garten, begriff sie das nicht? Sie hegte sich so sorgfältig. Was konnte sie da noch für ein Interesse an einem Stück Erde mit irgendwelchem Grünzeug drauf haben, das fortwährender Pflege bedurfte und Namen hatte, die man sich unmöglich merken konnte, und dann, nach monatelanger Verhätschelung, einging?

»Gärten sind deprimierend«, sagte Margaret. »Alles geht ein. Direkt vor deinen Augen.«

»Margaret, du bist eine Absolutistin«, sagte Edward.

»Schmeiß du mir nicht immer Whitman an den Kopf.«

»Ach, Margaret«, sagte Lily.

Margaret setzte sich auf. Lily sah Edward mit ihren lavendelfarbenen Augen an.

»Also, ich mag Whitman«, sagte Lily. »Er nahm sich der Bourgeoisie an.«

»Er *war* die Bourgeoisie«, sagte Margaret.

An diesem Abend, gerade als Margaret Edward beim Einräumen der Spülmaschine zusah und sich fragte, ob Dr. Lipi wohl eine Freundin hatte, rief Martin an.

»Marguerite? Sie sind bereit? Sie wollen noch immer meine Führerin sein?«

Der Gedanke, die Führerin von jemand anders zu sein, war entsetzlich. Sie war die Geführte. Das konnte sie ausgezeichnet, sich führen lassen.

»Ja«, sagte sie. Was würde sie ihm zeigen? Was tat man in New York überhaupt? »Möchten Sie irgend etwas Bestimmtes unternehmen?«

»Ich habe schon in Harlem besichtigt. Mit dem Bus, auf einer Stadtrundfahrt. Ah, das war wirklich eine Sache! Ich sah Vereinte Nationen und SoHo und East Village und World Trade Center und Brooklyn.«

»Wirklich?«

»Und Freiheitsstatue von der Staten-Island-Fähre.«

»Hm. Ich weiß nicht. Das Empire State Building? Meine Tante arbeitete da früher im ersten Stock.«

»Nicht mehr? Ich liebe dieses Gebäude. Ich bin da drei Jahre gewesen.«

»Vor drei Jahren.«

»Oui.«

»Oui.«

Margaret grübelte. Zabar's?

»Wo wohnen Sie?« fragte sie.

»Hotel Elysée. Sie holen mich hier ab, vielleicht? Freitag. Wir werden in der Stadt essen. Dann vielleicht ein Museum? Ich hoffe, die Frick Collection zu sehen. Sie begleiten mich, ja?«

Schön, dachte Margaret, wenn's das ist, was verlangt wird – Martin hinterherzutrotten –, dann schaffe ich's vielleicht, seine Führerin zu sein.

Edward verbrachte den Abend auswärts mit einem Professor aus Princeton, den sein Institut erfolglos umwarb, also rief Margaret Lily an. Sie beschlossen, das zu tun, was man, wie es Margaret schien, immer tat, wenn die Notwendigkeit bestand, etwas zu tun: in ein Restaurant zu gehen. Lily brachte Bedauern über Edwards Abwesenheit zum Ausdruck, aber Margaret versicherte ihr, daß sie nicht höflich zu sein brauche.

»Ich meine, wie viele lebensbejahende Zitate kann ein einzelner Mensch ertragen?« sagte Margaret. »Soll er doch vor Erstsemestern angeben. Mir geht er langsam auf die Nerven.«

Lily sah sie scharf an. »Margaret«, sagte sie, »Edward ist keiner von deinen bescheuerten Collegebubis.«

»Nein. Auf dem College kannte ich ihn noch nicht, das ist wahr.«

Margaret fragte sich, ob sie Lily von Martin erzählen würde, jetzt, da sie endlich die Gelegenheit dazu hatte. In letzter Zeit beobachtete sie ihre Handlungen mit großer Neugier, als seien es die von jemand anders. Ich scheine es ihr nicht zu erzählen, stellte sie fest. Ich möchte schon, aber irgendwie fällt es mir jetzt, wo es endlich möglich wäre, schwer. Schließlich kann ich nicht einfach so verkünden: Der Mann im Flugzeug! Er ist da! Er ist meinetwegen hergekommen!

Sie entschieden sich für ein Restaurant im Zentrum, das Freunden gehörte. Einer der Freunde war einer von Margarets Collegebubis und ganz und gar nicht bescheuert, wenn man davon absah, daß er eine störrische Vorliebe für Jungen gehabt hatte und von einem Sommerurlaub in Rom mit einem zurückgekehrt war, der fast genauso aussah wie er. Sie hatten kürzlich in TriBeCa ein Restaurant namens Il Conto eröffnet, und zu ihrer Bestürzung war es von den Leuten entdeckt und für gut befunden worden, die in New York ihre Abende damit zubringen, neue Restaurants zu entdecken und für gut zu befinden. Il Conto war

ein Erfolg. Die zwei erschrockenen Eigentümer mußten jetzt dafür sorgen, daß es funktionierte. Telefonische Reservierungen entgegenzunehmen war nicht weiter schwierig, aber dann mußten sie sie einplanen. Sie mußten genug *finocchio* einkaufen. Das Restaurant war nicht das Spielzeug, das sie sich erhofft hatten, sondern ein geschäftliches Unternehmen voller Künstler und Schauspieler und Agenten, die, alle schwarz angezogen und mit aufgesperrtem Schnabel, darauf warteten, gefüttert zu werden.

Wann immer Margaret dort hinkam, erschien ihr der Raum, wogend von schwarzgekleideten Menschen, dröhnend von Gesprächen, wie ein riesiges vielköpfiges Tier, der monströse Bastard eines Begräbnisses und einer Bar-Mizwa.

Ihre Freunde waren da, Bücherstützen in zerknitterten weißen Hemden und italienischen Hosen.

»Geht wieder weg«, sagte Jimmy verzweifelt, nachdem er sie zur Begrüßung auf die Wange geküßt hatte. »Es gibt keinen Platz. Es gibt kein Essen.«

»Blödsinn«, sagte Carlo. »Es gibt immer Platz. Es gibt immer Essen.«

Sie warteten an der Bar. Es war noch früh, sie würden also nicht allzulange warten müssen.

»Vielleicht bin ich nicht zum Verheiratetsein geschaffen«, sagte Margaret und betrachtete liebevoll Jimmy, der mit unglücklicher Miene an der Tür stand und Gäste begrüßte. Sie erinnerte sich, wie sie früher im Korridor seines Wohnheims herumgelungert hatte, um ihm zufällig über den Weg laufen zu können, wenn er aus seinem Zimmer kam. Jetzt erzähle ich ihr von Martin, dachte sie. »Also dieser Typ, den ich im Flugzeug kennengelernt habe –«

»Margaret, der Ehebruch ist ein so entsetzlich bürgerliches Laster.«

»Edward betrachtet ihn als eine Bürgerpflicht.«

Lily runzelte die Stirn. »Edward?« sagte sie nachdenklich.

Edward. Margaret setzte sich auf einen Barhocker und seufzte.

»Na, was ist denn?« sagte Lily und neigte auf den Seufzer hin den Kopf mit halb gespielter, halb echter Zärtlichkeit zur Seite.

»Nichts.«

Es war so, als ob sie, nachdem ihr einmal die Idee des Ehebruchs gekommen war, nichts anderes mehr im Kopf hätte. Sie nahm weiterhin überall Männer wahr, andauernd: Männer in Anzügen, Männer in Jeans; sie bemerkte den Wulst, der schräg über den ausgefransten Schlitz jeder verblichenen Levi's 501 verlief. Genau wie eine alte Schwuchtel, die die Ware abcheckt. Sie beobachtete junge Männer in Khakihosen, die in der Bank Einzahlungsscheine ausfüllten; sie betrachtete ihre Handgelenke, die aus den Manschetten ihrer blauen Oxfordhemden hervorschauten, so wie sich viktorianische Herren früher den Hals verrenkt hatten, um einen Blick auf einen wohlgeformten Knöchel zu erhaschen. Sie taxierte Botenjungen in ihren fältchenschlagenden Radlerhosen. Sie war zu einem absurden Rezeptor sensorischer Reize geworden, unkritisch, unersättlich, ein Monstrum an Empirie.

Lily legte ihre Hand auf Margarets Schulter und sagte noch einmal: »Was?«

»Hi«, sagte ein Mann, der sich lautlos – jedenfalls kam es Margaret lautlos vor – an sie herangeschlichen hatte. »Sie warten auch, hm? Wie Waisenkinder im Waisenheim! Was für eine Stadt. Ich treff' mich hier mit einem Freund. Ich hab' über dieses Lokal gelesen.«

Er sah nicht schlecht aus, ein bißchen breit, ein bißchen kurz, ein bißchen kinnlos, aber nicht schlecht. Der Anzug ein bißchen zu teuer. Sein Hauptfehler war in Margarets Augen – vielmehr in Margarets Nase –, daß er mit Parfüm nicht gegeizt hatte, oder Eau de Cologne, oder wie immer die Männer das nennen mochten. Margaret rümpfte die Nase und zuckte zurück. Es war eine körperliche Reaktion.

Er stand unter einer aromatischen Dunstglocke. Lily bemerkte, wie sie zurückzuckte. Sie sah Margaret an, dann den Mann.

Plötzlich begriff Margaret, daß der Mann mit ihnen flirtete. Sie begriff es, als Lily sie ansah. Sie war sich nicht sicher, wie sie es von Lilys Augen ablas, aber plötzlich wußte sie es einfach. Er versuchte, sie aufzureißen.

Angewidert von seinem Odeur, fühlte sich Margaret ganz benommen. Mit ihr flirten, mit Margaret? Ihr wurde bewußt, daß sie empört war. Konnte man denn nicht auswärts essen gehen, ohne daß sich irgend so ein Schleimer an einen ranschlich und den ganzen Laden vollstank? Panisch vor Verlegenheit hörte sie ihm hilflos zu, während er von seinem Fitneßklub erzählte, vom Apartment, das er sich in den Hamptons gemietet hatte, und wovon er sonst noch meinte, es könnte die Damen veranlassen, sich für ihn zu interessieren.

Margaret sah auf den Fußboden. Lilys Schuhe waren aus blauem Wildleder und fast viereckig und hatten Plateausohlen aus schwarzem Gummi. Margaret versuchte sich etwas einfallen zu lassen, was sie sagen könnte, um diesen aufdringlichen Mann zu vertreiben. Er machte nicht einmal eine Pause, um Luft zu schöpfen. Sollte er sich einen Barsoi oder einen Chow kaufen, oder war ein Hund eine zu große Belastung für jemanden, der so oft Ferien machte wie er?

»Ein Hund ist schon ein Problem für jemanden, der so unabhängig ist wie ich.«

Wie kann er es wagen, dachte Margaret wieder. Ich bin eine verheiratete Frau! Eine verheiratete Frau? Na, das war doch eine Idee. Margaret hob ihr Glas mit der linken Hand und fuchtelte ihm mit dem Ehering hoffnungsvoll vor der Nase herum. Das würde bestimmt funktionieren, würde auf ihn wie ein Kreuz auf Dracula wirken.

Ihr Drink schwappte etwas über. Der Mann redete weiter.

»Sagt doch mein Steuerberater: ›Bei Ihrer Einkommensklasse? Ziehen Sie nach Connecticut!‹ Aber wissen Sie, ich bin so ein Stadtmensch . . .«

Plötzlich spürte Margaret zwei Hände um ihre Taille, Lilys Hände. Lily, die auf dem anderen Barhocker saß, zog Margaret auf ihren Schoß. Ihre Hände waren verschränkt, ihre Arme lagen um Margarets Taille.

»Wir sind Lesbierinnen«, sagte Lily mit ihrer verführerischen Stimme. Sie schmiegte ihre Wange an Margarets Wange. »Wir lieben uns.«

Da trat Stille ein, selige Stille. Margaret spürte Lilys Körper, warm und weich, an ihren Rücken gedrückt, unter ihren Oberschenkeln. Lily lächelte. Margaret konnte das Lächeln an ihrer Wange spüren.

Ärgerlich und verlegen drehte sich der Mann um und ging zum anderen Ende der Theke.

Lily fing an zu lachen. »Arschloch«, sagte sie.

Lily bewegte den Kopf, und Margaret spürte ihren Atem an ihrem Hals.

Eine Lesbierin? dachte sie. Lilys Geliebte?

Eine Lesbierin! Lilys Geliebte!

Margaret hatte Schwierigkeiten mit ihrer Atmung. Sie rührte sich nicht von Lilys Schoß. Sie konnte nicht. Sie wollte nicht. Es war verblüffend. Sie war eine Lesbierin. Es war ihr nie zuvor in den Sinn gekommen, aber es war nicht zu leugnen. Sie saß einem sexy Mädchen auf dem Schoß und dachte an Sex. Was für eine Art Sex? Sie hatte Schwierigkeiten damit, sich das bildlich vorzustellen, trotz eines Chantal-Akerman-Films, den sie mal gesehen hatte, aber darüber würde man sich später bestimmt einigen können. Oh, Lily, Lily, was für eine Entdeckung habe ich auf deinem Schoß gemacht.

Lily schob sie sanft hinunter, und Margaret starrte sie an, fast sprachlos, für den Rest des Abends.

Es ist ja schön und gut, Lilys Geliebte zu sein, aber wie steht's mit Lily? dachte Margaret, als sie wach im Bett lag. Sie konnte nicht Lilys lesbische Geliebte sein, außer Lily war auch lesbisch. Lily, Lily, Lily. Margaret spürte wieder die Hitze von Lilys Atem an ihrem Hals. Sie versuchte, sich Lily auf dem College vorzustellen, wie sie mit Till über den Rasen ging. Sie erinnerte sich, sie in ihrer gemeinsamen Wohnung besucht zu haben, zugeschaut zu haben, wie Lily und Till ihre alte schnarchende Katze kraulten.

Und dann hatte Margaret eine Erleuchtung. Es war nicht so, daß sie etwas Neues erfahren hätte, nur daß all die alten verstreuten Informationsfragmente mit einemmal ein Muster ergaben, ein großes, ausdrucksvolles, unmißverständliches Muster, das nur ich übersehen konnte, dachte Margaret – Blicke, erbitterte Auseinandersetzungen, eine gewisse Entfremdung nach Tills Heirat mit dem widerwärtigen Kunz, in letzter Zeit eine befangene wechselseitige Aufmerksamkeit, eine Weise, voneinander zu reden, voneinander nicht zu reden. Lily und Till. Natürlich. Jahrelang. Die Zimmergenossinnen. Die dicksten Freundinnen. Das Pärchen. Die Liebenden.

Affären mit anderen Frauen waren auf dem College die große Mode gewesen. Also bin ich eine Spätzünderin. Lily, wie sie sich anfühlt und ihre Absurditäten wispert. Lily, die einnehmende Lily, war unwiderstehlich geworden. Wer bin ich denn, daß ich widerstehen könnte?

Margaret lag im Bett neben Edward und lauschte auf seine leichte und gleichmäßige Atmung. Du bist mein Mann, dachte sie. Mein wundervoller Mann. Und sie berührte zärtlich seinen Kopf. Es hat ein furchtbares Mißverständnis gegeben. Dann erinnerte sie sich an Lily, an die Hitze von Lilys Körper unter dem ihren, auf einem Barhocker in einem schicken Restaurant. Das hatte sie nicht mißverstanden. Sie lachte und schüttelte den Kopf und sagte laut: »Das ist lächerlich.«

Edward atmete ungestört, abgeklärt weiter.

Ich bin in drei Leute verliebt und mit einem vierten verheiratet, dachte Margaret. Aber was ist Liebe? Woher weiß ich, daß ich verliebt bin? Um »wissen« zu können, was Liebe oder sonst irgendwas ist, muß ich zunächst fragen: Was ist Wissen? Okay: »Was ist Wissen?« Ich weiß es nicht.

Und dann sind da noch die drei Hypothesen. Nämlich, 1) ich bin in meinen Zahnarzt verliebt, 2) ich will mit einem belgischen Hersteller von Hi-Fi-Anlagen schlafen, 3) ich bin eine Lesbierin. Wie kann ich mir ihrer Gültigkeit sicher sein? Entsprechen sie Tatsachen? Sind sie in sich logisch? Gibt es Gewißheit? Warum kann ich nicht einschlafen? Was ist Schlaf? Gibt es den Schlaf? Nicht für mich. Ich muß den Nachweis der Gültigkeit dieser drei Hypothesen erbringen. Ich muß den Nachweis der Gültigkeit des Schlafs erbringen. Ich muß die drei Hypothesen verifizieren, aber zuerst die Hypothese vom Schlaf. Andererseits schlafe ich vielleicht schon, und meine Unfähigkeit einzuschlafen ist nur ein Traum.

Dieser letzte Einfall entspannte sie, und Margaret dachte nicht mehr darüber nach oder über sonst irgend etwas, sondern versank friedlich in Schlaf.

Martin war die Sorte Mann, die trotz einer massigen Gestalt die Treppen hinauf*schwebte*. Er bewegte sich lautlos, wenn man vom gelegentlichen Rascheln seiner eleganten Kleider absah. Ihm eignete eine ruhige, strahlende Zufriedenheit, fast väterlich in ihrer Tröstlichkeit. Es war etwas Unangestrengtes an ihm, als sei er sein eigener Tagtraum.

Er nannte Margaret »eine kleine Barbarin« und hatte darauf bestanden, daß sie in einem Barbecue-Restaurant im West Village aßen. Er war, wie Edward, von Amerika berauscht. Er glitt durch die schmutzigen Straßen der City, eine Erscheinung von Schliff und Geschmack.

»Sie haben so viele Meinung, Marguerite«, sagte er. »Meinung über alles. Sie haben Meinung über Ampeln!«

»Ich will nicht Meinung haben«, sagte sie. »Ich will Urteil haben.«

»Urteil über Ampeln! Ja, ja!« Er lachte. »Sie erinnern mich meine Tochter, Marguerite.«

Tatsächlich? dachte Margaret. Es war nicht das erste Mal, daß er von seiner Tochter anfing, die fast in Margarets Alter war. Auf Margaret wirkte er eigentlich nicht alt genug, um eine solche Tochter haben zu können, aber wenn er einen kleinen ödipalen Kick zu seinen Flirts brauchte, kein Problem, sollte er doch ruhig auf seiner Tochter herumreiten, seiner Claudette.

»Ich bin froh, eine solche Begleiterin zu haben«, sagte er, als sie sich an die rosa Resopaltheke setzten. »Ich bin manchmal mit Claudette gereist, als sie jünger war, aber jetzt hat sie ihr eigenes Leben. Oft bin ich so allein in einer fremden Stadt. Es macht mich verwirrt, so allein zu sein.« Er lachte wieder und sah verlegen drein.

»Mich macht es auch verwirrt«, sagte sie.

Oj, und wie es mich verwirrt! Sie dachte an Prag. Und sie spürte seinen Arm, der auf der Theke gegen ihren drückte, genauso wie er sie im Flugzeug berührt hatte. Sie warf ihm einen Blick zu, aber er war ganz in die Speisekarte vertieft.

Sie spürte seinen Arm, gegen ihren gedrückt, eine Begegnung von Armen, von Geistern, von Plänen und Sehnsüchten, und wagte nicht, ihren Arm wegzunehmen, um ihrerseits die Speisekarte aufzuschlagen.

Wie sich herausstellte, bestand für sie keine Notwendigkeit, die Speisekarte zu öffnen. Martin, ein Gentleman und ein Kenner der südamerikanischen Küche, bestellte für sie.

Während sie ihre Schweinerippchen wie ein braves Mädchen ganz aufaß, beobachtete sie jede von Martins Bewegungen, fasziniert von der Tatsache, daß sie sich zu ihm hingezogen fühlte. Lily und Dr. Lipi traten gegenüber diesem großen, gesprächigen, gutangezogenen Mann für den Augenblick zurück. Er hatte etwas Glattes und Gehaltvolles, Luxuriöses an sich, wie ein teurer Koffer, über den man liebevoll, sehnsuchtsvoll die Hand gleiten läßt, während er, glattes, schimmerndes Leder, im Regal eines Geschäftes steht.

Er trug eine feine graue Strickjacke anstelle des Kaschmirblazers und ein blauweiß gestreiftes Hemd.

»Sie haben Ihr Hemd gewechselt«, sagte sie.

Er sah sie einen Augenblick an, dann sagte er: »Sie auch.«

DIE FRICK COLLECTION war fast unerträglich verlockend, geschmackvoll, aber sonderbar und exzentrisch, ein Juwel von einem Museum, ein Schmuckstück, eine Phantasie, an der man sich mit dem Klacken der eigenen Schritte in den Korridoren des Herrenhauses versuchen konnte. Kinder waren nicht zugelassen, und Erwachsene waren an diesem Nachmittag nur wenige da. In der Stille von altem Reichtum und Kunst stand Martin.

Das muß ich auf die Reihe kriegen, dachte Margaret. Hier ist mein Problem. Ich will diesen Mann. Wenigstens glaube ich das. Ich glaube, daß ich diesen Mann will, also

will ich diesen Mann. Ja. Das klang richtig. Es war jedenfalls ein Anfang, eine Ausgangsbasis.

Was ist es nun also, was ich von ihm will? Will ich neben ihm stehen und mir ein Bild von Fragonard anschauen, auf dem eine pastellfarbene Frau mit glatten, wohlgerundeten Armen und blauen Schleifen an ihren weißen Schühchen erschrocken wegsieht und ihren Arm nach einem Mann ausstreckt, die Hand ausstreckt, um ihn wegzustoßen und ihn näher heranzuziehen, als er über eine Mauer klettert, um zu ihr zu gelangen, während hinter ihnen eine nackte steinerne Mutter sich von den ausgestreckten Armen ihres riesigen Babys abwendet, das zu Boden zu fallen scheint, derweil Kletterrosen sich über eine Steinmauer ergießen und Birken im Hintergrund zu Wolken aus Laub zerstieben?

Martin legte den Arm um ihre Schultern und sagte: »Das ist wirklich eine tolle Sache, ja?«

»Ja«, sagte Margaret. »Es ist wirklich eine tolle Sache.« Ja, dachte sie. Ist es. Und ich will das, ja, ich will hier mit Martin und einem Fragonard stehen. Dann will ich, daß Martin auch über eine Mauer steigt und Kaskaden von Rosen unter seinen gummibesohlten Schuhen zerdrückt, wenn er auf mich zueilt –

»Sie haben etwas, Marguerite, für mich?« sagte Martin mit ruhiger Stimme.

»Was?« Margaret war erschrocken.

»Ich weiß, daß Sie mir besorgen wollen.«

Na ja, dachte Margaret, so würde ich das nicht direkt formulieren. Sie runzelte die Stirn, wußte nicht recht, was sie sagen sollte.

»Es tut mir leid«, sagte er. Seine Hand drückte ihre Schulter. »Ich habe Sie in Verlegenheit gebracht.«

»Nein, nein.« Sie lehnte sich gegen ihn, wackelig, fast schwindlig von der Berührung seines Arms, seines Körpers. Nein, nein, nicht verlegen. Im Gegenteil.

»Sie haben das Souvenir vergessen«, sagte er. »Das Buch für meinen Vater. Das muß Ihnen nicht peinlich sein. Wir

werden uns wiedersehen. Dann werden Sie sich erinnern. Und jetzt werde ich ihm Ihre sehr herzlichen Grüße bringen.«

Jetzt ja, dachte sie, jetzt hast du mich in Verlegenheit gebracht.

Martin verabschiedete sich von ihr draußen vor dem Frick. Er hatte noch geschäftlich zu tun. Er schüttelte ihr die Hand, er küßte sie auf beide Wangen. Margaret stotterte ein Auf Wiedersehen. Sie ging heim durch den Park, bei einem starken Wind, und die Bäume zerstoben über ihr zu Wolken von Laub.

MANCHMAL STARRTE SIE gebannt auf einen ihrer Geliebten im Geiste, auf Dr. Lipi oder Martins geschürzte feuchte Lippen, oder Lily, die verführerisch seufzte, die großen, strahlenden Augen von dunklen Wimpern überschattet, und dann sah Margaret plötzlich vor sich, was vor ihr war, und sie erkannte, wo sie war: auf der Toilette, die grünen tropischen Vögel auf dem Duschvorhang vor Augen; mitten auf einer Kreuzung bei Rot; vor dem vierschrötigen Schlachter, der ihr Wechselgeld zurückgab. Sie irrte von Vision zu Vision und von diesen Tagträumen von Körpern zu heimlichen, minuziösen Beobachtungen von Körpern, realen Körpern, von Fremden, Körpern von Fremden.

Ich bin machtlos, dachte sie. Aber sie fühlte sich seltsam mächtig, stark. Wenn sie ihren Begierden ausgeliefert war, so waren es doch *ihre* Begierden, und sie fegten alles hinweg, was sich ihnen in den Weg stellte, mordend und sengend, und errichteten ihre eigenen phantastischen Städte.

Ich dachte, das Cogito sei nur ein Märchen. Das Subjekt ist angeblich tot. Aber ich bin es, die das alles tut. Ich, das Subjekt, das Cogito. Und Margaret hätte sich am liebsten auf die Brust getrommelt und einen triumphierenden Tarzanschrei ausgestoßen.

EINES NACHMITTAGS SASS Margaret in Lilys komischem engem, mit buntbemalten antiken Kommoden aus Holland bis Argentinien angefülltem (gesättigtem) Apartment auf dem riesigen erhöhten Bett, um das sich die bemalten Kommoden aus freien Stücken geschart zu haben schienen, wie Vögel, die auf Körnchen warteten, und sie sah Lily an, die dicht neben ihr saß. Und dann spürte sie plötzlich, daß sie errötete, spürte die scheußliche Hitze, die Woge plötzlich lastender Lautlosigkeit.

Sie sagte zu sich selbst: Schau. Da ist sie, direkt vor dir.

Sie zwang sich zu schauen. Sie zwang sich, durch das Schweigen, das in ihren Ohren dröhnte, zu hören. »Ja«, sagte sie als Antwort auf irgend etwas, und sie sagte es lässig und lächelte, lachte, dann schaute sie weiter, hilflos jetzt, entschlossen zu schauen, aber nicht sicher, ob sie wußte, was sie sah, als sie durch die Wärme und den Nebel ihres Errötens auf Lily schaute.

Es ist mir egal, ob du's weißt, dachte sie. Ich möchte, daß du's weißt. Weißt du's?

»Und so«, sagte Lily gerade, »habe ich's gekauft. Warum auch nicht?«

»Warum auch nicht?« antwortete Margaret. »Warum auch nicht?«

Margaret verabschiedete sich, verließ das Apartment und blieb auf der Straße stehen. Als sie versuchte, sich zu erinnern, *was* sich Lily gekauft hatte, gelang es ihr nicht. Als sie versuchte, sich zu erinnern, was Lily angehabt hatte, gelang es ihr nicht. Alles, woran sie sich erinnern konnte, war Lilys zur Seite geneigtes Gesicht, durch die verschwommene Hitze ihres eigenen Errötens gesehen.

Erschöpft von meinen Wanderungen, rastete ich unter einem Baum, demselben Baum, unter dem ich Rameaus Nichte erstmals begegnet war. In ihrer Gesellschaft war mir dieser Garten wie ein Paradies vorgekommen, ein Garten Eden, aus dem ich jetzt vertrieben worden war. Die Bäume und Hecken und Lichtungen und Blumen waren noch immer da, aber als ich jetzt inmitten von ihnen saß, befand ich mich in einer einsamen, windgepeitschten Wildnis.

Das Unbehagen, das der Mensch in Abwesenheit eines Gegenstands verspürt, mit dessen Genuß die Vorstellung von Entzücken einhergeht, ist, was wir Verlangen nennen; dieses aber ist größer oder geringer, je nachdem das Unbehagen mehr oder minder heftig ist. Rameaus Nichte war abwesend. Mit ihrem Genuß wäre die Vorstellung von Entzücken einhergegangen. Ich war von Unbehagen erfüllt, überwältigt von Verlangen, von heftigstem Verlangen.

Es heißt, der Glaube an die Unmöglichkeit oder Unerreichbarkeit des angestrebten Gutes beende oder lindere doch das Verlangen nach ihm. Das Gut, das ich anstrebte, war gänzlich unerreichbar, doch das Verlangen, weit davon entfernt, zu enden oder gelindert zu werden, nahm in mir sogar noch zu, ein Feuer, das außer Kontrolle geraten war.

Meine Schülerin war vielleicht von einer Leidenschaft erfaßt worden, die zu rasch entstanden und zu lebhaft war, um entschuldbar zu sein, und doch merkte ich, daß ich sie zu entschuldigen suchte. Ich bewegte verschiedene Gedanken in meinem Geiste. Ich wußte, daß es falsch war. Aber auch wenn Gut und Böse auf den Geist einwirken, ist doch dasjenige, was den Willen zu jeder willentlichen Handlung

unmittelbar bestimmt, das Unbehagen des Verlangens.

Zuletzt, verwirrt und erschöpft vom Ringen meines Geistes und meiner Empfindungen, fragte ich mich, ob es nicht vielleicht doch der Wahrheit entsprach, daß des Menschen Blindheit und Schwäche das Ergebnis allen Philosophierens sind und uns trotz unserer Bemühungen, ihnen zu entgehen, auf Schritt und Tritt begegnen. Und so erging ich mich bis zum Abend im Garten, ohne etwas zu sehen; und so dachte und dachte ich bis zum Abend und länger, ohne zu verstehen.

DAS VERLANGEN IST eine komische Sache, dachte Margaret. Ich will Lily und Dr. Lipi und Martin. Oder will ich einfach nur? Ich will wissen. Ich will wissen, was ich will.

Ich sitze hier und lese Aristoteles und schau aus dem Fenster auf eine High-School-Ringermannschaft unterwegs zum Training im Park, starre schöne Halbwüchsige mit nacktem Oberkörper und in Shorts an. Wenn *Rameaus Nichte* ein philosophischer Roman ist, dann muß das Philosophie sein. Philosophie gibt einem ein hübsches heißes träumerisches Gefühl, nicht?

Mehrere Wochen lang hatte Margaret an ihrem Schreibtisch gesessen, die vorüberziehende Ringermannschaft angestarrt und philosophische Texte verschlungen. Es war ein Festschmaus, eine Schlemmerei, ein unkontrollierbares, zwangsläufig ausschweifendes Gelage. Es war eine Orgie. Vergessen, sagte Platon, ist das Verschwinden einer Kenntnis. Wir sind nie dieselben, beständigem Wechsel unterworfen, da Kenntnisse verschwinden und wir studieren, um das Verlorene zu ersetzen. Vergessen impliziert eine ständige Erneuerung und damit etwas wie Unsterblichkeit.

Margaret lächelte. Das *Gastmahl*, ein Buch über betrunkene verheiratete Homosexuelle, die dreierweise auf Sofas hingeflegelt liegen und sich Geschichten von halbierten Kugelwesen erzählen, die ihre Genitalien auf der Rückseite haben und fortwährend herumrennen und versuchen sich wieder zu vereinigen. Ah, die Philosophie! Die Stufenleiter, die zum Mysterium der Liebe, der Schönheit und der idealen Form hinanführt. Trampel, trampel, trampel, steigen wir auf »von einem einzelnen schönen zu zweien und von zweien zu allen schönen Körpern«. Margaret starrte aus dem Fenster auf die schönen Körper. Zehn, zwölf von der Sorte. Zuletzt, sagt Sokrates, gelangen wir zum Urschönen »auf dem Wege der richtigen Knabenliebe«. Vierzehn, fünfzehn, achtzehn Knaben.

Margaret sah ihnen zu, wie sie unter ihrem Fenster vorbeizogen. Das einzige, dessen wir sicher sein können, dachte sie, ist das, was wir wollen. War das Rorty? Bertrand Russell konnte es nicht sein. Vielleicht Duns Scotus? In ihrem Kopf war alles zu einem einzigen Kuddelmuddel geworden. Es war sicher Rorty. Die einzigen Dinge, die für uns wirklich unmittelbar offenkundig sind, sind unsere eigenen Wünsche.

Ich wollte, meine wären für mich unmittelbar offenkundig. Das einzige, was für mich unmittelbar offenkundig ist, ist Verlangen als solches, ein gewaltiges, galoppierendes Verlangen.

Und wie geht es den Beißerchen heute morgen?«
»Gut, danke.«
Margaret sah zu, wie sich Dr. Lipi die dünnen gelben Gummihandschuhe überzog, sah zu, wie seine Finger drückten, hineinrutschten, erst die linke Hand, dann die rechte, sah zu, wie die Handschuhe sich schnalzend anschmiegten und die Haare plattdrückten, die wie dekorative eingravierte Schnörkel durchschienen.

Sein weißes Hemd, kein Zahnarzthemd, war offen, ziemlich weit aufgeknöpft. Sie konnte es ihm nicht verübeln. Man muß eben seine besten Seiten immer im günstigsten Licht zeigen. Aber war das hygienisch? fragte sie sich.

Sie legte den Kopf zurück und öffnete den Mund, den er mit diesem und jenem verzierte – Keilen, Gummiröllchen, gurgelnden Schläuchen. Klimper, klimper, machten die goldenen Amulette an seiner Halskette. Sie sah sie sich genau an. Es waren Zähne, Goldzähne. Seine Gummihände nahten. Sie schloß die Augen, ekstatisch.

ALS MARGARET DIE Rechnung bezahlte (per Kreditkarte; Dr. Lipi war so fortschrittlich), mußte sie an Richards Warnung denken: Du wirst schon über deine Verliebtheit wegkommen, sobald die Rechnung kommt. Ja, neunhundertfünfzig Dollar wirkten schon ziemlich ernüchternd.

Dr. Lipi kam hinzu und stellte sich neben sie an den Anmeldungstisch. »Ms. Nathan«, sagte er, »unsere Gespräche werden mir fehlen.«

Also gut! dachte Margaret, als seine Hand sich auf ihre Schulter legte. Neunhundertfünfzig Dollar hin oder her, ich muß herausfinden, was ich wirklich empfinde. Es ist doch schließlich eines der Grundanliegen des Menschen, eine Bedingung des Menschseins schlechthin. Ich muß das, was real ist, von bloßen metaphysischen Tagträumen unterscheiden; ich muß Tatsachen von Unsinn abgrenzen. Ich

muß mir Gewißheit verschaffen hinsichtlich meines Wunsches, von meinem Zahnarzt gebumst zu werden.

»Wissen Sie«, nuschelte sie, plötzlich erleuchtet, mit novocaintauben Lippen. »Ich trage mich mit dem Gedanken, ein Buch über das Image des Zahnarztes im Wandel der Zeiten zu schreiben.«

Seine Augenbrauen, schöne, seidige, dunkle Augenbrauen, hoben sich interessiert.

»Dr. Lipi, dürfte ich Sie interviewen?«

Martin war abgereist und würde in ein paar Wochen wiederkommen. Lily war im Gegenteil ständig anwesend, stand ohne Vorwarnung vor der Tür, kam manchmal sogar, wenn Margaret außer Haus war, und blieb dann da und plauderte mit Edward, während sie auf sie wartete. Irgendwann kam Margaret dann herein, den Kopf voll von lüsternen Gedanken über Martin oder Dr. Lipi oder Lily selbst. Desorientiert, fast schwindlig angesichts dieses Tableaus, das ihr ihr eigenes sittliches Versagen vor Augen führte, schaute Margaret dann verdrießlich drein und fragte sich, wie Edward, ihr allmächtiger Edward, es hatte zulassen können, daß ihr das passierte. Edward, dachte sie, hat als Ehemann versagt. All die Jahre zusammen, all die im Bett verfaulenzten Vormittage, wenn das Licht durch die Ritzen der Vorhänge floß und sich in Streifen über den Fußboden legte und Margaret zusah, wie Edward aus dem Badezimmer herauskam, frisch geduscht, das Haar angeklatscht, unwiderstehlich und selbst nicht widerstehend. Nach all diesen Morgen hatte Margaret dennoch andere Männer, andere Frauen(!) in Betracht gezogen, als hätte Edward niemals existiert, als sei sie in dem großen, gemütlichen Bett nicht glücklich und wohlig ermattet gewesen. Wie, dachte sie, konnte er mir das antun? Wie konnte er es unterlassen, mich davor zu bewahren? Wenn ihm auch nur das Geringste an mir läge, wäre das niemals passiert.

All die Jahre einfach stillschweigend vorauszusetzen, ich sei glücklich. Wie naiv. Man darf überhaupt nichts voraussetzen. Man muß wissen. Jahre in Bibliotheken zugebracht, um ein bißchen was zu wissen, nur eine einzige Sache, obwohl, nein, eine Menge Dinge, eigentlich um alles zu wissen, ohne es wieder zu vergessen. Und dann, schwupp, ist alles weg, und man muß wieder von vorn anfangen, es gibt mehr zu wissen, immer mehr, und wieviel man auch weiß, ist es irgendwie nie genug. Und nach all diesen Jahren der Suche nach Wissen dachte ich eigentlich, man könnte sich zur Ruhe setzen und schlicht und einfach verheiratet sein. Als ob die Suche, *diese* Suche zumindest, einfach aufhören könnte, als ob Edward die Wahrheit wäre, das Ziel aller Wünsche. Dann träumte sie mit offenen Augen von Edward und jenen Tagen, da die Suche aufgehört hatte.

Nun gut, dachte sie und riß sich zusammen. Jetzt bin ich frei von Illusionen, es ist mir wie Schuppen von den Augen gefallen, ich muß das Leben sehen, wie es ist, angefangen bei Dr. Lipi. Er ist ein reines Liebesobjekt. Es liegen keinerlei Emotionen vor, die meinen Blick trüben könnten. Nur eine objektive Analyse, die logische und wissenschaftliche Untersuchung eines muskulösen Arsches.

EINES TAGES, WÄHREND einer langen, planlosen telefonischen Unterhaltung mit Lily, hörte sich Margaret selbst sagen: »Ich verlasse Edward.«

Du tust was, Margaret? dachte Margaret. Aber sieh mal, Margaret, argumentierte Margaret, ich *muß* Edward verlassen. Ich weiß, daß ich das muß. Es ist fies, mit Edward zusammenzuleben und anderer Leute Verführung zu planen. Ich bin in einem aktiven Klärungsprozeß begriffen. Wie kann ich irgendwas klären, wenn mein Mann ständig da ist? Edward vernebelt das Problem. Ich muß ausziehen. Natürlich muß ich ausziehen.

Nervös (Edward verlassen? ihn wirklich verlassen?) fuhr sie fort: »Wir haben uns auseinandergelebt, und ich glaube, es wäre das beste ...« Sie stockte. »Wenn wir uns für eine Weile trennten.«

Da. Vielleicht sollte sie das noch einmal sagen, nur um ihre Entschlossenheit zu bekräftigen. Vielleicht war es indiskret, Lily diese Information weiterzugeben. Aber vielleicht wollte sie indiskret sein. Jetzt gab's kein Zurück mehr.

Sie wußte, daß das der richtige Zug war – Edward zu verlassen. Objektivität war ein Ding der Unmöglichkeit, solange Edward mit einem deprimierten Gesicht über die Korridore stelzte, eine versiegende, immer mehr versiegende Naturgewalt. Das war neuerdings alles, was er tat. Es wurde von Woche zu Woche schlimmer. Schuldgefühle vielleicht. Mit diesen ganzen Mädchen rumzumachen. Oder einfach nur Müdigkeit: ausgelaugt von der Anstrengung, sich seine Studenten durch die schiere Kraft seiner großartigen Persönlichkeit hörig zu machen. Er war wirklich großartig, nicht? Jedenfalls früher. Jetzt war er jammervoll erschöpft, schweigsam, sah sie an und sah dann weg und sagte ganze Tage lang kein Wort. Edward, der nichts sagte! Die Erde war viereckig, die Sonne weigerte sich aufzugehen, die Wörter tanzten nicht mehr für Mr. E., Tanzwortballettmeister im Ruhestand.

Margaret fühlte sich traurig und müde und mies statt erleichtert, statt endlich frei, endlich frei. Was war wirklich der Grund, weshalb sie das Lily erzählte? Wollte sie, daß Lily sie bemitleidete? Sie tröstete? Einsprang und die weitere Versorgung übernahm? Was in aller Welt tu' ich eigentlich, dachte sie.

»Ja«, sagte sie. »Das ist das, was wir tun müssen. Uns trennen.«

»Margaret, hör schon auf damit.«

Was in aller Welt tu' ich eigentlich, dachte Margaret wieder. »Na ja, irgendwann demnächst jedenfalls«, sagte sie.

Und sie schob die Trennung für eine Weile hinaus. Wo sollte sie denn auch überhaupt hin? Und dann war sie an Edward und seine Art gewöhnt. Sie ignorierte ihn, und er ignorierte sie, und sie arbeitete an ihrem Buch und ihrem neuen Projekt, einem Essay mit dem Titel »Kultur und Zähne«.

Edward hielt an seinem geregelten Tagesablauf fest und Margaret nicht. Sie hatte keinen eigenen Zeitplan, der an dessen Stelle hätte treten können, also stand sie morgens von Tag zu Tag später auf. Sie aß zu Mittag um vier oder fünf, wenn überhaupt. Das Abendessen ließ sie ausfallen. Sie verbrachte ziemlich viel Zeit mit dem Interviewen von Dr. Lipi.

Für Dr. Lipi war jeder Mann sein Lächeln und jede Frau ihres. Und wenn Dr. Lipi ein Zimmer betrat, schien jedes Lächeln ihm zuzurufen: »Ist ein Arzt im Haus?« Er liebte es, über Zähne zu reden, und ging davon aus, daß die anderen es liebten zuzuhören. Für Dr. Lipi war überhaupt nichts Erstaunliches an der Tatsache, daß Margaret ihn für ihr Essay befragte.

Eines Abends kam Margaret in seine Praxis, als der letzte Patient gerade ging. Schüchtern und wackelig folgte sie ihm in ein Untersuchungszimmer, wo er ihr verschiedene Röntgenaufnahmen von parodontösem Zahnfleisch zeigte.

Nicht zum erstenmal fragte sie sich, wie jemand auf die Idee kommen konnte, Zahnarzt zu werden. Es war kein romantischer Beruf: Ein Zahnarzt rettete keine Menschenleben, so wie das ein anderer Arzt tat. Ein Zahnarzt hatte nichts Heroisches an sich. Er war vielleicht notwendig, aber irgendwie unwichtig. Im Bewußtsein der Öffentlichkeit war der Zahnarzt nie eine romantische Gestalt gewesen. Er war ein Schurke, wie der Zahnarzt im *Marathon-Mann*. Oder eine Witzfigur, dachte sie und sah vor sich das Bild von W.C. Fields mit Zange, über eine Patientin gebeugt, deren Beine anfingen wie wild zu zappeln und sich dann plötzlich gewalttätig, obszön um ihn schlangen. Ja, darauf würde sie in ihrem Essay eingehen müssen.

»Ich heiße in Wirklichkeit Lipinsky«, sagte Dr. Lipi. »Aber ich wollte nicht aus meiner Herkunft Kapital schlagen. Ich wollte es selbst schaffen. Keine Cliquenwirtschaft.«

Margaret betrachtete die Reihe von Röntgenbildern auf dem beleuchteten Milchglasschirm und versuchte sich zu erinnern, wie man flirtete. Na ja, sie konnte einfach so tun, als sei sie Till oder Edward. Für die beiden war Reden überhaupt eine Art von Flirten, ein Flirt mit dem Dasein, als Vorbereitung darauf, es besinnungslos zu vögeln. Bei der Vorstellung, jemanden besinnungslos zu vögeln, und wär's auch nur das Dasein, fühlte sie sich plötzlich erregt und fürchtete sich gleichzeitig in diesem kalten Zimmer mit Dr. Samuel Lipinsky. Sie fröstelte ein bißchen.

»Kalt?« fragte Dr. Lipinsky-Lipi. Er legte ihr sanft eine gummibeschichtete, bleischwere Röntgenschutzschürze um die Schultern. Er war sehr nah an sie herangekommen und blieb da stehen. Er mag mich, dachte Margaret. Er mag mich auch. So wie sie saß, auf der Armstütze des Behandlungsstuhls, mit der Bleischürze auf den Schultern, befanden sich seine baumelnden Goldzahnamulette, sein Polohemd, seine Brust in Höhe ihrer Augen. Er blieb da, wo er war, und sagte nichts. Das war's. Das war ihre Chance. Was sollte sie tun? Wie flirten? Interesse an dem bekunden, was dem Betreffenden am Herzen liegt? Das hatte sie bereits auf schamlose Weise getan. Gab es irgendeinen Aspekt der Bedeutung des Zahns in der abendländischen Zivilisation, den sie noch nicht angeschnitten hatte?

Schmeicheleien, leidenschaftliche Schmeicheleien, auch. Das war Flirten, oder? Aber keine ihrer starken Seiten, Schmeicheln.

»Zähne«, platzte sie heraus, »Zähne sind extrem ambivalente Zeichen. Sie lächeln, ja, aber sie beißen auch. Sie können Freundlichkeit zum Ausdruck bringen, oder sie können Waffen sein.«

Sie saß quer auf der Kante des Zahnarztstuhls, und der Zahnarzt stand vor ihr, ganz dicht vor ihr. Seine Beine in der weiten, weichen Leinenhose berührten ihre Knie. Hatten sie das eben auch getan? Oder war Dr. Lipi näher gerückt?

»Die Existenz des Zahnarztes *qua* Zahnarzt«, fuhr Margaret mit einer gehetzten, nervösen, erstickten Stimme fort, »ist durch seine Beziehung zu den Zähnen bestimmt und daher auch zu dem, was Zähne signifizieren.«

Sie sah ihm hoffnungsvoll in die Augen und blickte dann schnell weg.

»Wenn die Zähne dazu benutzt werden können, Freundlichkeit auszudrücken«, redete sie tapfer weiter, »dann stellt der tätliche Angriff, den der Zahnarzt auf sie verübt, eine Zurückweisung der Freundlichkeit dar.« Wenn Edward nur hier wäre. Er könnte das für sie erledigen. Er würde genau wissen, was man sagen mußte. »Wenn Zähne jedoch Waffen sind, dann stellt der Angriff des Zahnarztes einen Entwaffnungsversuch, eine versuchte Kastration dar.«

Dr. Lipi rückte fast unmerklich ab, nur ein bißchen, gerade genug.

»Aber schließlich ist der Zahnarzt auch in sich ein ambivalentes Symbol«, fuhr Margaret fort, an ein allerletztes Fitzelchen Hoffnung geklammert. »Denn einerseits ist er der Feind, ein von auswärts eindringender Fremder, der den Versuch unternimmt, seinen Patienten, sein Opfer, zu entwaffnen, verteidigungsunfähig zu machen. Andererseits ist er ein mitfühlender Therapeut, ein Heiler, der Schmerzen lindert.«

Dr. Lipi räusperte sich. Er trat von ihr zurück. »Exakt«, sagte er. »Ganz exakt.«

MARGARET LAG IM Bett und sah sich im Channel 13 *Claires Knie* an und dachte an Lilys Knie, Dr. Lipis Knie, Martins Knie. Außerstande, sich auf französische Geistreicheleien zu konzentrieren, schaltete sie den Fernseher aus. Ich komme nicht weiter, dachte sie. Ich trete auf der Stelle. Das liegt daran, daß ich ersticke. Weil Edward ständig hier ist, in dieser Wohnung, immer da, immer mit mir redet,

wenigstens hat er früher immer mit mir geredet, mir immer zugehört, wenn ich redete, immer aufmerksam, mir Kaffee gebracht, mich ermutigend geküßt, wenn ich arbeitete. Kein Wunder, daß ich so wenig Fortschritte mache! Er nimmt überhaupt keine Rücksicht. Und jetzt ist er nie da! Nur weil ich kaum mit ihm rede, hat er noch lange nicht das Recht, spät nach Haus zu kommen und seinen Studenten und seinen schmutzigen kleinen pädagogischen Liebesaffären mit hübschen Mädchen soviel Zeit zu widmen.

Es war niemandes Schuld. Es war eben einfach so: Verantwortungslosigkeit und Verrat auf seiner Seite; das schlichte Streben nach Unabhängigkeit auf ihrer. Sie würde aufhören müssen, Blödsinn zu machen, und es ihm sagen. Die Frucht war reif, bereit, vom Baum zu fallen. Hör auf, mit ausgestreckten Händen im Schatten herumzustehen. Schüttel die Äste, Margaret.

Sie würde Edward verlassen müssen. Sie hatte das schon viel zu lange hinausgeschoben: aus Trägheit, Sentimentalität, was auch immer. Aber jetzt bist du ein großes Mädchen, Margaret, dachte sie. Du bist ein großes erwachsenes Mädchen, das nach Erkenntnis strebt und gern ein Auge riskiert.

Sie ließ ihren Blick verloren durch ihr Schlafzimmer schweifen, über die Vorhänge, den einsturzgefährdeten Stapel Bücher, die Kommode, den überquellenden Wäschekorb. Aber unsere schmutzige Wäsche wird sich nimmermehr vermischen, dachte sie. Sie fing an zu weinen.

Nachdem Edward zum Joggen aus dem Haus gegangen war, rief Margaret Richard in seinem Haus in den Berkshires an und weckte ihn.

»Es ist Sonntag morgen«, sagte er, und seine schöne Stimme war schwer vor Müdigkeit und Trauer darüber, daß er geweckt worden war. »*Früher* Sonntagmorgen.«

»Kann ich eine Weile bei dir wohnen? Ich werde dich nicht stören. Ich brauche eine Bleibe.«

»Hast du keine Mutter?«

»Komm schon, Richard. Es ist wichtig.«

Widerstrebend, und nur weil er selbst für mindestens ein paar Tage nicht dasein würde und in dem Augenblick nichts anderes wollte als weiterschlafen, willigte er ein und bereitete einen Nachbarn darauf vor, daß sie sich die Schlüssel bei ihm abholen würde.

In aller Eile, um nicht noch schwach zu werden und ihre Meinung zu ändern, schrieb Margaret Edward ein paar Zeilen. Sie lauteten: »Ich kann nicht hierbleiben. Ich brauche etwas Ruhe und Frieden und Abgeschiedenheit, um dieses Buch fertigzuschreiben. Ohne ständig jemanden um mich herum zu haben. Du bist *nie* zu Hause. Also wird's dir auch nichts ausmachen, wenn ich gehe. Ich werde in Richards Dienstmädchenzimmer wohnen. Margaret.« Da! Sie hatte es getan. Sie hatte Edward verlassen. Sie packte rasch einen Karton Bücher und Papiere, einen kleinen Koffer und nahm ein Taxi zum anderen Ende der Stadt.

Margaret bekam die Schlüssel und schaffte ihr Gepäck gemäß den erhaltenen Instruktionen nach hinten ins Mädchenzimmer, ein tristes Loch, das man im fehlgeleiteten Bestreben, es fröhlicher zu gestalten, gelb gestrichen hatte.

»Weißt du«, hatte Lily am Telefon gesagt, »auf dem College hast du das auch immer so gemacht, Typen ohne vernünftigen Grund abgestoßen, aber du warst auch ohne vernünftigen Grund mit ihnen zusammen. Aber du bist nicht mehr auf dem College, und Edward ist anders. Sei vorsichtig, Margaret. Es könnte passieren, daß er dich nicht wieder zurücknimmt.«

»Es könnte passieren, daß ich gar nicht wieder zurückwill.«

Ganz besonders, wenn ich hier in diesem bezaubernden kleinen Unterschlupf bleiben kann! fügte sie jetzt in Gedanken hinzu. Sie stand auf der Schwelle des Mädchenzimmers. Drinnen gab's ein durchhängendes Feldbett, ein Waschbecken und einen Papierkorb.

Margaret ließ Karton und Koffer auf den Boden plumpsen, baute einen Klapptisch auf, der fast den ganzen Raum einnahm, und stellte ihre Bücher auf. Rameaus Nichte hatte diese Probleme nicht, dachte sie. Sie winkte nur dem Gärtner, und er tat, was man ihm sagte.

EDWARD. SIE HATTE ihn verlassen. Gerade vor einer knappen Stunde. Das, dachte sie, das ist gemeint, wenn man sagt, jemandem sei das Herz schwer.

Margaret versuchte, es sich in Richards Wohnung behaglich zu machen, obwohl sie wußte, was für ein Unbehagen ihm ihre Behaglichkeit bereitet hätte. Genauso ein Unbehagen wie ihr. Sie befand sich an einem verbotenen Ort. Sie stand auf der falschen Seite seines Schreibtisches.

Sie ging fast auf Zehenspitzen von Zimmer zu Zimmer, beinahe ängstlich, verstohlen, besah sich kurz Mobiliar und Bilder und schlich sich dann in ihr eigenes elendes Kämmerlein zurück. Soweit sie das mit einem schuldbewußten Blick erkennen konnte, bestand die Wohnungseinrichtung aus Stapeln von Büchern, einigen wenigen nichtssagenden Möbeln, ein paar sicherlich echten Audubon-Stichen und Dutzenden großer, alter, laut tickender Uhren.

Sie war sehr sauber, Richards Wohnung. Tick, tack. Tick, tack. Die Uhren rasselten und klapperten. Vielleicht sollte ich überhaupt hierbleiben, dachte sie. Mit Richard zusammenleben. Er könnte sich mir widmen. Ein Leben ewig unerfüllter pädagogischer, sexueller Spannung. Lektorieren, *mich* lektorieren, von früh bis spät. Ein Leben des Flirts. Ein erlesenes Leben.

Aber Richard würde kaum für einen lebenslangen Flirt auf Lektoratsebene zur Verfügung stehen. Richard hatte auch anderes zu erledigen, Onkel und andere Autoren und Freunde und Liebhaber und Assistenten und eine Mutter und Schwestern und Brüder zu erledigen. Und zweifellos auch eine Großmutter zu erledigen.

Die gräßlichen Uhren fingen an zu schlagen und zu dröhnen. Sie waren überall. Sie hingen an den Wänden. Sie standen auf dem Fußboden. Sie hockten auf allen ebenen Flächen. Margaret versuchte, die Schläge zu zählen, aber es riefen so viele Uhren aus so vielen Ecken durcheinander, daß ihr hohler rhythmischer Lärm zu einer einzigen schrecklichen hallenden anschwellenden Stimme verschmolz. Nein, sehr lange konnte sie hier nicht bleiben.

Wie spät ist es denn eigentlich? fragte sich Margaret, als der Lärm abgeebbt war, denn das einzige Zimmer ohne eine Uhr war das Mädchenzimmer. Sie schaute auf ihre eigene und sah, daß es erst elf war. Es ist ja noch eine Ewigkeit, bis ich schlafen gehen kann, dachte sie. Und mit wem überhaupt schlafen? Mit wem schlafen?

Richard und sein gräßliches Uhrenhaus konnte man sich aus dem Kopf schlagen. Sie mußte das mit den drei Hypothesen klären. Welche von ihnen spiegelte die Realität wider? Die Erfahrung muß lehren, was die Vernunft nicht kann.

Sie ging in Richards Zimmer, setzte sich auf sein Bett und sah sich ein paar Magazine an – graue Vierteljahresschriften, ein *Publishers' Weekly*. Sie blätterte es durch und blickte sich dabei ab und zu schüchtern in Richards Schlafzimmer um, einem netten, schlichten weißen Schlafzimmer mit viel zu vielen Uhren. Ihr Blick kehrte zu dem Magazin zurück und blieb dort an einer Stelle hängen. Eine Anzeige. Eine Anzeige für ein Buch von Kunz Turner. Kunz Turner? *Ihr* Kunz Turner? Er hatte dieses berühmte Buch fertiggekriegt und tatsächlich veröffentlicht? Die lang erwartete Summe seines ganzen Erwachsenenlebens war zwischen zwei Pappdeckeln zu haben, der Öffentlichkeit zugänglich gemacht, damit es begutachtet und geschmäht (mit Sicherheit geschmäht) werden konnte, damit sie, Margaret, sein Protegé und seine heimliche erklärte Feindin, es begutachten und schmähen konnte?

Natürlich hatte Kunz erzählt, sein Buch sei fast fertig,

stehe kurz vor der Veröffentlichung. Vor Monaten, als sie ihn das letztemal gesehen hatte. Aber das hatte er schon seit Jahren getan, solange Margaret ihn kannte. Margaret grinste hilflos, übelwollend. Es reicht nicht, daß ich Erfolg habe, hatte mal jemand gesagt, irgendein Franzose. Mein bester Freund muß scheitern. Kunz ist ein Widerling und muß scheitern, und er ist nicht mal mein bester Freund.

Margaret begab sich in ihr neues Heim, den schmierigen Schuhkarton, in dessen einer Ecke, wie sie jetzt bemerkte, ein Mop und ein Eimer standen. Sie hörte den Uhren zu, die wie eine Schublade voller Blechtöpfe schepperten. Sie ging ans Fenster und sah acht Stockwerke hinunter auf einen Hund, der an seiner Leine zerrte und eine junge Frau mit Stöckelschuhen hinter sich herschleifte, und Margaret konnte sehen, wie die Absätze klapperten, denn hören konnte sie das auf die Entfernung nicht.

Margaret ging in die Küche und aß nachdenklich ein Glas eingemachte Pfirsiche auf, die Richard mit Sicherheit aufbewahrt hatte, um sie jemand anders vorzusetzen. Heute, dachte sie. Heute würde sie anfangen, Erfahrungen, Erkenntnisse zu sammeln, und den Anfang würde sie mit Martin machen.

»Ich werde mit Ihnen in *Katja Kabanowa* gehen«, hatte er nach seiner Rückkehr nach New York am Telefon gesagt. »Sie werden die Inhaltsangabe lesen. Sie werden sehen, Sie werden verstehen, Sie werden alles verstehen. Dann werde ich Sie zum Haus meines Kunden mitnehmen. Mein Kunde und Freund. Er bleibt auf dem Land, während ich meine Anlage installiere. Ich werde Sie dorthin mitnehmen, und Sie werden *Katja Kabanowa* auf Schallplatte hören. Sie werden hören, und Sie werden alles verstehen.«

Im Lincoln Center stand Martin am Brunnen mit einem Sträußchen Veilchen in der Hand.

Margarets Herz schlug schneller. Ich muß verliebt sein. Niemand bringt dir Blumen, außer du bist in ihn verliebt. »Marguerite, mein liebes Mädchen.« Er küßte sie, erst auf

die eine, dann auf die andere Wange. Seine Berührung und sein Duft erinnerten sie an das Flugzeug, als er noch ein Fremder gewesen war, stumm und quer über sie hingefläzt, das Gesicht in ihrer Brust vergraben.

»Sie sind so nett, mich auf meinen kleinen Ausflügen hierhin und dahin zu begleiten, und deshalb bringe ich Ihnen diese Blumen.«

Margaret hielt sie fest, fragte sich, was sie während der Oper mit ihnen anfangen sollte, und dankte ihm, wobei sie die Gelegenheit wahrnahm, ihn ebenfalls zu küssen, verweilte dort an seiner Wange, an ihm, eine Sekunde zu lang und rückte dann verlegen wieder ab.

Vielleicht kann ich die Blumen an der Garderobe abgeben, dachte sie.

»Wieder haben Sie das Buch für meinen Vater vergessen? Marguerite, Sie sind unmöglich. Aber wenigstens haben Sie nicht mich vergessen, meine Liebe. Ah, das ist wirklich eine Sache, heute solche Sänger zu hören.«

Sie setzten sich, und Margaret legte die Blumen unter ihren Sitz. Als sie sich aufrichtete, beugte sich Martin zu ihr herüber und legte seine Hand auf ihre. Seine langen Wimpern waren halb gesenkt, seine Lippen zu einem kleinen Lächeln verzogen.

»Marguerite«, flüsterte er in einem fast neckenden Ton, »Sie haben das Souvenir für meinen Vater vergessen. Aber ich habe Sie nicht vergessen. Ich habe für Sie eine Überraschung.«

Margaret wartete, während er in seiner Jackentasche kramte. Etwas Kleines. Klein wie Schmuck? Nein. Sie sah, daß er zwei an elastischen Strippen befestigte Lederdreiecke hervorzog. Sie sahen aus wie winzige String-Tangas.

»Gefallen Ihnen diese, Marguerite? Für größeres Vergnügen? Werden Sie sie tragen? Ein Freund hat sie entworfen und gefragt, ob ich sie für ihn ausprobiere. Ich zwinge Sie nicht. Manche mögen so etwas nicht.«

Auf was für einem Trip sind diese Belgier eigentlich?

dachte Margaret. Sie tragen? Sie wo tragen? »Wo trägt man sie denn?«

»Hier. Tragen Sie sie hier, jetzt.«

Im Lincoln Center? Unglücklich betrachtete Margaret die Mini-String-Tangas, die an seinem Zeigefinger baumelten.

»Was ich meinte, war, wie zieht man sie an?« sagte sie schließlich.

»Oh!« Er lächelte väterlich. »Man macht sie fest an den Ohren, Marguerite. An Ihren hübschen kleinen Ohren.«

Liebevoll brachte er die Dreiecke, wie kleine Kapuzen, an der Rückseite ihrer Ohrmuscheln an. Der Saal klang plötzlich lauter, tiefer. Die Celli, die gerade stimmten, dröhnten und hallten, und Margaret begriff, daß die kleinen Dinger absolut harmlos waren, eine Art Hörhilfe, eine Vorrichtung, die sich ein fanatischer Hi-Fi-Fetischist ausgedacht hatte.

»Grauenvoll«, sagte sie.

»Ja. Grauenvoll. Aber manche Leute mögen das. Mehr Bässe. Sie möchten den Konzertsaal einstellen!« Er fing an zu lachen, richtig laut zu lachen, und wiederholte: »Den Saal einstellen!«

Margaret sah weg, peinlich berührt von seinem hemmungslosen Lachen. Aber es hätte auch schlimmer kommen können, dachte sie. Wenigstens hatte er nicht im Orchestergraben der Metropolitan Opera kleine dreieckige Leder-und-Gummi-Sex-Hilfsmittel an ihr ausprobieren wollen.

Margaret wandte sich der Inhaltsangabe zu. »Na, sieh mal einer an«, sagte sie mehrmals, während sie las. »Sieh mal einer an!«

Die schreckliche Frau in Schwarz war Katjas Schwiegermutter. Katjas Mann stand unter der Fuchtel seiner Mutter, die auch fortwährend an Katja herumkritisierte. Die andere junge Frau ist das Dienstmädchen. Katja verliebt sich in einen Mann, der von einem Onkel tyrannisiert wird, der sein Erbe verwaltet. Als Katjas Mann geschäftlich verreist,

geht Katja mit ihrem Geliebten in den Wald. Als der Mann zurückkehrt, besteht Katja darauf, ihm alles zu beichten, obwohl er nichts wissen will. Er will ihr verzeihen; die Schwiegermutter will nicht, daß er ihr verzeiht; der Liebhaber wird vom Onkel fortgeschickt. Katja springt in die Moldau und ertrinkt.

Während sie dem überdrehten, gespannten Romantizismus der Musik lauschte, dem hysterischen, neurotischen Blöken der Bläser, als Katja sich in die Fluten des Vergessens stürzt, nickte Margaret und dachte: Ja, das ist genau wie mein Leben. Ob ich nach Prag zurückfahren und in die Moldau springen soll?

Die Lichter gingen an, und sie wischte sich eine Träne aus dem Auge.

»Kein totes Baby«, sagte sie zu Martin.

»Nein, das tote Baby ist in *Jenufa.*«

»Ah.«

»Daran habe ich es erkannt, ja? Im Flugzeug.«

»Ah.«

DAS FLUGZEUG. PRAG. Das war, wo alles angefangen hatte. Wenn Edward damals nur mitgekommen wäre. Dann wäre das hier nicht notwendig gewesen. Dann wäre sie jetzt nicht hier, in einem Taxi, unterwegs zu ihrem Verderben in eines reichen Mannes Stadthaus.

Martin war breit gebaut, und sein Bein, in einer schönen dunkelgrünen Hose, berührte ihres. Ihr Rock war hochgerutscht. Sie zog ihn nicht wieder herunter. Sie setzte sich leicht um, um es bequemer zu haben. Martin schaute hinunter auf ihr Bein, dann in ihr Gesicht, dann aus dem Fenster. Sie meinte, ihn seufzen zu hören.

Edward existiert nicht, dachte sie.

Aber wenn er nicht existiert, wie kommt's dann, daß die Antwort, wenn ich frage: Was ist es, was nicht existiert?, »Edward« ist? Es ist Edward. Verleiht ihm das nicht

eine gewisse Existenz? Mit anderen Worten: Protestiert die Dame ein bißchen zu sehr? Oder bedeutet es lediglich, daß Logik unsinnig ist?

»Sie sind sehr still«, sagte Martin.

Margaret zeigte auf ihre Kehle. *»Laryngite«*, flüsterte sie.

»Sie denken gerade an den Flug«, sagte er. Er errötete.

MARGARET LAG AUF dem niedrigen Sofa, einem weichen, tiefen Sofa. Wie war sie da hingekommen? Im Taxi. Die Treppe hoch. Ein Wohnzimmer mit Alex-Katz-Cutouts und Holzjalousien. Wieder die Treppe hoch. Ein Musikzimmer mit einem Klavier, einer Pflanze, einem abgewetzten viktorianischen Sofa und zwei Lautsprecherboxen, so groß wie Telefonzellen. Wein auf einem niedrigen Tisch. Noch ein Sofa. (Sie müssen sich auf dieses Sofa setzen, sagte Martin. In die Mitte. Im Brennpunkt! Um die volle Wirkung zu erzielen. O ja, dachte sie. Wirklich der Brennpunkt. Die volle Wirkung!) Martin, der stöpselte und entstöpselte, lötete, schraubte, Muttern anzog, Kabel drapierte, dicke Kabel, Kabel, so dick wie, na ja, so dick wie Schwänze. Margaret lachte laut los.

»Ich bin fast fertig«, sagte Martin und sah sie mit gerötetem Gesicht an. Er hatte schon mehrmals »Ich bin fast fertig« gesagt. Sie hatte den Wein getrunken. Nichts zu essen. Nur dieser Wein. Genau wie in Frankreich. Ein auf französisch vor sich hin brummelnder Mann und Wein. In Frankreich mit Edward hatte es nur Edward gegeben. Jetzt gab's keinen Edward. Edward existierte nicht, außer begrifflich natürlich. Leb wohl, Edward. *Bonjour*, Martin.

Margaret lag auf der Seite und starrte den antiken chinesischen Teppich an. Welcher fernöstliche Despot oder westliche Imperialist war auf diesem Ding geschritten, ehe es hier gelandet war? Martins kreppbesohlte Schuhe zogen vorbei, von den Aufschlägen seiner schön fallenden

Hose munter umschwungen. Margaret räkelte sich auf den weichen Polstern des Brennpunktsofas. Hör auf, deine Röhrenverstärker zu streicheln, Martin. Hör auf, hin und her zu laufen. Gott sei Dank läuft Edward nicht hin und her. Hinundherlaufen macht mich schwindlig. Mir ist schwindlig, Martin. Schwindlig vor Alkohol. Schwindlig vor Verlangen.

»Platten«, sagte Martin. »Sie müssen Schallplatten abspielen. CDs, die sind schrill, eine schlimme Erfindung, eine Verschwörung.«

Sie streckte träge die Hand nach einem Fuß aus, zog sich einen Schuh aus und warf damit nach ihm.

»Ich bin betrunken«, sagte sie.

»Nun, jetzt bin ich endlich fertig«, sagte er und räumte sein Werkzeug weg. »Jetzt probieren wir meine Geräte aus, ja?«

Dein Gerät, dachte Margaret, als die Klänge von *Katja Kabanowa* einsetzten. Ja, wo bleibt dein Gerät? Gott, seit wann bin ich nur so vulgär? wunderte sie sich. Nun, ich suche nur nach der Wahrheit, suche das Gute, suche das Glück. Das Gute ist das Glück. Das Rationale und das Begehrliche suchen gemeinsam nach dem Glück. Das Rationale ist begehrlich.

Die Musik rollte durch den Raum wie eine Woge, gewaltiger als ein leibhaftiges Orchester. Der Boden vibrierte unter ihr. Sie hörten zu: Martin ging dabei auf und ab, blieb hier, dann dort drüben stehen, wackelte an einem Kabel, drehte an einem Knopf, während Margaret auf dem Sofa lag. Nach ein paar Minuten hob Martin den Tonarm von der Platte hoch, schaltete den Plattenspieler aus und sagte: »Jetzt hören Sie zu, ich spiele Ihnen eine CD vor. Eine der CDs meines Freundes. Ich weiß nicht, was das ist. Sie sind alle gleich. Alle grauenvoll. Hören Sie . . .«

Margaret hörte den Rhythmus geschrappter Schallplatten und eine grelle Stimme.

»Face down, ass up, that's the way we like to fuck –«

Martin schaltete das Gerät aus.

»Tut mir leid«, sagte er. »Ich wußte es nicht.«

»Diese Platte hat die Französische Revolution ausgelöst«, sagte Margaret.

Martin kniete sich neben sie hin.

»Geht es Ihnen gut, Marguerite?«

»Sehe ich nicht gut aus?«

»Doch, natürlich, schon, aber –«

»Du siehst gut aus, Martin.«

Sie hob die Hand, legte sie um seinen Nacken, fühlte dort die weichen, ziemlich langen Haare. Sie zog ihn zu sich herunter. »Ich muß es wissen«, sagte sie.

»Was wissen?«

»Die Wahrheit.«

Sie nahm seine Brille, die ungewöhnlich geformte Brille mit dickem Rahmen, und legte sie neben sich hin.

»Marguerite –«

»Kannst du was sehen?« sagte sie.

»Ein bißchen. Ich kann Sie sehen.«

»Und ich kann dich sehen.« Sie schlang ihm die Arme um den Nacken und zog sein Gesicht an ihres. Sie küßte ihn auf die Lippen.

»Ah, Sie sind wirklich betrunken«, sagte er.

»Ja.«

Sie küßte ihn nochmals. Seine Lippen, die feuchten, dünnen Lippen, schürzten sich zu einem leichten überlegenen Schmollen.

»Marguerite, ich glaube, es ist Zeit, daß ich Sie ins Bett bringe.«

»Ja«, flüsterte sie und küßte ihn auf den Hals. »Ja, bitte.«

Er hob sie auf. Er trug sie. Ihr Kopf drückte gegen seine Schulter. Sie spürte seinen Bauch. Er atmete schwer.

Er trug sie über einen kleinen Flur und legte sie in einem weichen Bett ab.

»Martin«, sagte sie und hielt seine Hände, während er

auf der Bettkante saß. Sie strich mit einer Hand über das glatte rosafarbene Hemd, das am Bauch spannte. Sie spürte das seidige Material seiner Hose an ihrem Arm. Seine Brille war noch im anderen Zimmer. Sein Haar hing herunter, gerade herunter, als er sich über sie beugte.

»Ich habe Sie vernachlässigt, mein armes kleines Mädchen«, sagte er. »Mit meinen Kabeln herumgespielt. Sie sind so geduldig gewesen.« Er strich ihr mit der Hand über die Stirn. »Aber jetzt werde ich mich um Sie kümmern. Entspannen Sie sich, Marguerite, und ich werde mich um Sie kümmern.«

»Ich bin sehr entspannt«, sagte sie. »Sehr entspannt.« Sie bewegte den Kopf auf dem Kissen, um zu zeigen, wie sehr entspannt sie war. Das Zimmer fing an, sich zu drehen. »Sehr, sehr, sehr entspannt.« Sie hielt seinen Arm fest, als sich das Zimmer schneller drehte. »Sehr, sehr...« Sie hielt sich jetzt mit beiden Händen fest, wie eine Ertrinkende, was sie auch war, sie war sich nur nicht sicher, worin sie ertrank. Es war zu leicht, um Wasser zu sein, zu zäh, um Luft zu sein, zu unsichtbar, zu trüb ...

»Liebes ...« sagte er drängend.

»Entspannt ...«

ALS SIE AUFWACHTE, lag sie allein in einem weichen Bett in einem kleinen Zimmer voller Sonnenschein. Draußen gurrte eine Taube. Ihr Kopf dröhnte. Sie setzte sich langsam auf.

Wo zum Teufel bin ich?

Dann fiel's ihr wieder ein. Sie war im Haus eines reichen Mannes. Einem Haus mit Boxen, so groß wie Telefonzellen. Einem Haus mit Sofas und Wein, viel zuviel Wein. Vielleicht bin ich auch eine Alkoholikerin, dachte sie, zusätzlich zu einer Lesbierin und einer Ehebrecherin.

Eine Ehebrecherin? Wie war es gewesen? Hatte es ihr gefallen? Sie konnte sich nicht erinnern. Es war schon ein

Fluch, dieses schlechte Gedächtnis. Da hatte sie sich soviel Mühe gemacht, hatte ihren Mann betrogen, ihren wundervollen Mann (er war wirklich wundervoll gewesen, nicht?), hatte sich hinausgewagt auf einen gefahrvollen Weg auf der Suche nach Weisheit und Wahrheit, hatte stundenlang gewartet, hungrig und gelangweilt, während ihr Liebhaber Kabel zusammenlötete, hatte ihre Tugend schamlos zum Opfer gebracht – und jetzt konnte sie sich an nichts mehr erinnern?

Ihre Sachen, Rock und Bluse und Jacke und Strümpfe, hingen ordentlich über einer Stuhllehne. Ihre Unterwäsche schien sie noch anzuhaben. Interessant.

Die Sonne flutete durch die dünnen weißen Gardinen herein. Sie schloß ihre brennenden Augen. Sie hörte Schritte und öffnete sie wieder.

»Sie sind wach?«

Sie brummelte. Oder grunzte. Vielleicht war es auch mehr wie ein Stöhnen.

»Sie müssen sich erholen, ja? Es war eine anstrengende Nacht. Sie sind wirklich eine Sache!«

»Bin ich das?« sagte sie mit schwerer Zunge. Ich fühl' mich auch wie wirklich eine Sache. Wirklich eine Sache, wirklich irgendwo zum Vergammeln liegengelassen.

Martin hatte ihr ein Glas Orangensaft gebracht. Lieb von ihm. Aber während sie ihn ansah, dachte Margaret immer und immer wieder: Was hab' ich getan? Und warum habe ich es getan? Ich bin im falschen Bett mit dem falschen Mann. Ich bin nicht mal im richtigen Haus. Oder richtig im Kopf. Ich hab' mich falsch gebettet. Jetzt muß ich so liegen. Ist das eine Lüge? Oder ist das die Wahrheit? Und wen kümmert's überhaupt? Ich will nach Haus und meinen Kopf ausruhen. Aber ich hab' kein Zuhause. Nicht mehr.

»Sie sollten keinen Wein trinken, Marguerite.«

»Nein.«

»Sie haben ein paar Dinge getan, die Sie, glaube ich, ohne Wein nicht tun würden.«

Oha.

»Aber jetzt müssen Sie aufstehen, eine Kleinigkeit essen, Kaffee trinken –«

»Kaffee.«

»Ich werde Ihnen Kaffee machen.«

Er küßte sie auf die Stirn und ging nach unten.

Margaret zog ihre zerknitterten Sachen an. Ihre Strümpfe beulten sich an den Knien. Sie sah, daß an das Schlafzimmer ein Badezimmer angrenzte, und ging hinein, um sich das Gesicht mit Wasser zu bespritzen. Dinge, die ich ohne Wein nicht tun würde? So schockierende Dinge, daß ich sie völlig verdrängt habe!

Sie verrieb sich mit einem Finger Zahnpasta auf den Zähnen. Sie suchte im Arzneischränkchen nach Aspirin, fand aber nur jede Menge Fläschchen mit Valium. Sie erwog, eine zu nehmen, kramte dann in ihrer Handtasche für den Fall, daß sich da noch irgendwo eine alte Aspirintablette herumtrieb. Sie fand einen Lippenstift. Der vielleicht später. Jetzt erschien er hoffnungslos unangebracht. Sie fand einen fusseligen Pfefferminzbonbon und steckte ihn sich in den Mund. Einen Kuli. Dr. Lipis Karte. Ein Stück Papier, auf dem stand: »Ich kann nicht hierbleiben. Ich brauche etwas Ruhe und Frieden und Abgeschiedenheit –«

Entsetzt hörte sie auf zu lesen. O Gott. Was hatte sie getan? Was hatte sie *nicht* getan?

»Martin!« sagte sie, als sie ihn in der Küche fand. »Das Telefon! Ich muß Edward anrufen! Ich hab' vergessen, ihm zu sagen, daß ich ihn verlassen habe!«

Martin sah verdutzt aus.

»Ich habe meinen Mann verlassen, und er weiß es nicht!« rief sie. »Er macht sich bestimmt furchtbare Sorgen. Oh, der arme Edward. Wie konnte ich nur so gedankenlos sein. Ich habe ihm einen Brief dagelassen, um ihm zu sagen, daß ich ihn verlasse, und dann habe ich ihn verlassen, aber vergessen, den Brief dazulassen –«

»Bitte, bitte. Machen Sie sich keine Sorgen. Ich habe Edward angerufen. Glauben Sie, ich würde ihn nicht wissen lassen, was hier passiert ist?«

Nun ja, doch, dachte Margaret, eigentlich hatte ich tatsächlich gedacht, du würdest ihn nicht wissen lassen, was hier passiert ist.

»Ich habe ihm gesagt, daß Sie hier mit mir zusammen sind«, sagte Martin. Er tätschelte ihr sanft den Rücken. Sein schönes grünweiß gestreiftes Hemd war wieder da. Margaret sah es beunruhigt an.

»Sie haben es ihm gesagt?«

»Er war so sehr erleichtert.« Martin lächelte zufrieden. »Hier. Setzen Sie sich. Trinken Sie diesen Kaffee. Er ist glücklich. Ich bin glücklich. Alle sind glücklich.«

Ach ja? Na, dann ist Glück aber nicht halb so toll, wie die Leute immer behaupten. »Glücklich«, sagte sie voll Hohn.

Martin sah sie verwirrt an. Er schwieg für einen Augenblick. Dann lächelte er, als hätte er etwas verstanden.

»Marguerite, dachten Sie, wir hätten, ich hätte, wie sagt man ...«

Margaret starrte in ihre Kaffeetasse und verspürte ein vertrautes, brennendes Gefühl der Scham. Ficken, dachte sie. Das Wort, das du suchst, ist *ficken*. Auf französisch *baiser*, nicht? Und ja, ich hatte gedacht. Aber jetzt merke ich, daß ich mich geirrt hatte, wie so oft, und daß ich die Demütigung und die Schuldgefühle des Ehebruchs erlitten habe, ohne überhaupt dazu gekommen zu sein, Ehebruch zu begehen. Es ist empörend. Ich habe mich absolut lächerlich gemacht.

»Wie *konnten* Sie nur?« sagte sie.

»Aber ich habe doch gar nicht ...«

»Genau das meine ich.«

Martin kam auf sie zu, legte ihr beide Hände auf den Kopf und streichelte ihn. Seine schönen Kleider raschelten. Sein hellbraunes Haar fiel ihm über das Gesicht. Seine langen Wimpern verhüllten seine niedergeschlagenen Augen.

»Marguerite, Sie sind so jung wie meine Tochter.«

»Ja, ja.«

»Sie sahen so blaß aus, als Sie dalagen, so unschuldig und blaß, und dann sind Sie ohnmächtig geworden –«

»Himmelherrgott, ich bin ohnmächtig geworden? Hab' ich Scheiße noch mal auch gekotzt?«

»Nein, nein.«

»Gut.«

»Ja, gut.«

»Ich hab' in Erinnerung, Sie geküßt zu haben«, sagte Margaret.

»Ah.«

»Ich mag Sie.«

»*Oui?* Trotzdem?«

»*Oui.* Trotzdem.«

»Sie sind eine sehr gute Führerin, Marguerite.« Er lächelte leicht, zögernd. »Mar-ga-ret.«

»Oh, ja«, sagte Margaret und vergrub ihr Gesicht in den Händen. »Eine gute Führerin.« Wo bitte geht's zur Moldau?

Margaret stand an der Ecke in ihren zerknitterten Seidensachen und in einem Abgrund von Wut und Beschämung und Verwirrung.

Wo lang, Vergil?

Ich weiß nicht. Wo willst du denn hin?

Keine Ahnung, Mann. Ich dachte, du wüßtest es. Du bist der Führer.

Wer sagt denn, daß ich der Führer bin, warum führst du nicht mal, warum soll ich denn immer führen?

Es war der erste wirklich heiße Tag, die Junisonne beschien hell und heftig die gelben Taxis. Margaret marschierte vorwärts und sah in Schuhgeschäfte hinein. Wohin, wohin, wohin? Zuhause war Feindesland, von einem Fremden besetzt, der glaubte, alles sei in Ordnung. Alles war nicht in Ordnung. Es machte sie rasend, daran zu denken, Edward könnte auch nur einen umnachteten Augenblick lang geglaubt haben, alles sei in Ordnung. Sie weigerte sich, alles in Ordnung sein zu lassen. Es wäre absolut nicht in Ordnung, wenn alles in Ordnung wäre. Man stelle sich nur vor: alles in Ordnung nach allem, was sie getan hatte. Bloß Edward konnte glauben, alles sei in Ordnung. Was sollte sie noch machen, ihm ein Telegramm schicken? »ALLES NICHT IN ORDNUNG STOP EHEFRAU WILL ZAHNARZT STOP VERSUCHTE BELGIER ZU VERFÜHREN ABER ZU BETRUNKEN STOP LESBIERIN STOP.«

Und sie hatte schon einen Brief dagelassen. Wenigstens hatte sie vorgehabt, einen Brief dazulassen. Was sollte ein Mensch denn *noch* tun?

Wohin, wohin, wohin? Richards Mädchenzimmer? Eng, gelb, trostlos und schäbig? Dieses Mädchenzimmer? Ja, ja. Das ist jetzt dein Zuhause, Margaret. Du und Richard könnt zusammen alt werden und euch darüber streiten, wer die reifen, duftenden Erdbeeren über Nacht draußen gelassen hat, so daß sie schlecht geworden sind. Derweil die Uhren die Stunden schlagen, alle Stunden auf einmal.

Was ist los? wunderte sich Margaret. Ich war früher eine

glückliche, wissenschaftlich tätige Hausfrau. Jetzt bin ich eine frustrierte Ehebrecherin, die durch die Straßen irrt und in Schuhgeschäften Zuflucht sucht. Sie setzte sich und probierte ein Paar Schnürschuhe an. Jetzt, wo sie eine Lesbierin war, würde sie vermutlich mehr Schnürschuhe brauchen. Einen ganzen Schrank voll. Natürlich hatte sie schon einen Schrank voll Schnürschuhe, also hätte es wohl keinen Sinn.

In der ganzen Aufregung darüber, im Bett eines fremden Mannes ohnmächtig geworden zu sein, hatte sie für eine Weile vergessen, daß sie lesbisch war. Aber jetzt dachte sie darüber nach, dachte an Lily, wie sie sie das letztemal gesehen hatte, und sie wußte, daß das stimmen mußte. Sie konnte sich sehr plastisch an Lilys Brüste in einer Seidenbluse erinnern – groß, gewölbt, mit je einer kleinen runden Knospe, blipp, in der Mitte. Diese Brüste und Knospen unter der weißen Seide waren Teil einer Sprache, einer Sprache, die, wie alle Sprachen, etwas über die Welt aussagte, und Margaret hatte die Sprache vernommen, und sie verstand. Um die Bedeutung herauszufinden, begreife den Gebrauch. Sie sah hin, sie begriff den Gebrauch, sie verstand die Bedeutung. Vielleicht, ja vielleicht war ihr Verständnis bisweilen noch etwas steigerungsfähig. Martin hatte eindeutig eine andere Sprache gesprochen, ein anderes Spiel gespielt als sie, er Dame, sie Schach. Aber bei Lily würde sie vorsichtiger sein. Sie würde sich darauf beschränken zu sehen, was wirklich da war... Deskription, Margaret, keine Interpretation. Dann würde sie vielleicht die Wahrheit der Hypothese erkennen: Ich bin Lesbierin, ich bin Lilys Geliebte.

Martin war nicht das wahre Ende ihrer Suche. Soviel hatte sie immerhin nachgewiesen. Der Weg führte jetzt eindeutig zu Lily. Und sie fühlte erneut die Kraft der seltsamen, schwindelerregenden Entschlossenheit, die sie in den letzten paar Monaten verspürt hatte, das kalte Verlangen. Ich muß es wissen; ich *werde* es herausfinden. Ihr

Mißerfolg mit Martin verstärkte ihre Gier eher, als daß er sie gedämpft hätte. Ich muß suchen, und ich muß haben, dachte sie. Fick dich ins Knie, du nachgemachter Franzmann. Eine Welt voller Frauen erwartet mich!

Sie fuhr zu Richards Wohnung, um zu duschen und ein paar gefrorene Dominosteine zu essen, die sie unter der Eiswürfelschale gefunden hatte. Und um sich umzuziehen. Was zog man an? fragte sie sich. Für eine Begegnung dieser Art? Das war die andere Seite des Mondes. Man machte einen Schritt und flog empor, hoch in die Luft, und wartete, wartete darauf, in der felsigen Dunkelheit zu landen.

Sie zog Jeans an, wie mackerhaft, außerdem hatte sie sowieso nichts anderes dabei außer dem zerknitterten Rock von voriger Nacht, einer Nacht der Wirrungen und berauschten Fauxpas, die man am besten zusammen mit dem Rock zerknüllt auf dem Boden liegenließ.

Draußen war die Hitze leicht zurückgegangen, und es wehte eine Brise knapp unter Körpertemperatur. Die Sonne stand tief, und die Häuser leuchteten rosig, wie gesunde Häuser. Was für ein schöner Nachmittag, eigentlich schon fast Abend. Eine schöne Tageszeit. Genau richtig für eine Verführung.

Margaret nahm den Bus zur anderen Seite der Stadt, in die untergehende Sonne hinein. Sie kniff die Augen zusammen, und ihr war trotz der Klimaanlage warm. Die Sonne stand tief, war aber überall, steckte ihre Nase in Dinge, die sie gar nichts angingen. Verschwinde, das hier ist ein Bus, ein städtischer Bus. Geh nach Kansas. Oder Abu Dhabi. Margaret hielt sich den Arm über die Augen.

Geblendet von der Sonne, verkatert und nervös wegen Lily, atmete sie flach, unbefriedigend, und versuchte nach Luft zu schnappen. War es wirklich nötig, fragte sie sich, zu tun, was sie im Begriff war zu tun? Einfach nur, weil sie Lily attraktiv fand? Ihr Collie war ein schöner Collie gewesen, aber sie hatte nie versucht, ihn auf die Lippen zu küssen.

Margaret, würde Lily sagen, du bist eine Meisterin der Verleugnung.

Du hast mit Edward in einem Traum gelebt, sagte Margaret zu sich selbst, hast ihm erlaubt, dich mit seinen eisblauen Augen anzuschauen und dich glauben zu machen, das Spiegelbild, das du darin sahst, seist wirklich du. Jetzt kannst du ihm nicht in die Augen schauen, es ist keine Spiegelung mehr da, in der du dich sonnen könntest. Jetzt mußt du selbst beobachten und anderen erlauben, sich in dem zu sonnen, was sie in deinen Augen sehen. Vielleicht solltest du mehr unterrichten, vor einem Raum voll Leuten stehen und in Augen sehen, die darauf warten, daß du sprichst, die etwas von dir wollen, danach verlangen, daß du sie führst, sie mit Kenntnissen füllst, sie vervollständigst.

Sie erinnerte sich, wie sie einmal zu einem Vortrag von Edward gegangen war, bald nachdem sie sich kennengelernt hatten. Sie erinnerte sich, wie er nach vorn gegangen war, für den Bruchteil eines Augenblicks vollkommen still gestanden hatte, wie seine Reglosigkeit die Aufmerksamkeit und die Phantasie des ganzen Raums voll junger Männer und Frauen gefesselt hatte, wie sie ihn fixiert hatten, wie er unter ihren gebannten Blicken zu wachsen schien, wie er plötzlich absurderweise die Arme ausgebreitet hatte.

Er stand vor seinen Zuhörern mit ausgebreiteten Armen, als begrüßte er den Morgen, als jubelte ihm eine Volksmenge zu, als rennte ihm Margaret entgegen, um von ihm in die Arme genommen zu werden, was sie auch furchtbar gern getan hätte. Ihr Herz hatte schneller geschlagen; ihr Herz hatte damals buchstäblich schneller geschlagen.

»Guuten Mooorgen«, hatte er mit seinem britischsten Akzent gebrüllt. Und hatte angefangen zu reden und zwei Stunden lang nicht mehr aufgehört, während Margaret, gespannt und überwältigt, zugeschaut hatte.

Damals habe ich beobachtet, dachte sie. Ich habe jede Nuance jeder schwungvollen Bewegung seines Arms beob-

achtet. Ich habe ihn beobachtet und die Luft um ihn herum, die Luft, die er atmete.

Nun, die Zeiten sind vorbei. Keine Studentin mehr. Gott und Madame de Montigny sei Dank auch keine Dozentin, aber keine berückt lauschende Studentin mehr. Jetzt hat mein Mann andere Studentinnen, und ich muß meine eigenen Veranstaltungen aufziehen. Lily wird mein Gegenstand sein. Ich werde Lily studieren.

Lilys Klingel war wie üblich kaputt, die Haustür nicht abgeschlossen, und Margaret rannte die dunkle Treppe hoch. Lily machte die Wohnungstür auf, und Margaret vergaß Edward, vergaß ihre Vorbehalte. Lilys Augen sahen größer und dunkler aus. Ein Duft von Rosen lag, schwach und unbestimmt, auf Lilys Wange, als Margaret ihr einen Kuß gab, einen Begrüßungskuß, familiär, aber jetzt nicht mehr dasselbe. Lilys Wange war weich, weicher als die eines Mannes, dachte Margaret, sogar noch weicher als die eines Jungen. So weich wie eine Frauenwange, du merkst auch alles.

Lilys Lippen berührten leicht ihre Wange. »Margaret, warum hast du nicht angerufen?«

Das letzte Mal, als ich dich gesehen habe, dachte Margaret, habe ich zu mir gesagt, ich gehe auf Lily zu und küsse sie auf die Lippen. Alles war verschwunden außer diesem einen Gedanken: Ich gehe auf Lily zu und küsse sie auf die Lippen. Dann habe ich das doch nicht getan. Aber jetzt werde ich es tun.

Lily schloß die Tür und fing an, etwas zu sagen, verstummte aber dann wieder. Vielleicht verstummte sie deswegen wieder, weil Margaret ihre Hand auf Lilys Taille legte. Margaret fühlte die Kurve ihrer Hüfte und bekam noch weniger Luft. Sie legte auch die andere Hand auf Lilys Taille.

»Margaret?« flüsterte Lily mit ihrem nuttigen Flüstern aus ihrem nuttigen Mund, ein Flüstern und ein Mund, die Margaret wegen ihres Kontrastes zu dem, was Lily sagte,

immer so amüsant gefunden hatte. Aber jetzt wirkten sie überhaupt nicht komisch. Sie schienen im Kontrast zu gar nichts zu stehen. Sie wirkten wie rote Lippen und ein weiches fragendes Flüstern.

»Margaret?« flüsterte Lily noch einmal, fast erschrokken, fast so erschrocken wie ich, dachte Margaret.

Margaret sagte: »Ich, äh, also ...«

Sie ließ ihre Hand Lilys Rücken hinaufgleiten und trat näher an sie heran, sehr nah an sie heran, und dachte dabei: Kein Wunder, daß Männer Frauen mögen, kein Wunder, daß Männer Frauen gern anfassen. Lily hatte einen Bademantel an. Das wurde ihr jetzt erst klar, einen eleganten alten Bademantel aus Satin, unter dem sie Lily fühlte, ihre Hände Lily fühlten. Eine Hand blieb in der Gürtelschleife hängen. Der Mantel ging vorne auf, so daß eine von Lilys runden, großen Brüsten sichtbar wurde.

Huch, dachte Margaret.

»Margaret, halt –«

Halten? Was halten? Das Zimmer sah komisch aus, schummrig und weit weg. Ihr Gesicht war gegen Lilys kurzes schwarzes Haar gepreßt. Sie konnte einen Frauenkörper gegen ihren Körper spüren, eine nackte weibliche Brust, einen zerknitterten Bademantel aus Satin, eine geschwungene Taille unter ihren Händen, einen glatten, rosenduftenden Hals unter ihren Lippen, weiche Lippen unter ihren Lippen.

»Margaret, um Himmels willen, mach halblang –«

Halblang?

Lily machte einen Schritt zurück und schob Margaret sanft von sich.

»Schau, Margaret, ich meine, das hätt' ich nie erwartet, ich kannte dich wohl nicht richtig, also ... aber ich fühl' mich geschmeichelt, irgendwie, aber was« – sie biß sich auf die Lippe, ihre hübsche Lippe – »tust du da eigentlich? Genau?«

Genau? dachte Margaret. Genau, halte ich mich an der

sanft geschwungenen Taille einer halbnackten Frau fest. Genau!

»Lily?« sagte eine Stimme.

Wessen Stimme ist das? fragte sich Margaret. Lilys Stimme ist das nicht. Es ist auch nicht meine Stimme, obwohl sie irgendwie fast meine Stimme ist. Sie klingt so vertraut wie meine eigene Stimme. Es ist eine Männerstimme. Es ist Edwards Stimme, um genau zu sein.

Margaret ließ Lilys Taille los.

»Lily, ich brauche ein Handtuch«, sagte die Stimme.

Die Stimme brauchte ein Handtuch. Edwards Stimme brauchte ein Handtuch. Warum war Edwards Stimme wohl in Lilys Wohnung und benötigte ein Handtuch? Nun, sie benötigte wohl keines, außer sie wäre naß. Warum sollte Edwards Stimme wohl naß sein? Nun, sie wäre es nicht, außer sie duschte gerade. In Lilys Wohnung.

»Edward?« flüsterte Margaret. Sie sah Lily an. Lily wandte sich ab und zog den Bademantel enger um sich.

»Edward?« sagte Margaret noch einmal.

»Aber, Margaret ...« sagte Lily.

Margaret starrte sie an. Sie spürte, daß ihr Mund offenstand, daß sie ihn zumachen sollte.

»Lily, wie konntest du mir das antun?« sagte sie statt dessen.

»Aber –«

»Du hast die ganze Zeit mit mir herumgeflirtet, um an meinen Mann ranzukommen?«

Aber noch während sie das sagte, wußte Margaret, daß der Vorwurf sinnlos war. Lily flirtete mit jedem, Mann wie Frau. Sie lächelte und drehte listig den Kopf, bloß so, um ihre Grübchen zu zeigen. Sie hatte keine Grübchen, aber das spielte keine Rolle. Ihr ganzes Leben war ein einziger Flirt, von früh bis spät. Beim Frühstück ahnte das errötende Müsli etwas, hoffte, wußte aber nie mit Sicherheit. Zur Schlafenszeit schlug ihr Kissen klopfenden Herzens die Augen nieder, sprachlos und verwirrt.

»Mit dir? Margaret«, sagte Lily gerade, »du bist *verheiratet.*«

»Das ist Edward auch«, sagte Margaret. »Mit *mir.*« Sie schäumte vor Wut. Sie war auf die Verführungskünste eines Mädchens hereingefallen, und es waren nicht mal Verführungskünste gewesen! »Du hast mich verraten und ... und *alle* Frauen dazu.«

»Margaret, sei nicht dämlich. Es ist nichts passiert.«

»Ach, bitte, ja?«

Lily fuhr sich mit einer Hand durch das Haar und seufzte. »Es ist gar nichts passiert, Margaret, okay? Vielleicht wär's besser gewesen, wenn«, fügte sie hinzu, fast als dächte sie laut.

Tristesse steht ihr gut, dachte Margaret mit einer Mischung aus Bewunderung, Sympathie und Empörung. Wie jede andere Emotion.

Lily zwirbelte die Gürtelenden ihres Bademantels. »Vielleicht«, sagte sie, dann straffte sie die Schultern und sah Margaret in die Augen. »Überhaupt, was kümmert's dich, auch *wenn* was passiert wäre? Du hast mir doch gesagt, du seist mit Edward fertig.«

»Mit gutem Grund, wie sich herausgestellt hat. Und außerdem hatte ich's nicht ernst gemeint.« Margaret lehnte sich gegen eine Kommode, die mit gelben Vögeln in einem Gewirr von blauen Ranken bemalt war. Sie vergrub den Kopf in den Armen. Mit ihm fertig? Fertig war richtig. Fertig, *finito, fini.* »Aber jetzt meine ich es ernst.«

»Es war nichts, Margaret. Nichts.«

Nichts, wiederholte sich Margaret dumpf. Aber Lilys Worte schienen kaum von Belang zu sein, eine Verkehrsmeldung im Radio an einem Tag, an dem man zu Hause blieb. Beobachte, Margaret. Beachte das Dröhnen in deinen Ohren. Das liegt daran, daß das Blut dahingeströmt ist. Sie hob den Kopf. Das Zimmer sieht seltsam fern aus, als wärest du gar nicht hier. Das liegt daran, daß du

wünschst, du wärst gar nicht hier. Du solltest gar nicht hiersein. Edward sollte nicht hiersein.

»Ich werde mich vermutlich mit einem Waschlappen begnügen müssen«, sagte die Stimme aus dem anderen Zimmer, die sie durchaus, und zwar entsetzlich deutlich, hörte. »Oder noch besser, Verdunstung. Ganz angenehm, wenn auch etwas unanständig ...«

Edward kam ins Zimmer hereinspaziert. Sein magerer Oberkörper, *ihr* magerer Oberkörper, ragte naß aus seinen Laufshorts.

»Margaret!« sagte er und kam mit ausgebreiteten Armen schnell auf sie zu. »Meine arme Margaret. Fühlst du dich jetzt besser, Liebling?«

»Nein.«

»Nein?« Er beugte sich vor, um sie zu küssen.

War das die Möglichkeit? Und sich vorzustellen, daß sie ihn einst geliebt hatte, ihm einst beim Unterrichten zugesehen und Atembeklemmungen bekommen hatte, sich einst, erst Augenblicke zuvor, erinnert hatte, ihm beim Unterrichten zugesehen und Atembeklemmungen bekommen zu haben, und bei der Erinnerung daran wieder Atembeklemmungen bekommen hatte!

Sie wich ein Stück zurück. »Du treuloses schleimiges britisches Stück Scheiße«, sagte sie.

»Du hast wirklich eine schlechte Nacht gehabt.«

»Ja«, sagte Margaret. »Deine war offensichtlich beträchtlich ereignisreicher.«

»Margaret, du machst dich lächerlich«, sagte Lily.

»Schau, Margaret, liebste Margaret, Gattin meines Herzens, es tut mir leid, daß du einen Kater hast, aber ich sehe keinen Grund, warum du das an mir auslassen solltest.«

»Tust du nicht?«

»Eigentlich nicht.«

»Dann bist du dumm. Ist er nicht dumm, Lily? Lily sieht haufenweise Gründe, warum ich es an dir auslassen sollte, nicht, Lily?«

»Ach Margaret«, sagte Lily.

»Komm, Margaret, laß uns nicht vor deiner Freundin streiten.«

»*Meiner* Freundin?« lachte sie, ein Lachen von der schnaubenden Sorte.

»Verzeihung. Unserer Freundin.«

»Verzeihung. Deiner Freundin.«

»*Meiner* Freundin?«

»Schau, es ist mir scheißegal, wessen Scheißfreundin du fickst.«

»Fickst? Ich hab' Scheiße noch mal geduscht!«

»Fick dich ins Knie«, sagte Margaret und drehte sich zur Tür.

»Margaret!« sagte Lily. »Hör doch –«

Schluß mit Zuhören, dachte Margaret, als sie zur Tür hastete. Schluß mit Reden. Meine Sinne haben mich im Stich gelassen. Meine Sinne sind Schrott.

OH, EDWARD, EDWARD, du Schlange, Reptil, Insekt, Pilz, Alge, blauäugige, silberhaarige Alge. Margaret stolperte die Hunderte und Aberhunderte Sandsteintreppen vom ersten Stock zum Erdgeschoß hinunter. Wo war die Straße? Würde sie jemals kommen? Sie hörte Edward hinter sich, hörte ihn rufen. Sie hörte seine Schritte und lief schneller. Wann würde sie diesem Haus des Verrats und der Sünde endlich entronnen sein? Edward. Mit Lily. Vierundzwanzig Stunden allein gelassen, und schau, was passiert. Alles war in Ordnung, in Ordnung.

Das habe ich die ganze Zeit gewußt, dachte sie. Edward hat mich betrogen. Er hat mein welkendes Fleisch eingetauscht gegen – gegen was? Gegen Lilys welkendes Fleisch! Oh, die Demütigung! Ihn an irgendein hinreißendes kleines Mädchen mit langen flatternden Haaren wie die Mähne eines Pferdes zu verlieren, an eine Studentin, von ihm angezogen wie er von ihr, berauscht von den wein-

dunklen Worten Walt Whitmans, ja, okay, das wäre, wie es sich gehört. Na ja, es gehört sich eigentlich überhaupt nicht. Aber zumindest würde es sich so gehören für etwas, was sich nicht gehört.

Aber das!

Draußen auf der Straße war die Sonne untergegangen, der Himmel war dunkelblau, und die Brise wehte erfrischender als vorher. Fick dich ins Knie, Brise, dachte sie.

Margaret rannte in der Dämmerung ostwärts durch den Central Park. Edward war nicht mehr hinter ihr. Ich bin ihn los, dachte sie. In jedem Sinne des Wortes. Jetzt werde ich überfallen und umgebracht. Das geschieht ihm recht. Das geschieht allen recht. Wie kann er's wagen? Er ist mein Mann. Wie kann sie's wagen? Er ist mein *Mann*.

Daß Edward etwas mit seinen hübschen kleinen Studentinnen haben könnte, war bei aller Gewißheit, die Margaret diesbezüglich seit einiger Zeit hegte, doch eine Hypothese, für deren Richtigkeit sie selbst des kleinsten Fitzelchens eines Beweises entbehrte. Es war schlicht eine Wahrheit, eine tragende Säule ihres Glaubensgebäudes, ein Gegebenes, ein Faktum, ein Fatum. Ihr Fatum. Aber das hier! Das war real!

Margaret wurde sich bewußt, daß sie vor Wut keuchte, wie ein Drache. Durch die Nase. Dieses Schwein. Kein Wunder, daß sie ihn verlassen hatte. Sie hörte auf zu rennen, ging aber schnell weiter, schnell und weit, und nach einer Dreiviertelstunde wußte sie, wo sie hinging, weil sie es vor sich sah.

Das Haus, in dem Dr. Samuel Lipi wohnte, ragte vor ihr empor, hoch, modern, zylindrisch, genau die Sorte Haus, die sich für Dr. Lipi gehörte. Er hatte es ihr eines Abends stolz gezeigt, als sie seine Praxis zusammen verlassen hatten, und sie hatte sich gefragt, ob er wohl in einem runden Bett schlief.

Sie stürzte in das Gebäude. »Es ist ein Notfall!« sagte sie zum Portier, da sie sich plötzlich bewußt wurde, daß sie ganz rot im Gesicht und völlig außer Atem war, daß sie mit sich selbst redete und noch immer durch die Nase schnaubte wie ein zorniger Drache. »Ein Notfall!«

Der Fahrstuhl schaffte sie mit magenumdrehender Geschwindigkeit näher und näher heran, blieb ruckartig stehen und setzte sie, wankend, mit verstopften Ohren, im achtundzwanzigsten Stock ab. Achtundzwanzig, dachte sie. Aha! Aha was? Es war ihr ziemlich egal.

Sie blieb einen Augenblick stehen und sah sich um, versuchte sich zu beruhigen. Dann öffnete sich eine Tür hinten im Flur, und Dr. Lipis schöner Kopf lugte hervor. »Margaret«, sagte er. »Sind Sie es wirklich? Was ist es denn? Die Plombe?« Er sah sie besorgt an und streckte den Arm aus. »Kommen Sie rein. Kommen Sie rein. Willkommen in meiner kleinen Höhle.«

Sie sah sich um und erkannte, daß es eine snobistische Unterschätzung gewesen war, ihm ein rundes Bett zu unterstellen. Seine Wohnung war mit teuren italienischen Stücken eingerichtet, die vor ein paar Jahren so modern gewesen waren, daß sie jetzt schon antiquiert wirkten. Alle Wände waren eingerissen worden, so daß man sich jetzt wie auf einem Dachboden vorkam, einem tunnelartigen, niedrigen Dachboden.

Margaret konnte sich nicht dazu durchringen, Dr. Lipi anzusehen, also starrte sie aus seinem Fenster auf die Stadt, die nächtliche Skyline, leicht verwischt durch eine perlgraue Wolke feuchten Junidrecks. Die Decke schien ihr knapp über dem Kopf zu hängen, so nah und intim wie ein großer Hut. Als sie so dastand, mit ihrem Deckenhut auf dem Kopf, so hoch oben, und so tief hinunterschaute, verspürte sie eine leichte Übelkeit und Schwäche. Sie mußte sich hinsetzen. Sie drehte sich um. Dr. Lipi beobachtete sie. Sie sah eine schwarze Couch mit großen Lederkissen. Sie ging zu ihr hin, ließ sich vorsichtig nieder, schloß die Augen für einen Moment und öffnete sie dann plötzlich wieder. Sie fühlte sich seltsam verletzlich.

»Es ist nicht die Plombe«, sagte sie.

Dr. Lipi trug, wie sie bemerkte, nicht sein weißes Hemd, was sie enttäuschte. Er trug ein blaues T-Shirt. Hatte denn niemand mehr einen Sinn für erotische Phantasien?

»Es ist nicht mal ein Notfall.«

Ein Engländer hätte daran gedacht, ein weißes Zahnarzthemd zu tragen. Immer. Nur für den Fall, daß jemand vorbeikam. Selbst wenn er kein Zahnarzt war.

»Es sind nicht mal die Zähne.«

Überhaupt, die Engländer mögen doch Frauen in Zimmermädchenuniformen, nicht? Na ja, Edward eigentlich nicht, nein, Gott sei Dank.

»Sie sind in Zivil«, sagte sie.

Er lächelte und wandte sich dann zu einem großen Spiegel, wie um sich zu vergewissern.

Margaret folgte seinem Blick. Na ja, dachte sie, während sie sein schönes Spiegelbild ansah, vielleicht kommen wir ja auch ohne weißes Hemd zurecht. Er trug Shorts, eng anliegende Turnshorts. Sie starrte auf seine nackten Beine, seine nackten Arme.

»Hübsche Wohnung, Dr. Lipi«, sagte sie, ohne ein Auge von seinem Körper zu wenden.

»Sam.«

»Sam. Richtig.«

»Es freut mich, daß sie Ihnen gefällt, Margaret«, sagte er. »Und ich freue mich, daß Sie hier sind. Was immer der Grund sei, Margaret, ich freue mich, daß Sie hier sind.«

»Wirklich?«

Dr. Lipi begab sich zu einer Plattform in einer Ecke des großen Raums, die eine Küche zu sein schien, eine so stromlinienförmige und technisch hochentwickelte Küche, daß sie, nach einigen geringfügigen Änderungen, den Flug nach Paris in weniger als vier Stunden geschafft hätte.

»Ist mit Ihnen wirklich alles in Ordnung, Margaret? Möchten Sie einen Drink?«

»Sehe ich nicht ordentlich aus?« fragte Margaret.

»Na ja, doch, Sie sehen wundervoll aus, Sie sehen immer wundervoll aus, ich meinte bloß, na ja, wissen Sie, Sie kommen hier an und sagen, es sei ein Notfall, und ich würde sagen, Sie sehen schon aus, als ob Sie sich nicht besonders gut *fühlten* ...«

Margaret seufzte. »Sie haben recht«, sagte sie. »Es geht mir nicht gut. Ich brauchte etwas Gesellschaft. Und nein danke. Ich trinke nicht. Nie. Mehr.«

Dr. Lipi holte für sich ein Bier aus dem Kühlschrank und stand da auf seinem Podest und sah zu ihr herab, zu ihr herüber, sah sie lange an. Er war für seine Verhältnisse äußerst schweigsam. Kein Wort von der Pulpahöhle oder der Mechanik des mastikatorischen Apparates.

Schön, schön, schön, dachte Margaret. Gut. Dann verreck, Edward. Lust, Edward, ist das einzig Begehrte. Folglich ist Lust das einzig Begehrenswerte. Ich begehre Dr. Lipi, Edward, folglich ist er begehrenswert. Wenn er begehrenswert ist, ist er Lust, folglich ist er das einzig Begehrenswerte. Stimmt's?

Sie betrachtete aufmerksam Dr. Lipis Oberschenkelmuskeln, während er auf sie zukam.

Stimmt.

»Margaret«, sagte er, langsam näher kommend.

Beobachte und kläre durch Logik. Er hat schlanke, kräftige, praktisch haarlose Beine. Läßt er sie sich wachsen oder was? Warum sind sie so braungebrannt? Beobachte, Margaret, beobachte. Sie starrte auf seine Oberschenkel und dann, hilflos, auf seinen Schritt. Aha, und aus dem, was ich beobachte, kann ich logisch eine ganze Menge folgern. Diese Hypothese ist wirklich eine Hypothese. Das ist kein Witz. Das ist kein Witz mehr.

Er fixierte sie auf eine Weise, die sie nicht mißverstehen konnte, und sprach noch einmal ihren Namen aus.

Aha, dachte sie, es geht also auch ohne Uniformen.

Er stand vor ihr in seiner Michelangelo-Pose, hatte die Bierflasche beim Hals gepackt und ließ sie von seinen schlanken Fingern mit den aseptisch sauberen Nägeln baumeln. Sie sah zu ihm auf, außerstande zu reden, außerstande, sich zu bewegen.

Bitte schön, Edward, dachte sie. Lust ist nämlich ein Zustand der Seele. Und für jeden Menschen ist dasjenige, wovon es heißt, daß er es liebe, ein Quell der Lust. Sind Sie mir ein Quell der Lust, Dr. Lipi? Ebensosehr wie Lily es für Edward war?

Sie starrte ihn weiterhin an, sprachlos und ohne irgendeine Vorstellung, was als nächstes zu tun sei, ja daß es überhaupt ein Nächstes gebe. Er starrte zurück, und für einen Moment glaubte sie, er würde anfangen, ihr zu erklären, was sie sich zu tun anschickten, unter besonderer Berücksichtigung der Rolle der Zähne beim Vorspiel. Aber alles, was er sagte, war: »Margaret, Sie verstehen mich.«

Dich? dachte sie. Was hast *du* damit zu tun? Ich versuch' nicht, *dich* zu verstehen.

Er streckte die Hand aus und umfaßte ihren Arm. Er nahm auch ihren anderen Arm und zog sie hoch. Er stand so nah an der Couch, so nah vor ihr, daß sie keinen Platz zum Stehen hatte, keine Möglichkeit, das Gleichgewicht zu halten. Sie spürte seine Brust an der ihren, die Turnshorts fest gegen sie gepreßt. Sie kippte um und fiel auf die Couch zurück. Er tat einen Schritt zurück und zog sie wieder an sich.

Das Gesicht gegen seine glatte Wange gepreßt, dachte Margaret: Jede Wahrnehmung muß bis zu einem gewissen Grad eine Auswirkung des wahrgenommenen Objektes sein. Das wahrgenommene Objekt ist hart und muskulös. Seine Hände drücken gegen meinen Rücken. Es rollt leicht, rollt die Hüften, vor und zurück.

Er zog sich das Hemd aus und knöpfte ihres auf. Seine Hände lagen auf ihren Brüsten. Ihr Fleisch gegen sein Fleisch. Er küßte jetzt ihren Hals. Er küßte sie auf die Lippen. Das war jetzt kein Abbild in einem Spiegel mehr, keine Kopie, von der sie nur eine Ansicht, aber kein Wissen haben konnte. Das war eine reale Form, von der sie Wissen erlangen konnte.

Indem sie ihre Hand vorn unter den elastischen Bund seiner Shorts schob und sie bewundernd über die darin befindliche Form gleiten ließ – eine auf Klärung abzielende Geste –, erlangte Margaret Wissen von ihr, schnappte nach Luft und biß sich auf die Lippe.

Die Seele gleicht einem Auge: Ruht sie auf dem, worauf

Wahrheit und Sein scheinen, nimmt sie wahr und begreift und strahlt vor Erkenntnis.

Aber dann durchrann sie, wie ein unerwarteter kalter, feuchter Luftzug, ein plötzlicher Schauder des Abscheus. Dr. Lipi? Kenner der Kurve des unteren Zahnbogens? Ein schwafelnder Fremder, der jetzt seine fremden Arme um sie hatte? Was tat sie da? Was hatte sie sich nur gedacht?

Ruht sie nicht auf der Wahrheit, sondern auf einer bloßen Nachahmung derselben, irrt die Seele blinzelnd umher und hängt bald dieser, bald jener Meinung an und scheint bar allen Erkenntnisvermögens.

Also ist das hier wahrscheinlich nicht die Wahrheit, dachte Margaret, während sie ihre Lippen auf seinen Hals drückte, die Hände über seinen Rücken gleiten ließ. Kann's gar nicht sein, oder? Lust, ja. Aber auch genau das Gegenteil von Lust. Ich kenne diesen Mann kaum. Er ist mein Zahnarzt, nicht mein Liebhaber. Tatsächlich bin ich von diesem lächerlichen Mann, der sich – zugegebenermaßen nicht ohne eine gewisse Ermutigung meinerseits, aber trotzdem – um mich geschlungen hat, angewidert; und wenn ich angewidert bin, und ich bin's, dann kann Dr. Lipi, logisch betrachtet, nicht das einzig Begehrenswerte sein, stimmt's? Er kann nicht die Wahrheit sein.

»Tut mir leid, Dr. Lipi.« Sie rückte von ihm ab.

Dummkopf, dachte sie, als sie ihn in all seiner beträchtlichen Herrlichkeit sah. Margaret, du bist ein Dummkopf. Wen schert's, ob er ein Idiot ist? Und ein Fremder? Männer schlafen andauernd mit Idiotinnen und Fremden. Ja, aber ich bin kein Mann. Wenn Edward mit mannbaren Idiotinnen mit langem seidigen Haar und ehemals lesbischen Idiotinnen fast mittleren Alters mit kurzem schwarzem verstrubeltem Haar schlafen will, dann ist das sein Problem. Dr. Lipi, Dr. Lipi, hätte Ihre Dinglichkeit doch nur nicht die Vorstellung von Ihnen überlagert, die Vorstellung von Ihnen als einem rein körperlichen Wesen. Sie sind nur ein Schatten Ihrer selbst, Dr. Lipi.

»Margaret, was ist los?« Er legte seine Hand sanft an ihr Gesicht und streichelte ihre Wange. »Beiß nicht die Zähne zusammen, Liebling«, flüsterte er. »Deine entzückenden Zähne.«

Seine Stimme erschreckte sie. Er stand vor ihr, herrlich und jetzt völlig nackt, die Kleidung in einem Häufchen zu seinen braungebrannten Füßen. Oh, du Dummkopf du. Schau dir dieses prachtvolle Geschöpf an, schön wie die schönste Statue, ein Mann von wahrhaft heroischen Proportionen. Aber Statuen reden gottlob nicht. Dr. Lipi schon. Und wenn Dr. Lipi redet, dann erinnere ich mich wieder, daß er existiert, und nicht nur sein vollkommener Körper und sein magnetischer Blick. Ich erinnere mich wieder, daß Dr. Lipis Persönlichkeit ein Teil von Dr. Lipi ist.

»Margaret«, sagte er, nahm ihre Hände und führte sie an seinen flachen Magen, schob sie dann tiefer und dann noch ein bißchen tiefer.

Andererseits, dachte sie, ist »Dr. Lipi« schließlich und endlich nur ein Name, ein sprachlicher Behelf. Es gibt keinen Dr. Lipi außer und über der Summe seiner Teile, und Margaret betrachtete seine verschiedenen Teile mit wachsendem Interesse und ebensolcher Begeisterung.

Das ist nicht wirklich, dachte sie schließlich. Das ist nur eine Illusion von Vollkommenheit. Aber was für eine Illusion! Sie hielt die Illusion fest. Dr. Lipis Hände streiften ihr gerade die Jeans hinunter. Die Illusion schob sich zwischen ihre Beine.

»Das ist nur eine Illusion«, sagte sie.

»Ja. Es ist alles ein wunderbarer Traum.«

Margaret lag auf Dr. Lipis Bett und sah durch das Fenster auf die funkelnde Düsterkeit des Himmels über der Stadt. Die Vollkommenheit ist vollkommen, dachte sie. Soviel habe ich immerhin als wahr erkannt. Die vollkommene Darbietung eines vollkommenen Könners. Warum läßt mich das kalt?

Dr. Lipi schlief friedlich neben ihr, golden und entspannt in seinem nackten Schlaf. Sie sah ihn mit Widerwillen an. Ist ja toll. Ist ja echt toll. Die Sinne, pah! Ohne Sinne gäbe es keine Bedürfnisse. He! Lipi! Habe ich das nötig gehabt? Bist du notwendig, Dr. Lipi? Folgtest du zwangsläufig aus bestimmten Voraussetzungen? Bist du ein apriorischer Typ?

Wo ist Edward? fragte sie sich. War er bei Lily geblieben? Was für eine schmutzige Affäre. Zwei schmutzige Affären. Dr. Lipi, die schlafende Statue, bewegte sich. Margaret rückte von ihm ab und versuchte, nicht zu weinen. Seine Schönheit bestürzte sie. Fremd und abstrakt leuchtete sie vor ihr; und doch waren Dr. Lipi und seine Schönheit nicht fremd und abstrakt, nicht für sie, nicht mehr. Dr. Lipi war jetzt konkret und vertraut. Was alles um so fremder und abstrakter erscheinen ließ.

Das ist nicht mein Bett, dachte sie und starrte voll Groll auf sein Gesicht, das friedlich auf dem Kissen ruhte. Du bist nicht der Mann, neben dem ich schlafe.

Ausnahmsweise ließ sie ihr Gedächtnis einmal nicht im Stich, weigerte es sich, sie im Stich zu lassen. Ihr sonst so zuverlässig unzuverlässiges Gedächtnis ließ sie im Stich. Sie konnte nicht vergessen, was sie getan hatte. Sie konnte sich nur daran erinnern. In allen Einzelheiten. Und sie konnte Edward nicht vergessen, den tropfnassen Edward, der die Tropfen des Schuldigen vertropfte, einen Ehemann, der aus einer Dusche stieg, die nicht die seine war, gereinigt, aber nicht rein. Ebensowenig konnte sie Lily vergessen, wie sie sich angefühlt hatte, und ihre eigene schwindlige Unsicherheit, als sie die Taille des Mädchens

umfaßt hatte, von dem sie anschließend herausfand, daß es ihren Mann gepimpert hatte. Sie konnte Dr. Lipi nicht vergessen, den leidenschaftlichen Zahnarzt, einen Mann, so hingegeben seiner Kunst, daß er sich als mehr als sich selbst sah, als ein Vorbild, ein Vorbild, das seine Sache propagieren, sich selbst propagieren mußte. Wenn er jetzt aufwachte, würde er von der Kunst der Liebe, seiner Liebe, sprechen. Er würde ihr ganz ernsthaft genau das referieren, was sie unbedingt vergessen wollte. Er würde sie mit diesen merkwürdigen schmalen Augen ansehen und mit diesen geschwungenen Lippen küssen, und er würde erzählen und ihr die Bedeutung seines Gebrauchs von Augen und Lippen hinsichtlich ihrer Lust und, vermittels dieser Lust, hinsichtlich ihrer oralen und emotionalen Gesundheit erläutern. Und ebenso hinsichtlich der oralen und emotionalen Gesundheit der Nation. Ach was, der ganzen Welt!

Ach, ich hätte brav zwischen Martins Lautsprecherkabeln aufgerollt bleiben sollen. Oder auf meinem engen Feldbett, gepeinigt von Richards schlagenden Uhren. Oder noch besser, zu Hause bleiben sollen. Bei Edward. Wo ich hingehöre. Wo er hingehört. Aber jetzt gibt es kein Zuhause mehr. Keinen Edward mehr. Edward existiert nicht. Nicht einmal logisch.

Margaret schlüpfte leise in ihre Kleider und schrieb Dr. Lipi ein Briefchen. »Organe schaffen Bedürfnisse; und umgekehrt schaffen Bedürfnisse Organe. Aber wir können uns nicht wiedersehen. Ich bin verheiratet.

Alles Zähne,

Margaret.«

Ich bin verheiratet. Eine wahre Aussage. Ich bin eine Ehebrecherin, die mit einem Ehebrecher verheiratet ist. Man kann keine Ehebrecherin sein, ohne verheiratet zu sein. Ich bin verheiratet, in Ordnung.

Sie kehrte in Richards Wohnung zurück, zurück zu dem schmalen Feldbett mit der klumpigen, durchhängenden Matratze inmitten der chaotischen Uhren, und sie weinte. Sie weinte die ganze Nacht, mit gelegentlichen Unterbrechungen, wenn sie aufstand und sich ihr verquollenes Gesicht im Spiegel ansah – ein Anblick, der sie mit einem solchen Selbstmitleid erfüllte, daß sie wieder anfing zu weinen, noch verzweifelter als zuvor.

Bald würde die Sonne aufgehen, zumindest ließ dies das schwache Licht vermuten, das sich mühsam durch das dreckige Fenster von Richards Mädchenzimmer kämpfte. Aber andererseits war es für sie ja unmöglich, zweifelsfrei zu entscheiden, ob die Sonne aufgehen oder nicht aufgehen würde, oder? Sie hatte sie nicht tatsächlich aufgehen sehen, richtig? Was also, dachte sie, versichert uns, die wir verquollenen Augs auf unserer Pritsche liegen, der Existenz eines beliebigen Dinges oder Sachverhalts außer dem gegenwärtigen Zeugnis unserer Sinne oder dem, was unser Gedächtnis gespeichert hat? Selbst wenn ich die Sonne schon tausendmal habe aufgehen sehen, selbst wenn ich Bücher gelesen habe, die von ihrem Aufgehen berichten, selbst wenn ich aus zuverlässigster Quelle weiß, daß sie jeden Tag aufgeht, wäre es doch möglich, daß heute der Tag ist, an dem die Sonne nicht aufgeht. Ursachen und Wirkungen können nicht logisch, sondern nur durch die Erfahrung festgestellt werden. Ich kann nicht mit Gewißheit schließen, daß die Sonne aufgehen wird. Folglich gibt es keine Gewißheit.

Margaret, das ist reiner Blödsinn, dachte Margaret. Dein Leben ist vorbei, aber die Scheißsonne wird aufgehen, und das weißt du auch. Das Verlangen nach Erkenntnis ist eine *folie à une*. Und du bist ein Schwachkopf.

Beobachte, beobachte. Du hast Dr. Lipi beobachtet. Du hast die halbe Nacht beobachtet, oder? Und was hast du gesehen? Dinge, die dich überhaupt nichts angingen. Und wie wäre es, wenn du deinen Mann beobachtetest, wie er deine Freundin pudert? Wie wäre es mit der Beobachtung, daß du ohne Edward nichts bist? Du fühlst dich wie ein Nichts, du willst nichts, du bist nichts.

Trotz aller Niedergeschlagenheit erwog ich, mich zu meiner Schülerin zu begeben und zu versuchen, sie von ihren irrigen Anschauungen abzubringen, sie bei der Hand zu nehmen und sie auf die strahlenden Leuchten der Erkenntnis und der Wahrheit zuzuführen. Doch all meine bisherigen Versuche, meine unablässigen Bemühungen, sie zu belehren und zum selbständigen Gebrauch ihres Verstandes zu ermutigen, schienen mich grausam zu verspotten.

Besiegt und verwirrt zog ich mich unter dem Vorwand, die Anreise aus Genf habe mich erschöpft, in mein Zimmer zurück. Aber ach!, wenig Erholung fand ich an jenem Ort, den mein Gedächtnis so eng mit Rameaus Nichte und den gelehrten Übungen, denen wir dort obgelegen, in Verbindung brachte.

Außerstande zu ruhen, schritt ich auf und ab, setzte mich, um dann wieder aufzustehen, bis ich mich endlich entschloß, das Haus der Marquise de – – zu verlassen und unverzüglich nach Paris zurückzukehren.

Ich hatte meine Reisetaschen noch überhaupt nicht ausgepackt, und so waren nur geringe Vorbereitungen erforderlich. Ich wartete die Ankunft der Post ab, setzte dann meine Gastgeberin und die versammelte Gesellschaft, zu der auch meine vielverspre-

chende, ach, zu vielversprechende! Schülerin gehörte, darüber in Kenntnis, daß dringende Geschäfte meine Anwesenheit in Paris erforderlich machten, und man verlangte keine weiteren Erklärungen von mir.

Lebt wohl, meine kleine Schülerin, dachte ich. Und ein Lebewohl auch der Philosophie. Nie mehr würde ich die erregende Freude auskosten, einen jungen Verstand aufzuklären. Nie mehr würde ich um Erkenntnis ringen, müde, doch unablässig weiterstrebend, bis endlich die Wahrheit die Unwissenheit durchdrang und leuchtend hervorbrach, wie die Sonne durch die Wolken bricht.

MARGARET FASSTE SICH an die Stirn. Sie hatte bestimmt Fieber. Nein, sie hatte kein Fieber. Soviel Glück hatte sie nicht. Ihr war nur heiß und elend, und sie fühlte sich wie ein Nichts. Das Telefon klingelte, aber sie nahm nicht ab. Sie nahm eine Dusche. Genau wie Edward, dachte sie. Dann nahm sie noch eine. Keine von beiden wirkte. Edward war immer noch weg. Sie war noch immer ein Dummkopf.

Was hatte sie sich bloß die ganzen letzten Monate gedacht, Männern und Frauen nachzusteigen, von Edward wegzulaufen? Wozu? Nun, wenn man hofft, die Antwort zu finden, den Sinn zu finden, muß man den Gebrauch kennen. Aber wozu brauchte man das?

Das Telefon klingelte weiter, immer wieder, den ganzen Tag lang, jedesmal sechs Klingelzeichen, bevor der Anrufbeantworter sich einschaltete. Margaret fand es unerträglich. Es unterbrach ihr Leid. Klingelingeling. Klingelingeling. Es klingelte, während die Uhren schlugen. Es klingelte, nachdem die Uhren aufgehört hatten zu schlagen. Schließlich schaltete sie bei allen Telefonen sämtliche Klingeln ab. Da sie zweimal geduscht hatte, wurde ihr

dann klar, daß sie jetzt etwas anderes tun mußte, also nahm sie ein Bad.

Sie lag in Richards Wanne in seinem Badezimmer mit den schwarzen und weißen Kacheln und sah sich ihre Füße an. Sie hatte sich auch in der Badewanne in Prag ihre Füße angesehen. Jetzt waren es die Füße eines Dummkopfes.

Es war nichts zu essen da. Margaret hatte seit zwei Tagen nichts anderes gegessen als Pfirsiche und Dominosteine und Wein. Man stelle sich jemanden vor, der tatsächlich den Kühlschrank leer räumte, bevor er wegfuhr, den Kühlschrank kahlredigierte. Nichts. Nicht eine tiefgefrorene Erbse. Sie würde aus dem Haus gehen müssen. Aber sie konnte nicht in ein Restaurant und heulen und sich theatralisch hierhin und dahin auf Sofas schmeißen. In Restaurants gab's keine Sofas.

Ich werde mir was kommen lassen müssen. Wie in alten Zeiten. Von der griechischen Imbißstube. Es gibt bestimmt eine griechische Imbißstube irgendwo in der Nähe. Aber wie heißt sie? Sie sah im Telefonbuch unter »American Restaurant«, »Athens Restaurant«, »Three Guys«, »Two Guys«, »Four Guys Restaurant« nach. Wie hießen Imbißstuben auf der East Side? »One Guy«?

Erschöpft legte sie sich auf Richards Bett. Sein Zimmer hatte eine Klimaanlage. Sein Schlafzimmer war groß und sauber und bezaubernd, und sie würde für immer hierbleiben und den Zeigern der Uhren bei ihren endlosen Wanderungen zuschauen. Richard konnte im Mädchenzimmer wohnen. Er würde nichts dagegen haben. Er würde das verstehen. Sie lächelte. Richard liebte sie und kümmerte sich um sie auf eine gluckenhafte, mißbilligende Weise, aber selbst in ihrer derzeitigen Stimmung mußte sie über die Absurdität der Vorstellung lächeln, er könnte ihr sein schönes Schlafzimmer überlassen und in das Mädchenzimmer ziehen.

Das Telefon mußte wieder geklingelt haben. Margaret hörte das Klicken, mit dem sich der Anrufbeantworter ein-

schaltete. Er stand direkt am Bett, aber sie hatte die Lautstärke ganz heruntergedreht. Sie wollte nicht hören, wie Richard sich mit jemand anders unterhielt. Die Tatsache, daß Richard irgend etwas außer ihrem Lektor war, schmälerte ihn in ihren Augen noch immer.

Sie ging in das Mädchenzimmer zurück und setzte sich an den Klapptisch. Sie blätterte ihre Notizbücher durch. Irgendwo am Rand hatte sie sich ein Zitat zum Empirismus aufgeschrieben, aber nicht dazugeschrieben, wo es her war: »Naiver Realismus führt zur Physik«, hieß es da, »und die Physik zeigt, wenn sie wahr ist, daß der naive Realismus falsch ist. Deswegen ist der naive Realismus, wenn er wahr ist, falsch; deswegen ist er falsch.« Das kannst du laut sagen, dachte Margaret.

»Margaret?«

Es war Richard, von den Berkshires heimgekehrt. Sie hörte Schlüssel, das Knistern von Papiertüten, Schritte.

»Margaret, bist du da?«

Margaret saß auf dem Bett am Klapptisch und hoffte, Richard würde nicht merken, daß sie geweint hatte. Hatte sie feuchte Handtücher auf seinem Bett liegenlassen? Wie geschwollen waren ihre Augen? Natürlich würde er's merken, und sie würde es ihm erklären müssen.

Richard erschien in der Tür seiner grauenhaften Sklavenunterkunft. Beim Klang seiner lieben, fragenden Stimme, bei seinem Anblick fühlte Margaret die Einsamkeit ihres elenden Zustands mit einer plötzlichen, erschütternden Klarheit. Da war Richard, ihr Freund, der einzige Freund, der ihr geblieben war.

»Ach, Richard!« rief sie aus. Sie warf sich in seine Arme und weinte. »Richard, was soll ich nur tun?«

»Margaret«, sagte er, »du hast nichts an.«

Das ist wahr, dachte Margaret schluchzend, das Gesicht in Richards Hals begraben. Splitterfasernackt. Na ja, wenigstens hatte er ihre geschwollenen Augen nicht bemerkt.

»Richard!« rief eine Stimme. Eine vertraute Stimme.

Wessen Stimme? Nicht Richards Stimme. Auch nicht ihre, obwohl es fast ihre Stimme war. Ach ja, es war wieder Edwards Stimme. »Du hast die Tür offengelassen ... Margaret!« sagte Edwards Stimme.

Margaret machte einen Satz rückwärts. Im Zimmer verstummte alles. Selbst die Uhren schwiegen. Margaret fragte sich, ob sie erröten sollte. Wenn sie errötete, würde sich die Röte über ihren ganzen Körper ausbreiten?

»Margaret«, sagte Edward mit einer fürchterlich gedämpften, beherrschten Stimme. »Das hätte ich nie erwartet.«

Das was? fragte sie sich träge. Sie fühlte sich wie unter Wasser.

Edward machte ein Geste in Richards Richtung.

Ach, *das* das, dachte sie.

»*Ich* bin angezogen«, sagte Richard.

»Tut mir leid«, sagte sie. Sie weinte noch immer. »Es tut mir leid, Edward, es tut mir alles so leid.«

»Leid? Ihr seid beide wahnsinnig«, sagte Richard. »Es gibt nichts, was wem auch immer leid tun müßte!«

Nichts, dachte sie. Sie vergrub ihr Gesicht in den Händen. Überhaupt nichts.

Die zwei Männer starrten sie an, wie sie da vor ihnen stand, nackt und weinend. Wie eine Renaissance-Eva, dachte sie. Arme alte Eva.

Margaret bückte sich nach einem zerknüllten Seidenball, der auf dem Fußboden lag, ihrem Rock. Bedecke deine Blöße, dachte sie. Sie zog ihn an und sah hinunter auf ihre noch immer nackten Brüste.

»Oh, ja, *so* ist es besser«, sagte Richard, und auch er sah auf Margarets Brüste, wobei sich auf seinem Gesicht die gleiche feindselige Verzweiflung abzeichnete, die Margaret auf den Gesichtern von Passanten gesehen hatte, die über obdachlose Penner und deren dreckige nackte Füße stiegen.

»Ich habe überall nach dir gesucht«, sagte Edward. »Ich

habe jeden angerufen, der mir überhaupt eingefallen ist. Ich habe hier angerufen. Ich habe überall angerufen. Ich bin durch die ganze Stadt gelaufen und habe dich gesucht.«

»Wirklich?« sagte Margaret. Wirklich? Er hatte nach ihr gesucht? Warum? Bestimmt nicht, um ihr zu erzählen, was sie ohnehin schon wußte, nämlich daß er eine Affäre mit Lily hatte. Sie zitterte vor Beschämung, erinnerte sich dann an Dr. Lipi, und ihr Gefühl der Beschämung wurde stärker. Sie schniefte und wischte sich mit dem Handrücken über die Augen.

»Jetzt habe ich dich wohl gefunden, wie?« sagte Edward mit leiser, fast trauriger Stimme .

Er hatte nach ihr gesucht. Überall. Man sucht nach jemandem, wenn man ihn finden will. Man will ihn finden, wenn man ihn will. Man will ihn, wenn man ihn liebt. Bedeutete das, daß er sie noch immer liebte? Er liebte sie *doch* noch? Edward liebte sie! Und sie liebte ihn! Es war ihr egal, was passiert war. Ihnen beiden. Das einzige, was zählte, war, daß er nach ihr gesucht hatte, daß er sie wollte und daß er sie gefunden hatte.

»Ja, Edward«, flüsterte sie. »Du hast mich gefunden.«

»Kannst sie als Finderlohn behalten«, brummelte Richard, und er zog sich in sein Zimmer zurück und machte die Tür gut hörbar hinter sich zu.

Gott sei Dank hast du mich gefunden. Sie sah zu ihm auf. Er war so schön anzuschauen, seine Stimme so schön anzuhören. Er wußte alles. Er lehrte alles. Er nahm alles. Er ließ an allem teilhaben. Und jetzt war er zurückgekommen. Zurückgekommen, um sie zurückzunehmen. Er hatte nach ihr gesucht, und er hatte sie gefunden.

»Edward«, sagte sie. Aber als sie auf ihn zuging, schüttelte Edward den Kopf, drehte sich um und verließ das Zimmer.

»Edward?« sagte sie und trippelte ihm erschrocken hinterher. »Wo gehst du hin? Du hast mich gefunden. Ich habe dich gefunden. Was machst du da?«

An der Wohnungstür holte sie ihn endlich ein. Sie stand halbnackt da in ihrem Seidenrock, hielt seinen Arm fest, zog daran.

Edward drehte sich langsam um, heftete seine Augen auf sie wie Schlösser, Vorhängeschlösser, klick, keine Schlüssel, für immer gefangen. »Margaret«, sagte er, dann wandte er sich ab, aber die Schlösser gaben nicht nach. »Margaret«, sagte er, als er durch die Tür hinausging, als er sie verließ, sie für immer in seinem Blick eingeschlossen zurückließ, als ihr Mann durch die Tür hinausging und sie verließ, »ich habe Augen. Ich habe Augen im Kopf, und ich kann sehen.«

Ich stieg die Treppe hinauf, um meine persönlichen Gegenstände zusammenzupacken und den Abtransport meines Schrankkoffers zu beaufsichtigen, und begab mich dann traurig zum Wagen. Ich setzte mich mit einem schweren Seufzer hinein. Erst wenige Stunden zuvor war ich aus diesem Wagen ausgestiegen, und wie leichten Sinnes, mit welchen Hoffnungen auf nächtliche Erörterungen und Debatten! Jetzt saß ich wieder in dem Gefährt, unterwegs nach Paris, jeden Wollens und Trachtens entkleidet; jede Neigung, nach Erkenntnis und Wahrheit zu streben, war in meinem kalten Busen erstarrt. Wahrheit? Die schreckliche Wahrheit. Die Wahrheit war mehr, als ein Mensch je erdulden müssen dürfte.

Neben mir auf dem Sitz lag, von irgendeinem übereifrigen Diener dorthin geschafft, eine große Decke. Es war ein warmer Tag, aber in meinem traurigen Zustand hätte es mich auch nicht bekümmert, wenn es kalt gewesen wäre. Mir lag nichts an Behaglichkeit. Behaglichkeit, die Vorstellung von Behaglichkeit, dünkte mich in diesem Moment eine Beleidigung, und meinem unruhigen Gemüt schien es, als verspottete mich die Decke. Nutzlos und unerwünscht, war es eine Decke, die mich an mich selbst erinnerte. Ich stieß sie ungeduldig von mir.

DIE DECKE: Mein Herr!
ICH: Wer ist darunter? Was ist das für ein Unfug?
DIE DECKE: Ich bin's, mein Herr, Eure Schülerin, Rameaus Nichte.

Sie deckte sich auf, und trotz meines Zorns und meiner Enttäuschung und meines allgemeinen Elends

rief ihr Anblick, da sie so nah, so zerzaust aus den Falten der Decke auftauchte, eine Regung intellektueller Anteilnahme in mir hervor, die je wieder zu verspüren ich nicht hatte erhoffen können. Sie strich sich das Haar aus dem erhitzten Antlitz, und in ihren wie stets leuchtenden Augen schien ein neues Feuer zu brennen; ihre Lippen, so lieblich in meiner Erinnerung, sahen noch lieblicher aus, als ich sie je gewahrt.

SIE: Zürnt mir nicht, mein Herr. Ich könnte es nicht ertragen.
ICH: Ihr dürft nicht hiersein. Wenn's jemand erführe –
SIE: Was kümmert mich die Meinung eines anderen, wenn die Meinung desjenigen, der mich gelehrt, was Meinungen bedeuten, wider mich ist? Was ist mir daran gelegen, wenn jedes Gesicht sich von mir abwendet, sofern nur dieses eine geliebte Angesicht sich zurückwenden und mir gestatten würde, es anzublicken?

Indem sie sprach, ergriff ihre kleine Hand meine Hand mit überraschender Kraft. Tränen entfielen ihren Augen, ihre glatten Wangen benetzend.

ICH: Ihr scheint den Blick von anderen, zumindest eines anderen, mit seltener Begeisterung genossen zu haben. Kann die Verweigerung des meinigen Euch wirklich solchen Schmerz bereiten?
SIE: Könnt Ihr mich sehen, wie ich jetzt bin, und eine solche Frage stellen? Ist meine Pein nicht mehr denn offenbar? Habe ich nicht viel gewagt, um zu Euch zu gelangen, bei Euch zu sein, Euch anzuflehen?
ICH: Mich anzuflehen? Und worum fleht Ihr mich an?

SIE: Um Verständnis.
ICH: Das ist alles, wonach ich je gestrebt.

So sprach ich, und da ich es aussprach, verwandelte sich mein Zorn in Zähren, und mein Gesicht, weit davon entfernt, sich von meiner Schülerin abzuwenden, schmiegte sich an deren zartes Antlitz, so daß unsere Tränen sich vermischten.

SIE: Versteht mich!
ICH: Alles, was ich je gewollt, ist, Euch zu verstehen.
SIE: Versteht mich hier.
ICH: Hier?
SIE: Jetzt.
ICH: Jetzt?

Sie hatte die Decke zu Boden geworfen, und wenngleich der Wagen nicht eben die ideale Umgebung für eine Erörterung dieser Art darstellte, verlangte die Dringlichkeit der Situation, daß wir das Beste aus unserer schwierigen Lage machten.

Wann immer die Wiederholung einer bestimmten Handlung oder Verrichtung die Neigung in uns hervorruft, dieselbe Handlung oder Verrichtung, ohne von einem Gedanken oder einer anderen Leistung des Verstandes dazu gedrängt worden zu sein, aufs neue zu wiederholen, sagen wir, diese Neigung sei eine Folge der Gewohnheit. Und so befahl uns die Gewohnheit, eine Handlung, eine uns teure Verrichtung, zu wiederholen, und so drängte es uns zu beginnen, und so nahmen wir die Handlung mit freudiger Vertrautheit in Angriff.

ICH: Es gibt zwei Methoden, die Wahrheit zu erforschen und aufzudecken.
SIE: Ich ersuche Euch inständig, sie mir mit der

ganzen Kraft Eures beträchtlichen Intellekts vorzuführen.
ICH: Die eine eilt vorschnell voran, indem sie von den Sinneseindrücken und besonderen Einzelheiten zu den allgemeinsten Gesetzmäßigkeiten springt. Diese ist die jetzt angewendete.
SIE: Ja, so ist es.
ICH: Es ist keine zufriedenstellende Methode.
SIE: Nein, wie ich selbst erkennen mußte, als ich mit einem anderen, weniger gelehrten Führer nach der Wahrheit suchte.
ICH: Die andere Methode, meine Methode, entwikkelt ihre Gesetzmäßigkeiten aus den Sinneseindrükken und Einzelheiten, indem sie beständig aufsteigt ...

Meine Schülerin pflichtete meinen Darlegungen mit der größten Leidenschaftlichkeit bei, was, so schmeichelhaft es war, doch auch zu einer gewissen Besorgnis Anlaß gab, bedachte man den Umstand, daß wir uns in einem fahrenden Wagen auf einer öffentlichen Chaussee befanden.

ICH: ... beständig, stufenweise aufsteigt ...

Das Geräusch unserer Erörterung war durchaus hörbar, und unsere Entdeckung befürchtend, ersuchte ich um Diskretion, indem ich meine Hand auf ihren kleinen Mund legte: eine Handlung, die ihre Begeisterung über unser Unterfangen nur noch anzufachen schien, denn sie setzte ihre unzweideutigen Äußerungen fort, und ihr Atem an meiner Hand ging heiß und rasch.

ICH: Wobei sie beständig, stufenweise aufsteigt, bis sie zuletzt zu den allgemeinsten Gesetzmäßigkeiten gelangt.

Erst dann sanken wir beide aufseufzend zurück. Im Wagen herrschte Stille.

SIE: Seid Ihr angelangt?
ICH: Und Ihr?
SIE: Als ein empfindendes Wesen solltet Ihr die Antwort auf diese Frage schon kennen.

Nach einiger Zeit und einigen Meilen sprach ich meine Schülerin, denn sie war wieder meine Schülerin, folgendermaßen an.

ICH: Könnt Ihr mir sagen, was das Dasein eines empfindenden Wesens für dieses Wesen selbst bedeutet?
SIE: Es muß das Wissen darum bedeuten, vom ersten Anbeginn des Bewußtseins an es selbst gewesen zu sein.
ICH: Und ebendieses Bewußtsein gründet sich in der Erinnerung an die eigenen Handlungen.
SIE: Ach, ich zöge es vor, manche meiner Handlungen zu vergessen, jene Handlungen nämlich, die Euch soviel Schmerz und mir so wenig Befriedigung bereiteten.
ICH: Aber wäre das Gedächtnis nicht, so hätte man kein Bewußtsein seiner selbst, denn wenn ein Wesen sich seines Daseins nur im Augenblick des Bewußtwerdens bewußt wäre, so hätte es keine Vergangenheit.

Ich sah Rameaus Nichte an, ihre dunklen kastanienfarbenen Locken, die über ihren Nacken fielen und hierdurch einen ergötzlichen Kontrast zur Blässe ihrer zarten Haut bildeten. Die Bänder ihres Unterrocks waren gelöst, der Unterrock selbst, zusammen mit ihrem Hemd, bis über den Nabel gehoben, und ich schob beide noch höher.

ICH: Ihr seid jung und noch unerfahren, doch kein Mensch, ob Mann, ob Frau, ist so jung und unerfahren, daß er sich nicht durch Beobachtung viele richtige allgemeine Prinzipien betreffend die menschlichen Angelegenheiten und den Lebenswandel gebildet hätte. Doch muß eingeräumt werden, daß, wenn ein Mensch, in diesem Falle eine Frau, darangeht, diese Prinzipien in die Tat umzusetzen, Irrtümer so lange überaus wahrscheinlich sind, bis die Zeit und weitere Erfahrungen sowohl diese Prinzipien erweitert als auch ihn, beziehungsweise sie, deren rechten Gebrauch und Nutzanwendung gelehrt haben.

Es war eine lange Fahrt nach Paris, und, dort neben mir liegend, begann meine stets lernbegierige Schülerin, nicht geneigt, diese Gelegenheit zu inniger und ungestörter Unterweisung ungenutzt verstreichen zu lassen, still, aber eifrig das ihr vorgelegte Prinzip zu erweitern, und gemeinsam wandten wir sodann einige Zeit an die weitere Erforschung von dessen rechtem Gebrauch und Nutzanwendung.

Als unsere Reise sich ihrem Ende zuneigte, wandte meine Schülerin mir ihr Antlitz zu.

SIE: Bedeutet dies, daß Ihr mir verzeiht?
ICH: Die Erforschung der Wahrheit, das ist, ihr die Cour zu machen und sie zu umwerben; die Erkenntnis der Wahrheit, das ist, ihr Gegenwärtigsein; und der Glaube an die Wahrheit, das ist, sie zu genießen, sind des Menschen höchstes Gut. Ich habe mit Euch geforscht, ich habe Euch erkannt und Eure Gegenwart erfahren, ich glaube Euch und genieße Euch.
SIE: Durch fehlerhaftes Denken, durch die unausrottbaren Irrtümer, die notwendig aus niederen

Begriffen hervorgehen, verleitet, war ich vom Pfad der Vernunft abgekommen. Aber meine Suche nach der Wahrheit hat mich zuletzt zu Euch zurückgeführt.

Margaret verschlief lange Stunden und starrte die Wände an, wenn sie wach war. Vergiß es, sagte sie sich. Selbst Edwards egozentrische Großzügigkeit konnte unmöglich einer Ehefrau verzeihen, die ihn monatelang ignorierte, ihn verließ und dann, nackt, einen anderen Mann umarmte. Vergiß es. Aber sie konnte es nicht vergessen. Sie dachte natürlich daran, ihn anzurufen. Aber manchmal hielt Scham sie zurück, manchmal Wut. Na schön, hatte sie eben ihre nackten Arme um Richard gelegt! Bildete sich Edward etwa ein, daß sie mit diesem affektierten Frauenfeind ins Bett ging? Wofür hielt er sie eigentlich? Ihn anrufen? Er konnte verdammt noch mal selbst anrufen. Auf Knien. Sie stellte sich vor, wie er im Knien telefonierte; aber dann dachte sie, daß sie so eine schreckliche, verbrecherische Ehefrau gewesen war, daß eigentlich sie auf Knien zu Edward rutschen sollte, und dann weinte sie in ihr Kissen und schlief wieder ein.

So fristete sie eine Woche trostlosen, einsamen Mädchenzimmerdaseins, während welcher Zeit sie Richards Gastfreundschaft auf eine harte Probe stellte. Dann fuhr sie heim nach Massachusetts, zu Mama und Papa, um dort, unter großen Vorstadtbäumen sitzend und Rasenflächen betrachtend, verschiedene pubertäre Enttäuschungen noch einmal zu durchleben. Im Haus ihrer Eltern fand sie zu ihrer Empörung Kunz Turners gerade erschienenes Buch, betitelt *Jamais-vu*, das sofort ein Bestseller geworden war. Ihre Empörung wuchs noch, als sie es las, denn weit davon entfernt, das aufgeblasene, wichtigtuerische Geschwätz zu sein, das sie erwartet hatte, entpuppte es sich als ein knapper, straffer und ausnehmend komischer Roman über einen blinden Analytiker, über den sie sich köstlich amüsierte.

All diese endlosen Irrfahrten ohne Edward – zumindest ihre Gedanken irrten umher – hatten in Margaret ein immer stärkeres Heimweh nach ihm entstehen lassen. Ihr schamvoller Zorn nahm anfangs lediglich zu, wurde kolos-

saler und heftiger; und dann hörte er auf zu wachsen und schien zu knospen und zu etwas völlig anderem aufzublühen: Entschlossenheit. Wie konnte Edward es wagen, sie zu verlassen? Er hatte kein Recht dazu. Sie liebte ihn, und sie wollte ihn haben. Sie würde ihn sich zurückholen. Er gehörte ihr. Sie hatte Freundschaft gesucht. Sie hatte Liebhaber gesucht. Sie hatte Wissen gesucht, die Wahrheit über die Dinge gesucht. Jetzt würde sie Edward suchen.

Nach der Wahrheit zu suchen bedeutet, ihr die Cour zu machen oder sie zu umwerben, sagte der Philosoph in *Rameaus Nichte*. Jetzt mußte sich Margaret ernsthaft ans Werben machen.

Aber was war mit dieser Wahrheit? Wer brauchte schon Wahrheit? Wahrheit konnte man sich nicht aufs Brot schmieren. Wenn du gesund bist, sagte ihre Großmutter gern, *und* ein eigenes Einkommen hast, dann hast du alles. Wahrheit! Wahrheit ist eine Tautologie. Ein Stuhl ist ein Stuhl. Logische Wahrheit ist eine Tautologie.

Ja, dachte sie, aber es ist nicht so, daß man jede beliebige Wahrheit umwerben müßte. »Ein Stuhl ist ein Stuhl!« An solchen Platitüden bin ich nicht mehr interessiert. Dr. Lipi ist attraktiv, folglich finde ich ihn attraktiv. Na und? Martin ist ein Mann, und mir gefallen Männer, folglich gefällt mir Martin. Wenn Lily eine Frau ist und sie mir gefällt, gefallen mir Frauen. Na und, na und, na und? Ich suche nicht mehr einfach nach der Wahrheit, ich suche nicht mehr nach belanglosen Tautologien. Solche Wahrheiten existieren, aber sie sind für mich wertlos. Ich suche nach einer interessanten und aufschlußreichen Wahrheit. Ich suche Edward.

Sie flog nach New York zurück, zu Richards Mädchenzimmer, und jetzt, da sie wußte, was sie zu tun hatte, fühlte sie sich besser. Und sie fühlte sich besser, da sie jetzt begriff, was sie getan hatte, was in all den Monaten empirischer Raserei vor sich gegangen war. Was ich getan habe, dachte sie, war, die Wahrheit meiner Zuneigung zu Edward zu prüfen. Ich habe nach dem Falschheitsgehalt meiner be-

sten Theorie geforscht, das heißt, Edwards. Dies habe ich getan, indem ich versuchte, meine beste Theorie zu widerlegen, Edward zu widerlegen, meine Theorie im Lichte all meines subjektiven Wissens und Scharfsinns einer strengen Prüfung zu unterziehen. Ich habe die kritische wissenschaftliche Methode exakt und sorgfältig angewandt. Ich habe meine Theorie an einem Zahnarzt, einem Belgier und einer Frau überprüft. Ich habe herausgefunden, daß es keine Gewißheit gibt, aber daß ich nichtsdestoweniger sagen kann, Edward, meine Zuneigung zu Edward, meine Liebe zu Edward, stellten einzeln und insgesamt eine größere Annäherung an die Wahrheit dar als meine Zuneigung zu wem auch immer sonst. Mit anderen Worten, dachte sie, Edward ist der richtige Typ für mich.

RICHARD REDETE KAUM noch mit ihr, so intim war ihre Beziehung geworden.

»Laß mir etwas Milch übrig«, war alles, was er sagte, wenn er sie sah.

Sie schlug ihren Taschenkalender auf. Es war der 12. Juli. Sah wie ein glückverheißendes Datum aus. Auch wie ein vertrautes Datum, aber warum? Margaret konnte sich nicht erinnern, aber was spielte das schon für eine Rolle? Sie würde sich gleich auf die Suche nach Edward machen. Wo würde sie ihn finden, um ihn dann suchen zu können? Die Semesterferien hatten angefangen, aber sie war sicher, daß er in seinem Zimmer in der Uni sein würde. Es war die entsprechende Tageszeit.

Im Regen, einem feinen, kühlenden Regen, wartete Margaret auf den Bus. Die Wolken waren grau und tief. Sie würde herniederstoßen und sich Edward aus der Menge der Sterblichen herausgreifen. Genau wie Zeus sich Io nahm, der in seine Wolke gehüllte Zeus. Aber ich werde mit dem Bus kommen.

Sie ging die Korridore entlang, und ihr wurde bewußt,

wie lange es her war, daß sie Edwards Arbeitszimmer betreten hatte, Jahre, seit sie diesen Korridor, so still und schummerig, zum letztenmal entlanggegangen war. Sie konnte ihre Schritte auf dem Linoleumfußboden hören. Sie klangen so laut, wie ihre Schritte auf den Straßen von Prag geklungen hatten. Sie schritt durch den schmutzigen Gang, eine Pilgerin auf der Suche nach ihrem Heiligtum.

Ihre Entschlossenheit und ihr Bedürfnis waren ihr so klar und offensichtlich, daß sie anfing, etwas wie Zuversicht zu verspüren, und diese Zuversicht wuchs, je mehr sie an Edward dachte. Wie würde sich Edward fühlen, wenn Edward auf der Suche nach Edward wäre? fragte sie sich. Na, er würde sich stark und begierig und sicher fühlen! Und so würde sie sich auch fühlen.

Sie stellte sich sein Gesicht vor, all seine Ecken und Kanten und die tiefliegenden blauen Augen, die plötzliche Explosion eines Lächelns. Sie konnte sein lautes Lachen hören, seine Stimme, widerhallend vor Liebe zu seinem Mitmenschen, der ihm so sehr ähnelte.

Sie verstärkte ihre Entschlossenheit mit diesen Bildern seines Gesichts und Klängen seines Lachens, bis ihr bewußt wurde, daß sie an seinem Arbeitszimmer angekommen war und sein Lachen, sein wirkliches Lachen, von innen hervorschallte und sein Gesicht, sein wirkliches Gesicht, durch den Spalt der halboffenen Tür sichtbar war. Sie konnte ihn sehen und, vor ihm, die Rückseite eines Kopfes mit langem, seidigem braunem Haar, den Kopf einer Studentin, die ihm ins Gesicht sah und sich nur bewegte, wenn er sich bewegte, ein bißchen nach links, nach rechts, die Haare immer brav hinterher, dann wieder zurück, dem lächelnden, lachenden professoralen Heiligtum zugekehrt. Mein Heiligtum, dachte Margaret. Nicht dein Heiligtum.

Es war Sommer. Hatten diese Mädchen kein Zuhause? Oder Ferienlager? Oder großzügige, wahllos vergebene Stipendien für die Erforschung der sexuellen Präferenzen der Figuren auf karibischen Briefmarken?

Margaret steckte den Kopf hinein. »Hi!« sagte sie. Sie wedelte mit den Fingern der erhobenen Hand und lächelte über das ganze Gesicht.

»Margaret?« Edward sah erschrocken aus. Sie hatte ihn überrumpelt, keine geringe Leistung. Ihr Lächeln ging noch mehr in die Breite. Sie fühlte sich schon dadurch besser, daß sie in seiner Tür stand. Zieh Leine, Puppe, dachte sie mit einem kurzen Blick auf das glänzende braune Haar und sah dann wieder zu Edward hinüber.

Der seidige Kopf drehte sich nach ihr um. Oh – das hübsche blaßhäutige Mädchen, das sie zu sehen erwartet hatte, war überhaupt kein Mädchen, sondern ein Junge. Mit einem zottigen Schnurrbart. Na, um so besser. Zieh Leine, Freundchen. Merkst du nicht, wann du *de trop* bist?

»Beschäftigt?« sagte sie.

Edward starrte sie verärgert an.

»John«, sagte er nach einer peinlichen Stille, während welcher Margaret in der Annahme, nichtssagende Harmlosigkeit sei die beste Eröffnungsstrategie, fortfuhr, milde zu lächeln, »das ist Margaret Nathan.« Er machte eine Geste in ihre Richtung, als wollte er sie wegschicken.

»Wahnsinn! Hi!« sagte der Junge.

Und Edward redete in einem Ton weiter, den Margaret an ihm gar nicht kannte und der ihm, wie sie fand, überhaupt nicht stand. Edward bitter und herablassend? Edward enttäuscht und daher den Überlegenen mimend? Edward *war* überlegen! Wußte er das nicht mehr?

»Margaret, das ist John Marsh. Und die Besprechung, in die du mit so untypischem Eifer, untypisch zumindest hinsichtlich seines Gegenstands, hereingeplatzt bist, betrifft, oder ich sollte besser sagen: betraf Johns momentane Unfähigkeit zu entscheiden, ob er nächstes Semester hierher zurückkehren oder aber sich ein Jahr freinehmen sollte, um nach höheren Einsichten zu streben.«

»Ah«, sagte Margaret. »Sie meinen, mit dem Motorrad durch das Land zu fahren.«

»Wie haben Sie das erraten?« fragte John, eifrig und ernsthaft wie ein Hund. Er stand auf und fing an, ihr herzlich die Hand zu schütteln. »Wahnsinn! Margaret Nathan! Es ist mir echt eine Ehre, Sie kennenzulernen!«

Mann, dachte Margaret. Sieh dir an, wie er mich ansieht. Er hat von mir gehört. Er ist ganz aufgeregt, mich persönlich kennenzulernen. Ja, er himmelt mich an! Und ist er nicht süß, hinter diesem Zottelbürstchen, das er für einen Schnurrbart hält? Schau dir diese hübschen breiten Hände an.

»Ja, weiß Gott eine Ehre«, sagte Edward.

Margaret fühlte sich durch die Aufmerksamkeit des Jungen geschmeichelt, aber Edwards Verhalten fing langsam an, ihr Sorgen zu bereiten und sie auch zu ärgern. Wie sollte sie ihn umwerben und zurückerobern, wenn er schon auf ihre bloße Gegenwart mit billigem Sarkasmus reagierte? Was, wenn sie *wirklich* eine schlechte Ehefrau war? Sie war in ihn verliebt und wollte ihn wiederhaben. War das nicht genug? Sie funkelte Edward an. Ihr Lächeln samt ihrem Plan, abwesend weiterzulächeln, war völlig vergessen. Dann richtete sie ihre Augen wieder auf Jung John.

»*Deswegen* unterrichtest du also«, sagte sie bedeutungsvoll, bewußt anzüglich.

Edward sagte nichts, schleuderte ihr aber einen Blick zu, der besagte: Geh nicht zu weit.

Sie antwortete ihm mit einem Blick, der, wie sie hoffte, zu bedenken gab: Ich bin schon zu weit gegangen, was macht also ein weiterer kleiner Fauxpas schon aus?

Aber sie fügte hinzu: »Das ist der Grund, weswegen du unterrichtest. Ein so eifriger Student, der an so einem schönen Julimorgen vorbeikommt.«

John grinste.

»Es regnet«, sagte Edward.

»Tatsächlich?«

»Margaret, wir haben wirklich zu tun. Vielleicht könntest du dein eigenes Tutorium anderswo abhalten.«

»Vielleicht.« Und sie ließ ihre Augen wieder ostentativ auf John ruhen.

Es trat eine weitere Pause ein, dann sagte John: »Meine Mutter findet Ihr Buch sehr gut, Ms. Nathan.«

Was seid ihr lieb, wollte Margaret sagen. Du und deine Mama. Aber sie beschränkte sich auf ein leises Danke und ließ dann den Blick über sein glattes junges Gesicht abwärts zu seinem T-Shirt gleiten, das mit aufschlußreichen kleinen Rissen verziert war, und weiter zu seinen Jeans und spitzen Cowboystiefeln.

Sie spürte, daß Edward sie ansah, wie sie den Jungen ansah, also sagte sie: »Ich hoffe, wir werden uns bald wiedersehen, Mr. Marsh.«

»Warten Sie, bis ich das meiner Mutter erzähle«, sagte John. Er murmelte, an Edward gerichtet, ein paar Dankesworte und das Versprechen, sich seinen Rat durch den Kopf gehen zu lassen, an Margarets Adresse ein schüchternes Auf Wiedersehen und schlurfte aus dem Zimmer.

Edward sah sie an. Er lehnte sich zurück und legte die Füße auf den Schreibtisch. »Seine Mama. Wie nett. Nun, mein Liebling, willkommen. Du mußt gleich wieder weg? Du brauchst dich meinetwegen nicht lange aufzuhalten. Ich weiß, warum du gekommen bist, also bringen wir's hinter uns, ja?«

»Du weißt, warum ich gekommen bin? Du weißt, was ich will?«

»Dieses Feingefühl, Margaret. Diese Aufmerksamkeit. Aber ich erwarte noch eine Studentin. Wollen wir unsere Angelegenheit also schnell erledigen?«

Was meint er damit? Eine schnelle Nummer unter dem Schreibtisch? Kaum. Er war sarkastisch und unnahbar und bitter, ein ungewohnter, unheimlicher Zustand. Margarets Zuversicht von vor wenigen Augenblicken verhärtete sich zu Eigensinn. Sie fühlte sich furchtlos und gewandt.

»Professor Ehrenwerth?«

Margaret wandte sich nach dem stillen Gruß um und

sah das Mädchen von der Abendeinladung, das seidige braunhaarige Mädchen, das in der Bibliothek Walt Whitman las. Das Mädchen, diejenige, welche. Ah, so ist das. Deswegen willst du mich hier raushaben. Na, Pech gehabt, du Trottel. Ich rühr' mich nicht von der Stelle.

»Professor Ehrenwerth, störe ich Sie? Ich wollte nur eben vorbeischauen und Ihnen alles Gute zum Geburtstag wünschen und die Hausarbeit für meinen Schein nachreichen.«

»Kommen Sie herein, Eve.«

Eve? Ja, so hieß sie. Natürlich.

»Sie erinnern sich an meine Frau?«

»Oh, ja, hallo, Ms. Nathan.«

»Hallo, Eve. Und bitte nennen Sie mich Margaret.«

»Margaret ist auch vorbeigekommen, um mir alles Gute zum Geburtstag zu wünschen, nicht wahr, Liebes?« sagte Edward.

Der zwölfte. Ja, ja. Edwards Geburtstag. Ja, sie war wohl gekommen, um ihm alles Gute zum Geburtstag zu wünschen. Und sie, Margaret, war das Geschenk. Überraschung! Rückgabe und Umtausch ausgeschlossen.

Sie sah Eve an. Woher wußte dieses großäugige Kind von seinem Geburtstag? Na ja, klar, daß sie's wußte. Sie war ja diejenige, welche. Aber nicht mehr lange, Schwester, dachte Margaret. Hier kriegst du kein Bein mehr auf die Erde.

»Also dann, danke und auf Wiedersehen, Margaret«, sagte Edward.

»Eve«, sagte Margaret und legte ihre Hand auf den Arm des Mädchens. »Hätten Sie etwas dagegen, wenn ich bleibe und Ihre Diskussion mitverfolge? Ich sammle Material für ein neues Buch, eine Untersuchung der Lehrer-Schüler-Beziehung in der abendländischen Kultur. Es trägt den Titel *Von Sokrates zu Mr. Chips: Pädagogik und Verlangen.*«

»Margaret –«

»Ach, nein, das ist schon in Ordnung, Professor Ehrenwerth«, sagte Eve. »Es klingt sehr interessant. Und wenn's wirklich helfen würde zuzuhören ...«

Margaret setzte sich auf den einzigen Besucherstuhl und schlug die Beine übereinander.

Eve sah sich nach einem anderen Stuhl um, zuckte dann die Achseln und blieb vor Edwards Schreibtisch stehen.

»Es ist nur, daß ich wirklich nicht viel zu sagen habe«, sagte Eve. Sie legte ihre Hausarbeit auf Edwards Schreibtisch.

»Wußten Sie, daß Professor Ehrenwerth heute vierzig wird, Eve? Das sieht man ihm doch wirklich nicht an, nicht wahr?«

»Nein. Aber heutzutage ist vierzig jung«, sagte Eve. »Die Blüte des Lebens. Manchmal wünschte ich mir, ich wäre vierzig.«

»Das werden Sie schon noch«, sagte Edward.

»Ja, und ich bin sicher, es wird eine wundervolle Erfahrung sein«, sagte Margaret. »Die Blüte des Lebens. Ja, der Lebensmitte.«

»Meine Hausarbeit handelt von der Lebensmitte, Margaret!« sagte Eve. »›Achtundzwanzig junge Männer baden an der Küste‹. Kennen Sie es? Und sehen Sie, sie ist achtundzwanzig, die Frau, die sie beobachtet, und es ist etwas wie eine Midlife-crisis, ja? Weil damals achtundzwanzig wie die Lebensmitte war?«

Margaret sah Edward an.

»Geh weg, Margaret«, sagte er.

»Eigentlich muß ich gehen«, sagte Eve fröhlich. »Ich fliege heute nacht nach Paris. Fahren Sie diesen Sommer irgendwohin?«

»Ja«, sagte Margaret. »Wir fahren auch nach Paris.«

»Tatsächlich?« sagte Edward.

»M-hm. Wir werden uns natürlich auch andere Orte ansehen und hier und da anhalten. Avignon, Les Baux.«

»Ach ja, natürlich, wie konnte ich das vergessen«, sagte Edward.

»Ja, wie konntest du? Na ja, wir werden eben alle alt, nicht, Eve?«

»Ich glaube schon. Es wär' jedenfalls schön, wenn wir uns über den Weg liefen.«

»Wo?« fragte Margaret.

»In Paris!«

»Ah! Paris. Natürlich«, sagte Margaret.

»Also dann, *au revoir*!«

»Ja, Wiedersehen«, sagte Margaret. »Schließen Sie die Tür, Liebes, sind Sie so gut?« Und Eve war weg, und Margaret und Edward blieben allein in dem kleinen, staubigen Arbeitszimmer zurück.

»Whitman und die Midlife-crisis?« sagte Margaret. »Die Selbsthilfe-Schule der Literaturkritik?«

»Eine unglückliche Interpretation, da bin ich ganz deiner Meinung.«

»Mensch, Edward, jetzt, wo du vierzig bist, kannst du auch eine Midlife-crisis haben, eine waschechte Midlife-crisis. Deinen Samen über die Jugend verströmen –«

»Wirklich, Margaret.«

Margaret stand auf, setzte sich auf seinen Schreibtisch und tat so, als sähe sie sich irgendwelche Papiere an.

»Was ist das jetzt für eine Geschichte mit Frankreich? Du fährst nach Frankreich?« sagte Edward.

»Warum nicht?«

Edward schwieg und klopfte mit dem Finger auf den Schreibtisch.

»Schau, Edward, warum nicht?« sagte Margaret plötzlich, sanft. »Laß uns fahren. Morgen.«

Er klopfte weiter mit dem Finger auf seinen großen zerkratzten Schreibtisch, hörte dann auf und lehnte sich in seinem Stuhl zurück. Margaret hörte draußen einen Preßlufthammer. Und einen Vogel. Sie glitt zurück, vom Schreibtisch herunter, zurück auf den harten Holzstuhl. Ich habe mich danach gesehnt, dich zu sehen, dachte sie. Wochenlang. Ich habe mir zurechtgelegt, was ich sagen würde. Ich möchte sagen, daß es mir leid tut, daß ich dich sehe und höre, wenn du gar nicht da bist, daß ich nieman-

den zum Reden habe und ohne dich auch nichts zu sagen habe, daß die Tage keine Form und die Nächte kein Ende haben. Daß ich eine Idiotin gewesen bin.

»Warum nicht?« sagte sie wieder. Jetzt meinte sie es ernst. Sie wollte, daß er lächelte und lauthals lachte und sie wegführte, zu einer trunkenen Landschaft von Schlössern und Gasthäusern und zugigen Museen.

Sie sah ihn an, wie er ihr gegenüber am Schreibtisch saß. Kein Lachen, kein Lächeln. Seine blaßblauen Augen blickten sie unverwandt an. Sie konnte ihren eigenen Atem hören. Sie wandte sich ab. Es gibt jedes Semester eine, dachte sie. Mich. Ich bin diejenige, welche. Deine einzige. Und du bist mein einziger. Diese Studentinnen sind einfach Studentinnen. Lily ist einfach Lily. Ich bin die Ehefrau.

Aber die Erinnerung daran, in anderen Arbeitszimmern, zu anderen Zeiten, als Studentin, nicht als Ehefrau, genauso dagesessen zu haben, war stark und umgab sie wie ein Parfüm.

»Ich fühle mich wie eine Studentin, wenn ich hier sitze«, sagte sie. Und er war ihr Lehrer und ihr Studiengebiet. Das Verlangen zu wissen war genau wie Verlangen. Verlangen war genau wie das Verlangen zu wissen. Sie sah Edward an, sein aufsässiges Haar, sein Gesicht aus Ecken und Falten, seine kalt wissenden Augen, die ihren Blick erwiderten, ohne zu zwinkern, und sie wußte, daß diese Aussagen wahr waren.

Sie nahm Eves Hausarbeit in die Hand. »›Eine ungesehene Hand glitt auch über ihre Glieder‹«, las sie. »›Strich zitternd an ihren Schläfen und Rippen hinab.‹«

»Warum bist du weggelaufen, Margaret?« sagte Edward. Er sagte es nicht mit der kalten Stimme von vorhin, sondern mit einer strengen und ernsten Stimme, die sie sehr traurig machte, wenngleich nicht so traurig, daß sie ihr Gefühl, ungerecht behandelt worden zu sein, vollständig verloren hätte.

»Na ja, du *hattest* doch mit meiner besten Freundin geschlafen«, sagte sie.

Seine Augen weiteten sich skeptisch.

»Okay, nicht meine beste Freundin«, sagte sie. »Mein bester Freund bist du. Oder warst es. Also hat Lily mit meinem besten Freund geschlafen. Ganz zu schweigen von meinem Mann.«

»Margaret«, sagte Edward. Er schaukelte, geduldig und angewidert, auf seinem Stuhl vor und zurück. »Dein bester Freund ist Richard. Also warst du es, die mit deinem besten Freund geschlafen hat.«

»Richard? Ich habe nicht mit ihm geschlafen. Und du ja.«

»Ich habe nie mit Richard geschlafen.«

»Natürlich nicht. Du hast mit Lily geschlafen.«

»Nein, habe ich nicht.«

Hatte er nicht?

»Nur gebadet?« fragte sie sarkastisch.

»Sie wollte, daß ich sie zum Joggen mitnehme.«

»Unter der Dusche?« Sie betrieb Verzögerungstaktik, versuchte aufzuholen. Was sollte das heißen? Daß er nie mit Lily geschlafen hatte? War das möglich? Die Dusche war nur eine Dusche gewesen? Sie hörte seine Stimme undeutlich durch ihre Panik hindurch. Er erklärte ihr gerade, was passiert war. Hieß das, daß auch sie erklären mußte, was passiert war? Mußte sie ihm erzählen, was mit Dr. Lipi passiert war? Sollte sie ein Geständnis ablegen? Zur Moldau, Fahrer! Und volle Pulle!

»Ich konnte am Morgen nicht joggen«, sagte Edward gerade. »Ich war so lange aufgeblieben und hatte auf dich gewartet, bevor Martin endlich anrief.« Martin! Ein Gentleman und ein Papa. Wie unglaubhaft erschien er jetzt, jetzt, da ihr Leben vorbei war. »Also sind wir nachmittags gejoggt«, sagte Edward weiter, »und ich habe frische Sachen für die Vorlesung mitgenommen ...« Ja, immer vorausdenken, Edward. Keine knittrigen Seidenröcke für

dich. »... und wollte im Sportzentrum duschen, und dann hat Lily mir ihre Dusche angeboten.« Lilys Dusche. Ja, an den Teil der Geschichte erinnerte sie sich. Ihr fiel auf, daß er ihren Lieblingsanzug anhatte, einen furchtbaren alten braunen Anzug, den, den er auf ihrer ersten Reise nach Europa getragen hatte, viel zu warm für den Sommer. Ohne sie kam er langsam herunter. »Ich bin schuldig!« sagte er. »Ich habe geduscht!« Er schüttelte den Kopf. »Margaret, hast du wirklich geglaubt, ich hätte mit deiner koketten kleinen Freundin was gehabt?«

In diesem Augenblick begriff Margaret, daß er nie mit wem auch immer was gehabt hätte außer mit ihr. Sein Sinn für Ordnung, sein Bewußtsein eigener Macht hätten es ihm nie erlaubt. Seine Egozentrik gewährleistete, daß seine Großzügigkeit nicht vergeudet, sondern zelebriert wurde. Seinen Studenten gab er, was ihnen zustand – die Fülle seines Wissens. Seine Freigebigkeit drückte sich in der Quantität und Qualität, nicht der Mannigfaltigkeit seiner Geschenke aus. Es hätte sich in seinen Augen für ihn nicht geziemt, seine ihn anhimmelnden Studentinnen zu pimpern. Er war ihr Lehrer. Er beschenkte sie mit seinen Belehrungen. Lily beschenkte er mit seiner Gesellschaft und mit Lauftips. Ach Himmel, er war nur ein unschuldiger Jogger. Während sie! Sie!

»Hast du wirklich geglaubt, ich hätte *Richard* gevögelt? Richard den Homo?« platzte sie mit soviel ironischer Empörung heraus, wie sie aufbringen konnte. »Ich hatte nur gebadet.«

Und weißt du, ich hab auch einen Adonis gevögelt. Ist alles eins.

»Gebadet?« sagte Edward lachend. »Ist das wahr?«

Ist das wahr? fragte sich Margaret. Was ist Wahrheit? Ist es wahr zu sagen: »Ich hatte ein harmloses Bad genommen«, ohne auch zu sagen: »im Anschluß an ein Schäferstündchen? Mit Dr. Lipis phantastischem Körper? Mit meinem Zahnarzt?« Ist es wahr, daß ich mit Dr. Lipi ge-

schlafen habe, ist das die Wahrheit, oder ist das die Wahrheit, daß ich hier bei dir bin, daß du alles für mich bist? Wenn ich mich nur auf meine gegenwärtigen Sinneseindrücke verlasse, existiert Dr. Lipi überhaupt nicht. Es gibt nur Edward. Wenn ich mich auf das logische Denken verlasse, existiert Dr. Lipi auch nicht, hat nie existiert, konnte nie existieren. Es gibt nur Edward.

Es ist wahr, daß ich mich in das Bett eines anderen Mannes geworfen habe. Ich habe es getan. Ich habe es erlebt. Ich erinnere mich daran. Ich weiß es. Es ist eine wahre Aussage. Aber es gibt unendlich viele wahre Aussagen. Sie sind nicht alle gleichwertig. Eine Aussage ist dann und nur dann wahr, wenn sie den Tatsachen entspricht. Eine Aussage, die mehr Informationen vermittelt, hat einen größeren informativen oder logischen Gehalt als eine Aussage, die weniger Informationen vermittelt. Sie ist eine bessere Aussage. Je größer der Gehalt einer wahren Aussage, desto besser ist sie als Annäherung an die Wahrheit. »Ich liebe dich, Edward« hat einen größeren Gehalt als »Ich habe Dr. Lipi gevögelt«. Also ist »Ich liebe dich, Edward« eine bessere Aussage.

»Die Wahrheit, Edward, die wirkliche Wahrheit ist, daß ich dich liebe.« Sie sagte es so leise, daß sie die Worte fast selbst nicht hören konnte. Edward starrte sie an, ernst und unverwandt, bis sie es nicht mehr aushalten konnte und wegsah.

»Margaret«, sagte er, und er klang wütend. »Bist du dir ganz sicher? Diesmal?«

»Na ja, Gewißheit kann es natürlich nicht geben –«

»Himmelherrgott, Margaret ...«

Welcher der jungen Männer ist ihr der liebste? fragte Walt Whitman. Welcher der jungen Männer ist Margaret der liebste? fragte Margaret, und sie wußte die Antwort. Eine ungesehene Hand glitt über ihre Glieder, über Edwards Glieder. Strich zitternd an ihren Schläfen und Rippen hinab, an seinen Schläfen und Rippen, da sie ihn

ansah, seine Schläfen und Rippen und seine schrecklichen, unerbittlichen Augen. Vielleicht dachte auch er an das Gedicht, denn er lehnte sich vor, über den Schreibtisch, zu ihr hin, nur ein bißchen, und ganz langsam. Margaret sah seine Hand, die nur wenige Zentimeter von ihrer entfernt auf dem Schreibtisch lag, und wie sie so schaute, überwand ihre Hand diese paar Zentimeter und berührte ihn, zog ihn auf sie zu, während sie aufstand und sich über den Schreibtisch lehnte, bis auch er stand, das Gesicht an dem ihren, und seine Hände zitternd hinabglitten, bis sie beide zitternd und vollständig auf die zerschrammte Schreibtischplatte hinabgesunken waren. Bleistifte und Kulis, Bücher und Zeitschriften und Styroporbecher, Eves hanebüchenes Referat über die achtundzwanzigjährige Frau und ihre achtundzwanzig jungen Männer, sie alle überließen ihrem pädagogischen Ringen das Feld.

Aller Wissenszuwachs besteht in der Modifizierung vorherigen Wissens, dachte sie in einem letzten Aufbäumen in Richtung Vernunft. Kant sagte, daß der Verstand den Sinneseindrücken seine Gesetze aufzwingt. Aber wie selten gelingt ihm das!

»Edward ...« Die Wirklichkeit widersteht unseren Gesetzen, wollte sie sagen, während ihr Gesicht sich gegen seine Brust preßte, ihre Hände seine Jacke herunterzogen, sein Hemd. Wir machen immer wieder Fehler. Karl Popper sagt das.

»Popper«, keuchte sie, ohne sich dessen bewußt zu sein, daß sie gesprochen hatte.

Wir modifizieren unsere Gesetze, Edward, wir modifizieren unser Wissen.

Er sah zu ihr herab und lächelte.

Ich habe immer wieder Fehler gemacht, dachte sie. Ich habe modifiziert. Und jetzt weiß ich.

»Die wissenschaftliche Methode ist die Methode der kühnen Hypothese«, keuchte sie, als sie fühlte, daß eine kühne Hypothese unvermittelt auf sie gepreßt wurde.

»So halt doch den Mund, Margaret.«

Der kühnen Hypothesen und der scharfsinnigen, unerbittlichen Versuche, sie zu widerlegen, dachte sie.

Ihre Bluse war zusammen mit mehreren Zeitschriften irgendwohin auf den Boden gefallen. Edwards schmale Brust war gegen sie, ihr Gesicht gegen seines gepreßt, ihre Beine ineinander verschlungen, die Welt wieder in Ordnung.

Er war ihre kühne Hypothese. Sie konnte ihn nicht widerlegen.

»Gründlich«, flüsterte sie.

Das war eine gründliche kritische Erörterung. Eine scharfsinnige, unerbittliche Überprüfung.

»Scharfsinnig und unerbittlich.«

»Ja, Margaret«, sagte ihr Edward mit heiserer Stimme ins Ohr. »Was immer du willst, Liebling.«

SIE LAGEN REGLOS da, schweißnaß, unbequem, in einer lächerlichen Position, ihre Lust grenzenlos.

Im Lichte dieser kritischen Erörterung, im Lichte dieser unerbittlichen Überprüfung, dieser scharfsinnigen Überprüfung, dieser Modifikation des Wissens, dieser Erlösung, dieser Wiederverheiratung, dieser Lektion, dieser Suche nach Wahrheit, dieser Vögelei auf einer Schreibtischplatte in einem stickigen Arbeitszimmer, scheinst du mit Abstand der beste zu sein, Edward, der beste unter den überprüften, der stichhaltigste. Du scheinst der der Wahrheit am nächsten liegende zu sein.

»Du bist der beste«, flüsterte Margaret zu ihrem Mann. »Von all meinen hypothetischen Sätzen, Edward, bist du der beste.«

ICH: Und so, wenn Ihr gründlich darüber nachdenkt, werdet Ihr mir beipflichten, daß am Ende unsere wahrsten Ansichten nicht diejenigen sind, die wir nie geändert, sondern diejenigen, zu denen wir am häufigsten zurückgekehrt sind.

Epilog

Margaret Nathans Buch *Rameaus Nichte und der Satin-Untergrund* wurde schließlich veröffentlicht, und wenngleich die ersten Rezensionen insgesamt respektvoll, ja sogar begeistert ausfielen, wurde ein gewisser Widerspruch – manche sprachen von einem ungeheuerlichen Schnitzer – bald allgemein bemerkt.

»Ms. Nathan erörtert die offensichtliche Verbindung, die zwischen dem im 18. Jahrhundert entstandenen Text *Rameaus Nichte* und Diderots *Rameaus Neffe* besteht«, hieß es etwa in einer Besprechung. »Was sie (unvorstellbarerweise!) zu erwähnen unterläßt, ist der Umstand, daß Diderot seinen Dialog zwar um das Jahr 1761 schrieb, ihn aber, soweit wir wissen, nie jemandem zeigte. *Rameaus Neffe* wurde erst 1805, postum, veröffentlicht, und dann auch nur in der deutschen Übersetzung, die Goethe nach der Abschrift eines in Sankt Petersburg entdeckten Manuskripts angefertigt hatte.«

»O Gott!« sagte Margaret. »Das hatte ich vergessen.«

Wie konnte der anonyme Verfasser Anleihen bei einem Buch machen, das noch gar nicht existierte? Margaret stellte sich selbst diese Frage, die naheliegende Frage, die Frage, die ihr großen wissenschaftlichen Ruhm eingebracht hätte, wenn sie eher daran gedacht hätte, sie zu stellen. Sie hatte einen historischen Diamanten entdeckt, hatte ihn ans Licht gehalten und sich nur über die hübschen Reflexe gefreut.

War Diderot selbst der Verfasser? Hatte einer seiner Freunde nach Lektüre des ihm im Vertrauen gezeigten *Rameaus Neffen* eine gleichfalls unveröffentlichte Erwiderung geschrieben? Oder war es Diderots Mätresse gewesen? Eine seiner Schülerinnen vielleicht, eine mit seidigem braunem Haar. Vielleicht hatte Rameaus Nichte *Rameaus Nichte* geschrieben!

Margaret erhob sich von ihrem Bett, auf dem sie die letzten Wochen in sprachloser Beschämung zugebracht hatte, und begann ihre Recherchen. Und sie erinnerte sich

vage an etwas, was Diderot gesagt hatte. Na ja, vielleicht war es Diderot gewesen; vielleicht war es das, was er vielleicht gesagt hatte: Meine Aufgabe ist es, nach der Wahrheit zu suchen, nicht, sie zu finden.

Binnie Kirshenbaum im dtv

»Wer etwas vom Seiltanz über einem Vulkan lesen will, also von den Erfahrungen einer kühnen Frau mit dem männlichen Chaos, dem sei Binnie Kirshenbaum nachdrücklich empfohlen.«
Werner Fuld in der ›Woche‹

Ich liebe dich nicht und andere wahre Abenteuer
dtv 11888

Zehn ziemlich komische Geschichten über zehn unmögliche Frauen. Sie leben und lieben in New York, experimentierfreudig sind sie alle, aber im Prinzip ist eine skrupelloser als die andere... »Scharf, boshaft und irrsinnig komisch.« (Publishers Weekly)

Kurzer Abriß meiner Karriere als Ehebrecherin
Roman · dtv 12135

Eine junge New Yorkerin, verheiratet, linkshändig, hat drei außereheliche Affären nebeneinander. Sie lügt, stiehlt und begehrt andere Männer. Daß sie ein reines Herz hat, steht außer Zweifel. Wenn sie nur wüßte, bei wem sie es verloren hat, gerade. »In diesem unkonventionellen Roman ist von Skrupeln keine Rede. Am Ende fragt sich der Leser amüsiert: Gibt es eine elegantere Sportart als den Seitensprung?« (Franziska Wolffheim in ›Brigitte‹)

Ich, meine Freundin und all diese Männer
Roman · dtv 24101

Die beiden Freundinnen Mona und Edie haben sich im College kennengelernt und sofort Seelenverwandtschaft festgestellt. Sie sind entschlossen, ein denkwürdiges Leben zu führen. Und dabei lassen sie nichts aus... »Teuflisch komisch und frech. Unbedingt lesen!« (Lynne Schwartz)

»Born in the USA«
Junge amerikanische Autoren im dtv

»Romane sind wie Rockkonzerte. Entweder bringst du die Leute zum Tanzen oder sie feuern dir Bierdosen an den Kopf.«
T. C. Boyle

Matt Ruff
Fool on the Hill
Roman
dtv 11737
Ein Sommernachtstraum für Freunde der Hobbits? Eine Love-Story? All das und noch viel mehr ist der »Narr auf dem Hügel«.

T.C. Boyle
Der Samurai von Savannah
Roman
dtv 12009
Als der japanische Matrose Hiro Tanaka irgendwo vor der Küste Georgias von Bord seines Frachters springt, ahnt er nicht, was ihm in Amerika blüht...

Jeffrey Eugenides
Die Selbstmord-Schwestern
Roman
dtv 12041
Was geht vor im Innern des Hauses Lisbon? Die fünf Töchter führen ein geheimnisvolles Dasein...

David Bowman
Let the Dog Drive
Roman · dtv 12049
Ein Tramper macht in der Mojave-Wüste die Bekanntschaft einer rothaarigen Baseballfanatikerin...

Anna Shapiro
Auf der anderen Seite vom Bett
Roman · dtv 12089
Manhattan, Downtown, bevor die Monogamie wieder modern wurde.

Binnie Kirshenbaum
Kurzer Abriß meiner Karriere als Ehebrecherin
Roman · dtv 12135
Sie lügt, stiehlt und begehrt andere Männer. Daß sie ein reines Herz hat, steht außer Zweifel.

Gwyneth Cravens
Herzmuster
Roman · dtv 12162
Angela wollte noch nie ein Single in New York sein. Und dann trifft sie Joe...

Joseph von Westphalen im dtv

»Westphalen schreckt vor nichts zurück.«
Prinz

Im diplomatischen Dienst
Roman · dtv 11614
Frauenliebhaber Harry von Duckwitz ist unangepaßt, zynisch, unpolitisch – und ausgerechnet Diplomat geworden... Ein scharfzüngiger Schelmenroman.

Das schöne Leben
Roman · dtv 12078
Harry von Duckwitz versucht den Zusammenbruch seines Vielfrauenimperiums zu verhindern und eine neue Weltordnung zu schaffen.

Das Drama des gewissen Etwas
Über den Geschmack und andere Vorschläge zur Verbesserung der Welt
dtv 11784
Elementare Bereiche des Daseins – von Westphalen lästerlich kommentiert.

Dreiunddreißig weiße Baumwollunterhosen
Glanz und Elend der Reizwäsche nebst sonstigen Wahrheiten zur Beförderung der Erotik
dtv 11865

Das Leben ist hart
Über das Saufen und weitere Nachdenklichkeiten zur Erziehung der Menschheit
dtv 11972
Über Ärzte, Broker, Photomodelle und andere Helden unserer Zeit.

Die Geschäfte der Liebe
dtv 12024
Bissige, boshafte und brillante Geschichten.

High Noon
Ein Western zur Lage der Nation
dtv 12195
Joe West reitet wieder. Ein Roman zur Entkrampfung der Nation.

Die Liebeskopie
und andere Herzensergießungen eines sehnsüchtigen Schreibwarenhändlers
dtv 12316
Nachrichten über die Liebe und übers Internet.

Joyce Carol Oates im dtv

»Mit dem Schreiben sei es wie mit dem Klavierspiel, hat Joyce Carol Oates einmal gesagt. Man müsse üben, üben, üben. Die Oates muß nicht mehr üben. Sie ist bereits eine Meisterin.«

Petra Pluwatsch, ›Kölner Stadtanzeiger‹

Grenzüberschreitungen
Erzählungen · dtv 1643

Lieben, verlieren, lieben
Erzählungen · dtv 10032

Bellefleur
Roman · dtv 10473
Eine Familiensaga wird zum amerikanischen Mythos.

Engel des Lichts
Roman · dtv 10741
Eine Familie in Washington zwischen Politik und Verbrechen.

Unheilige Liebe
Roman · dtv 10840
Liebe, Haß und Heuchelei auf dem Campus einer exklusiven Privatuniversität.

Die Schwestern von Bloodsmoor
Ein romantischer Roman
dtv 12244

Das Mittwochskind
Erzählungen · dtv 11501

Das Rad der Liebe
Erzählungen · dtv 11539

Im Zeichen der Sonnenwende
Roman · dtv 11703
Aus der Nähe zwischen zwei Frauen wird zerstörerische Abhängigkeit.

Die unsichtbaren Narben
Roman · dtv 12051
Enid ist erst fünfzehn, als ihre *amour fou* mit einem Boxchampion beginnt...

Schwarzes Wasser
Roman · dtv 12075
Eine Nacht mit dem Senator: den nächsten Morgen wird Kelly nicht erleben...

Marya – Ein Leben
Roman · dtv 12210
Maryas Kindheit war ein Alptraum. Dieser Welt will und muß sie entkommen.

Amerikanische Begierden
Roman · dtv 12273
Der Collegeprofessor Ian soll seine Frau ermordet haben. Wegen einer anderen...

Penelope Lively im dtv

»Penelope Lively ist Expertin darin, Dinge von zeitloser Gültigkeit in Worte zu fassen.«
New York Times Book Review

Moon Tiger
Roman · dtv 11795
Das Leben der Claudia Hampton wird bestimmt von der Rivalität mit ihrem Bruder, von der eigenartigen Beziehung zum Vater ihrer Tochter und jenem tragischen Zwischenfall in der Wüste, der schon mehr als vierzig Jahre zurückliegt.
»Ein nobles, intelligentes Buch, eins von denen, deren Aura noch lange zurückbleibt, wenn man sie längst aus der Hand gelegt hat.« (Anne Tyler)

Kleopatras Schwester
Roman · dtv 11918
Eine Gruppe von Reisenden gerät in die Gewalt eines größenwahnsinnigen Machthabers. Unter ihnen sind der Paläontologe Howard und die Journalistin Lucy. Vor der grotesken Situation und der Bedrohung, der sie ausgesetzt sind, entwickelt sich eine ganz besondere Liebesgeschichte ...

London im Kopf
dtv 11981
Der Architekt Matthew Halland, Vater einer Tochter, geschieden, arbeitet an einem ehrgeizigen Bauprojekt in den Londoner Docklands. Während der Komplex aus Glas und Stahl in die Höhe wächst, wird die Vergangenheit der Stadt für ihn lebendig. Sein eigenes Leben ist eine ständige Suche, nicht nur nach der jungen Frau in Rot ...

Ein Schritt vom Wege
Roman · dtv 12156
Annes Leben verläuft in ruhigen, geordneten Bahnen: Sie liebt ihren Mann und ihre Kinder, führt eine sorgenfreie Existenz. Als ihr Vater langsam sein Gedächtnis verliert und sie seine Papiere ordnet, erfährt sie Dinge über sein Leben, die auch ihres in Frage stellen. Doch dann lernt sie einen Mann kennen, dem sie sich ganz nah fühlt ...

Fay Weldon im dtv

»Fay Weldon lesen ist wie Champagner trinken.«
The Times

Die Teufelin
Roman · dtv 11132 und dtv großdruck 25065
Lange erträgt Ruth die Eskapaden ihres Mannes. Doch dann schlägt sie zurück...

Herzenswünsche
Roman · dtv 12174
Liebe auf den ersten Blick – mit dramatischen Folgen für alle Beteiligten.

Du wirst noch an mich denken
Roman · dtv 11225
Ein Mann und drei Frauen – rasant und mörderisch komisch.

Kleine Schwestern
Roman · dtv 11305
Liebe, Lügen, Sex und andere Ungeheuerlichkeiten.

Frau im Speck
Roman · dtv 11378
Eine erfrischende Abrechnung mit dem Schlankheitswahn.

Hier unten bei den Frauen
Roman · dtv 11515
Ein Haufen Freundinnen und ihr turbulentes Leben.

Sterndame
Roman · dtv 11426
Sandra kommt zwar noch mit ihrem Mann auf die Party, aber sie verläßt dieselbe mit einem anderen...

Kein Wunder, daß Harry sündigte
Roman · dtv 11560
Der Ehemann hat sich samt Sekretärin nach Spanien abgesetzt: Natalie lernt das Leben von einer anderen Seite kennen...

Die Klone der Joanna May
Roman · dtv 11671
Der Ex-Gatte hat Joanna klonen lassen. Erschreckt sucht sie ihre vier Kopien.

Trio in Twinsets
Roman · dtv 11904
Drei Frauen Anfang Vierzig – auf Gedeih und Verderb miteinander verbunden.

Darcys Utopia
Roman · dtv 12128
Ein Attentat auf das britische Finanzwesen: dahinter steckt eine junge Frau...

Angelika Schrobsdorff im dtv

»Die Schrobsdorff hat ihr Leben lang nur wahre Sätze geschrieben.«
Johannes Mario Simmel

Die Reise nach Sofia
dtv 10539
Sofia und Paris – ein Bild zweier Welten: Beobachtungen über Konsum und Liebe, Freiheit und Glück in Ost und West.

Die Herren
Roman
dtv 10894
Ein psychologisch-erotischer Roman, dessen Erstveröffentlichung 1961 als skandalös empfunden wurde.

Jerusalem war immer eine schwere Adresse
dtv 11442
Ein Bericht über den Aufstand der Palästinenser, ein sehr persönliches, menschliches Zeugnis für Versöhnung und Toleranz.

Der Geliebte
Roman
dtv 11546

Der schöne Mann und andere Erzählungen
dtv 11637

Die kurze Stunde zwischen Tag und Nacht
Roman
dtv 11697
Jerusalem – Paris – München: Städte, mit denen die Erzählerin schicksalhaft verbunden ist.

»Du bist nicht so wie andre Mütter«
Die Geschichte einer leidenschaftlichen Frau
dtv 11916

Spuren
Roman
dtv 11951
Ein Tag aus dem Leben einer jungen Frau, die mit ihrem achtjährigen Sohn in München lebt.

Jericho
Eine Liebesgeschichte
dtv 12317

Grandhotel Bulgaria
Heimkehr in die Vergangenheit
dtv 24115
Eine Reise nach Sofia heute.

Frances Fyfield im dtv

»Sie hat den Rang von P. D. James und Ruth Rendell.«
Daily Mail

Schatten im Spiegel
Kriminalroman
dtv 11371
Die Anwältin Sarah Fortune ist jung, schön, erfolgreich – und rothaarig. Was sie für einen ihrer Klienten ganz besonders interessant zu machen scheint ...

Feuerfüchse
Kriminalroman
dtv 11451
Eine Leiche im Wald, und der Täter scheint schnell gefunden. Aber Helen West gibt sich nicht mit einfachen Lösungen zufrieden.

Im Kinderzimmer
Roman · dtv 11516
Katherines Leben in ihrem luxuriösen Zuhause hat seinen Preis: Sie versucht sich die Liebe ihres Mannes durch Anpassung und Unterwerfung zu erhalten, seine grausamen Spielchen stumm zu ertragen. Doch damit ist ihre kleine Tochter Jeanetta dem Sadismus des Vaters hilflos ausgeliefert ...

Dieses kleine, tödliche Messer
Kriminalroman
dtv 11536
Der Täter ist geständig. Und er belastet die bis dato unbescholtene Antiquitätenhändlerin schwer. Die Staatsanwältin Helen West setzt alles daran, die wahre Schuldige vor Gericht zu bringen – aber deren krankhafte Rachsucht sucht bereits das nächste Opfer ...
Der psychologisch raffinierte, spannungsgeladene Roman einer mörderischen Obsession.

Tiefer Schlaf
Kriminalroman · dtv 11786
Niemand interessiert sich besonders dafür, was der ehrbare Apotheker in seinem Hinterzimmer treibt. Als seine Frau tot aufgefunden wird, will die Staatsanwältin Helen West als einzige die Version des »natürlichen Todes« nicht akzeptieren. Ein kriminalistisch-psychologisches Kabinettstück von tödlicher Intelligenz.